張 強 編著

史記

國典
中經

中華教育

目錄

毀譽參半的秦始皇

戰國末年，羣雄競起，各國之間，戰爭此起彼伏，人民生活在水深火熱之中。當天下百姓渴望太平時，是他，統一了六國，結束了紛爭的局面；也是他，施行暴政，焚書坑儒，把百姓再度推向苦難無邊的深淵。

他就是秦始皇嬴政，秦莊襄王的兒子。

秦莊襄王名叫嬴異人。早年，秦趙兩國結盟，異人被送到趙國做人質。異人是秦王小老婆生的，秦王將他送往趙國做人質的目的是為了敷衍趙國。為了免遭秦國的侵略，趙國故意裝作不知此事。異人在趙國備受冷落，再加上沒有錢財，生活境遇很差。然而，異人萬萬沒有想到，趙國之行竟是他時來運轉的開始。

異人做人質時，恰好呂不韋到趙國國都邯鄲（今河北邯鄲）經商。呂不韋是個精明的商人，了解到異人的情況後，覺得此人奇貨可居，如果好好利用他，可能會獲取更大的利益。

精明的呂不韋決定包裝異人，為此須先到秦國去。臨行前，呂不韋拿出五百金給異人，讓他用這筆錢結交權貴和有聲望的人，以便提高聲譽。與此同時，呂不韋帶着大筆錢財回到秦國，為異人尋找政治上的靠山。

秦王的寵妃華陽夫人沒有兒子，瞅準這一機會，呂不韋重金結交華陽夫人的姐姐，試圖打通巴結華陽夫人的路徑。這一迂迴戰術很快收到了效果，在姐姐的勸說下，華陽夫人先認異人為兒子，隨後又讓秦王立異人為太子。

秦昭襄王去世後，秦孝文王繼位。不料，體弱多病的秦孝文王在位僅一年，就去世了。在華陽夫人的支持下，異人順理成章地登上了王位。嬴政是異人的兒子，早年，異人在趙國為人質時看中了呂不韋

的小老婆，後來，呂不韋把小老婆送給了異人，這位小老婆生下了嬴政。司馬遷敍述這一事件時，直接說嬴政是呂不韋的兒子。

秦莊襄王在位僅三年，也去世了，嬴政順利地登上了王位。

嬴政是位有雄才大略的君主，此前，秦國經過了幾代人的努力，成為戰國七雄中最強大的諸侯國。特別是在秦昭襄王時代，通過不斷地向東擴張，先後打敗了勁敵趙國，隨後又吞併了其他諸侯國的大片土地。到嬴政登上王位時，秦國國勢已空前強大。嬴政親政後，四處招攬人才，為吞併六國建立大一統的秦王朝做準備工作。

在這一過程中，嬴政通過重用來自六國的人才，採用正確的戰略戰術，用「連橫」之策打破了關東六國的「合縱」。所謂「連橫」是指在西方的秦國採取遠交近攻的戰略，先從近處入手，然後向遠處發展，就近消滅一個又一個強勁的對手。所謂「合縱」，是指函谷關（在今河南靈寶境內）以東的韓、趙、魏、燕、齊、楚六國聯合起來與秦國抗衡。由於秦國在六國的西面，六國在秦國的東面，呈南北之勢，因此歷史上將這一政治局面稱之為「合縱連橫」。在這一方略的指導下，嬴政發動了曠日持久的戰爭，採取軍事和外交相結合的策略，先後劃平了關東六國。

公元前 221 年，秦王嬴政滅齊，正式統一了六國。

面對空前擴大的疆土，嬴政洋洋自得，可是，一想到天下平定後，還沒有一個新名號來張揚偉大的功績，難免有幾分惆悵。為此，嬴政召集了文武大臣來議定名號。嬴政對他們說：「我憑藉一己的力量，靠着祖宗威靈的保佑，掃平了六國，真是莫大的榮耀！如果不更改名號的話，就無法表達成功和我對上天的感激之情，也無法使我的威名流傳後世。現在，請你們想一想，取個甚麼樣的帝號好呢？」

「大王所說極是！確實應另起名號。」眾臣連忙附和。

以丞相為首的眾大臣立即接過話題說：「五帝時的轄地不超過千里，周邊的國家和地處邊遠地帶的諸侯很少朝拜五帝。今天，大王平

定天下，建立郡縣制度，法令一統，像這樣的事情從沒發生過。大王您開創的歷史是五帝無法企及的。上古時期有天皇、地皇、泰皇，三皇之中，泰皇的地位最為尊貴。我們認為，您應該以『泰皇』相稱，您的命令應該叫做『制』和『詔』，您應該自稱『朕』。」

「泰皇好是好，不過，還是有些不妥。」秦王嬴政覺得「泰皇」二字雖然尊貴，但沿襲了古人的稱號，無法向世人展示自己至高無上的地位。沉吟半晌後，對大臣說：「我看這樣吧，去『泰』字，留下『皇』字，加上古代帝王的『帝』字，就叫『皇帝』吧！至於其他，照你們的意見辦好了。」

眾臣聽了秦王的話，連忙拍手贊成。

突然間，嬴政又想起了一件事。上古時期，君主去世後，後人要根據君主的作為議定謚號。嬴政生怕死後別人議定一個謚號，用不好聽的詞彙來評論自己，連忙又說：「我聽說遠古本是沒有謚號的，後來才有，這樣做是讓做臣子的評論帝王，讓後代評論祖先，很顯然沒有多少道理。現在，從我開始，將謚號取消，我就叫始皇帝，以後的子孫以數字相傳，二世、三世，一直傳到萬世，生生不息，連綿不絕！」從此以後，秦王嬴政有了「秦始皇」之稱，後代的君主也有了「皇帝」這一稱謂。

秦始皇生活的時代是宗教神學盛行的時代，為此，需要向上天證明秦滅六國的合法性。

按照五行相剋的原理，秦始皇認為，關東六國是周王朝的藩國，秦滅六國是革周王朝的命。既然周因為火走向強盛，那麼，秦戰勝周，應該是以水相勝。在此基礎上進行宗教改革，秦王朝取代周王朝，統一中國就名正言順了。

過了一陣子，秦始皇又覺得從前的帝王採用分封制度後，使分封各地的諸侯掌有很大的權利。諸侯的勢力壯大後，根本不聽中央的。為了把權力牢牢地控制在中央及自己的手中，秦始皇決定廢除分封

制，採用郡縣制，由皇帝直接任命官員，以便調動和差遣。在這一過程中，秦始皇創造性地把天下分為三十六郡，通過設立郡守，使這些地方長官直接對中央和皇帝個人負責。

為了深化大一統的內容，秦始皇在建立郡縣制的基礎上採取了一系列的措施。具體地講，一是下令統一度量衡和文字，從本質上改變戰國時期七國各自為政的局面；二是在全國範圍內興修馳道，加強交通建設，加強中央與地方的聯繫；三是制定嚴刑酷法，控制百姓。

經過一系列的改革，秦始皇將權力高度地集中到了手中。

為了證明統一六國的正當性，向世人宣稱秦得天下是得到上帝恩准的真理性，秦始皇踏上了封禪泰山之路。所謂封禪，是指到泰山祭祀，通過祭神獲取上帝的保佑，向世人證明奪取天下建立中央集權的正當性。

古代帝王封禪泰山是最大的祭祀活動。相傳三皇五帝時期，封禪泰山已是君主證明君權神授的重要舉措。秦始皇登基後，迫不及待地要將統一六國的豐功偉業告知上帝。問題是，封禪時要用哪些祭器？要舉行甚麼樣的儀式？由於古代的文獻缺少詳細的記載，沒有人能說得清楚。那麼，怎樣才能按照規矩隆重地舉行祭祀大典呢？秦始皇找來了一批飽學之士研究祭祀的程序。

此時此刻，一向剛愎自用的秦始皇變得十分謙虛，對大家說：「你們都是學識淵博的大儒，給朕說說，古時候帝王封禪泰山都有哪些禮儀？」

得到聖旨後，儒生們一個個引經據典地說了起來，隨後，說着說着吵了起來。原來，典籍上沒有詳細地說明具體的祭祀步驟，每個人都有不同的說法。

秦始皇越聽越糊塗，不由得火冒三丈，大聲訓斥道：「平時你們一個比一個會說，到了讓你們說的時候，倒說不明白了！」說完，一甩袖子把那些儒生趕走了。

秦始皇心想：「既然誰都不清楚如何封禪泰山，那為甚麼一定要循着古人的禮儀，乾脆搞一個別出心裁的封禪之禮吧。」秦始皇開始按照自己的想法謀劃封禪，謀劃好了，率領文武大臣直奔泰山。

在泰山舉行隆重的尊天祭禮後，秦始皇從山上走了下來。誰知天有不測風雲，剛才還晴空萬里，突然驚雷四起，狂風大作，撲打在樹枝上發出令人驚恐的響聲。

天空翻滾着烏雲越來越暗，預示着一場大雨即將來臨，秦始皇萬分懊惱：「早知如此，還不如不上山呢。」他向前方看去，五棵碩大無比的松樹，刺向天空，如同撐起了一把巨傘，他急步向前躲到了樹下。驚魂未定的秦始皇還沒來得及喘氣，一場傾盆大雨從天而降。

或許是神靈保佑，秦始皇的身上竟沒有一滴雨。雨停了。秦始皇抬起頭來，朝樹上望去。五棵松茂密的枝葉交叉在一起，形成了一座巨大的亭蓋。秦始皇以為，這是上帝賜福給他。為此，給五棵松深深地鞠上一躬。為了表達對五棵松護駕之功的感激之情，又下詔封五棵松為五大夫。

走下泰山後，秦始皇又到梁父山舉行祭地大典。至此，封禪祭祀活動全部完成。

為了向世人證明封禪成功，展示帝王的赫赫聲威，秦始皇令人寫下了歌頌之辭，隨後又讓石匠將這篇歌頌之辭刻到泰山上，希望自己能像泰山一樣永存。

秦始皇封禪泰山後，一副得意洋洋的神情。可是，有一天，他不高興了。

原來，秦始皇突然想到：「我在人間雖然是至高無上的，可是，生命有限，如果有一天死去，將怎麼繼續享有權力和財富呢？」想到這些，秦始皇的心越來越涼。怎樣才能長生不死呢？秦始皇陷入苦惱之中。

就在這時，秦始皇聽說海外有叫蓬萊、方丈、瀛洲三座仙山，三座仙山上住着長生不老的神仙，據說能與他們相見的話，可以長生不老。聽到這一消息後，秦始皇像打了一針興奮劑，忙派徐福帶領幾千名童男童女去海外求見仙人。

其實，世界上哪有甚麼神仙，徐福知道如果找不到神仙，會被殺頭。見勢不妙，徐福跑到海外再也不回來了。

尋找仙人太不容易了，不過，秦始皇深信世上有神仙。為了找到仙人，找到長生不老的途徑，秦始皇四處出巡，向東渡過淮河後，又跑到衡山（在今湖南衡陽境內），渡過湘沅，經長江從武關（在今陝西丹鳳境內）回到咸陽。一路鞍馬勞頓，四處奔波，到頭來還是沒有找到仙人。

秦始皇沒有失望，又到碣石山（在今河北樂亭西南）去尋找神仙。失敗後又派了燕人盧生去找據說已經得道成仙的方士羨門、高誓。盧生歷盡千辛萬苦回來了。因害怕受到處罰，盧生編謊話欺騙秦始皇說：「我們出海後見到了仙人，仙人說您住的地方人員混雜，與您會面十分不方便。根據這一情況，陛下應住在隱祕的地方，遠離惡鬼污穢，行蹤不能讓人知道，這樣他們才能過來給您送長生不死藥。」

秦始皇聽後認為很有道理：「既然這樣，我就不再稱『朕』，改稱『真人』吧。」隨後，秦始皇吩咐身邊的人不准泄露他的行蹤，否則，全部處死。

盧生雖然騙過了秦始皇，但總感到不踏實。於是，盧生找到了侯生，商量應付秦始皇的計策。侯生說：「秦始皇剛愎自用，好大喜功，對人刻薄，專門任用那些殘忍的酷吏。朝廷有七十名才華橫溢的博士，他們雖然都有經天緯地之才，卻因害怕受到無端的處罰，沒有一個敢提出不同的意見。如果我們再找不到長生不死藥，皇帝肯定要生氣。等到那個時候，小命不保不說，恐怕還要受盡酷刑，死都不能死得痛快。」二人越想越怕，趁秦始皇還沒有覺察的時候，悄悄地溜走了。

　　聽到侯生、盧生逃走的消息後，秦始皇勃然大怒：「我以前收繳天下的書籍，是要把那些沒有用的剔除掉。我召集了那麼多的擅長文學和方術的儒生和方士，想讓他們找到長生不死之藥，大興太平之世。現在這些方士逃走了，徐福耗費巨資後又不知蹤影。我厚待儒生，可是，盧生和侯生卻公開誹謗我。此外，那些儒生又在咸陽街頭散佈謠言，迷惑老百姓。這幫人真是可惡極了，不殺不行了。」

　　李斯見秦始皇發怒，立即提出了焚書坑儒的建議。在秦始皇的支持下，一口氣抓捕了四百六十多個儒生，把他們活埋到坑中。與此同時，又把天下的典籍集中到一起，一把火燒個精光。

　　秦始皇掃平六國，結束了天下紛爭的局面，在一定程度上順應了歷史潮流。遺憾的是，得天下後不知如何治理天下，一味地採用殘酷的手段壓迫百姓，從而使已經痛苦萬分的百姓再度生活在水深火熱之中。

　　秦始皇死後，秦二世繼續推行暴政。老百姓忍無可忍，匯成聲勢浩大的反秦浪潮，很快推翻了暴虐的秦王朝。

（見《史記・秦始皇本紀》）

陳勝大澤鄉反秦

秦始皇施行暴政，天下的百姓再度生活在水深火熱當中。人心浮動，天下思變。率先站出來反秦始皇的，是陳勝。

陳勝，又叫陳涉，陽城（今河南方城東）人。年輕時，陳勝給人打工，幹累了，對同伴說：「哪天我們當中如果有人富貴了，千萬不要忘記一起幹活的夥伴！」

同伴樂了：「打工的能有甚麼富貴？別做夢了。」

陳勝歎了一口氣：「燕雀安知鴻鵠之志哉？」意思是說，在屋簷下飛跳的燕雀怎麼能知道天鵝的志向呢？言外之意，你們這些人，目光短淺，沒有高遠的志向。

陳勝和吳廣帶領服勞役的百姓到漁陽（今北京密雲西南）守邊。路上，遇到了傾盆大雨。道路泥濘，再加上要翻山越嶺，耽誤了行程。

按照秦朝的法律，如果延誤了服役日期，要一律斬首。大雨下個不停，陳勝不由得倒吸一口涼氣。

陳勝對吳廣說：「看來，我們是不能按時到達漁陽了。就算到了，因延誤日期，等待我們的也是死路一條。與其等死，我們還不如拉起大旗造反算了。反正都是死，為甚麼不轟轟烈烈地幹上一場呢？」陳勝看了吳廣一眼，接着又說：「天下被秦王害苦了。我聽說秦二世是秦始皇的小兒子，本來，應該由大兒子扶蘇繼承皇位。扶蘇仁義，曾多次建議要實行仁政，不料，惹惱了秦始皇，後來被發配到邊疆。扶蘇沒有任何罪過，卻被篡奪皇位的弟弟秦二世胡亥殺害了。不過，人們還不知道扶蘇已經死了。人們感念扶蘇的仁德，都很愛戴他。還有楚國的項燕，是有名的將領，屢立戰功，也深受人們的愛戴。許多年都沒有他們的消息了，也不知道是死是活。我們為甚麼不

打着他們的旗號，號召天下的百姓反對秦王朝的暴政呢？如果那樣的話，會有很多人響應我們的。」

吳廣聽了點頭稱是，贊同陳勝的說法。可是，兩人還不放心，連忙去找算命的。算卦先生猜透了他們的心思，擺了一通卦象說：「大吉大吉啊！兩位鴻運當頭，你們想做的事一定會成功。」看完卦象，算命先生又神祕地說：「你們為甚麼不去問一下鬼神呢？如果能得到他們的幫助，很容易獲得成功啊！」

陳勝、吳廣明白了，心裏敞亮多了。他們找了張帛紙，用紅筆寫了「陳勝王」三個字，悄悄地塞進了魚肚子。做飯的伙夫發現魚肚子裏的帛書後，把這奇怪的事情告訴給身邊的人。消息傳開了，大家都在議論這三個字的含義。

夜幕降臨了，大夥安睡了，吳廣悄悄地溜到了附近的破廟，點起了篝火，學着狐狸的聲音叫喊：「大楚興，陳勝王。」這聲音傳得很遠很遠，人們驚醒了，一夜沒有合眼。第二天，大夥聚在一起，三三兩兩的議論着夜裏發生的怪事，同時還向站在遠處的陳勝指指點點。

押送士卒的將尉喝醉了，吳廣故意挑起想要逃跑的話題。將尉十分生氣，拿起鞭子抽打吳廣。吳廣向來關心士卒，深受大夥的愛戴。士卒們為吳廣求情，將尉更生氣了，拔出腰間的佩劍向吳廣砍去。吳廣趁機奪劍，殺死將尉。陳勝手疾眼快，衝上前殺掉了另一個押解士卒的將尉。

事情鬧大了。陳勝、吳廣召集全體士卒說：「各位，我們遇到了大雨，道路泥濘無法行走。按照法律，凡是不能按時到達戍守地的都要殺頭。退一步說，即使不殺頭，我們到漁陽戍邊，也是九死一生啊。大丈夫不死便罷了，要死也要成就功名。難道那些王侯將相都是天生的貴種嗎？」

在陳勝的鼓動下，士卒紛紛響應，說：「我們願意服從您的指揮。」

　　為了號召百姓參加反秦的隊伍，陳勝、吳廣打出了公子扶蘇、
楚將項燕的旗號。陳勝和吳廣帶領全體士卒設壇盟誓。在陳勝和吳廣
的指揮下，飢寒交迫的士卒迅速地攻佔了大澤鄉，隨後又攻佔了蘄縣
（今安徽宿州南），一路打過去，所向披靡。等到攻下陳縣（今河南淮
陽）時，陳勝和吳廣的隊伍已發展到戰車六七百輛、騎兵一千多人、
步兵數萬人的規模。

　　陳勝召集陳縣的鄉賢議事，大家都說：「將軍反抗暴秦，又以楚
國號召反秦，功勞很大，應該稱王。」陳勝不作推辭，自封陳王，建
立了歷史上第一個農民政權：張楚。

　　可惜啊，一派大好的形勢，終因起義軍分裂毀於一旦。當陳勝分
兵打擊秦軍時，些心懷鬼胎的將領趁機脫離陳勝，自行稱王。秦軍
抓住這一機會各個擊破，打敗了陳勝領導的起義軍。更為悲慘的是，
陳勝自己也被叛變的車夫殺了。

　　從稱王到身死，陳勝的「張楚」政權只存在了六個月。不過，陳
勝和吳廣掀起的反秦浪潮很快形成了燎原之勢，在各地熊熊燃燒起
來。其中，最重要的兩支隊伍是由項羽、劉邦領導的政治軍事集團。

（見《史記·陳涉世家》）

雖死猶榮的英雄項羽

項羽出身名門，是楚國大將項燕的後代。為了躲避秦王朝的追殺，項羽隨同叔父項梁遠離家鄉下相（今江蘇宿遷），到江東的吳中（今江蘇蘇州）避難。

為了復仇，項梁全身心地教項羽讀書，希望他做一個有用的人。沒過多久，項羽把書本扔到了一旁，不願意讀了。項梁只好教他劍法，沒過多久，項羽又不願練了。項梁十分生氣，項羽滿不在乎地說：「那些不需要深入地學習。要學，就學能指揮千軍萬馬的兵書。」

項梁立即教項羽研習兵書，沒過多久，項羽掌握要領後又不學了。項羽身材魁梧，高八尺有餘，力氣大得驚人，能扛起一座巨鼎。更重要的是，項羽才氣過人，周圍的人十分敬畏他。

一天，吳中城裏熱鬧非凡，街道上熙熙攘攘。原來，秦始皇南巡到了吳中，人們為了一睹皇帝的真容，裏三層外三層地把道路圍得個水泄不通。項羽擠在人羣當中，眼睛死死地盯住秦始皇，脫口而出：「我可以取而代之。」聲音雖然不大，但如同晴天霹靂突然響起。項梁嚇壞了，慌忙捂上項羽的嘴：「這可是滅門之罪啊。」從此，項梁更加欣賞姪兒項羽了。

陳勝在大澤鄉起義的消息傳開後，各地紛紛起兵響應。項梁久有起義之心，立即帶着姪兒項羽奪取了吳中，公開地亮出了反秦大旗。

項梁、項羽佔領吳中後沒有立即北上，開始重點經營會稽郡。

召平奉陳勝之命攻打廣陵（今江蘇揚州），戰鬥陷入了膠着狀態。就在這時，陳勝打了敗仗，秦軍調整戰略部署向廣陵壓來。為了解除眼前的危機，召平渡江尋求項梁的支援。召平見到項梁後，以陳勝的名義拜項梁為楚王上柱國。上柱國是楚國的官名，相當於大將軍。在召平的請求下，項梁叔姪帶領八千江東子弟兵渡江北上，所

到之處，聲勢浩大。一批反秦志士如陳嬰、英布等紛紛率部投奔項梁叔姪。

正當項梁在淮河流域招兵買馬時，陳勝兵敗被殺的消息傳來了。謀士范增聽說後，立即求見項梁，並對項梁說：「陳勝失敗是必然的。秦滅六國，楚國是最無辜的。楚懷王受騙入秦，不能回到自己的國家，老百姓至今憤憤不平。楚南公曾經斷言：楚雖三戶，亡秦必楚。陳勝亮出反秦的大旗後，不立楚王的後人反而自立為王，因此不能長久。將軍您起兵江東，楚國各地紛紛響應。您的一家世世代代在楚國擔任將軍，如果能立楚懷王的後人，這樣，既可順應民意，又以此相號召，進一步壯大隊伍。」項梁認為范增的話很有道理，於是，四處尋找楚懷王的後人。此時，楚懷王的孫子熊心正在放羊，幾經曲折，項梁找到了熊心，並立熊心為楚懷王。

項梁立楚懷王後，隊伍進一步壯大。很快，他們轉戰到齊地，接連打了幾個勝仗。項梁被勝利衝昏了頭腦，放鬆了警惕。瞅準這一機會，秦將章邯聚集力量後反撲過來，項梁來不及反抗，已身死敵手。

項梁死後，楚懷王熊心乘機將兵權攬到手中，並把國都從盱眙（今江蘇盱眙）遷到了彭城（今江蘇徐州）。

章邯打敗項梁後，認為楚軍已不成氣候，指揮大軍渡過黃河，以迅雷不及掩耳之勢向趙軍發起了猛攻。趙王歇打了敗仗後，一邊躲進鉅鹿城堅守，一邊向周圍的起義軍發送求救信號。

再說楚懷王熊心奪得兵權後，將項羽視為防範對象。趙國求救時，熊心故意任命宋義為上將軍，讓他節制項羽。章邯是項羽的殺叔仇人，項羽一心想報仇泄恨。宋義率部走到安陽後，一連四十六天按兵不動。項羽十分着急，對宋義說：「我聽說秦軍把趙王圍困在鉅鹿城中，如果率領大軍迅速地渡過黃河的話，我們從外面進攻，趙軍從城裏策應，肯定能打敗秦軍的。」宋義不予理睬，並頒佈告示：「凡是不服從軍令的，一律斬首！」

這一作法當然是針對項羽的。因手中無權，項羽只得嚥下這口惡氣。宋義是個私心很重的人，為了尋求後路，他把兒子宋襄送到齊國當宰相，臨別時接二連三地舉行盛大的告別酒宴。此時，地凍天寒，又下起大雨，救趙的將士們缺衣少食，怨言四起，人心浮動。項羽怒不可遏地說：「軍中無糧，將士們只能靠芋頭、豆子之類的食物充飢。可是，上將軍卻花天酒地，忙着會朋友。明明是不願意引兵渡河，與趙軍合力攻秦。偏要說等到秦軍疲憊後再進攻。秦軍一旦擊破趙軍後，將會更加強大，那時，我們將面臨更大的危險。國家安危，在此一舉。上將軍不顧將士的安危，一味地徇私，不顧將士的死活。」

項羽的話點起了將士們壓抑在胸中的怒火，項羽抓住機會來到中軍大帳，殺了宋義並向眾人宣告：「宋義與齊國密謀反楚，楚王指示我殺掉他。」眾將見此光景，沒有一個敢反對的，都異口同聲地說：「立楚王的是將軍一家。將軍誅亂，理所當然。」眾將共同推舉項羽為代理上將軍，為了斬草除根，項羽派人殺掉了宋義的兒子宋襄，隨後，又派人稟報楚懷王熊心。熊心見木已成舟，只好任命項羽為上將軍。

項羽隨後帶兵救趙。渡過黃河後，項羽命令士兵把船隻沉入河底，把飯鍋砸掉，每個人只帶三天的乾糧，表示決不後退的決心。

在項羽的指揮下，楚軍士氣高昂，勇往直前，連續打了幾場勝仗，徹底殲滅了秦軍的主力。當時，參加救趙的各路諸侯在鉅鹿周圍建立了十多座壁壘，可是，沒有一位敢跨出壁壘迎擊秦軍。等到項羽指揮大軍撲向秦軍時，這些將士站在壁壘上觀看。只見項羽的士兵以一當十，殺聲動天，觀看的將士嚇出了一身冷汗。

取得戰勝秦軍的大捷後，項羽召見各路諸侯。諸侯進入項羽大營的轅門後，一個個用膝蓋行走，沒有一個敢抬起頭仰視項羽。從此，項羽成為各路諸侯的上將軍，諸侯們都聽他的指揮。

　　項羽消滅秦軍主力後，揮師西進撲向秦王朝的大本營關中。關中東有函谷關，西有蕭關，南有武關，北有潼關。

　　關中歷來是兵家必爭之地。項羽揮師西入函谷關時，消息傳來，劉邦已佔領了秦都咸陽。原來，楚懷王熊心分兵進軍關中時，與各位將領約定，誰能先入咸陽，誰當關中王。為了阻止這一勢態繼續蔓延，項羽率四十萬大軍火速前進，很快趕到了新豐鴻門（在今陝西臨潼境內）。此時，沛公劉邦率十萬人馬駐紮在霸上（今陝西西安灞橋）。兩軍相距二十多里。

　　與項羽軍隊戰鬥力相比，劉邦簡直不堪一擊。大戰一觸即發，人心浮動。劉邦手下的曹無傷派人送來消息：「沛公打算稱王關中。」

　　項羽大怒：「明天早晨犒賞士兵，進擊沛公！」

　　范增生怕項羽有仁人之心，放走了劉邦，對項羽說：「沛公以前在山東時，貪圖財物，喜歡漂亮的姑娘。現在進入關中後，不取財物，不親近女色。真是志向遠大啊。我讓人測看劉邦的氣象，成五彩色，像雲蒸霞蔚的龍虎，這是當天子的前兆。應立即消滅，千萬不要失去機會。」

　　項羽討伐劉邦的消息傳到了項伯的耳朵中，項伯一聽，決定前去營救好友張良。

　　項伯是項羽的叔父，張良是劉邦的謀士，兩人是生死之交。項伯連夜趕到劉邦的軍中，讓張良趕緊逃命。

　　張良問清原委後，對項伯說：「當年，我奉韓王之命跟隨沛公。現在，沛公遇到了危險，我悄悄溜走，是不義的行為。你等一下，我去向沛公告辭。」說罷出門，把消息傳遞給劉邦。

　　劉邦大吃一驚。張良說：「請大王隨我去見項伯，表明不會背叛項王的心意。」

　　劉邦馬上警覺起來，心想，項伯是項羽的叔父，難道張良暗中通敵？忙問：「你倆是怎麼認識的？」

張良答道：「早年，我們倆一同出遊。項伯殺人，我救了他。現在，發生了這麼緊急的事，他特意來告訴我。」

沛公放下心來，問：「你倆哪位年紀大？」

張良說：「他歲數大。」

劉邦說：「喊他進來，我認他為兄長。」

張良出門請項伯與劉邦相見。劉邦見到項伯，又倒酒又是喊大哥，讓項伯十分感動。隨後大敘家常，兩人結為兒女親家。

劉邦裝出一副委曲的模樣對項伯說：「我入關以後，秋毫無犯，忙着登記戶籍和查封府庫，盼望項羽將軍早日到來，以便及時移交。前些日子，我派軍隊把守函谷關，是為了防止盜賊出入。沒想到竟與項羽將軍發生了誤會。我日日夜夜地盼望項羽將軍入關，怎麼會背着項羽將軍做不地道的事呢？請兄長把我的苦心告訴項羽將軍。」

項伯十分感動地說：「明早你早些過來，向項王致歉吧。」項伯連夜趕回，來到項羽住的地方，替劉邦說了一大籮筐的好話：「要是沛公不先掃除把守關中的秦軍，你怎能順利地進入關中？劉邦是有功之人，你攻打他，是不義的行為，不如善待他。」項羽認為很有道理，答應了項伯。

第二天一大早，劉邦帶着百幾名侍從來到鴻門見項王。進門後忙說：「我與將軍合力攻秦，將軍轉戰河北，我轉戰河南。沒有想到我能先入關中。現在，有小人從中挑撥，讓將軍產生了誤會。」

項羽不假思索地說：「是曹無傷告訴我的。不然，我們怎麼會有這樣的誤會？」天真的項羽把劉邦的話當真了。劉邦聽到此話後，不露聲色，回去後立即把曹無傷殺了。這是後話。

項羽宴請劉邦，范增決定趁此機會殺掉劉邦。賓主坐定後，范增多次使眼色，希望項羽下令埋伏的將士除掉劉邦。項羽不予理會。見此，范增又多次舉起玉玦，請項羽下定決心。「玦」與「決」同音，范增舉玦的意圖是請項羽下決心除掉劉邦。項羽明明知道范增的想法，

故意不理睬。無可奈何的范增只好走到軍帳的外面，對項莊說：「君王仁慈，不想下手。你可以祝壽的名義入帳，趁舞劍助興的時候擊殺沛公。不然的話，今後你們都會成為沛公的俘虜。」

項莊急忙入帳，向劉邦敬酒。敬酒結束後，項莊說：「君王與沛公對飲，軍中沒有音樂，不如我奉上一段劍舞，以助酒興。」項羽說：「可以。」

項莊拔劍起舞，精妙的劍術引來陣陣喝彩。突然間，項莊把劍鋒指向了劉邦，使本來已緊張的氣氛變得更加緊張。項伯見勢不妙，立即拔劍入場，拆解項莊的劍法，以身體保護劉邦。

宴會上暗含着一股殺氣，頓時氣氛格外緊張。張良急忙起身到軍門外告知樊噲：「形勢危急。項莊舞劍，打算殺害沛公。」樊噲一聽急了：「我進去，與他拼命。」樊噲是劉邦的侍衛，當即一手拿劍一手持盾要闖進軍門。衛士連忙把手中的長戟指向樊噲，樊噲側身用盾牌撞倒衛士闖進大營。

樊噲用冒出兇光的眼睛盯着項羽。項羽手按劍柄問：「你是甚麼人？」張良指着樊噲說：「他是沛公的隨車警衛樊噲。」

項羽打量了一番，說：「像個壯士，給他上酒。」樊噲接過酒，說了聲謝，一仰脖子喝完了一斗酒。

項羽興趣來了，說：「再給他個豬肘。」項羽手下拿了個生豬肘交給樊噲。樊噲早年是殺豬的。只見他把豬肘放到盾牌上，熟練地拔劍切肉，風捲殘雲，頃刻之間吃光了一個大大的豬肘。

項羽問：「壯士，還能喝酒嗎？」

樊噲答道：「死都不怕，還怕酒嗎？」隨後又說：「秦王像隻吃人的虎狼，殺人無數，到處施行酷刑，天下人都起來反抗。楚懷王與各位將領約定，誰能先入咸陽，誰可稱關中王。沛公攻破秦國進入咸陽後，分毫不取，立即封閉宮室，還軍霸上，盼望着大王的到來。像這樣勞苦功高的人，應該受到獎賞才對。可是，大王不但不行賞，反而

聽信小人的挑撥離間，打算誅殺有功之人。這種做法與秦王有甚麼區別呢？是萬萬不可取的。」樊噲振振有辭，顯然打動了項羽。

項羽說：「入坐吧。」頃刻間，酒宴上的氣氛緩和多了。過了一會兒，劉邦假裝要上廁所，樊噲緊隨左右，兩人乘機逃出了項羽大營。

算算時間，張良估計劉邦已回到軍中，起身對項羽說：「沛公不勝酒力，不能親自告辭。讓我奉上白璧一雙，獻給大王，表示歉意。」又對范增說：「沛公令張良奉上玉斗一雙，拜獻給大將軍。」

項羽問：「沛公現在哪裏？」

張良回答：「因大王有意責備，沛公已回去了。」

項羽接過白璧，把它放到了桌上。范增當即把玉斗扔到地上，拔劍擊碎，長歎了一口氣：「唉！今後奪項王天下的人，必定是沛公。我們都將成為沛公的俘虜。」

項羽放走劉邦後立即進兵咸陽，為洩私憤，放火燒了秦宮。隨後，搜羅了一大堆金銀財寶，準備返回家鄉。這時，有人勸說項羽不要離開咸陽。項羽說：「打了勝仗不回家鄉，就像是穿着華麗的繡衣在夜間行走一樣。」

各路諸侯聚集到彭城，眼巴巴地看着項羽，希望能得到好的分封。

其實，分封是項羽最不願做的事情。可是，不行啊。如果不分封，萬一握有兵權的諸侯造起反來，勢必要重新燃起戰火。萬般無奈，項羽只得進行分封。

分封歸分封，項羽絲毫沒有放鬆對諸侯的控制。具體地講，劉邦是項羽的勁敵，為了重點防範，項羽動了一番腦筋。「你劉邦不是想得到關中嗎？我就是不給，我把你分封到交通不便，只有棧道和外界聯繫的漢中（今陝西漢中），讓你當漢中王，看你還能有甚麼作為。」為了預防劉邦出漢中佔據關中，項羽故意把關中分封給秦國的降將章

邯、司馬欣、董翳等三人，試圖用章邯等人在關中築起一道防線，監視劉邦的一舉一動。

分封時，項羽自封為「西楚霸王」，下轄九郡，建都彭城。秦併六國後將天下分為三十六郡，因此天下有四分之一的地盤歸項羽管轄。

不久，諸侯因得不到想要的封地，又打起來。時間一長，各路諸侯認為這是項羽分封不公造成的，為此，暗中串聯在一起，準備聯合討楚。

正當項羽為討伐諸侯忙得焦頭爛額時，遠在漢中的劉邦抓準機會，登壇拜韓信為大將軍，以迅雷不及掩耳之勢攻佔了關中。

消息傳來，項羽任命鄭昌為韓王，在關東構築防線。此時，劉邦在關中立足未穩，為了延緩韓國進攻關中的時間。劉邦派張良出使韓國，張良對韓王說：「漢王劉邦奪取關中，只是為了履行當初楚懷王舊約，沒有繼續向東擴張的意圖。」

韓王自知不是劉邦的對手，因此沒有立即進軍關中，同時也放鬆了警惕。

為了爭取備戰的時間，劉邦故意派人把齊國、趙國聯合攻楚的書信交給項羽。劉邦此舉的目的是為了把戰火引往其他的地方。對項羽來說，關中遠在千里之外，解決近在咫尺的齊國才是當務之急。萬般無奈，項羽只能眼睜睜看着劉邦領導的漢軍勢力壯大，放棄西上，調轉矛頭去征討直接威脅彭城的齊國。

正當項羽與齊軍相持不下的時候，劉邦迅速出兵入關，率領五路諸侯的五十六萬大軍直撲楚都彭城。得到劉邦攻佔彭城的消息後，項羽一方面令部下繼續堅守齊地，另一方面率三萬精兵回援。

劉邦攻下彭城後，被勝利衝昏了頭腦，四處擄掠財寶和婦女，天天大宴賓客。此時此刻，項羽的三萬精兵已繞過劉邦的防線，突然從彭城西面的蕭縣（今安徽蕭縣）發起了進攻。早晨，正當劉邦及漢軍

還在酣睡的時候，項羽自西而東殺進了彭城。漢軍如同驚弓之鳥，一下子潰敗下來。

驚魂未定的漢軍逃到了靈璧（今安徽靈璧）東面，正打算渡過睢水時，急如旋風的楚國騎兵又殺了過來。為了逃命，漢軍爭先恐後地渡河。楚軍順勢將漢軍圍堵在河中，一下子斬殺了十餘萬漢軍。睢水染成了一片血色，兩岸響起撕心裂肺的哭嚎聲。正當劉邦擔心被抓的時候，一陣大風從西北颳起，打亂了楚軍的陣營。乘飛沙走石天昏地暗之際，劉邦幸運地逃出了楚軍的視野。

很快，楚軍再次發現劉邦的行蹤，沿着劉邦逃跑的道路猛追過來。劉邦恨不得插上翅膀，因嫌車速太慢，把自己的兒子劉盈和女兒魯元公主推到車下。幸好，駕車的滕公夏侯嬰仁慈，幾次下車把劉盈和魯元公主拉到車上。

彭城之戰後，劉邦元氣大傷。多虧蕭何派遣的關中接應部隊及時趕到，劉邦才得到喘息的機會，在滎陽重整軍備。此後，聯漢反楚的諸侯見勢不妙，紛紛投靠項羽。當然也有例外，乘項羽回援彭城之際，田橫打敗了楚軍，收復了齊地。

因有齊軍牽制項羽，楚漢兩軍在滎陽一帶進入相持階段。後來，劉邦提出以滎陽鴻溝為界的建議，雙方罷兵，約定將滎陽以東的地盤歸項羽，以西的地盤歸劉邦。經過長期的相持，項羽有些厭倦了，打算接受劉邦的建議。

范增聽說後，忙出來勸阻。為此，項羽打消了撤兵的念頭，繼續與劉邦對峙。面對項羽凌厲的攻勢，劉邦有點招架不住了。為了翦除范增，劉邦採用離間計挑撥項羽和范增的關係，項羽果然上當，從此疏遠了范增。

范增見項羽聽不進正確的意見，歎了口氣，要求告老還鄉。後來，病死在路上。

楚漢兩軍在滎陽對陣，進入了曠日持久的拉鋸戰。

項羽感慨地對劉邦說：「天下因為我們倆不得平安，我願意與你單打獨鬥，省得苦了天下百姓。」劉邦笑道：「我與你鬥智，不與你鬥力。」

項羽派壯士出城挑戰，劉邦躲在城中不出。項羽想後撤，又怕劉邦追趕。就在項羽和劉邦相持的時刻，劉邦的大將韓信轉戰河北大敗楚軍後，又攻克了齊國。齊地與項羽的統轄區魯地相鄰，直接威脅到項羽的老巢。

機會來了，早就不滿項羽的彭越再度扯起了反楚的大旗。彭越反楚等於在項羽的背後又狠狠地插上了一刀。迫不得已，項羽只得再次分兵清剿彭越。

然而，精通戰法的彭越豈是束手就擒之輩。就這樣，項羽陷入了同時應對幾個戰場的困境。

連年戰爭，楚漢雙方都精疲力竭了。劉邦向項羽建議，以滎陽為界，滎陽以東歸項羽，滎陽以西歸劉邦。項羽接到劉邦的來信後，決定接受劉邦的建議。

聽到劉邦準備罷兵回關中的消息，張良、陳平立即勸說劉邦：「大王您擁有的天下已經過半，各路諸侯都依附您。楚兵既疲憊不堪又已無軍糧支持。這正是老天爺要滅亡楚國的時候，不如趁此機會追擊。如果不追擊的話，今後將會養虎為患。」劉邦恍然大悟，當即撕毀條約，追擊楚軍。

劉邦一路追擊來到陽夏。劉邦與韓信、彭越約定，同時發起攻打項羽的戰役。誰知戰鬥開始後韓信、彭越按兵不動。項羽困獸猶鬥，劉邦大敗而歸。劉邦沮喪地對張良說：「諸侯不服從調遣，該怎麼辦？」

張良說：「楚軍將要被擊破，韓信、彭越等人到現在還沒有得到分地盤的好處，不願出兵是必然的。如果君王能與他們分天下，他們肯定會出兵。如果不來的話，君王是否能打敗項羽將很難說。」

　　劉邦接受了張良的意見，當即派使者告訴韓信、彭越：「我們要同心協力。楚國攻破後，陳地以東到海邊的地盤將分給韓信，睢陽以北到谷城的地盤將分給彭越。」使者傳達了劉邦的意見後，韓信、彭越立即說：「請回，立即出兵。」項羽的災難來臨了，幾支大軍在劉邦、韓信、彭越的帶領下從不同的方向圍向項羽，幾經安排，在垓下（在今安徽靈璧東南）包圍了敗退的楚軍。

　　楚軍人心浮動，將士們見大勢已去紛紛逃走。夜間，項羽巡營，突然聽到從漢軍方向傳來的楚歌聲。項王大驚失色：「難道劉邦已奪取楚地？不然的話，軍中哪來這麼多的楚人！」其實，這是劉邦的疑兵之計，是為了擾亂項羽的軍心。

　　項羽長歎一聲，端起酒杯，默默地飲下。他看着一直陪伴在身邊的美人虞姬，又看着帳外陪伴自己衝鋒陷陣的寶馬烏騅，想想往日馳騁疆場戰無不勝的風光，再看看如今眾叛親離的光景，項羽感慨萬千，拔劍作歌唱道：「力拔山兮氣蓋世，時不利兮騅不逝，騅不逝兮可奈何，虞兮虞兮奈若何。」粗獷的歌聲伴着悲傷的語調讓人格外地心傷，虞姬早已是淚流滿面。猛然間，虞姬手持項羽的利劍，翩翩起舞，帳中的將士似乎也感受到了英雄末路的悲痛，個個掩面而泣，低下了腦袋，不忍再看這一悲壯的場面。

　　歌罷，項羽不忍心跟隨多年的部下送命，悄悄帶領八百名壯士離開大營。天亮了，漢軍發現項羽已經逃走。劉邦命令灌嬰帶五千騎兵火速追擊。

　　項羽渡過淮河後，沒有掉隊的只有一百多個騎兵了。

　　屋漏偏遇連陰雨，項羽在陰陵（安徽和縣境內）迷失了方向。向老農問路，不知是故意還是無意，老農指錯了方向。項羽沒走多久，陷入了沼澤之中。

　　漢軍趁機追上，項羽只得引兵向東。項羽逃到東城（安徽和縣境內）時，只剩下二十八騎。情形萬分危急，緊隨其後的漢軍有幾千騎

兵。項羽對部下說：「我起兵到現在已八年，身經七十多仗，所向披靡，從沒有失敗過，因此能號令天下。今天被困於此，是老天爺要亡我，不是我不會打仗。現在，我先突圍，殺斬敵將，再拔漢軍軍旗。打幾個漂亮仗給你們看看，三戰必定三勝。」項羽長歎一聲又說：「是老天爺要亡我，不是我不會指揮打仗啊。」說罷，把二十八騎分成四隊，從四個方向衝向漢軍。

項羽發出雷霆般的吼聲呼嘯而下，驚慌失措的漢軍四處逃竄，項羽力斬一員漢將，殺開了一條血路。漢軍楊喜立即追趕項羽，項羽橫刀立馬，怒目圓睜，嚇得楊喜魂不附體，眼睜睜地看着項羽揚長而去。

突圍後，項羽的人馬向三個方向行進。漢軍分兵三路繼續追擊，很快又把項羽團團包圍起來。項王再次衝向敵營，斬殺一名漢將，劍鋒所向之處，力斬數百名漢軍。

項羽再次把部下聚集到一起，清點人數，僅傷亡兩騎。項羽問部下說：「我剛才說的對嗎？」

二十六騎歎服地說：「如大王言。」

滔滔不盡的烏江拍打着江岸，彷彿在為項羽唱一曲悲壯的輓歌。項羽率部下來到烏江時猶豫了，難道真的要渡過烏江，回到起兵的江東嗎？他猶豫了。

烏江亭長駕着小船，對在江邊徘徊的項羽說：「大王，速速渡江。江東雖小，有上千里的地盤，又有數十萬的人，足夠大王東山再起。我有小船一艘，漢軍無船，無法渡江追趕。」

項羽笑道：「天要亡我，渡江又有甚麼用呢？當年，我與江東子弟八千人渡江，他們現在沒有一個活着的。即便江東父兄憐愛我，可我有甚麼臉面去見他們？退一步講，即使江東父老原諒，難道我不慚愧嗎？」隨後指着戰馬對亭長說：「您年齡比我大，這匹戰馬跟隨我已經五年，所向無敵，能日行千里。我不忍心殺牠，送給您吧。」於是命令騎兵下馬，持刀劍與漢軍搏鬥。

　　漢軍裏三層外三層地把項羽包圍起來。才殺退一波，又一波擁上。項羽雖一口氣殺死數百漢軍，但已受十幾處創傷。正殺得性起，回頭看見當年的部下呂馬童，說：「你不是我的熟人嗎？」呂馬童故意裝作不知，對身邊的王翳說：「他就是霸王項羽。」

　　項羽說：「劉邦懸賞千金買我的人頭，分封萬戶侯。今天成全你吧。」於是拔劍自殺。這樣，一代叱咤風雲的名將結束了短暫的一生。

（見《史記・項羽本紀》）

漢王朝的締造者劉邦

　　幾經沉浮，屢敗屢戰，劉邦終於笑到了最後。是他，打敗了項羽，掃平了羣雄，開創了漢代四百年基業。

　　劉邦又叫劉季，沛縣（今江蘇沛縣）人，傳說出生十分神奇。一天，劉邦的母親劉老太出門，在湖邊睡着了。突然，晴朗的天空電閃雷鳴，一場暴雨即將來臨。劉太公忙出門尋找妻子，當他快到劉老太身邊時，神奇的一幕發生了。突然間，一條巨龍伏在妻子的身上。巨龍滿身火紅，龍鱗上閃着暗色光芒，粗壯的龍角在頭上矗立，龍頭昂起，張揚着不可侵犯的氣勢。劉太公大驚，忙叫醒妻子回家。沒過多久，劉老太生下了劉邦。

　　劉邦十分仁義，能與周圍的人和睦相處。長大後，當了泗水亭長。劉邦好酒好色，經常到王大娘、武負的小酒館喝酒，喝酒時，王大娘、武負經常看到劉邦的頭上盤旋着一條巨龍，從此，格外看重劉邦。年終算帳時，王大娘、武負免除了劉邦欠下的酒債。

　　一次，劉邦到秦都咸陽服役，看到秦始皇出巡時宏大的場面。感慨地說：「大丈夫生當如此也！」言語間透露出一副羨慕的神情。

　　呂公家住單父縣，是沛縣縣令的好朋友。為了躲避仇人，呂公把家遷到了沛縣。沛縣有名望的人聽說縣令家來了貴客，紛紛上門祝賀。縣令看來了這麼多人，認為斂財的機會來了，忙對手下人說：「凡賀禮不滿一千錢的，讓他們在堂下入座。」

　　劉邦來到縣令的府上，拿起筆在賀禮簿上大大咧咧地寫上了「賀錢萬」三個大字。負責接待的看是一萬塊錢，立即把劉邦請到了大堂。其實，劉邦只帶了一個銅錢。

　　劉邦走進大堂，呂公忙起身迎接。呂公會看相，劉邦氣宇軒昂，額頭寬闊，臉上飄着一副漂亮的鬍子，立即討得呂公的歡心。

　　呂公請他上座，劉邦也不推辭，一屁股坐下。呂公對劉邦說：「我有個女兒呂雉，願意嫁給你為妻。」酒席結束了，老伴生氣地對呂公說：「你經常說要把女兒嫁給貴人，沛縣縣令願結為兒女親家，你不答應。為甚麼要許配給劉季？」呂公笑了笑：「這你就有所不知了。」說完，不再作解釋，執意把女兒嫁給了劉邦。

　　劉邦押解服徭役的勞工到驪山修陵墓。這些勞工心知到驪山服役將九死一生，趁劉邦不備，逃走了。劉邦見勞工逃走了一大半，知道自己將會受到處罰。他乾脆送個人情。劉邦請勞工喝酒。喝完酒，他解開防止勞工逃走的刑具說：「你們趕緊逃命吧，你們走後，我也遠走高飛。」

　　十多個勞工被劉邦的真情感動了，表示願意跟隨劉邦。劉邦帶着大家趁夜趕路，無意中陷入了沼澤。在前面探路的人回來報告：「前面有一條大蛇擋住了路，我們還是回頭吧。」

　　劉邦醉眼矇矓地說：「好漢不走回頭路，有甚麼可怕的。」走向前，拔出佩劍砍向一條白色的大蛇，分開了道路，繼續前進。

　　後來，有人在劉邦斬蛇的地方看到一位老婆婆痛哭流涕，問她為甚麼這麼傷心。老婆婆說：「有人殺了我的兒子。」又問：「您兒子為甚麼被殺？」老婆婆說：「我的兒子是白帝的兒子，在道路的當中變成一條白蛇。沒想到赤帝的兒子將他砍成了兩段。」說完話，老婆婆不見了。這事很快傳開了，跟隨劉邦的人更加敬畏劉邦。

　　其實，類似的神奇故事早就有了。秦始皇常說：「東南有天子氣。」為了防止有人造反，秦始皇一直在暗中查訪。劉邦聽說後十分得意，以為在東南上空出現的「天子氣」是指自己。為了躲避搜捕，劉邦經常躲到芒山和碭山的老林中。劉邦躲進深山後，沒有人能找到他，只有呂雉能找到。劉邦感到很奇怪，便問老婆是甚麼原因。呂雉說：「你藏身的上方常有雲氣，我是根據雲氣找到你的。」沛縣的年輕人聽說後，都願意跟隨劉邦。

劉邦帶着十幾個囚徒逃跑後，很快聚集成一支數百人的隊伍。恰好，陳勝、吳廣在大澤鄉發動了反秦起義。各地的官吏惶惶不可終日，哪裏還有心思抓捕劉邦。

陳勝起義後，各地的官吏為了自保，也亮出了反秦的旗號。

沛縣縣令見秦王朝氣數已盡，也打算策應陳勝。縣中小吏蕭何、曹參對縣令說：「您是秦皇委任的官員，如果率沛中子弟反秦的話，恐怕大家不會信任您。不如請逃亡在外的劉邦回來，這樣，有劉邦的支持，眾人不敢不聽。」

縣令認為很有道理，就讓樊噲請劉邦回來。

正當樊噲出城請劉邦時，縣令後悔了，怎麼聽蕭何一忽悠，就放棄了權力呢？連忙讓人緊閉城門，不接納劉邦。同時，準備殺掉蕭何、曹參。蕭何、曹參只得逃到劉邦那裏。

劉邦率領部下趕到沛縣時，沛城的大門緊緊地關閉。劉邦將告示父老鄉親的信射入城中，信上寫道：「天下早就被秦王朝害苦了。各位父老為沛令守城，一旦諸侯攻破城池的話，你們都將遇難。如果你們殺掉縣令，擁立一個可信賴的人，策應反秦諸侯，那麼，可以保全身家性命和財產。」

劉邦的一番話，打動了城中的父老。大夥一商量，率各家子弟殺了沛令，打開城門迎接劉邦。

劉邦怕難以服眾，故意對大家說：「天下大亂，諸侯並起。如果選將不當的話，將一敗塗地。我才能有限，恐怕難以擔當守城的重任，請推舉更適合的人擔當。」

一番話，說得大家面面相覷，不知怎麼辦才好。選來選去，大家認為劉邦比較適合，於是共同推舉劉邦擔任首領。

沛城的鄉賢父老也說：「我們占卜了，都說劉邦領導大家最吉利。」劉邦雖然暗自高興，但要做足推讓的姿態。幾經反覆，劉邦被立為沛公，從此掌管了沛縣。

在蕭何、曹參、樊噲的支持下，劉邦招募了一支兩三千人的隊伍。人馬多了，劉邦開始以沛縣為根據地向周邊擴展。這時，項梁、楚懷王伸出了援助之手，為劉邦壯大隊伍奠定了基礎。

先說一說項梁。俗話說，創業艱難。劉邦有心壯大隊伍，但在戰場上總是受挫。為了藉助項梁的力量平定多次反叛自己的雍齒，劉邦投奔了項梁。正在招兵買馬的項梁接納了劉邦，把五千將士調撥給劉邦，劉邦用這支人馬平定了雍齒，壯大了自己。

再說一說楚懷王熊心。項梁、項羽叔姪當初立熊心為王，目的是借用「楚懷王」這一名號來號召反秦。熊心得到王位後，因軍權掌握在項梁、項羽叔姪的手中，一直鬱鬱不樂。項梁遇害後，熊心以為削弱項羽兵權的機會來了。在人事調整時，熊心先是宣佈呂臣、項羽指揮的軍隊由自己統帥，又宣佈遠在碭郡的劉邦率碭郡兵。

熊心是個很有心計的人，決意要用劉邦打壓項羽。當時，義軍與秦軍作戰的重點區域在河北。因河北牽制了秦軍的主力，如果在這一時刻進軍秦王朝的大本營關中的話，將會勢如破竹。具有戰略眼光的項羽看清了這一形勢，主動請纓進攻關中。楚懷王不願看到項羽強大，故意把項羽派往河北戰場，並命令項羽接受宋義的節制。與此同時，楚懷王又與各位將領約定，誰先進入關中，誰稱關中王。隨後又假裝公正地說：「項羽攻襄城時把全城的軍民都殺害了，太殘暴了。我們需要一位忠厚的長者安定關中，劉邦素來寬厚，可擔此重任。」明眼人一看就知道，熊心的這一做法是在玩權術，是想通過一拉一打限制和防範項羽。

按照熊心的安排，項羽根本沒有率先入關的機會，這一機會只能是劉邦的。起初，是為了壯大力量，項梁才在范增的勸說下立熊心為楚懷王。不料，熊心稱王後不甘心當傀儡，因此有了限制項羽的舉措。這一舉措的直接受益者是劉邦。可以說，劉邦勢力由弱變強與楚懷王的幫助有直接的關係。

正當項羽率部在鉅鹿與秦軍主力展開決戰時，劉邦率部向關中進軍。沿途劉邦大大地賺了一筆，先後收編了陳勝、項梁散落在沿途地區的餘部。隨後採用張良的計策，避實就虛，襲破武關（今陝西丹鳳東）。

此時，秦王朝的權臣趙高殺掉秦二世後，正在做與劉邦瓜分關中的美夢。即位的秦王子嬰趁趙高疏於防範之際，除掉了趙高。與此同時，劉邦率領大軍已到霸上（今陝西西安灞橋）。萬般無奈，子嬰決定打開城門投降，迎接劉邦。

被勝利衝昏頭腦的劉邦得意極了，準備當夜住進富麗堂皇的咸陽宮。經張良等人的勸阻，劉邦意識到一場更大的危機即將發生，於是查封了秦宮和府庫，率領軍隊重新回到霸上。臨行前，劉邦召集咸陽父老說：「各位父老，秦法苛刻，天下人深受其害。我與各路諸侯約定，誰先入關，誰當關中王。現在，我以關中王的名義與各位父老約法三章：殺人者償命，無辜傷害他人和盜竊的抵罪。其餘的秦法一律廢除。我到這裏來，是為父老鄉親除害的，絕不會侵犯大家，請不要恐慌。馬上我率軍回到霸上，待各路諸侯到關中後共同制訂約束性的條款。」說罷，派人張貼告示。

惴惴不安的百姓放心了，抬着牛羊和老酒去犒勞劉邦。劉邦堅決不接受：「糧庫裏有足夠的糧食，就不給大家添麻煩了。」關中老百姓感動了，他們知道秦王朝殘暴給天下帶來的苦難，心裏既有負罪感，同時又擔心關東諸侯入關後大開殺戒，把戰刀指向他們。因此，都盼望劉邦當關中王。經此，劉邦收買了民心，後來，他能出漢中，迅速平定關中，與這一行為有密切的關係。

項羽分封天下，最擔心的是諸侯合兵一處共同造反。為此，大動了一番腦筋。

劉邦看清形勢，心知天下大亂會殃及自己。怎樣才能從中得利呢？聰明的劉邦讓張良帶上財富，賄賂項伯，請求分封遠離關東和關中的漢中。在項伯的幫助下，劉邦如願以償，得到了漢中及巴蜀。當

其他的諸侯為爭奪地盤在關東打成一團時，劉邦得到了休整和喘息的機會。這是後話。

劉邦是項羽重點防範的對象，為了催促劉邦上任，項羽派了三萬大軍跟隨劉邦進行監視。張良對劉邦說：「大王何不燒掉棧道，向項王表示永不回來的決心呢？」從漢中到關中唯一的通道是棧道，燒斷了棧道雖放鬆了項羽對劉邦的警惕，但也隔斷了日後劉邦出漢中，向關中及關東地區挺進的道路。看着棧道上燃起的熊熊大火，劉邦一陣陣心痛。

劉邦的部下以關東及楚人為主，見棧道被燒毀，又見離家鄉越來越遠，不由得憂心忡忡。劉邦定都南鄭（今陝西南鄭）後，更可怕的事發生了，許多將士因思鄉心切，悄悄地逃走了。轉眼間，劉邦的隊伍逃走了大半。

劉邦一籌莫展，大將韓信對劉邦說：「將士的家鄉大都在函谷關以東，沒有一個不盼望着回到家鄉。大王您不如利用這一思鄉的情緒，提出打回關東的口號，與項羽爭奪天下。這樣，可安定軍心。」劉邦採納了韓信的建議，令韓信謀劃出漢中與項羽爭天下的大事。

劉邦入漢中後，霸王項羽整天忙着征討那些不服從命令的諸侯。他沒有想到，遠在漢中的劉邦正秣馬厲兵，隨時準備出漢中。

為了迷惑項羽，劉邦故意放出修棧道進軍關中的消息。項羽立即緊張起來，探聽消息的人回來報告說，棧道修築進展很慢，半天修不了一尺。項羽又放下心來。不料，這是劉邦故意放出的煙霧。當項羽放鬆警惕時，韓信已率大軍走山間小路，出了陳倉，以迅雷不及掩耳之勢佔領了關中。

佔領關中後，劉邦一面休整部隊，一面派兵把守函谷關，防止項羽入關。很快天下形成了劉邦與項羽在滎陽一線對峙的局面。兩人約定以鴻溝為界，鴻溝以西的地盤歸劉邦，鴻溝以東的地盤屬於項羽。

劉邦準備帶兵撤離時，謀士張良和陳平力勸劉邦乘勝追擊。劉邦

與韓信、彭越等兩支隊伍合力，最終在垓下消滅了項羽。

天下統一後，劉邦建都長安（今陝西西安），當上了皇帝。從此，開創了漢家四百年的基業。

漢高祖劉邦在洛陽南宮大擺慶功宴。劉邦問：「各位不要隱瞞看法，說說我得天下和項羽失天下的原因？」高起、王陵說：「從表面上看，陛下慢待和輕侮人，項羽仁慈愛人。其實，陛下善於用人，能論功行賞。項羽不能論功行賞，所以失天下。」劉邦不以為然：「你們只知其一，不知其二。運籌帷幄，決勝於千里之外，我不如張良。治理國家，安撫百姓，保證戰爭中的後勤補給，我不如蕭何。統帥百萬大軍，戰必勝，攻必取，我不如韓信。此三人，是人中少有的豪傑。我能任用他們，這是我奪取天下的原因。項羽只有一個范增還不能用，必然要失敗。」

當了皇帝的劉邦一點兒也高興不起來。一幫打江山的哥們上朝時，根本不把劉邦放在眼裏。在朝廷上，有的喝醉了酒大呼小叫，有的打成一團，甚至還拔出佩劍向柱子上狠狠地砍。劉邦看了，直皺眉頭。可又有甚麼辦法呢？

儒生叔孫通說：「我可以為皇上制定禮儀。」

劉邦同意了。叔孫通帶着一幫儒生，經過三個月的排練，終於成功了。

長樂宮落成了，叔孫通演練的禮儀開始實施。只見文武大臣分成兩列，在謁者的引導下，低着頭踏着小碎步嚴肅地向前走去。到了朝廷，大臣們按照尊卑上前獻上賀詞，然後倒行退下。劉邦設宴款待大家，眾臣又按尊卑秩序向前敬酒。酒過三巡，謁者說了聲「罷酒」，滿朝文武放下酒杯，在儀者的引導下一一離開，沒有一個敢吭聲。劉邦萬分感慨地說：「吾乃今日知為皇帝之貴也。」言外之意，原來，皇帝是如此尊貴。

成就如此大業，劉邦自然要還鄉。高祖十二年（公元前195

年），劉邦打敗反叛的黥布，決定還鄉。劉邦大擺宴席，招待父老鄉親。他一時豪情大發，擊筑（一種樂器）唱道：「大風起兮雲飛揚，威加海內兮歸故鄉，安得猛士兮守四方。」歌聲慷慨感人，隱隱地傳達了劉邦希望天下從此太平的思想。唱罷，劉邦又翩翩起舞，淌下了幾行熱淚，對父老鄉親說：「遊子思故鄉啊，我如今建都關中，可是，我的魂魄依舊思念老家。自朕從沛起兵除暴，終有天下。沛縣是我的出生地，現宣佈，永遠免除沛縣的賦稅徭役。」

十幾天後，劉邦決定起程回長安。眾鄉親竭力挽留，劉邦又留了三天。沛縣父老趁機說：「陛下，沛縣的賦稅免除了，可是，豐邑的賦稅還沒有免除，請陛下可憐他們，也免除了了吧。」

劉邦解釋道：「豐邑也是朕長期生活的地方，自然不會忘記。朕不免除豐邑百姓的賦稅，是因為他們當年協助雍齒反叛我。」沛縣的父老鄉親一再地請求，劉邦才下令比照沛縣，免除豐邑的賦稅。

（見《史記·高祖本紀》）

興漢第一功臣蕭何

　　蕭何是漢王朝的第一任丞相，是漢高祖劉邦的第一功臣。劉邦建立了大漢王朝，離不開蕭何的輔佐。是蕭何幫助劉邦留住了人才，留下了「月下追韓信」的一段佳話；是蕭何制定了漢王朝的律法。

　　蕭何是漢高祖劉邦的老鄉，兩人有良好的私人交情。

　　劉邦還是平民百姓時，蕭何總是袒護劉邦。劉邦當了亭長，負責一方的治安事務，蕭何總是協助他。

　　劉邦奉命押解服徭役的勞工到咸陽，按照慣例，縣中的小吏應每人送三個錢，然而，蕭何多送了兩個。

　　秦王朝的御史到泗水郡（郡治相縣，在今安徽濉溪西北）督察工作，發現蕭何有辦事的才能。考核泗水郡各級文吏時，御史評定蕭何為第一。御史很想把蕭何調到中央，但蕭何推辭了。

　　劉邦起兵反秦，在父老鄉親的推舉下做了沛公，沛公是楚人對沛縣縣令的尊稱。在大家的推舉下，蕭何當了劉邦的副手縣丞，幫助劉邦處理各種事務。

　　劉邦帶兵進入咸陽後，將軍們爭先恐後地搶奪官署倉庫中的金銀財寶。蕭何不屑一顧，只是派人從秦宮中拉了幾大車的圖書和典籍。這些圖書和典籍記錄和保存了秦王朝的律法條款、戶籍人口和山川地理等。在蕭何的保護下，這些圖書和典籍在漢王朝政權建設中發揮了重要作用。

　　秦王朝被推翻後，蕭何隨漢中王劉邦到了漢中。劉邦部下的老家大都在函谷關以東，將士們思鄉心切，紛紛逃跑。有着遠大抱負的韓信因不受重用，也隨着那些逃跑的將軍開溜了。蕭何聽說後，連夜追趕，一定要把韓信追回。

蕭何認為韓信是不可多得的人才，推薦給劉邦後，一直不見動靜。就在這一節骨眼上，蕭何聽到了韓信離開漢中的消息，他急了，連假都沒請，立即去追韓信。

不知情況的人忙向劉邦報告：「蕭丞相跑了。」

劉邦大怒：「別人背叛我便罷了，你蕭何也要背叛我嗎？」劉邦一面生氣，一面念着蕭何的好處。蕭何跑了，劉邦像失去了左膀右臂。

過了兩天，蕭何回來了。劉邦不由得又喜又怒：「蕭何啊，你我是何等的交情，別人棄我而去也就算了，你為甚麼不說一聲就跑了呢？」

蕭何連忙解釋道：「大王，我沒有逃跑，是去追一個逃走的人。」

「追誰？」

「韓信。」

劉邦一聽又火了：「逃亡的將領有幾十個，那些人不追，去追一個韓信，你肯定沒說老實話。」

蕭何說：「韓信是難得的將才，眾將無法相比。如果大王您滿足於當漢中王的話，可以沒有韓信。如果要想奪取天下的話，少了韓信萬萬不行。」

劉邦說：「我早就想向東爭奪天下了，怎能永遠窩在這裏？」

蕭何說：「既然大王有如此雄才大略，只要您能起用韓信，韓信肯定留下；如果不能任用，韓信最終還是要逃走。」

劉邦想了想說：「既然丞相這麼看重韓信，我就看在你的面子上，封他做將軍吧。」蕭何說：「只給將軍的職務，韓信肯定不會留下。」

劉邦又說：「讓他當大將軍如何。」蕭何說：「很好！」劉邦當即派人去喊韓信，要拜韓信為大將軍。蕭何連忙說：「大王一向輕慢無禮，如果像招呼小孩那樣拜將的話，韓信肯定不會接受。大王要拜韓

信為大將，請選擇良辰吉日，先沐浴更衣，設立拜將壇，再安排隆重的授權儀式。」劉邦答應了，就這樣，蕭何為劉邦找到了一個能統領千軍萬馬的大將。

楚漢相爭時，劉邦在前方打仗，蕭何負責守關中。劉邦缺少糧食，蕭何總是及時將糧草送到軍中。劉邦缺兵時，蕭何總是把補充的兵源送到劉邦的軍中。為了打敗項羽，蕭何還把蕭家的子弟送往前線。

公元前202年，劉邦打敗項羽建立了大一統的漢王朝。跟隨劉邦南征北戰的將軍們為了得到更多的封賞，互不相讓。漢高祖劉邦認為，蕭何的功勞最大，封他為酇侯，給他最大的食邑。

眾功臣不高興了，都說：「我們在前線浴血奮戰，多的打了一百多仗，少的也打了幾十仗。蕭何有甚麼功勞？沒打一仗，為甚麼功勞比我們大？」劉邦笑了笑說：「你們知道打獵嗎？」眾功臣說：「知道。」

「你們知道獵狗嗎？」眾功臣答道：「當然知道。」

劉邦不緊不慢地說：「打獵，負責追殺獵物的是獵狗；指揮獵狗追捕獵物的，是發出指令的人。你們各位只是能捕捉走獸的獵狗，是有功的獵狗。蕭何是指揮獵狗的人，是有功之人。更何況，你們大部分的家族只有一個人隨我征戰，最多的有兩三個人。蕭何全家隨我征戰的有數十人，這等大功是不可以忘記的。」

眾功臣聽後，沒有一個再敢爭功。

劉邦論功行賞時將蕭何排在第一，給蕭何很高的禮遇。特意下詔，允許蕭何佩劍穿鞋上朝，免去上朝時低頭行走的禮節。為了報答當年蕭何多給他兩個錢的恩情，又特意給蕭何多封賞了兩千戶的食邑。

常言道：伴君如伴虎。蕭何始終是劉邦防範的對象。早在楚漢之爭時，劉邦就總是派人到大本營關中慰問蕭何。蕭何十分困惑。鮑

生對蕭何說：「漢王已經對您起疑心了。請您趕快把能帶兵打仗的蕭氏子弟派到戰場上，那樣，漢王才能對您放心。」蕭何接受了這一意見，立即把自己的兄弟及後輩送到劉邦那裏。劉邦終於放下心來，高興了。

漢高祖十一年（公元前196年），陳豨謀反，劉邦率大軍親征。走到邯鄲時，劉邦聽說韓信準備在關中謀反，遂密切關注這一事件。呂后用蕭何的計策，殺了韓信。劉邦聽說韓信被殺，專門派人入關傳達拜蕭何為相國的聖旨。除此之外，又給蕭何增加五千戶的食邑，專門配置了一支五百人的衛隊。

京城中的大臣都來道喜，只有召平一個人前來報喪。召平對蕭何說：「相國啊，禍患從此就要開始了。皇上在前方衝鋒陷陣，您留守關中沒有任何戰場上的危險。可是，皇上不但給您增加食邑，還派衛隊保護您。是因為發生了韓信謀反的事情，皇上已開始懷疑您了。我勸您不但不要接受這些封賞，還要把家中的財產拿出來充作軍費。讓皇上看到您的忠心。」蕭何是聰明人，立即照辦。劉邦得到消息後，果然高興。

召平是有政治眼光的賢人。早年，是秦王朝的東陵侯，秦王朝覆滅後，成為平民百姓。因家庭生活困難，在長安城東以種瓜為生。召平種的瓜又大又甜，被人們稱之為「東陵瓜」，召平也因此出名。

平定陳豨後，劉邦又去平定黥布。離開京城期間，劉邦多次派使者回來慰問蕭何。其實，蕭何一直在兢兢業業地工作，關心安撫百姓，甚至還把家產捐獻出來充當軍費。

有位門客對蕭何說：「相國，您離滅門不遠了。」蕭何聽了一愣，說：「我一心為國，怎麼會離滅門不遠了呢？」忙請教門客。

門客對蕭何說：「您位居相國，功勞第一，您從入關起，就得民心，深受老百姓的愛戴。從那時到現在已經十多年了，人們樂意歸附您。可是，您還是一個勁地安撫百姓，您能讓遠在前線的皇上放心

嗎？皇上多次派人慰問您，是害怕關中的百姓都向着您啊！現在，您不如做些毀壞聲譽的事，讓皇上放心啊！」

為了保全一門的性命，蕭何只得違心地做一些欺男霸女的壞事，故意強行購買百姓的住宅和田產。

劉邦削平黥布班師回朝了，半路上，長安百姓攔住劉邦的車駕，告蕭何違法。

劉邦見到蕭何後，笑着說：「相國應該為民造福啊！」說着，就把百姓的告狀信摔到了蕭何的面前。然後又說：「你自己去和老百姓道歉吧。」

蕭何連忙答應，又為民請願道：「皇上，長安耕地十分緊張。上林苑有很多空地，不如拿出來一部分給百姓們耕種。」

劉邦勃然大怒：「蕭何，你收了商人的多少賄賂？竟敢替他們要朕的上林苑。」

說完，將蕭何交給管司法的廷尉，關進了大獄。

過了幾天，負責警衛皇宮工作的王衛尉問劉邦：「陛下，相國犯了甚麼罪？要帶枷鎖，關進監牢？」

劉邦說：「朕聽說李斯輔佐秦始皇時，凡是好事都歸皇上的，凡是惡名都由李斯擔負。相國接受了商人的賄賂，要朕的上林苑，他有了好名聲，讓我背惡名。因此要把他關起來。」

王衛尉說：「為民請願是宰相分內的事。陛下為甚麼要懷疑相國接受了商人的賄賂呢？陛下率兵與項羽對峙時，討伐陳豨、黥布時，相國守關中，如果相國有野心的話，只要跺一跺腳，恐怕天下就不是你的了。可是，他盡心盡力地為陛下您守關中，沒有為自己謀取大利，現在又怎麼會收取商人的賄賂呢？陛下懷疑相國是沒有道理的。」

聽了這話，劉邦滿肚子不高興。不過，一想起這麼多年來，蕭何一直忠心耿耿，便將蕭何從牢裏放了出來，繼續擔任宰相一職。

蕭何出獄後，光着腳前來請罪。劉邦說：「相國不要這樣。相國為民請上林苑，我不同意，百姓把我當作夏桀、商紂，把相國當作賢相。朕關你入獄，是想讓百姓知道我的過錯。」

劉邦死後，漢惠帝劉盈即位，蕭何繼續當丞相。蕭何臨終前，漢惠帝問：「相國死後，誰可以當丞相呢？」蕭何說：「知臣莫如主。」言外之意，您是知道各位大臣的優點和缺點的，完全可以圈定，完全可以不問我。

惠帝又問：「曹參如何？」

蕭何說：「皇上的選擇是英明的。我死後沒有甚麼遺憾了。」蕭何與曹參是死對頭，兩人長期不合。為了漢家天下，蕭何外舉不避仇。曹參當丞相後，精心治理國家，全面執行了蕭何定下的治國方針。「蕭規曹隨」，後傳為佳話。

漢惠帝二年（公元前 193 年），蕭何去世了。為了表彰他對漢王朝做出的貢獻，謚號贈「文終侯」。

（見《史記・蕭相國世家》）

運籌帷幄的張子房

　　張良有着傳奇的一生，有經天緯地之才。在複雜的政治鬥爭和尖銳的軍事鬥爭中，他運籌帷幄，展示了超人的智慧，為劉邦戰勝項羽立下了汗馬功勞。功成後，他急流勇退，成為後世敬仰的對象。

　　張良又叫張子房，韓國人。韓國被秦國滅亡時，他年齡很小，從未在韓國當過官。不過，他的伯父和父親先後在韓國當過五朝的宰相。為了替韓國報仇，弟弟死了，張良不去安葬，反而散盡家產，四處尋找可以刺殺秦始皇的壯士。

　　張良到淮陽（今河南淮陽）求學時，認識了可以掄起一百二十斤鐵椎的大力士，兩人相交密切，力士決意為張良復仇。

　　一天，秦始皇東巡，張良和大力士埋伏在博浪沙（在今河南原陽東南），打算伏擊秦始皇。秦始皇命大，大力士扔出去的鐵椎只砸到副車上。秦始皇十分生氣，下令搜捕刺客。張良改名換姓藏到了下邳（今江蘇睢寧西北）。

　　為打發時光，張良出門散散心。走到橋上，張良見迎面走來一位身穿粗布衣服的老人。老人從張良面前走過時，故意把鞋子甩到橋下，回過頭對張良說：「小伙子，你下去把鞋子撿回來。」張良一驚，跨上一步準備掏出老拳揍他。再一看，是位老人，他忍住了，到橋下為他取鞋。

　　取來鞋，老人又一伸腳，對張良說：「給我穿上。」

　　張良心想，既然幫他撿回了鞋，索性再給他穿上。於是，彎身跪在橋的台階上為老人穿鞋。

　　老人穿好鞋，笑呵呵走了。張良大驚，注視着老人。老人走了一里地後，又回來對張良說：「你這孩子是可以教導的。這樣吧，五天後的早晨，到這裏和我會面。」

張良很意外，當即跪下答應。五天後，天剛矇矇亮，張良來到橋上，老人已在那裏等候，惡狠狠地說：「赴老人之約，居然落在後面。為甚麼？」說完，頭也不回地走了。遠遠地飄來了一句話：「五天後再來。」

五天後，雞剛一叫，張良已來到橋頭。可惜，又比老人晚了一步。老人更加生氣了：「為甚麼又晚到？」丟下這句話，老人又走了，遠遠地傳來一句話：「五天後，早點來吧！」

這次張良吸取了前兩次的教訓，還沒過半夜，張良已來到橋頭。過了一會兒，老人來了，十分高興地說：「這還像個樣子。」

老人拿出一本厚厚的書，對張良說：「讀通了，你可以做帝王的老師。十三年後，你到濟北（今山東泰安東南）來找我，谷城（今山東東阿東北）山下的黃石就是我。」

說完，老人走了，從此再不相見。

張良打開書一看，是《太公兵法》。張良如獲至寶，日夜習讀。

十年後，陳勝大澤鄉反秦。張良聚集了一百多人，準備投靠自立為楚假王的景駒。半路上遇到了劉邦，暫時留了下來。張良時常給劉邦講《太公兵法》，劉邦聽了很高興，時常採納張良的意見。張良給別的人講《太公兵法》，沒有一個能聽明白。因此張良認定劉邦是有大智慧的人，從此跟隨劉邦，不去投靠景駒了。

劉邦向項梁求援時，張良見到了項梁。張良對項梁說：「您已立楚懷王的孫子熊心為王，韓國公子韓成有賢才，您可立他為王，結成同盟。」項梁採納了這一建議，當即讓張良去找韓成。韓成當上韓王後，攻城略地，在韓地牽制了秦軍。因為有了這樣的故事，遂為楚漢之爭時，張良勸說韓王投靠劉邦，在敵後牽制項羽埋下了伏筆。

在張良的輔佐下，劉邦採取避實就虛的方略，先項羽一步進入了咸陽。

走進秦宮，劉邦驚呆了。雄偉壯麗的秦宮裏堆滿了寶貝，數以千

計的宮女一個比一個漂亮。劉邦決定住在秦宮，不走了。

樊噲連忙勸阻，劉邦根本不聽。

張良對劉邦說：「秦朝無道，您才能到這個地方。如果您想繼續為天下掃除殘賊的話，應該以生活儉樸為號召的資本。您剛剛到咸陽，就追求享受，這是助桀為虐。常言道，忠言逆耳，良藥苦口。請您聽從樊噲的勸告。」

劉邦是有大志向的人，立即接受張良的意見，帶軍隊駐紮到了霸上（今陝西西安灞橋）。可以說，正是有了這樣的舉措，劉邦才避免了在關中被項羽消滅的後患。

在楚漢之爭的緊要關頭，劉邦被項羽困在了滎陽。形勢萬分危急，為了打破重圍，酈食其給劉邦支了一招，希望劉邦用分封六國後代的辦法，解除眼前的危機。所謂六國，是指秦統一時，先後滅了韓、趙、魏、燕、齊、楚等六國。酈食其認為，只要分封六國之後，那些國家的君臣百姓一定會對劉邦感恩戴德，到那時候，劉邦一定能稱霸天下。

劉邦聽了十分高興，立刻就要叫人去刻大印，準備分發給六國後代。

張良見劉邦來了。劉邦見張良到來，忙放下飯碗，得意洋洋地說：「我有破楚之計了。」然後把酈食其的計策說了一遍，問：「你看如何？」

張良眉頭直皺地說：「這是誰給您出的餿主意啊？要是這樣做的話，您的大業就徹底毀了！」

劉邦大驚：「為甚麼？」

「當初，商湯王把夏王朝的貴族分封到杞，是因為他有把握置夏桀於死地。您有置項羽於死地的把握嗎？」

「沒有。」

「周武王伐紂在宋地分封商王的遺民，是因為他有把握拿到商紂

的人頭，您能拿得了項羽的人頭嗎？」

「不能。」

「周武王進入殷都後，為比干修葺墳墓，釋放箕子，您能做到嗎？」

「不能。」

張良又問：「周武王能用庫房中的錢糧救濟貧民，能息兵養民。您能散盡府庫中的錢糧周濟百姓嗎？」

「不能。」的確是無法做到，天天打仗，連軍糧都不夠，如何能滿足百姓的需求呢？

「伐紂後，周武王為表示不再打仗，把戰車、兵器封存起來，您能做到放棄戰爭，從此施行文治嗎？」

「不能。」因為即便是消滅了項羽，天下還有一批不願服從劉邦的諸侯。

「周武王把戰馬放在華山的南面，表示永不打仗，您能嗎？」

「不能。」

「周武王把牛放掉，表示不再用牛車運送軍事物資，您能做到嗎？」

「不能。」

張良又說：「既然有七個不能，那為甚麼還要分封六國之後呢？現在天下有才能的人遠離家鄉跟着您，就是希望能得到一點點的封賞。現在，您立六國之後，有才能的人回到自己的故鄉，為自己的國家服務，誰給您打天下呢？如今項羽的楚國最強，您如果分封了六國的後代，他們都會依靠項羽，誰還會聽您的指揮呢？」劉邦大叫：「酈食其這小子，差點壞了大事。」立即叫人停止刻印。

張良是智者，有大智慧。劉邦聽取張良的意見，在楚漢之爭的緊要關頭，總能化險為夷，總能在關鍵的時刻把握住時機。從劉邦鴻門宴脫險到燒毀通往漢中的棧道以放鬆項羽的警惕；從立韓信為齊王到

聯絡諸侯共同打擊項羽；從建議劉邦不放棄追擊項羽的機會到垓下與韓信、彭越合擊項羽等，可以說，在劉邦奪天下的重大轉折點上，總是活躍着張良的身影。

劉邦一統天下後，大封功臣。劉邦說：「運籌帷幄，決勝千里之外，子房的功勞最大，請在齊地自行三萬戶封地。」劉邦出於感激，希望給張良一塊好的封地。

張良說：「臣起於下邳，與陛下相會後留下，這是老天爺把臣授予陛下。陛下用臣的計謀，僥倖有用。臣封往留地，已滿足了，不敢封三萬戶。」劉邦認為很有道理，封張良為留侯。

分封是件麻煩的事。劉邦分封二十多個功臣後，其他的為爭功，日夜吵個不停。劉邦在洛陽南宮看到各位將領三三兩兩地坐在地上，相互交談。劉邦問：「他們都說些甚麼？」張良答道：「陛下真的不知道嗎？他們是在商量造反的事。」

劉邦困惑不解：「天下剛剛安定，為甚麼要謀反呢？」

張良說：「陛下今為天子，分封的蕭何、曹參等都是您的老朋友，所殺的人都是與您有怨仇的人。天下的土地有限，不能一一分封。這些人是害怕陛下您不分封他們，再來追究他們的過錯，因此聚在一起商討造反的事。」

劉邦忙問：「怎麼辦？」

張良說：「好辦，陛下您平生最恨的是誰？」

「雍齒。雍齒是我的故人，曾在我最困難的時候背叛我。我本來想殺了他，但他立下了許多戰功，故不忍心。」早年，雍齒跟隨劉邦，劉邦讓他守豐邑。雍齒背叛了劉邦，後來，雍齒又投到劉邦那裏。

張良說：「請陛下立即分封雍齒。大家見雍齒已分封，自然會安心。」

劉邦聽從這一建議，馬上宴請各位功臣，當場宣佈封雍齒為什方

侯。喝完酒，大家高興地說：「雍齒尚且可以封侯，我們沒有甚麼可怕的了。」

劉邦寵愛戚夫人，打算廢太子劉盈，改立戚夫人的兒子如意為太子。眾臣勸諫，劉邦根本聽不進去。有人對呂后說：「陛下聽張良的，您可以找張良商量。」

起初，張良不願出主意，被逼無奈只好說：「皇上網羅天下人才，有四個人不聽徵召。如果能把這四人招來，讓皇上見到他們，皇上可能會改主意。」張良說的四個人是著名的「商山四皓」，即東園公、甪里先生、綺里季、夏黃公。四位高人在秦末的時候避戰亂到了商山，呂后派人請四位高人出山時，他們都八十多歲了。

劉邦見有四位高人輔佐太子，遂打消了改立太子的念頭。

晚年，張良說：「我家世代相韓，韓國滅亡後，我不愛萬金之資，為韓報仇，天下震動。今以三寸舌為帝者師，封萬戶，位列侯，這是平民百姓最大的榮耀。我願意從此放棄人間的俗事，跟隨仙人赤松子問道。」從此學辟穀，道引輕身。

（見《史記·留侯世家》）

一代大軍事家韓信

劉邦建漢，有三個人出了大力，後來，被稱之為「興漢三傑」。他們是蕭何、張良和韓信。蕭何主政，為建立關中根據地，支援劉邦在前線與項羽相持立下了汗馬功勞；張良主謀，決勝於千里之外，糾正了劉邦戰略上的偏差；韓信主軍，率百萬大軍馳騁沙場，為劉邦打敗項羽建漢奠定了堅實的基礎。

韓信，淮陰（今江蘇淮陰）人，年輕時混跡於市井之中。因沒有好的品行，再加上不會經營家業，遂到處混飯吃。一次，南昌亭長把他帶到家中吃飯。

從此，每到吃飯的時間，韓信總是不請自到。一連幾個月下來，亭長的老婆不高興了。為了不讓韓信蹭飯，早晨連牀都不下就吃早飯。等到韓信去的時候，他們故意不燒飯。韓信十分氣憤，從此不再上門。

飢腸轆轆的韓信到城外釣魚，河邊漂絮的婦人同情他，把帶來的飯分給他。一連幾十天，漂母天天帶飯給韓信。韓信很感動，說日後一定會重重地報答她。

漂母很生氣：「我是看你可憐，根本沒指望你報答。」韓信發達後，真的用千金報答了漂母的一飯之恩。

韓信背着劍在街上四處閒逛，賣肉的小伙攔住他挑釁地說：「你雖然高大，又帶着劍，其實，內心十分怯弱。」街上的人越聚越多，賣肉的小伙索性說：「你有本領，用劍刺我。如不能，從我的褲襠下鑽過去。」

韓信愣住了，真想一劍殺掉這個無賴。四周的人越聚越多，只見韓信彎下了腰，從賣肉人的褲襠下爬了過去。圍觀的人全笑了，笑得

是那樣地開心。然而，他們哪裏知道大丈夫能屈能伸的道理。不過，也有人投出了讚許的眼光，認定韓信必成大業。

項梁渡淮北上時，韓信投軍，當了項梁的侍衞。項梁死後，韓信在項羽那裏當了侍衞武官郎中。韓信多次獻策，項羽不聽。劉邦到漢中的消息傳來後，韓信決定離開項羽投奔劉邦。

韓信跑到劉邦那裏，因沒有名氣，只當了連敖一類的小官。劉邦到漢中後，許多將士見返鄉無望，紛紛逃離漢中。為了防止將士逃亡，劉邦採取了連坐之法。所謂連坐，就是一人有罪，周圍的人都要受牽連。

監斬官一連殺掉十三個人，馬上要輪到韓信，韓信不甘心地大喊：「劉邦難道不想奪天下嗎？為甚麼要斬殺壯士！」滕公夏侯嬰恰好路過，盤問了幾句，知韓信冤枉，又知韓信很有才幹。夏侯嬰解救了韓信，把他推薦給劉邦，劉邦沒當回事，但礙於夏侯嬰的情面，劉邦讓韓信當了治粟都尉。治粟都尉是掌管軍需的小官，這時，劉邦的部下紛紛逃離漢中，看不到前途的韓信也準備隨眾將一起離開漢中。

此前，韓信曾多次拜見蕭何。蕭何很欣賞韓信的才華，認為可堪大用。韓信離開漢中時十分猶豫，轉念一想：「我已與蕭何多次交談，既然不能受到重用，還不如早點走。」

蕭何得到韓信離開漢中的消息後，立即追趕，一路疾行，終於在一天夜晚追回了韓信。在蕭何的竭力推薦下，劉邦設壇拜將，韓信成為漢軍的統帥。再說，漢軍眾將聽說劉邦要拜大將軍時，一個個以為非我莫屬。等到韓信登壇時，全部驚呆了。

登壇拜將的儀式結束後，劉邦問韓信：「丞相多次與我說起將軍，將軍將向寡人傳授甚麼樣的計策呢？」韓信問劉邦：「大王向東爭天下，能與大王相爭的人是項王嗎？」項王是西楚霸王項羽的省稱。

劉邦說：「對！」

韓信又問：「大王認為，在勇猛、強悍、仁慈方面，您與項王哪個更強？」

劉邦沉默了一會兒說：「我不如項王。」

韓信說：「韓信也以為大王您不如項王。臣曾在項王手下做事，深知他的為人。項王雖有叱咤風雲的威猛，但剛愎自用，聽不進別人的意見，這是匹夫之勇。項王待人恭敬慈愛，體貼和關心人，有人病了，項王親自登門送飯，可是，對有功的人十分吝嗇，把大印攥在手中，大印上的稜角都磨平了，也不願封賞給有功的人，這種仁愛是婦人之仁。項王雖霸天下，但不在關中建都，有背義帝當年的約定。項王封賞時偏心眼兒，只關心親近的人，諸侯都憤憤不平。項王把義帝攛到貧困的江南，又把好的地盤留給自己，各路諸侯都十分氣憤。項王攻城略地，所到之處，無不毀壞，天下的百姓都怨恨他。項王雖名為號令天下的霸王，其實已失民心，早已由強轉弱了。如果大王能反其道而行之，天下如何不服？」隨後，韓信提出了利用將士思鄉情緒，激發鬥志進軍關東的方案。又講了利用關中百姓痛恨秦王的情緒，先取關中，然後爭鋒天下的策略。

劉邦聽了，如夢初醒，後悔沒能早點任用韓信。

經過一番準備，韓信出陳倉，以迅雷不及掩耳之勢奪取了關中。隨後，聯合齊國、趙國共同攻楚。本來，形勢一片大好，已形成了各路諸侯共建反楚聯盟之勢。

漢高祖二年（公元前205年）四月，劉邦趁項羽討伐齊國，國內防守空虛之際，率五十六萬大軍佔領了彭城。由於劉邦輕敵，導致失敗。韓信聞訊趕來，收攏潰軍，然後與劉邦彙合一處，在榮陽構築了一道抵禦楚軍繼續西進的防線。

彭城之戰失敗後，戰爭的天平倒向了項羽。一些響應劉邦反楚的諸侯，見勢不妙，又重新投入到項羽的陣營。

為了扭轉不利的戰局，韓信決定攻打魏國，先解除魏國對關中的

威脅。魏國的主要地盤是河東，河東與關中以黃河為界。如不能消滅魏國，一旦魏國的軍隊從河東進攻關中，將會動搖漢軍在滎陽構築的戰略防線。

魏王陳兵蒲阪（今山西永濟西），又派重兵在臨晉（大慶關，在晉陝交界的黃河西岸）一線把守，自以為萬無一失。魏王豈是韓信的對手？為了迷惑魏軍，韓信大造進攻臨晉的聲勢，暗中指揮大軍從夏陽（今陝西韓城南）用簡陋的渡河工具木罌缸渡河，隨後，走山路突襲魏都安邑（山西夏縣北）。當韓信的大軍突然出現在安邑時，魏王猝不及防，成了俘虜。這一仗徹底解除了魏國對關中的威脅。

隨後，韓信與張耳合兵一起征伐代國和趙國。韓信不費吹灰之力打敗了代國，甚至還俘虜了代國的丞相。隨後，韓信和張耳領着幾萬人東出井陘（井陘關，在今河北井陘西北）進攻趙國。

趙國兵精糧足，士兵訓練有素。廣武君李左車對趙王歇和趙軍統帥陳餘說：「韓信與張耳合兵攻趙，銳不可擋。不過，千里運糧，前方將士將會面臨斷糧的危險。韓信攻趙肯定要走井陘，井陘道路狹窄，車不能並行，騎兵不能成隊，首尾不能相顧，運送糧草的車隊肯定在後。請給我三萬人馬，我從小路繞到後面，劫取韓信的糧隊。你們在城內堅守，不要主動出擊。這樣，韓信沒有了糧草只能退兵。到那時，我們前後夾擊，不出十天，定會取下韓信、張耳的腦袋。不這樣的話，我們將會成為他們的俘虜。」

陳餘是個書生，認為仁義之師不能用欺詐的手段，堅決不用李左車的計謀。

韓信派人打聽，聽說陳餘不用李左車的計謀，高興壞了。當即帶領大軍直撲井陘關，走到距井陘關三十里的地方，傳令安營紮寨。

休息到半夜，韓信挑選了兩千名輕騎兵，讓他們埋伏到山間的小路上，隨後，給他們一人一面紅旗。韓信叮囑他們：「趙軍傾巢出去後，立即衝進趙營，拔掉趙國的軍旗換上漢軍的紅旗。」轉身對各位

將士說：「你們先隨便吃些乾糧，等早晨打敗趙軍後再會餐。」各位將領根本不相信韓信的話，心想：「哪能這麼快就打敗趙軍。」因不好當面反駁，只好答應着。

韓信率漢軍接近趙軍營壘時，先派一萬名士兵渡河，擺開了背靠大河的陣勢。

背水一戰是兵家大忌，趙軍哈哈大笑，議論道：「哪有背水設陣的，看來韓信不會打仗，是個浪得虛名的傢伙。」

天亮了，漢軍直逼井陘口，趙軍認為決戰的時刻到了，打開營門殺向漢軍。相持了片刻，韓信假裝潰敗，拼命地向河邊逃去。

趙軍在陳餘的指揮下傾巢出動，殺向漢軍。他們沒想到埋伏在山間的漢軍出動了，戰馬像旋風一般衝進了趙軍的大營，迅速地拔掉趙軍的旗幟，插上了漢軍的紅旗。

韓信估計輕騎兵已佔領趙軍大營，遂轉身又戰，在河邊與趙軍展開殊死的搏鬥，趙軍見佔不了上風，決定先回營休整。

誰知，回撤的途中已見漢軍的紅旗在自己的營盤上飛舞飄揚。陳餘一下子慌了，頃刻間，趙軍的軍心大亂。韓信趁趙軍慌亂之際殺了過來，在漢軍的夾擊下，陳餘在逃跑的路上被殺，趙王也被俘獲。

井陘一仗韓信大獲全勝。漢軍將領在慶功宴上問韓信：「兵法上說，打仗應該背靠山而前傍水，今天您讓我們背水而戰，還說讓打完勝仗後再吃早飯，大夥兒都不信。我們想知道，您用了甚麼戰法？」

韓信說：「我用的戰法兵書上早就寫了，只是你們沒注意罷了。兵書上不是說『陷之死地而後生，置之亡地而後存』嗎？我帶的兵都是些沒有經過嚴格訓練的烏合之眾，如果給他們留下生路的話，他們早就逃走了，哪裏還能打勝仗？」眾將聽了恍然大悟。

李左車是個有軍事才能和戰略眼光的人才，為了能為我所用，韓信傳令全軍，活捉李左車，獎賞千金。李左車被押送到大營時，韓信親自給李左車鬆綁，又請李左車上坐。虛心向李左車請教：「我準備

北攻燕國，向東討伐齊國，怎樣才能速見成效呢？」

　　李左車給韓信分析了戰略形勢，主張韓信就地休整，以大軍壓境為後盾，派人遊說燕王，勸說燕王投降。韓信採納了這一建議，不費一兵一卒拿下了燕國。

　　隨後，韓信揮師東進攻齊國。入齊以後，韓信與齊楚聯軍遭遇。楚軍大將龍且貪功冒進，被韓信擊殺。齊軍亦望風而逃。

　　韓信佔領齊國後，送信給劉邦說：「齊國形勢不穩，南邊靠近楚國，如果不設假王鎮守，將會出現反覆。為了控制局勢，請讓我先代理齊王一職。」

　　此時，劉邦給項羽圍困在滎陽，形勢危急。韓信使者到了滎陽，劉邦拆開信件，頓時怒喊：「我受困於此，日夜盼望你來解救。不來便罷，還打算自立為王！」說着說着，殺韓信的心都有了。

　　張良、陳平見勢不妙，一個踩劉邦的腳，一個碰劉邦的胳膊，讓他不要繼續再說下去。張良貼着劉邦的耳朵說：「戰局對漢軍十分不利，您能用甚麼樣的辦法阻止韓信稱王呢？這樣的話，不如立他為王，讓他守齊國。不然的話，容易發生變故。」

　　劉邦醒悟了，認識到了問題的嚴重性。又故意罵道：「大丈夫平定諸侯，要當就當正式的王，為甚麼一定要當代理的王呢？」當即派張良到齊國，宣佈韓信任齊王一事。

　　張良到齊國除了宣佈劉邦任命韓信的文書外，還有一項重要的使命，就是徵召韓信的部隊到滎陽前線與楚軍會戰。這樣做，有一石二鳥的意圖，通過調兵架空韓信。其實，這一做法早在韓信攻佔魏、代等國時已經開始。凡是韓信奪取勝利增加軍力時，劉邦總是毫不留情地調走韓信的部隊。

　　龍且兵敗被殺，項羽失去了一員得力的幹將。為了早日擺脫困局，項羽希望能說動韓信脫離劉邦陣營。

　　項羽的使臣武涉來到韓信的營中。武涉見到韓信後直入主題：

「天下不滿秦王朝推行的暴政，才聯合起來反抗。項王論功行賞，分封諸侯，熄滅戰火。可是，劉邦不安分守己，率兵侵佔別人的領土，聯合諸侯攻打楚國，他的意圖是不奪取整個天下不甘心，真是太過貪心了。漢王劉邦大可不必這樣做，他多次在項王的控制下，項王見他可憐，沒有殺他。逃脫後，又多次毀約，這樣的人是不可信的。將軍您自以為跟劉邦交情好，是因為戰爭沒有結束。您之所以能活到今天，是因為有項王的存在。當今項王與漢王誰能爭得天下，全由您決定。如果您支持漢王，漢王勝；如果您支持項王，項王勝。如果項王現在被消滅了，您將是下一個目標。您與項王有故交，何不反漢連楚，三分天下呢？」

韓信說：「當年，我在項王手下時，僅當了個侍衛官。項王不聽我的計謀，我才投奔了漢王。漢王封我做大將軍，又對我言聽計從，我才有了今天。漢王如此信任我，我背叛他，不吉祥。就是死，我也不會背叛漢王的。請先生把我的意思轉告給項王。」

武涉走後，齊國的辯士蒯通來見韓信。蒯通知道天下變化掌握在韓信手中，打算用相面術來打動韓信。韓信聽說蒯通會相面，就讓蒯通看相。

蒯通看了韓信的面相，又讓左右退下，對韓信說：「從面相看，將軍不過是封侯的命運，恐怕得了侯位後還十分危險。從您的背後看，將軍貴不可言。」

韓信問：「此話怎講？」

蒯通說：「當初，人們只關心怎樣推翻秦王朝。現在楚漢相爭，百姓流離失所，項羽從彭城出發，勢如破竹，威震天下。如今，兵困滎陽已三年了。劉邦率領幾十萬人馬，憑藉山河之險，也沒有取得勝利，還多次被楚軍打敗，這種情況已維持很久了，可謂是智勇俱困。連年打仗，老百姓怨聲沖天，恨沒有容身的地方。我以為，如果沒有聖賢，是不能平息天下禍亂的。現在，形勢操控在您的手中，您支持

漢王，漢王勝；您支持項王，項王勝。依我看，您不如據齊，使燕、趙聽從您，順應民意，向項王、漢王提出停戰，形成三足鼎立的局面。如果您放棄了這一機會，只怕最後遭殃的是您自己。請將軍好好的考慮一下。」

韓信說：「漢王對我非常好，我又怎麼能見利忘義呢？」

「將軍錯了。」蒯通繼續遊說道：「您以為您和劉邦的關係真的很好嗎？當年，常山王張耳和成安君陳餘是多麼好的兄弟，到後來還不是反目為仇嗎？現在，劉邦只是為了利用您，才重用您。文種幫越王勾踐成就霸業，功成後被勾踐殺掉，您與劉邦的關係絕對不會好過張耳和陳餘，將軍還不願引以為戒嗎？將軍您名高天下，早已對劉邦形成了威脅，您已經十分危險了。」韓信雖然認為蒯通說得有道理，但還是拒絕了蒯通的建議。蒯通見說服不了韓信，為了避禍，裝瘋賣傻隱居起來了。

韓信是劉邦的心腹大患。垓下打敗項羽後，劉邦立即剝奪了韓信的兵權，把他調離戰略重地齊國，改封為楚王。韓信上任後，心裏念着漂母的恩情，專門給漂母送上了千金作為報答。這就是後人說的「一飯千金」。與此同時，又把當年侮辱他的人找來，讓他在軍中當中尉。韓信對眾將說：「當年，他侮辱我，才激發了我成就一番功名的鬥志。」

楚漢之爭結束後，項羽手下的大將鍾離眜躲到了老家伊廬（今江蘇灌雲）。韓信當上楚王後，鍾離眜投靠了韓信。劉邦得知鍾離眜躲到韓信那裏時，命令韓信抓捕鍾離眜。韓信故意置之不理，引起劉邦的猜疑。就在這時，有人密報韓信時常帶軍隊出行，劉邦認為韓信有造反的跡象，很想把韓信抓起來治罪。可是，又怕抓捕消息走漏，弄巧成拙。謀士陳平看透了劉邦的心思，讓劉邦假稱到雲夢澤巡視時，順道抓捕韓信。

再說韓信得知劉邦入楚的消息後，真的打算率眾造反，轉念一

想：「我沒有任何的過錯，為甚麼要害怕呢？」有人給韓信出了個主意：「您乾脆把鍾離眛殺了，給皇上當見面禮。皇上肯定高興，那樣，您就可以高枕無憂了。」

短視的韓信有心想這麼做，又於心不忍，於是找鍾離眛商量。鍾離眛說：「將軍您恐怕打錯算盤了，劉邦不敢輕舉妄動，是因為有我在這兒。您今天如果殺了我，明天可能就是您的死期。將軍收留我，對我有恩。現在，將軍有求於我，我怎敢不答應呢。」說完，拔劍自刎。

韓信帶着鍾離眛的頭顱見劉邦。劉邦立即叫隨行的武士把韓信捆了個結實。

韓信感慨道：「常言道：狡兔死，走狗烹；飛鳥盡，良弓藏；敵國破，謀臣亡。天下已定，我被殺是必然的。」劉邦自知韓信冤枉，赦免了韓信，降格為淮陰侯。

韓信雖然被釋放，但滿肚子的不高興。特別是要與他認為沒有本領的周勃、樊噲等人同朝稱臣，韓信感到是一種恥辱，因此經常稱病不願上朝。

一天，劉邦與韓信談論各位將領的才能時，說到高興時劉邦問：「你看，我能帶一支多少人馬的軍隊呢？」

韓信說：「陛下能帶十萬人馬的軍隊。」

劉邦又問：「那你能帶多少呢？」

韓信說：「多多益善。」意思是越多越好。

劉邦譏諷道：「既然是多多益善，你為甚麼會被我抓起來呢？」

韓信說：「陛下雖不能帶兵，但善於帶將。這就是為甚麼我被陛下抓捕的原因。陛下得天下，是老天爺的幫助，不是凡人能做到的。」一席話，說得劉邦心花怒放。

本來，韓信沒有謀反之心，在劉邦的猜忌下，慢慢地有了造反的念頭。

　　陳豨即將到鉅鹿上任時，韓信拉着陳豨的手說：「你所去的地方，是兵家必爭之地。皇上派你去，是信任你。如果有人說你謀反，皇上肯定不會相信。如果再有人說你要造反，皇上可能要起疑心了。如此三次，你將不能自保。如果你要起兵的話，我願意當你的內應。」

　　漢高祖十年（公元前197年），陳豨被迫造反。劉邦率大軍親征，韓信詐稱生病，留在了長安。與此同時，韓信派人送信給陳豨，準備充當陳豨的內應。

　　不料，消息走漏。有人把韓信造反的打算報告給了呂后。呂后立即找蕭何商量。足智多謀的蕭何讓呂后散佈消息，假稱皇上得勝回朝，陳豨已被消滅，令眾臣入朝。韓信以為陳豨真的被滅，於是隨眾臣入朝。趁韓信不備，呂后令埋伏的武士抓往韓信。韓信到死時想起了蒯通，長歎一聲：「我後悔當初不用蒯通的計策，才有了今天的下場。」

　　就這樣，屢建奇功的韓信以謀反的罪名被殺了。

（見《史記‧淮陰侯列傳》）

黥布複雜多變的人生

時勢造英雄，誰也沒想到，一名有瑕疵的人會在反秦大起義中脫穎而出；誰也沒想到，他會成為楚漢之爭的關鍵人物，他倒向誰，將決定誰的勝利，他就是一代梟雄黥布。

黥布，原名英布，六縣（今安徽六安）人。早年，有人給英布相面，告訴他說：「你啊，命中注定要被判刑，不過，受刑後將發達，成為諸侯王。」

秦王朝法律嚴酷，不知甚麼原因，英布受了黥刑。黥刑，是指在臉上刺上文字或圖案，然後染墨。今天看來，在臉上刺字算不了甚麼，可是，在古代卻是羞辱人、讓人抬不起頭的刑法。想想看，還沒有自報家門，從臉上的刺字中，人家已知道你曾經是個罪犯，想一想，那是多麼令人難堪的事。但英布落落大方，根本沒把這事放在心上，反而豁達地說：「小時候有人給我相面，說我受刑後可以封王，我不相信。現在看來，這話應驗了一半。」

大家笑了，認為英布是痴人說夢。英布根本不在意，乾脆把名字改叫黥布。

黥布受刑後，被判罰到驪山（在今陝西西安臨潼）給秦始皇修陵墓。修陵的苦役犯有幾十萬人，黥布與苦役犯中的豪傑有很好的關係，趁看押人員不注意，黥布帶着他們跑到鄱陽湖一帶打家劫舍去了。

陳勝大澤鄉起義後，黥布去找番陽縣令吳芮，勸吳芮起兵反秦。很快，黥布聚集了幾千人馬。吳芮很喜歡黥布，把女兒嫁給了黥布。黥布率兵北上，接連打了幾個漂亮仗。後來聽說項梁平定江東會稽郡，於是渡江，希望與項梁合兵一處。等到項梁渡江在淮南休整時，黥布投靠了項梁。

項梁敗死定陶後，楚懷王遷都彭城，黥布與其他將領共同守衛彭城。宋義、項羽奉命救趙時，黥布隨行出征。項羽殺宋義救趙時，以黥布為先鋒。黥布建立前沿陣地後，項羽大敗秦軍，俘獲秦軍章邯等將領。

劉邦入關派兵把守函谷關時，黥布率小股部隊繞到函谷關的後面突然發起進攻，為項羽入關打開了通道。可以說，項羽攻無不克，與黥布打頭陣有密切的關係。項羽分封天下諸侯時，自然沒有忘記這位共患難的老友，封黥布為九江王，建都六縣。

項羽分封諸侯後，戰火再度燃起。齊王田榮反楚，項羽率兵征討，黥布推說有病不願前往，只是象徵性地派了幾千名將士參戰。劉邦襲取彭城時，黥布再次稱病不願出征。這一下，項羽火了，幾次派人責備黥布。不過，項羽雖然生氣，但十分珍惜兩人之間的友誼，不肯興兵討伐，希望黥布能繼續幫助自己。從此，黥布與項羽之間的關係漸漸疏遠。

劉邦給項羽打得大敗，垂頭喪氣地大罵手下：「你們這些無用的傢伙，簡直不配和我一起謀劃天下！」眾將聽了莫名其妙，不知道劉邦在罵甚麼？劉邦接着說：「你們中的哪一個能到淮南遊說黥布？如果能在項羽的後院點起火的話，把項羽牽制在齊國幾個月，我完全可以奪取項羽的天下。」

大敗中的劉邦突然想起黥布，是因為他知道黥布是項羽的左膀右臂，也知道他們之間出了些矛盾，認為如果能抓住這一機會，說動黥布將可以扭轉戰局。此時，九江王黥布駐紮在淮南。

隨何自告奮勇地說：「我願意出使，去淮南遊說黥布。」於是，隨何帶了二十個人來到了淮南。

隨何到淮南後，一連三天連黥布的影子都沒看到。隨何對黥布的太宰說：「我知道大王不肯見我的原因，是覺得項王比漢王強大，害怕私見漢王使者的事被項王知道，引來不必要的麻煩。你能不能讓我和大

王見一面，如果我說的對，那不是皆大歡喜的事嗎？如果說的不對，可以把我和我的隨從公開問斬。就算項王知道了，也不會怪罪的。」

太宰把隨何的話轉告給黥布，黥布決定接見隨何。

隨何見到黥布，開門見山地說：「漢王派我給大王送信，可是您幾天不願接見。這讓我很奇怪，您和項羽感情就這麼好嗎？」

黥布說：「寡人與項王是君臣關係。」

隨何又挑撥道：「您和項王同是諸侯，但您卻向他稱臣，看來您一定是認為項王很強大，可以當您的靠山吧？我有一事不明，既然項王是您的靠山，項王已身先士卒討伐齊國去了，您應該出動淮南的全部人馬去幫助他嘛。可是您只派了四千人馬。漢王率軍圍攻彭城時，項王在齊國沒回，您應該率大軍來解彭城之圍，可是，大王按兵不動，這明明是坐山觀虎鬥嘛。大王認為，項羽強大，漢王弱小。可是，您卻不知道項羽背叛盟約在先，殘殺義帝在後，早就喪失人心了。漢王統領各路諸侯攻打彭城，順應了民心。由此可見，楚國是不可靠的，您還一味地依附項羽，您的這種做法太危險了。」說完，隨何又把天下形勢分析了一通，又勸道：「如果大王歸順漢王，漢王肯定給您更多更好的封地。漢王派我到您這裏來獻計，請大王三思。」

黥布把隨何送到賓館，此時，項羽的使者也住在賓館。隨何見到項羽的使者後，單刀直入地說：「九江王已歸順漢王，你們還想得到援兵嗎？」黥布一下子愣住了。黥布本來的打算是，暗中幫助劉邦，表面上不與項羽撕破臉。見事已至此，遂殺了項羽的使者。隨後發兵攻楚。沒想到，黥布被項羽的大將龍且打敗，只好灰溜溜地逃到劉邦那裏。

黥布到了劉邦那裏，劉邦正坐在牀邊洗腳。為了羞辱黥布，故意讓黥布進來。黥布看到眼前的情景後，以為上當了，反悔不該反項羽，恨不得自殺。可是敗軍之將，哪有討價還價的資本呢，只好忍氣吞聲。

黥布從劉邦那裏出來後，發現自己住處的擺設及待遇等都和劉邦一模一樣，又高興起來。其實，這是劉邦故意施展的兩手，既要滅滅黥布的威風，又要拉攏黥布。

黥布反項羽後，項羽派自己的叔父項伯收編了黥布的軍隊。幸好，忠於黥布的親信收羅了幾千人，才沒有把最後的老本輸光。

黥布是將才，隊伍很快得到了壯大。由於項伯把黥布的家人悉數殺光，黥布將滿腔的怒火燒向項羽，從此死心塌地地跟着劉邦，一定要出心中的惡氣。

劉邦做了皇帝以後，疑心越來越重。韓信被殺後，劉邦又把梁王彭越殺了。正在打獵的黥布一陣恐慌，於是，暗中調集軍隊，警戒劉邦突然發起的進攻。

黥布的寵姬病了，要到醫生那裏看病。醫生家的對門是中大夫賁赫的家，賁赫認為自己有責任為黥布的家人服務，於是給醫生送了很多的禮物，還跟黥布的寵姬到醫生家裏吃飯喝酒。有一天，這位寵姬侍奉黥布時，稱讚賁赫是個好人。黥布很生氣：「這賁赫是我的手下，你們是怎麼認識的？」

寵姬忙把看病時的事情說了一遍，從此，黥布懷疑寵姬和賁赫有染。賁赫知道後十分害怕，開始稱病不再上朝。這下子坐實了黥布的猜測。賁赫為了保命，逃到長安向劉邦告發黥布。

劉邦忙召集眾將商量應對的辦法，各位將領一致認為應立即討伐黥布。汝陰侯夏侯嬰認為可能有隱情，忙找來熟悉黥布的原楚國令尹打聽其中的原委。

令尹思索了一下：「按理說，應該造反。」

「為甚麼？」汝陰侯一驚：「皇上封他為王，讓他顯貴，還有甚麼不滿意的？」

令尹歎一口氣說：「韓信和彭越都被皇上給殺了，黥布的功勞和他們差不多，看到他們的下場，能不懷疑要大禍臨頭了嗎？」

　　汝陰侯覺得有道理，就把令尹介紹給劉邦。劉邦決定採納令尹的計策，率領大軍親征。幾經周折，劉邦終於平息了黥布之亂。

　　黥布吃敗仗後，帶着幾百個人逃往江南，希望長沙王吳芮能收留他。吳芮怕惹火燒身，把黥布騙到越地。黥布孤立無援，在番陽被殺。

（見《史記‧黥布列傳》）

安邦定國的陳平

陳平是輔佐劉邦建漢和穩定漢初政治的功臣，一生充滿了傳奇。

小時候，陳平和哥哥一起生活，家中有三十畝地。哥哥忠厚老實，自己在家種田，讓陳平四處遊學。時間一長，嫂子不願意了，說有這樣的小叔子還不如沒有。哥哥聽了，把妻子趕回娘家。

到了談婚論嫁的年齡了，有錢人不願意把女兒嫁給陳平，窮人家的女兒，陳平又看不上眼。就這樣，婚事拖了下來。

有個叫張負的富人，孫女一連嫁了五個丈夫，五個丈夫都死了，從此，再也沒有人敢娶她。陳平知道了，很想娶她為妻。陳平做事認真，村裡辦喪事，陳平總是熱心地幫忙。張負在參加喪禮時，看到了氣宇軒昂的陳平。

為了給孫女找個好夫婿，張負很想了解一下陳平的家庭情況。張負追蹤陳平來到村中，只見陳平走進柴蓆做成的大門。張負正在感慨時，突然發現門前有許多車轍。張負知道，陳平有許多身份高貴的朋友，於是認定陳平是個有出息的人。

張負回家對兒子張仲說：「我打算把孫女嫁給陳平。」張仲說：「陳平甚麼都不會做，全縣的人都笑話他，怎能把女兒嫁給他呢？」

張負說：「你怎麼知道他一輩子貧窮呢？」張負堅持把孫女嫁給陳平。陳平沒有錢辦置聘禮，張負借錢給他置備聘禮；陳平沒有錢辦酒席，張負出錢為他籌辦婚禮。

孫女出嫁時，張負告誡孫女：「不要因為陳平窮，就看不起他，一定要好好地服侍他。對待陳平的哥哥要像對待自己的父親那樣，對待陳平的嫂子要像對待自己的母親那樣。」

陳平娶妻後，靠着張家的財富，生活慢慢地變好了，結交的朋友也越來越多。

　　陳平做事公平，每次祭祀土地神結束時，都是陳平給大家分發祭祀後剩下的肉。陳平分肉總能讓大家心服口服。父老誇獎他：「好，分得公平啊！」陳平感慨道：「如果讓我主持分割天下，我也會分得這麼公平。」言外之意，自己可以當宰相。

　　陳勝起兵反秦後，陳平告別了哥哥，投奔到魏王無咎的門下。無咎不能聽進正確的意見，再加上一些小人總是在無咎面前撥弄是非，於是，陳平投奔了項羽。

　　陳平打了許多勝仗，後來，陳平任都尉守殷時，被劉邦打敗。項羽打算處罰陳平，陳平害怕被殺，慌忙丟下金銀財寶和大印逃跑了。渡河時，艄公見來了個相貌堂堂的美男子，懷疑他是個逃跑的將領，身上肯定帶了大量的錢財，因此有了殺害陳平的念頭。陳平心知處境險惡，立即脫去衣服，表示沒有任何財物，艄公見此，放了他。

　　在魏無知的推薦下，陳平投奔了劉邦。一番交談後，劉邦認為陳平是個人才，除了讓他繼續保留在項羽那裏的官職外，還讓他和自己坐同一輛車子出出進進。

　　劉邦的行為引起了大將周勃、灌嬰等人的不滿：「陳平雖然貌美，像個大丈夫。我們聽說他在老家時同嫂子有不清不白的關係。後來，先是投靠魏王無咎，後又投靠項羽，現在又從項羽那裏跑到我們這裏，可以斷定，陳平是個反覆無常的小人。另外，陳平貪圖錢財，誰給得多，他和誰好；誰給得少，他就刁難誰。」

　　劉邦拿不定主意，問魏無知該怎麼辦？魏無知說：「大王，正是用人之際。任用人才時應看重才能，但陛下是向我問一個人的品行，不是問我他有甚麼才能。如果一個人有像尾生那樣好的品行，但不會領兵打仗，對大王您來說，有甚麼用呢？現在是楚漢相爭的關鍵時刻，臣向您推薦有奇謀的陳平，是為了幫助您奪天下。您何必計較他和嫂子親近的事，私下索取財物的事呢？」

劉邦認為有道理，儘管如此，他還是對陳平說：「你以前在魏王那裏，後來投靠了項王，現在又投靠我，不能怪別人對你有疑心。」

陳平回答道：「我離開魏王，是因為魏王不採納我的意見；我離開項王，是因為項王不能信任我；我投靠您，是因為您能任用人。我現在身無分文，如果不想方設法搞點錢財的話，連生活都成問題。如果我出的計謀有用的話，那您就採納；如果我出的主意沒有用的話，那些錢財還在，您完全可以拿回去，讓我還鄉。」

劉邦聽後連忙道歉，不但賞賜了陳平大量的財物，又提拔他當了護軍中尉。從此，周勃等人不再說陳平的壞話了。

後來，在楚漢相持的緊要關頭，陳平果然建了奇功。劉邦被圍困在滎陽，很想割讓滎陽以西的地盤給項羽，簽訂和約。然而，項羽不同意。劉邦問陳平，怎樣才能化解危機。陳平說：「項王為人，恭敬愛人。那些廉潔講禮貌的人都到他那裏了。不過，項王十分吝嗇，不願封賞有功的人。大王為人，傲慢無禮，廉潔講禮的人都不願到您這裏。不過，大王不吝嗇封賞，因此那些好利之徒都到您這兒來了。如果您能去除短處，把項王的長處吸收過來，天下可定。楚軍有才能的只有幾個人，如果大王您能拿出錢財來，行反間計，造成項王和他們之間的不和，那您一定會取得最後的勝利。」劉邦認為有道理，馬上拿出四萬斤黃金，讓陳平去運作此事。

足智多謀的陳平先從離間項王和鍾離眛的關係入手，他讓人四處散佈謠言，說鍾離眛因為沒有封王心中不滿，準備與劉邦合兵一處反對項羽。不明事理的項羽果然猜疑鍾離眛，從此不再信任鍾離眛。一天，項羽派使者到劉邦大營。陳平一看，挑撥項羽和范增的機會來了。他故意讓侍者端上許多美味佳餚，表示尊敬。使者見了暗暗自喜。侍者裝作才知道使者的身份，故意驚訝地說：「我還以為是亞父范增派來的呢！」說罷，假裝出一副後悔的模樣，把端上來的飯菜撤下，換了些粗茶淡飯。

　　使者把受到的冷遇彙報給項羽，項羽真的認為范增有不軌的行為，因此不再採納范增急攻滎陽的計謀。范增是個聰明人，怎麼會看不懂項羽的心思呢？一怒之下，請求告老還鄉。范增的請求正中項羽的下懷，就這樣，范增搖頭歎氣地回家了。不料，范增背上生瘡，因氣急攻心，發瘡死在了回家的路上。

　　范增死了，陳平除去了心腹大患，趁項羽不備，與劉邦一道趁夜逃出了滎陽城。

　　天下平定後，劉邦登上了皇帝的寶座。為了表達感激之情，劉邦封陳平為戶牖侯，又剖符給陳平，表示不論陳家後代犯了甚麼樣的滔天大罪，都不治死罪。陳平十分感謝劉邦：「陛下，這不是臣的功勞。」劉邦說：「我用了先生的計謀，才戰勝了項羽。不是您的功勞，又是誰的功勞呢？」陳平提醒道：「如果沒有魏無知的話，臣怎能得到您的任用？」劉邦說：「先生真是不忘本啊。」於是下令再次封賞魏無知。

　　劉邦建立漢王朝後，內憂外患十分嚴重。幸好有陳平屢設奇謀，劉邦化解了一場又一場的危機。此時，北方的匈奴趁劉邦立足未穩，大舉侵犯漢王朝的疆土。劉邦率軍出征後，被匈奴團團圍住，一連斷糧七天，眼看就要成為匈奴的俘虜，是陳平採用賄賂之謀，幫助劉邦逃了出來。此後，陳豨、黥布等造反，劉邦又用陳平的計謀取得了勝利。

　　在漢王朝政權建設的過程中，陳平設謀智擒韓信，為劉邦剷除心腹大患。楚漢相爭時，韓信滅齊國後，向劉邦表達要當代理齊王的意願。劉邦非常生氣，跳起來大罵韓信。這時，是陳平和張良提醒劉邦，避免在楚漢之爭的緊要關頭，韓信脫離劉邦陣營，自立門戶，應當滿足韓信的要求。儘管如此，劉邦對韓信的警惕性越來越高了。漢高祖六年，有人密報韓信要造反，朝中的將領異口同聲地說，應發兵討伐。劉邦心裏沒譜，徵求陳平的意見。陳平問：「密報韓信造反，

朝中有人知道嗎？」劉邦說：「沒有。」陳平又問：「韓信知道有人告發他嗎？」

「不知道。」

陳平又問：「陛下認為，是您軍隊的戰鬥力強？還是韓信的戰鬥力強？」

劉邦思索了一下說：「韓信的強。」

陳平又問：「是您的指揮能力強，還是韓信的指揮能力強？」

「自然是韓信！」

陳平緩緩地說：「陛下，您軍隊的戰鬥力比韓信的弱，您的指揮能力又沒有韓信強，如果打起來的話，恐怕危險了。」

劉邦忙問：「那怎麼辦？」

陳平說：「臣聽說，古代的帝王都要巡狩天下，大會諸侯。南方有雲夢澤，你假稱要巡守雲夢澤，在陳地大會諸侯。韓信聽說必然會前來接駕，到那時，您趁他不備，把他抓起來就是了。」

劉邦照陳平的計謀行事，果然不費吹灰之力抓住了韓信。

劉邦死後，惠帝劉盈即位。惠帝軟弱，權力掌握在呂后的手中。惠帝死後，呂太后打算立娘家的兄弟為王，當徵求丞相王陵的意見時，耿直的王陵不假思索地說：「不可以。」

呂后不甘心，又去徵求陳平的意見。陳平說：「完全可以。」為此，呂太后不再讓王陵當丞相，讓陳平當了右丞相。

其實，陳平根本不贊成封呂氏子孫為王。為放鬆呂太后對他的警惕，故意說贊成。呂太后死後，陳平見機會來了，立即聯合太尉周勃消滅了諸呂，從代地迎立了代王劉恆即後來的漢文帝，使政權重新回到劉氏的手中。

漢文帝即位後，認為周勃的功勞最大。陳平打算把右丞相一職讓給周勃，決定稱病不再上朝。漢文帝聽說陳平病了，心裏奇怪，便去慰問。陳平對漢文帝說：「跟隨高祖打天下時，我的功勞比周勃大。

誅殺呂氏，臣的功勞不如周勃大。臣願意把右丞相一職讓給周勃。」漢文帝採納了陳平的意見，以周勃為右丞相，位次第一。以陳平為左丞相，位次排在周勃的後面。

過了一段時間，漢文帝對各方面的事務漸漸地熟悉了。漢文帝問周勃：「國家一年要審理多少案件？」

周勃說：「不知道。」

「那一年收入和支出的糧錢有多少？」

周勃又說：「不知道。」

說完這話，戰戰兢兢的周勃已汗流浹背了。

漢文帝又用同樣的問題問陳平。陳平說：「陛下如果想知道的話，可以去詢問主管這些事務的官員。」

「都有誰掌管這些事務？」

陳平回答道：「如果是案件審理，可以問管司法的廷尉；如果是糧錢收支，可以問治粟內史。」

文帝聽了，很不高興，責問道：「如果都由專門的管理官員管的話，那你幹甚麼呢？」

大臣們聽了，都為陳平捏了一把汗。陳平平靜地回答：「我管理那些負責具體事務的官員。陛下把我放在丞相的位置上，丞相的職責是輔佐天子，鎮撫四夷，安撫百姓，使朝廷官員各司其職。」

漢文帝點頭贊同。

退朝後，周勃埋怨陳平：「你平時為甚麼不教我這些話呢？」

陳平笑着說：「您身居丞相，不知道該做甚麼嗎？如果陛下問長安城有多少盜賊，您能說明白嗎？」

經此，周勃知道自己的才能遠遠比不上陳平，過了些日子，周勃稱病不再上朝，陳平因此成為唯一的處理政務的丞相。

（見《史記·陳丞相世家》）

名將周勃、周亞夫父子

　　周勃和周亞夫父子是漢王朝的名將，兩人因軍功先後當上了丞相。常言道，伴君如伴虎。他們在創造人生輝煌的同時，也給自己畫上了悲劇性的句號。

　　周勃，沛縣人，早年靠織蓆為生，為了補貼生活，人家辦喪事時，周勃給人吹簫。

　　劉邦沛縣起兵時，周勃投奔了劉邦。項羽分封諸侯時，周勃隨劉邦到漢中。

　　初到漢中，軍心不穩，眾將思鄉心切紛紛逃離漢中，周勃忠心耿耿，劉邦提拔他當了將軍。

　　周勃不負期望，在平定關中的過程中立下了汗馬功勞。項羽自刎烏江後，周勃奉命收復項羽舊地，先後平定了泗水郡、東海郡。在掃除項羽殘餘勢力過程中，打下了二十二個縣。

　　劉邦滅項羽封賞功臣時，周勃因軍功封絳侯。漢王朝初建，局勢不穩，周勃跟隨劉邦東征西討，翦滅了反叛的韓信、陳豨等割據勢力。燕王盧綰造反時，周勃以相國的身份取代樊噲，率領大軍消滅了盧綰，取得了收復五郡和七十九縣的戰果。

　　周勃不善言辭，劉邦認為可以委以重任。周勃平燕回來時，漢高祖劉邦已死，他以列侯的身份輔佐漢惠帝。漢惠帝六年（公元前189年），設太尉一職。周勃當了漢王朝的第一個太尉。

　　呂太后死後，外戚呂氏專權。趙王呂祿把持軍權，呂王呂產擔任丞相。眼看漢家天下要落入呂氏之手。周勃與陳平合謀，誅殺諸呂，迎立代王劉恆為漢文帝。

　　劉恆當皇帝後，讓周勃當了右丞相，為了感激周勃，劉恆給了他大量的賞賜。面對這麼多的賞賜，周勃有些飄飄然了。有人提醒周勃

說：「將軍您誅殺了呂氏，擁立代王為皇帝，威權已震動國家。皇上給您許多金銀財寶和土地，如果不能急流勇退的話，恐怕過了不了多久，就要大禍臨頭了。」周勃害怕了，馬上想到漢文帝當眾責怪他不稱職的事情。為了避禍全身，周勃自稱年老多病，請求免職。

丞相陳平去世後，周勃又一次當了丞相。僅過了十個月，漢文帝對周勃說：「不久前，朕下詔書，讓列侯回到自己的封地，有的不願離開京城長安。您是朕的重臣，乾脆您帶個頭吧。」周勃心裏明白，這是漢文帝對自己不放心。為了保全性命，他二話沒說，歸還了相印，回到了封地。

絳侯周勃回到封地後，非常害怕無端被殺。每當河東尉到絳縣巡行時，周勃總要穿上鎧甲，還讓家丁做好應變的準備。時間一長，有人向漢文帝報告說周勃要造反，負責司法的廷尉把他抓到了長安。本來，周勃完全可以說明情況，可是一緊張，話都說不周全了。獄吏以為周勃真有罪，更加欺辱他了。

周勃沒有辦法，拿出財寶賄賂獄吏，在書牘的背面寫了「以公主為證」五個字。所謂「以公主為證」，是指請公主出來證明自己沒有要造反的意思。為甚麼要請公主作證呢？原來，周勃還是皇親呢。為了籠絡周勃，漢文帝把女兒嫁給了周勃的兒子。

周勃與薄昭是好朋友，周勃得到漢文帝賞賜的財寶時，把這些賞賜都給了薄昭。薄昭是漢文帝母親薄太后的弟弟，薄昭把這件事告訴了薄太后。薄太后認為，周勃根本不可能謀反。等到漢文帝來時，薄太后對漢文帝說：「周勃曾握有兵權，那時不反，現居一個小縣，難道要謀反嗎？」言外之意，說周勃謀反，情理上說不通。漢文帝當然知道母親的意思，也明白周勃是冤枉的。為了給自己的女兒和母親一個面子，漢文帝下令重審周勃一案。很快，發現周勃無罪。於是，漢文帝派使者到監獄裏接周勃出獄，並宣佈恢復周勃的爵位。周勃出獄

後，心有餘悸地說：「當年，我指揮百萬雄師，何等地威風。我哪裏知道，一個小小的獄卒比我還要尊貴啊！」

漢文帝前元十一年（公元前169年），周勃去世。

周勃去世時，兒子周亞夫任河內郡太守。會相面的許負對周亞夫說：「您三年後封侯，封侯八年後，成為掌管國家的丞相，尊貴的程度無人可比。不過，再過九年，您將會餓死。」

周亞夫笑着說：「我的哥哥周勝已承襲了父親的爵位，如果他不幸去世的話，還有兒子繼承，哪裏會輪到我呢？就算你說得對，我既然有封侯拜相的命，又怎會餓死呢？」

許負指着周亞夫的嘴說：「您的嘴角上有一條紋進入嘴中，這是餓死的象徵啊！」

沒想到，許負的話果然應驗了。三年後，周勝因罪免去爵位。漢文帝惦記周勃的擁立之功，想在周勃的兒子中選一個賢能的授予爵位。大家認為周亞夫最賢，周亞夫因此被授予條侯。

又過了六年，匈奴大舉入侵。漢文帝為加強京城長安的防守，分立三軍，任命劉禮為將軍，駐紮在霸上；任命徐厲為將軍，駐紮在棘門；任命河內守周亞夫為將軍，駐紮在細柳。

漢文帝帶領隨從親自前往慰問，到霸上和棘門軍營，長驅直入，將軍為首的眾將列隊歡迎漢文帝視察。到周亞夫的駐地時，將士個個身披鎧甲，手持弓箭。漢文帝的前衛驅車到達營門時，士兵攔住了車駕。前衛說：「天子駕到。」守衛營門的都尉說：「將軍有令，軍中只聽將軍的，不聽天子的。」過了一會兒，漢文帝到了，依舊被攔在門外。漢文帝只好派使臣到大營通知周亞夫。使臣到大營後，對周亞夫說：「皇帝要入營慰勞全體將士。」周亞夫這才叫人打開營門，迎漢文帝入營。

漢文帝進入後，正要揚鞭策車快速行駛。守衛壁壘的軍士又攔住說：「將軍有令，軍中不允許駕車疾行。」漢文帝只得放慢速度。

到了大營後，只見周亞夫一身甲冑，手持兵器作揖說：「臣身披鎧甲不便行禮，請以軍禮迎接陛下。」漢文帝聽了，肅然起敬，隨後率眾表達了慰問周亞夫及眾將士之意。

大家都為周亞夫捏了把汗。漢文帝感慨地說：「這才是真正的將軍啊！霸上和棘門二營，簡直把軍務當作兒戲。劉禮和徐厲雖有破敵的本領，可是有哪一個來犯的敵人敢犯周亞夫呢？」一個多月後，漢文帝罷三軍，拜周亞夫擔任中尉一職。

漢文帝彌留之際對太子劉啟即後來的漢景帝說：「國家萬一有了危難，周亞夫可以委以重任。」漢文帝死後，周亞夫升任車騎將軍。

漢景帝前元三年（公元前154年），割據勢力吳王劉濞和楚王劉戊帶頭起兵造反，發動了吳楚七國之亂。消息傳來，漢景帝臨時以周亞夫為太尉，讓他統兵節制各軍，負責平定吳楚之亂的軍務。周亞夫出發前對漢景帝說：「叛軍彪悍，很難與他們爭鋒，如果令梁孝王出兵，從背面斷絕楚軍的糧草，才能打敗他們。」漢景帝批准了這一方案。

周亞夫集中軍隊在滎陽與吳楚叛軍激戰。叛軍一方面在滎陽與周亞夫相持，一方面派軍隊攻打梁國。梁國危在旦夕，多次向周亞夫求救，但遭到了拒絕。沒有辦法，梁孝王上書景帝，景帝派使者到營中催促周亞夫救梁。周亞夫堅持按兵不動。原來，周亞夫的戰略是，讓梁孝王的軍隊牽制部分叛軍，減少正面堅守的壓力。之所以採用避門堅守之策，是因為周亞夫要避開叛軍的鋒芒，等待時機。在這牽一髮動全身的關頭，要想消滅叛軍，不打亂戰爭部署，必須犧牲梁國的利益為代價。

正當叛軍肆無忌憚攻打梁國時，周亞夫趁叛軍麻痺之際，派出輕騎兵切斷了叛軍的後勤補給線。叛軍眼看就要斷糧，想速戰速決，再次發動凌厲的攻勢。周亞夫繼續堅守不出，直到叛軍精疲力竭被迫撤退時，周亞夫才派精兵出擊。經過三個月的相持，周亞夫徹底消滅了

叛軍。起初，周亞夫堅守營盤時，眾將認為周亞夫怯戰，是個膽小鬼。直到取得全勝後，眾將才認識到周亞夫指揮得當，是大將之才。不過，周亞夫抗旨不救梁國，引起梁孝王的嫉恨。

周亞夫回朝後，漢文帝重新恢復廢除已久的太尉一職，讓周亞夫擔任。五年後，漢景帝提拔周亞夫當丞相。周亞夫為人耿直，根本不知道危險正向他慢慢走來。先是，漢景帝打算廢黜太子，周亞夫堅決不同意，惹得漢景帝不高興。與此同時，梁孝王入朝覲見同母兄弟漢景帝時，經常要看望母親竇太后。為報周亞夫不救之仇，梁孝王經常在竇太后的面前說周亞夫的壞話。本來，這一切還無關緊要，不料，更嚴重的事發生了。

一大，竇太后對兒子景帝說：「王皇后的哥哥王信可以封侯了。」景帝說：「我與丞相商量一下吧。」周亞夫堅決反對，說：「高祖曾與天下共約，『非劉氏不得王，非有功不得侯。不如約，天下共擊之』。王信雖然是皇后的哥哥，但沒有功勞，不能封侯。」景帝默不作聲。

不久，匈奴王唯徐盧等五人歸順朝廷，景帝為了勸降其他的匈奴王，打算封侯。周亞夫竭力反對：「這些人背叛了自己的主子，陛下您封他們為侯，是鼓勵臣子不忠於君主的行為啊！」

漢景帝沒有採納周亞夫的意見，說：「丞相的意見不能採用。」於是封唯徐盧等為侯。就這樣，一件件，一樁樁，漢景帝對周亞夫越來越不滿了。

為了打擊他，漢景帝在宮中請周亞夫吃飯時桌子上故意不放刀和筷子。面對眼面前的一大塊肉，周亞夫不知如何下手，臉上露出不高興的神情，忙叫侍者去拿筷子。漢景帝看後冷笑着說：「難道還不能滿足丞相的要求嗎？」周亞夫聽了心驚肉跳，忙脫下官帽請求免罪。

漢景帝站了起來，周亞夫見此只得離開。漢景帝看着他的背影，喃喃地說：「這個心懷不滿的傢伙，以後的少主如何能駕馭他呢？」說完，臉上露出殺機。

為操辦後事，周亞夫的兒子從為皇家生產陪葬品的庫府拿了五百套供陪葬用的鎧甲和兵器。如果付錢的話，這事也就了結了，誰知，周亞夫的兒子十分霸道，根本不付錢。被掠奪的工人把周亞夫的兒子告到了官府，事情牽連到周亞夫。

漢景帝本來就想收拾周亞夫，一看這事和周亞夫有關，下令調查，負責審理此案的官員找周亞夫核查時，周亞夫不理睬調查的官員。漢景帝聽到了報告後，恨得牙癢。負責司法的廷尉痛斥周亞夫：「你難道要造反嗎？」周亞夫振振有辭地說：「我買的都是陪葬用品，怎麼能用來造反呢？」

廷尉說：「你雖然沒打算在人間造反，但打算到陰間造反。」

起初抓捕時，周亞夫已準備自殺，夫人發現後及時將他攔了下來。下獄後，周亞夫越想越窩囊，決定絕食抗議。結果是，一連五天不吃不喝，吐血而死。

（見《史記·絳侯周勃世家》）

儒生酈食其和陸賈

　　酈食其，陳留高鄉人，自幼喜歡讀書，家中很窮。後來，當了個看管里門的小吏，能勉強餬口過日子。不過，酈食其雖然貧窮，卻十分狂傲，縣裏的權貴和有頭有臉的人不敢支使他，都叫他「狂生」。

　　陳勝、吳廣起義後，反秦義軍經過酈食其的家鄉時，酈食其斷定他們不會有甚麼大的作為，躲了起來。後來，劉邦率軍駐紮陳留郊外時，酈食其認定劉邦能成大事，很想投奔劉邦。恰好，劉邦手下的一名騎士是酈食其的鄰居，酈食其對那位騎士說：「我聽說劉邦這個人傲慢無禮，但頗有雄才大略。我很想追隨他，如果你見到劉邦時請告訴他，鄉里有個叫酈食其的，年齡六十多歲，身高八尺，別人都說他是個狂生。不過，他自己不這麼認為。」言外之意，我酈食其是個有才學的人。

　　騎士說：「沛公劉邦非常不喜歡讀書人，凡戴着儒生的帽子來投靠沛公的，沛公都要解下他的帽子，向裏面小便。此外，沛公還時常大罵儒生無用。」

　　酈食其說：「你照我的話去說吧。」

　　騎士回到軍營後，向劉邦提起了酈食其。劉邦住到高陽時，把酈食其找來了。酈食其進屋時，劉邦正坐在牀上，讓兩位侍女給他洗腳。酈食其當然知道這是劉邦故意在給他個下馬威。酈食其隨意地向劉邦拱了拱手，不再行拜見禮，開口就說：「您是打算幫助秦攻諸侯呢？還是打算率諸侯消滅秦王朝呢？」

　　劉邦頓時大怒：「你這個不知好歹的讀書人！天下都被秦朝暴政害苦了，所以各路諸侯才相繼起兵造反，你怎麼能說我幫助秦攻打諸侯呢？」

酈食其平靜地說：「如果你聚集義軍攻打無道的秦軍，就不應該傲慢地對待長者。」

劉邦如夢初醒，趕緊擦乾了腳，穿好鞋，整理好衣服，請酈食其到上座，為剛才傲慢的行為道歉。

酈食其不再計較劉邦的失禮行為，開始講戰國後期天下合縱連橫的故事，進而敘述秦得天下和關東六國被秦各個擊破的形勢。

劉邦迫不及待地問：「現在該用甚麼計策破秦？」

酈食其不緊不慢地說：「您的軍隊都是些沒有經過任何訓練的民眾，不到一萬人。如果以這支軍隊攻打秦王朝的話，如同羊入虎口。陳留是戰略要地，四通八達，城裏囤積了大量的糧食。我和陳留縣令的關係很好，可以說服他投奔您。如果他不同意的話，我可以做內應，裏應外合打下陳留。」

劉邦聽了連連叫好，於是派酈食其先行，一舉拿下了陳留，解決了大軍糧草不足的問題。取陳留後，劉邦封酈食其為廣野君。從此，酈食其為劉邦四處遊說，出使在各路諸侯之間。

漢高祖三年（公元前 204 年）的秋天，項羽攻佔了滎陽，戰事對劉邦十分不利，劉邦退守鞏縣、洛陽一帶。幸好，韓信率兵破趙，彭越在梁地反項羽。

迫不得已，項羽只好分兵回援。趁此機會，劉邦再次聚集力量拿下了滎陽。

拿下滎陽後，劉邦多次被困城中。劉邦想放棄成皋以東的地盤，在鞏縣、洛陽一帶設防。酈食其力勸劉邦不要放棄成皋，進言道：「項羽拔滎陽後，主動放棄成皋的糧倉敖倉，向東經營，這是老天爺在幫助您啊。我認為，您應該立即帶兵奪取敖倉，據成皋之險，與項羽的楚軍繼續對峙。這樣，天下形勢將向有利於您的方面發展。現在，燕國、趙國已歸順您，只有齊國沒有攻下。我可以為您出使齊國，勸說齊國歸順大王。」

劉邦採用酈食其的計謀，佔領了敖倉，同時派酈食其出使齊國。

酈食其見到齊王田廣後，問道：「大王您知道天下將歸往何處？」

齊王答道：「不知道。」

酈食其接着說：「您要是知道天下歸往何處，還能保得住齊國。如果您不知道，那齊國的江山可就危險了。」

事關國家存亡，齊王自然緊張，忙問：「那天下的人心將歸往何處？」

酈食其直截了當一說：「歸向漢王。」

齊王說：「您有甚麼根據呢？」

酈食其滔滔不絕地說：「當年，楚懷王和大家約定，誰先攻入咸陽，誰當關中王。漢王先項羽一步進城，項羽分封天下時，不遵守約定，把漢王排擠到漢中。沒過多久，項羽又無故殺死了義帝。漢王聽說後，起兵為義帝討回公道，平定了關中三秦大地。他召集各路兵馬，立諸侯之後。每打下一座城池就分給有功的將領，得到了錢財珠寶也不據為己有，可謂是與天下的人有福同享。項羽呢？先是背約，後又殺害義帝。更重要的是，這個人從來不記住別人的功勞，打下江山也不願意和別人分享。我聽說，項羽分封諸侯時，將刻好的大印攥在手中，大印的稜角都給磨平了，還不捨得給人家；得到了財物收藏起來，從來不捨得和別人分享，所以各路諸侯都背叛他，不願意為他賣命。照這樣下去，普天下的人都會歸附漢王的，您要是趁早歸附漢王，定能保住齊國的江山。如果不歸附的話，恐怕滅亡是指日可待了！」

齊王田廣一聽有道理，便放棄了警惕，只把酈食其當作大好人，天天和他飲酒作樂。

正當田廣與酈食其尋歡作樂時，韓信已率大軍悄悄地圍住齊國。消息傳來，齊王自知上當，對酈食其說：「如果你能阻止韓信，我不殺你，如果不能阻止，我將把你煮了。」

酈食其說：「成大事的人都不拘小節，有高尚情操的人都不怕小的指責。我是不會因為你改變我勸說你的初衷的。」

齊王勃然大怒，把酈食其扔到鍋裏煮了，隨後率兵倉皇東撤。

再說酈食其投靠劉邦時，曾把弟弟酈商推薦給了劉邦。漢高祖十二年，酈商跟隨劉邦征討黥布，立下了軍功，漢高祖劉邦封他為曲周侯。酈商封侯時，劉邦想起了酈食其，於是封酈食其的兒子酈疥為高梁侯。

● ● ●

陸賈，楚國人，以賓客的身份跟隨劉邦平定天下，陸賈的口才很好，經常為劉邦出使各諸侯國。

劉邦建立漢王朝時，鞭長莫及，沒有力量顧及到南方。這時，趙佗征服了南越。為了穩定政局，劉邦派陸賈出使南越，給趙佗奉上南越王的大印。陸賈拜見趙佗時，趙佗故意梳着錐形的髮式叉着腿接見陸賈。陸賈明白趙佗不願接受封賞的意思，對趙佗說：「您是中國人，您的祖先和親戚兄弟的墳墓都在真定。現在，您放棄中國人的服裝和冠帶，學南越人的樣子，難道您打算以一個小小的南越國和大漢天子抗衡為敵嗎？要是那樣做的話，你將要大禍臨頭了。」

「我怎麼會大禍臨頭呢？」趙佗問。

「當年秦王朝暴虐，各路諸侯豪傑都起來反對。漢王最先進入了關中，項羽違背盟約，自立為西楚霸王，諸侯都歸順他，是最強大的。可是漢王憑藉巴蜀之兵，控制天下，收復諸侯，很快打敗了項羽，五年之間海內平定，這不是人力能達到的，是老天爺的幫助。現在，天子聽說你在南越稱王，所有的大臣都希望出兵討伐，只有皇上體諒老百姓剛剛經歷過戰亂，疲乏不堪，想讓百姓們休養生息，這才派了我送大印前來安撫。您本來應該出城到郊外迎接使者，向北稱

臣，可是，您卻要稱霸一方。如果天子聽說此事，先挖了您的祖墳，滅掉您的宗族全家。再派十萬大軍來討伐，你手下的人趁機殺了您，投降大漢天子，還不是易如反掌的事嗎？」

趙佗大驚，忙起身表示歉意：「我在荒蠻的地方待久了，有失禮節，請先生原諒。」

趙佗又問：「我和蕭何、曹參、韓信相比，誰的能耐大一些？」

陸賈說：「似乎您的能耐要大一些。」

蕭何是劉邦的左膀右臂，劉邦在前方與項羽爭天下，蕭何負責穩定關中根據地，輸送兵員和糧草到前線；曹參是劉邦手下的大將，身經百戰，為建漢立下了汗馬功勞；韓信是戰場上的常勝將軍，是劉邦建漢的大功臣。聽了陸賈的話，趙佗十分高興，又問：「我和皇帝比，誰的能耐更大呢？」

面對這種挑釁的語言，陸賈毫不相讓：「皇上起兵豐沛，討伐暴秦，滅項羽，繼承三皇五帝的功業統一了天下。統治區域的人口數以億計，領土萬里。大王您統治下的南越不過幾十萬人，區區彈丸之地蜿蜒在山海之間，只相當於漢家的一個郡，怎能和當今漢家天子相比呢？」

趙佗大笑了幾聲，感慨地說：「如果我在中原起兵的話，你怎麼知道我就一定不如你們家的皇帝呢？」說完長歎一聲：「我在這蠻夷之地，早已沒有談得來的人了。如今先生來到這裏，才讓我聽到從來沒有聽到的新鮮事。」

於是，趙佗送給陸賈數以千計的財寶。留陸賈一連住了幾個月，每天與他飲酒暢談天下大事。從此，南越王趙佗表示稱臣，服從漢王朝的管轄。等到陸賈不得不離開時，趙佗又送給陸賈價值千金的財寶，依依不捨地惜別。

陸賈向劉邦覆命後，劉邦非常高興，讓陸賈當了太中大夫。

陸賈是個有政治遠見的讀書人，在劉邦面前講話時經常引用《詩經》和《尚書》。

　　劉邦是個粗人，聽到陸賈動不動引經據典，很不高興，粗魯地打斷他的話說：「老子是在馬背上打下天下的，你成天和我說這些《詩》《書》有甚麼用？」

　　陸賈立即反駁道：「不錯，陛下是從馬背上得天下的，難道還能在馬背上治天下？當年，商王成湯和周武王打下天下後，文武並用，天下才能長久。吳王夫差、智伯太迷信武力，不善於治國，最後滅亡了。如果秦兼併天下後，按照《詩》《書》上說的那些行仁義的話，您還有機會奪得天下嗎？」

　　劉邦露出慚愧的神情，對陸賈說：「請先生寫一寫秦為甚麼失去天下，我為甚麼得天下的原因，順便再總結一下歷代興亡的教訓。」

　　陸賈答應了劉邦的請求，開始安心著書立說，開始探討歷朝歷代國家興亡的原因。陸賈一口氣寫了十二篇，每寫完一篇先呈送給劉邦。劉邦一邊看一邊叫好。劉邦身邊的人看皇帝叫好，也跟着叫好。後來，這十二篇文章彙編成冊，取名《新語》，流傳至今。

　　漢惠帝時，呂太后總攬朝政。呂太后違背漢高祖劉邦定下的規矩，要封娘家的呂姓子孫為王。陸賈知道無法阻攔呂太后的做法，索性辭官。

　　陸賈辭官後，在距長安不遠的好畤安下家來。他把南越王趙佗送給他的千金錢財拿出來，分給五個兒子，讓他們購置謀生的產業。

　　陸賈辦置了一輛由四匹馬拉着的豪華馬車，帶着十幾個能歌善舞、精通琴瑟的侍從四處遊玩。陸賈對五個兒子說：「我現在跟你們說好，以後到你們各自的家庭時，你們要供我的人馬吃喝，讓我玩個痛快。十天後，我就會換一個地方。我死在誰家，我的馬車、寶劍和侍從就歸誰家。除去我到朋友家做客的時間，我每年到你們的家中不過兩三次。這樣次數不多，你們也不會厭煩。」

　　有一天，陸賈去看望丞相陳平。陳平正為呂太后夥同諸呂擅權，危及劉氏的天下而傷腦筋，因怕惹禍上身，經常稱病不上朝躲在家中。陸賈看望時，陳平沒有發覺。陸賈見他痴呆呆地走神，問：「想

甚麼呢，這麼入神？」

　　陳平先是嚇了一跳，後來看是陸賈，忙反問道：「您猜猜看，我在想甚麼？」

　　陸賈笑道：「您現在是第一丞相，有三萬戶食邑，富貴至極，您擔心的自然不會是缺衣少食，您所擔憂的是諸呂專權和少主大權旁落的事。」

　　陳平忙問：「該怎麼辦呢？」

　　陸賈一針見血地說：「國家安定的時候，需要勤勉的丞相；國家危難的時候，需要治軍有方的將軍。只要將軍和丞相團結一致，大臣們才能圍繞在你們身邊，只要大臣們都團結一致，政權才會鞏固。國家的安危，其實掌握在將軍和丞相的手中。我時常對絳侯周勃說這些話，他一直把我的話當作笑話。您何不主動和周勃交朋友？何必要結怨呢？」原來，陳平與周勃兩人素來不和，劉邦去世後，陳平任丞相，周勃掌軍權，任太尉。

　　一句話點醒了陳平。

　　周勃在家做壽，陳平見機會來了，立即帶上一份厚禮親自上門為周勃祝壽。周勃十分感動，沒過多久，兩人盡釋前嫌，成了無話不談的好朋友。呂太后去世後，陳平和周勃聯手，剷除了諸呂，從代地迎立了漢文帝，這是後話。

　　陳平知道陸賈沒有多少錢財，為了表達感激之情，送給他一百名奴婢，五十輛車馬和五百萬貫錢。陸賈憑藉這些錢財遊走於公卿大臣之間，名聲越來越大。

　　酈食其和陸賈，都是漢朝初年的功臣。他們一個慘遭橫禍，死於非命；一個功成身退，壽終正寢。回顧歷史，讓人感慨萬千。

　　　　　　　　　　　　　　　　（見《史記·酈生陸賈列傳》）

奉公執法的張釋之

張釋之又叫張季，堵縣（今河南方城東）人。分家前，張釋之和哥哥張仲一起生活，張仲出錢給弟弟捐了一個騎郎（皇帝的侍衞人員）的官。

一連十年，張釋之沒有得到提升。張釋之十分鬱悶：「白白耗費哥哥的錢財，還不如辭官回家算了。」中郎將袁盎知道他是個有些才幹的人，覺得走了怪可惜的，就請求漢文帝給他補了個謁者的空缺。

謁者的官職雖然不高，但張釋之有機會進一步接觸漢文帝了。漢文帝欣賞張釋之的才華是從談論秦亡漢興的原因開始的。一席話，漢文帝看到張釋之的政治眼光和才華，立刻提拔張釋之擔任謁者僕射（謁者的頭領）。

一次，張釋之隨漢文帝遊上林苑。漢文帝興致勃勃地觀賞上林苑虎圈中的老虎，看着看着，心血來潮，想了解一下上林苑圈養的禽獸的數量和種類。

上林苑的長官上林尉奉命來到，竟一問三不知，一個問題也回答不上來。漢文帝有些生氣了，這時，虎圈的飼養員大膽回答了漢文帝的問題。漢文帝聽後十分滿意，對張釋之說：「作為一名長官，不應該有這樣的質素嗎？我看上林尉不稱職，讓這位飼養員做上林尉吧。」

張釋之沉默了半晌，上前對漢文帝說：「請問陛下，絳侯周勃是個甚麼樣的人呢？」

「周勃？是個忠厚的長者。」

「東陽侯張相如呢？」

「也是個厚道的人。」

張釋之說：「這兩個厚道人從來都不多說話，根本不像這位這樣伶牙俐齒。再說了，秦始皇重視刀筆吏，讓那些刀筆吏苛察大臣的錯誤。捕風捉影，沒有一點實際的東西，害得人人自危。秦王朝才傳二世，天下土崩瓦解。如果陛下今天破格提拔這個口齒伶俐的飼養員，臣害怕全國上下都會聞風而動，爭着去練嘴皮子，不講實際。所以，提拔的事情，還請陛下慎重考慮啊！」

「你說得對。」漢文帝打消了提拔飼養員的念頭。為感謝張釋之的提醒，特意招呼他與自己同乘回宮。回到宮中，漢文帝提拔張釋之任公車令。

張釋之做了公車令不久，做了件讓許多大臣都震驚的事。這件事使張釋之進一步得到了漢文帝的信任，也為他以後的仕途埋下了隱患，那究竟是甚麼事呢？

原來，張釋之在司馬門附近巡邏，恰巧太子劉啟和梁孝王劉武兄弟二人同車入朝。皇宮一向是有規矩的，無論甚麼人到了司馬門，都要下車步行，以示宮廷的威嚴。劉啟是國家的儲君，劉武是皇后最寵愛的小兒子。因此，兩人毫不在乎宮裏的規矩，竟然坐着車大搖大擺地進了司馬門。張釋之見了，立刻向前攔住車駕。從來沒人敢攔兩個王子的車。兩個王子氣得直嚷嚷，威脅要給張釋之好看。

張釋之耿直倔強的性子上來了，硬是不肯放兩位王子過去，不但扣了車和人，還上了一道奏摺彈劾太子和梁王，說他們犯了不敬的罪名。這件事被薄太后知道了，薄太后有意袒護兩個王子，把兒子漢文帝叫去，責備了一頓。文帝見到母親薄太后，連忙脫去皇冠：「我沒有把兒子教育好。」薄太后傳達旨意，讓兩位王子進宮，張釋之才放了劉啟和劉武兩人。

通過這件事，漢文帝對張釋之刮目相看，提拔他當了中大夫，不久又提拔他當中郎將，還提拔他當了管司法的廷尉。一次，漢文帝出行，路經中渭橋的時候，忽然有個人從橋底下鑽了出來。拉車的馬本

來走得好好的，被忽然衝出來的人所驚，長嘶一聲，前蹄高高抬起，差點兒掀翻了漢文帝的車子。好在有驚無險，馬夫拉住了受驚的馬，車穩穩當當地停了下來。坐在車中的漢文帝鬆了一口氣，可是，想起剛才的驚險，怒從心生，拉開車簾指揮侍從去逮捕那個驚馬的人，並交給張釋之審理。

驚動皇帝的大駕是件大事，怒不可遏的漢文帝希望張釋之判這個人死罪。張釋之反覆審理，認為驚馬的人是無意的，罪不至死。原來，驚馬的人得知皇帝出巡時，有心迴避，慌忙中找不到躲避的地方，便藏到了橋下。那人在橋下藏了好久，以為皇帝出行的隊伍早已離去，這才從橋下走出來，沒想到真的驚駕了。張釋之了解事情的原委後，決定處以罰款。因為案子是皇帝親自發下來的，審好了自然要向皇帝回報，於是便進宮見駕彙報：「皇上，依照法律，這個人違反了戒嚴令，應該處以罰款。」

「甚麼？」漢文帝滿肚子不高興，「這個人驚了朕的馬，幸虧朕的馬老實，駕車的人技術好，不然的話，豈不是要掀翻馬車摔了朕，如此大罪，你居然只判他罰款！」

「按照法令，理應如此。」張釋之聽到漢文帝的責問不慌不忙，向上行了個禮，不卑不亢地說：「法令應該由天下人共同遵守。如果您一定要重判，您所設定的法令就無法取信於民了，既然您當時沒有殺他，把他交給了臣審理，臣只能依照法令審理。廷尉一職本來就是為天下伸張正義公平的，臣執法一旦有了偏差，國家的法律就無法取信於人了。」

漢文帝聽了張釋之的話，氣消了大半，同意了張釋之的判決。後來，有人偷了高祖太廟座前玉環，小偷被抓住後，漢文帝大怒，命令廷尉治罪。張釋之審理案件後，上奏依法當判棄市罪。所謂棄市，是指罪犯砍頭後，棄屍街上，警示效尤的人。漢文帝看到奏摺後更加生氣：「朕讓你審理此案，是要滅他的全族。你怎能這樣審理？」

　　張釋之脫去官帽，伏地磕頭謝罪說：「法令如此。不敢以皇上您的意思定罪。如果偷盜宗廟器物的人要殺全族的話，萬一有一天，愚蠢的百姓取了長陵上的一抔土，那麼，陛下將怎麼判刑呢？」長陵是漢高祖劉邦的陵墓。聽了這話後，漢文帝不再堅持。後來，漢文帝與薄太后談起這事時，都認為張釋之處理得當。後來，中尉條侯周亞夫與梁相山都侯王恬開見張釋之執法公正，與他結為親友。張釋之公正執法受到天下人的頌揚。

　　漢文帝去世後，漢景帝劉啟繼位。張釋之聽從王生的話，向漢景帝道了歉，景帝雖然沒有處置張釋之，後來，還是把他趕出了京城，讓他到淮南王那裏當丞相去了。從某種意義上講，這也算是報復吧。

　　王生是位老人，精通黃老學說，一輩子沒當過官。皇上曾召他到宮中，滿朝的三公九卿見了王生後，都站起來向他致敬。王生說：「我的襪子滑下了。」回過頭對站在一旁的張釋之說：「你替我把襪子穿好！」張釋之二話不說，跪下來給他穿好襪子。有人對王生說：「您為甚麼要當眾羞辱張廷尉，讓他跪下來給您穿襪子呢？」王生曰：「我年老又貧賤，自認為不會給張廷尉帶來好處。張廷尉現在是天下的名臣，我故意羞辱他，是為了使他得到更多人的敬重。」消息傳出，人們更加認識到王生的賢明，更加敬重張釋之。

（見《史記·張釋之馮唐列傳》）

持節雲中的馮唐

北宋的大文學家蘇軾在密州做官的時候，曾經用萬丈豪情留下了一首千古傳誦的《江城子・密州出獵》。在這首詞中，蘇軾酣暢淋漓地表達了自己為國分憂的志向，同時又滿懷期盼和惆悵寫下了「持節雲中，何日遣馮唐」的詩句。那麼馮唐是誰呢？為甚麼蘇軾盼望着馮唐的到來呢？這個馮唐和蘇軾施展抱負又有甚麼關係呢？

司馬遷在《史記・張釋之馮唐列傳》中記載了馮唐的事跡。

張釋之是一位奉公執法的諍臣，那麼，馮唐和他同傳，是不是也是這樣的人呢？馮唐的確是一位十分有見地的直臣。

司馬遷在記敍馮唐的事跡時，是從他與漢文帝談論趙將李齊開始的。漢文帝在代國為藩王的時候，曾多次聽高祛講起趙將李齊的事情，因而產生了愛慕和敬仰之情。一天，漢文帝向馮唐詢問李齊的事。可是，馮唐認為李齊比不上廉頗和李牧。面對漢文帝的詢問，他根據祖父對李齊與李牧的了解，表達了李齊的才能遠不如趙將廉頗和李牧的看法，隨後又向漢文帝講述廉頗、李牧的故事。聽到得意處，漢文帝想到如今中原地區時常受到匈奴的侵犯，自己卻因為不夠強大無能為力時，拍着大腿感歎道：「可惜啊，我偏偏不能和這兩個人生在同一個朝代，如果我們有幸生在同一個朝代，還怕甚麼匈奴呢，早就把他們打回老家去了！」

馮唐聽了漢文帝的話後，突然吞吞吐吐起來，愣了老半天才說道：「可是臣以為，就算是陛下您得到了廉頗、李牧那樣的猛將也不會很好的重用他們！」

「你，太放肆了！」漢文帝哼了一聲，一甩袖子進宮了，只剩下馮唐目瞪口呆地站在原地。過了一會兒，漢文帝把馮唐叫進宮裏責備

說：「你這個人啊，就算你說得對，難道不能單獨和我說嗎？為甚麼要在那麼多人面前讓我下不來台？」

馮唐也覺得不應該在那麼多人面前，讓皇帝下不來台，連忙道歉：「陛下恕罪，我說話沒個遮攔，請陛下不要放在心上。」

「算了，朕要是和你一般見識，也不會叫你來了。」漢文帝聽了馮唐的話，知道他是個正直之人，也沒甚麼花花腸子，擺了擺手，表示不再計較了，可是又想起馮唐說自己不會重用能臣的話，心中不快，便冷下臉說，「你說朕不能重用廉頗、李牧，倒是要給朕說出個所以然來，不然，朕一定嚴懲不貸。」

馮唐說：「臣聽說古代的帝王向外派遣將軍，都給他們絕對的權力，讓他們自行賞罰，做君主的絕對不能妄加干預。我聽祖父說，李牧為趙國鎮守邊關的時候，軍中的一切收入都用來犒勞士兵，軍中的賞賜也由將軍們自行決定，國君將軍隊中的一切權力都交給將軍，只要能打勝仗就行，正是這樣，李牧才能發揮他的聰明才幹，為趙國打了勝仗。可是後來，趙王卻聽信讒言把李牧殺了，結果自己也落了個國滅被俘的下場。」

「這話不錯，可是，這怎能說明我不能重用能將呢？」漢文帝雖然聽得津津有味，還是不明白他的意圖是甚麼。

馮唐話鋒一轉：「我聽說，雲中太守魏尚也是像李牧那樣做的。他把自己的錢財都分給士兵，經常拿出自己的俸祿宴饗全軍，所以匈奴人都很害怕他，不敢冒犯雲中。有一次敵人來了，魏尚帶領士兵殺死了許多敵人，陛下可還記得這回事兒？」

「好像有這麼一回事，然後呢？」漢文帝盯了馮唐一眼，漫不經心的回答，心裏老是覺得馮唐話中有話。

「陛下想一想，這些士兵，大多數都是農家出來的，哪裏懂得那麼多繁瑣的條文，每天只知道殺敵打仗，可是向上級報功的時候，只要與事實有一點點的出入，那些刀筆吏就死摳條文進行懲處。這樣一

來，立了功得不到賞賜，犯了錯卻一定會受罰。我覺得，您對條文的要求太細了，對人賞輕罰重。比如說這雲中太守魏尚吧，他立了那麼多的功勞，卻只因為在上報戰果時，多報了六個人頭，您竟然就把他抓起來了，所以臣以為，您就算是得到了廉頗和李牧這樣的大將，也不會重用他們啊！」

漢文帝終於聽明白了，原來，馮唐是繞着彎子來給自己下套。不過，他不得不承認馮唐說得有道理。漢文帝對馮唐說：「這樣吧，你拿着旌節代表我把魏尚放出來，恢復他雲中太守的職務。」

漢文帝見馮唐耿直敢於勸諫，提拔他當了車騎都尉。

馮唐勸說文帝持旌節赦免魏尚的事成為一段佳話，後人常用馮唐「持節雲中」的故事表示再次被帝王起用。蘇軾在密州殷切關注馮唐的故事，實際上是用馮唐勸說漢文帝的典故，來表達自己有朝一日能被朝廷起用，為國家效力的願望。

（見《史記‧張釋之馮唐列傳》）

剛正不阿的諍臣汲黯

汲黯是漢武帝身邊的諍臣，喜歡說大實話，讓漢武帝很頭疼。要不然，這位才華出眾的幹才，早就拜相封侯了。

汲黯字長孺，濮陽（今河南濮陽）人，出身世家，到汲黯這一代已經七世為官了。漢景帝劉啟時，汲黯襲父位，任太子洗馬（太子的隨從官）一職。漢武帝劉徹登基後，他在宮中任謁者（負責為皇帝收集意見傳達命令的官員）。東越發生內亂，漢武帝派他去了解情況，汲黯才走到吳國就回朝覆命了。他在給朝廷的上報中說：「越人相互打仗，是風俗造成的，與反叛沒有關係，不必派天子的使者視察了解情況。」河內郡發生火災，接連燒了一千多戶人家，漢武帝派汲黯去視察。汲黯回來報告說：「老百姓家失火，殃及了周圍的房子，這是小事，不需要朝廷來操心。不過，我路過河南郡時，看到那裏有一萬多戶居民遭受水災和旱災，甚至發生了父子相食的事件。我用皇上您給我的使節，自作主張打開河南郡的官倉，救濟了災民。現在我歸還使節，請皇上您懲罰我假傳聖旨的罪名。」

漢武帝認為汲黯做得對，放了他。不過，假傳聖旨的罪還是要治的，於是漢武帝讓他去當滎陽縣令。汲黯認為這是恥辱，遂以生病為由，提出還鄉的請求。漢武帝聽說後，召他入朝任中大夫。汲黯耿直，遇到不對的事總是發表意見，漢武帝討厭汲黯在身邊總是喋喋不休，乾脆放外任，派他去當東海郡太守。

汲黯是黃帝和老子學說的忠實信徒，主張按章辦事，反對擾民。汲黯在東海郡處理政務時，抓大放小，讓幾個能幹的助手協助他處理主要政務，其他的事基本上不問。汲黯身體不好，經常生病，但他不但沒有荒廢政務，還把東海郡治理得井井有條。汲黯到任一年多的時

間，東海郡的面貌發生了巨大的變化。漢武帝得知後，把他調回了朝廷，任命他做主爵都尉，享受九卿的待遇。

汲黯疾惡如仇，性情高傲，不注重禮節，不能容忍別人的過錯。與人相處時，看着順眼的人友好相待，不順眼的人，連面都不願見。不過，汲黯也有很多的優點。他勤奮好學，有骨氣，為人正直，不畏權貴。因不會拍馬屁，時常讓漢武帝下不了台。

王太后的弟弟田蚡是當朝丞相，九卿太守一級的高官拜見他時，傲慢的田蚡根本不回禮。因此汲黯見田蚡時，故意不行大禮。

衛青是官拜大將軍，出征打擊匈奴取得了大勝後，在朝廷中的地位越來越高。與此同時，衛青的姐姐當上了皇后，因為這些原因，朝廷大臣見了衛青都戰戰兢兢地行大禮，表示對衛青的尊重。汲黯不理這一套，繼續以平等的禮節相見。

別人擔心汲黯得罪衛青，勸他行跪拜禮。汲黯反問道：「難道大將軍沒有作揖禮的客人嗎？難道這樣，他就不尊貴了嗎？」衛青聽說後沒有生氣，反而更加敬重汲黯，遇到疑難時多次向汲黯請教。

漢初，文學之士集中在諸侯國。漢武帝花好大氣力把他們招到京城長安。漢武帝接見他們時說了如何重視他們、打算怎麼做……漢武帝得意洋洋地描繪前景時，汲黯打斷了漢武帝的話，說：「陛下慾望太多，又要這又要那。這樣怎施仁義、仿效聖王堯舜實現天下大治呢？」漢武帝氣得半天說不出話，陡然之間變了臉色，揮手退朝。在場的公卿都替汲黯捏了把汗。漢武帝對身邊人說：「太過分了。汲黯太憨了。」大臣中有人數落汲黯，汲黯振振有辭：「天子設置公卿輔佐大臣，難道是讓他們阿諛奉承嗎？你們這樣，是陷皇上於不義。既然在位置上，應該為朝廷分憂！」

莊助對漢武帝說：「汲黯恪守職責，沒人能比，可以擔負起輔佐太子的重任。」漢武帝十分贊成，對大臣莊助說：「古有安邦定國的社稷之臣，汲黯差不多就是這樣的人吧。」

但汲黯的憨直又讓漢武帝十分頭疼。在其他大臣面前，漢武帝可以隨便一些，只要有汲黯在場，漢武帝始終不敢隨便。有一次，大將軍衛青應詔入宮，漢武帝正在上廁所。漢武帝不拘小節，便在廁所裏召見了大將軍衛青。丞相公孫弘入宮觀見，漢武帝可以不拘君臣禮節，不戴皇冠接見。

古人認為，不戴官帽會客是失禮的行為。儘管漢武帝接見重臣時可以隨便，但見汲黯時不敢衣冠不整。有一次，汲黯觀見，在宮中的漢武帝沒有戴皇冠，為了不失君臣之禮，特意避入帳中，戴好皇冠整理好了衣衫後，才敢叫汲黯進來。

張湯是漢武帝欣賞的官員，也是著名的酷吏。漢武帝任命張湯當廷尉，由張湯負責修訂律法。汲黯當着漢武帝的面責備張湯道：「你作為正卿，既不能光大高祖皇帝的偉大功業，又不能抑制天下的邪心，安國富民。盡做些沒用的，將律法條文制訂得瑣碎複雜，只顧眼前，急功近利。要知道，原有的律法都是高祖皇帝定下的，你竟敢改來改去，今後是要滅九族的。」

汲黯經常和張湯爭論律法條文，可是張湯熟悉典章制度，說話時總是引經據典，大大咧咧的汲黯根本辯不過張湯。一氣之下，汲黯當着漢武帝的面罵張湯：「天下人都說刀筆吏不能當公卿一類的大官，果然不錯。要是按照你張湯的辦法去做，天下人都會被嚇得不敢說話，不敢睜眼看人了。」

汲黯疾惡如仇，說話不會拐彎抹角，因此在提拔使用方面吃了許多虧，當初，汲黯位列九卿時，張湯和公孫弘只是個小官，後來，善於看漢武帝眼色行事的公孫弘和張湯受到提拔和重用。公孫弘先當上了丞相，又封了侯；張湯也做到了御史大夫，位列三公。汲黯認為這一做法不公道，毫不客氣地對漢武帝說：「陛下用人，就像堆柴火一樣，越是後來的，就越堆在上邊。」明確地把矛頭指向漢武帝，說漢武帝不會用人。

漢武帝聽了沒有吭聲，等汲黯走了就對身邊的人說：「這人啊，總是要有些修養，你們聽聽汲黯都說甚麼話，越來越沒有教養了。」

其實，這算輕的，還有更嚴重的事情呢。一天，匈奴渾邪王率眾表示要歸順漢王朝。為了表示歡迎，漢武帝下令準備兩萬乘車輛迎接。誰知車輛準備好了，湊不齊拉車的馬。長安縣令奉命籌集馬匹時，因沒有錢買，只好到老百姓家裏去借。

老百姓聽說後，把馬藏了起來。籌集馬匹的時間到了，可是馬還是沒有湊齊。漢武帝很生氣，打算殺掉長安縣令。

汲黯負氣地對漢武帝說：「長安縣令無罪。陛下您只要殺了我，百姓就會獻馬了。臣不明白，這些匈奴人背叛他們的主子投降朝廷，搞得整個天下都雞犬不寧，值得嗎？」

漢武帝被噎住了，不得不承認汲黯說得對。儘管漢武帝理虧無話可講，可是心裏總有些不自在。

匈奴渾邪王歸順後，有些商人和他們做起了生意。執法的官員認為，這些商人不服從法令，於是採用連坐法，判了五百人的死刑。汲黯急了，對漢武帝說：「皇上，自從我們興兵討伐匈奴以來，死傷無數，耗資巨大。我原以為，陛下要把這些匈奴人賞賜給那些為國捐軀的將士，用繳獲來的財物犒賞他們。現在，就算您做不到，也不應該拿府庫裏的錢去賞賜那些投降來的匈奴兵啊！要知道，庫府裏的錢財都取之老百姓啊。今天，老百姓只是和匈奴人做了些生意，那些酷吏就要用走私的罪名懲治他們，還要用嚴酷的律法殺他們。您這是砍掉枝幹去保護樹葉啊，是捨本逐末的做法。臣認為，此舉不妥，希望陛下收回成命。」

漢武帝雖不吭聲，但堅決不同意汲黯的意見。隨後對身邊的人說：「朕已經很久沒聽過汲黯說話了，沒想到今天又聽到了。」

幾個月後，汲黯犯了些小錯，漢武帝本想重重地懲處他。恰好趕上大赦天下，汲黯從此到鄉村田園中隱居起來。

又過了幾年，漢武帝改革貨幣，發行五銖錢。民間一看鑄錢有利可圖，便紛紛私下鑄造，其中，楚國鑄私錢的情況最為嚴重。為了整肅綱紀，漢武帝決定起用汲黯，讓他擔任靠近楚地的淮陽太守。

使臣宣佈詔令後，汲黯堅決不接受任命。使臣往返數次後，汲黯只得奉詔進京。見到漢武帝後，汲黯一把鼻涕一把淚地說：「陛下，臣以為這輩子已見不到您了！沒想到您還是想起了我。我一直有哮喘病，沒有力量做太守了。如果您真的願意用我，就讓我做一個中郎，出入在您的身邊，為您拾遺補缺，這才是臣的心願啊！」

漢武帝對汲黯說：「我召您出任太守，是因為淮陽的官員和百姓之間的矛盾尖銳，我只是想藉您的威名整治淮陽。您到了那裏，哪怕是躺在牀上不辦事，那裏的局面也會變好的。」

汲黯只好走馬上任，臨行前，他反覆叮囑李息：「我被放到淮陽，不能參與朝議。張湯奸詐狡猾，喜歡混淆是非，專門看皇上臉色行事。您位列九卿，如果不早些提醒皇上，恐怕以後要受到牽連。」李息雖然認為汲黯說的有道理，但害怕張湯的勢力和殘酷的手段，不敢提出與張湯不同的意見。後來，張湯陰謀敗露，被治罪。漢武帝聽說汲黯與李息說的話後，認為李息不忠於朝廷，也治了他的罪。

再說汲黯到了淮陽後，淮陽果然出現了政明人和的局面。為了表彰汲黯，漢武帝讓他以諸侯相的官俸居淮陽。七年後，汲黯去世。

汲黯是漢代屈指可數的敢於當面批評皇帝的諍臣。或許是因為汲黯太直率了，才沒有當上丞相吧。反過來講，如果他真的當上了丞相，那還不是天天讓漢武帝不愉快嗎？不過，汲黯雖然不討人喜，但漢武帝知道他是為了朝廷，因此沒有過分地為難他。汲黯死以後，漢武帝為了褒揚他，讓汲黯的一些親戚當了大官，這或許是對汲黯的補償吧。

（見《史記·鄭汲列傳》）

漢代辭賦家司馬相如

司馬相如字長卿，成都人。小時候，司馬相如很喜歡讀書，還學過劍術。他的母親給他起了個「犬子」的小名。長大後，因敬佩戰國時期趙國的藺相如，司馬相如把自己的名改成了「相如」。

後來，家裏拿錢給他捐了官，司馬相如因此當了漢景帝的武騎常侍。梁孝王進京朝拜時，鄒陽、枚乘等辭賦家跟來了，司馬相如與他們一見如故。漢景帝不喜歡辭賦，再加上司馬相如也不喜歡他的職位，為了有更多的機會與鄒陽、枚乘等人在一起，司馬相如決定稱病辭官，悄悄地跟着鄒陽等人，到梁孝王那裏當門客去了。在梁國期間，司馬相如寫下了著名的辭賦《子虛賦》。

在梁國的幾年，是司馬相如最愜意的幾年。沒想到，梁孝王發生意外突然離世，司馬相如失去了依靠，只好回老家成都。此時，司馬相如的家境大不如從前，已是一副破敗的景象。司馬相如不會料理家庭事務，不知如何振興農業，很快陷入困境，無法維持正常的生活了。

早年，司馬相如和臨邛縣令王吉相交，成為好朋友。王吉說：「長卿如果在外宦遊不如意的話，可到我這裏來。」司馬相如到了王吉那裏，王吉為了抬高司馬相如的身價，每天都親自去拜訪司馬相如。司馬相如見王吉非常關心自己，心裏過意不去，便推說生病了，希望王吉不要再天天來。不料，王吉對司馬相如的照顧更加殷切了。

臨邛縣雖然不大，卻有很多財主。這些財主中有卓王孫和程鄭，卓王孫家的奴僕有八百人，程鄭家也有幾百人。卓王孫與程鄭聽說王吉家來了貴客，兩人一商量，決定擺下酒席宴請王吉和司馬相如。司馬相如稱病沒有赴宴，王吉坐在酒席上故意不動筷子，隨後親自去請司馬相如。

司馬相如來了，王吉跟在後面，一副恭恭敬敬的模樣。王吉是臨邛的最高長官，大家見他如此尊敬司馬相如，自然對司馬相如增添了幾分敬意。酒過三巡，王吉取琴彈奏了一曲。隨後把琴推給了司馬相如：「聽說長卿先生精通琴藝，請助興自娛如何？」

司馬相如稍一推辭，隨即援琴彈奏了一曲。悠揚的琴聲傳進了卓王孫的後院，卓文君聽了春心蕩漾。卓文君是卓王孫的女兒，丈夫去世，回娘家守寡。卓文君精通音樂，當然明白司馬相如琴聲中傳達的情意。

原來，司馬相如到臨邛時，路上已見過美麗多情的卓文君。等知道要到卓王孫家做客時，心裏早想好要以琴聲訴說思念之情。

卓文君聽到如夢如幻的琴聲後，悄悄地走到門後，向大廳裏張望。本來，琴聲已讓卓文君如痴如醉。當她看到英俊瀟灑的司馬相如時，更是心生愛意。

司馬相如心知卓文君就在門後，越發精神，藉助琴聲立下了娶卓文君為妻的誓言。

宴會結束了，司馬相如請卓文君的丫環傳遞消息，卓文君趁夜色與司馬相如約會，兩人連夜跑到了成都。

卓王孫聽說女兒和司馬相如私奔了，惱羞成怒：「小女不才，我雖不忍心殺她，但不能給她一分錢。」任憑別人勸告，堅決不給女兒一分嫁妝。

司馬相如家中一貧如洗，自然無法生活。還是卓文君有主意，在卓文君的提議下，兩人回到臨邛開了個小酒館。卓文君親自賣酒，司馬相如穿着小伙計的牛鼻褲洗碗幹活。卓王孫聽說後，認為太丟臉了，從此閉門不出。時間長了，有人勸說卓王孫說：「司馬相如雖然貧窮，但是個人才，以後一定有飛黃騰達的機會。何必讓他們在您的眼皮底下丟人呢？」卓王孫也覺得這樣下去實在不雅，於是與女兒和解，給了卓文君一百個下人和一百萬錢，又附加一份嫁妝。

拿着這些錢財，卓文君和司馬相如回到成都，置辦了田產和房屋。

一天，喜愛辭賦的漢武帝讀到了《子虛賦》，讀後大加讚賞，長歎一聲：「可惜，寡人不能與此人生活在同一個時代！」原來，漢武帝以為《子虛賦》是古人寫的。事有湊巧，這話被為漢武帝養狗的侍從楊得意聽到了。楊得意對漢武帝說：「啟稟陛下，我的同鄉司馬相如說這篇賦是他寫的。」

漢武帝連忙讓楊得意將司馬相如請到宮中，並問：「《子虛賦》是先生的作品嗎？」

司馬相如答道：「正是。這只是寫諸侯的事，不值得一讀。陛下如果願意讀的話，我願意為您寫一篇《天子遊獵賦》。」

漢武帝忙叫主管文書的官員給司馬相如送來筆墨紙硯。司馬相如也不含糊，一手握筆，一手挽袖，飽蘸濃墨寫了起來。

好大喜功的漢武帝讀了司馬相如的新作《天子遊獵賦》後，十分欣賞這篇大氣磅礴的辭賦，當場讓司馬相如入朝當官。

後來，司馬相如奉漢武帝之命出使西南，回到成都，也算是衣錦還鄉了。幾年後，司馬相如因病辭官，在長安城外的茂陵安家。漢武帝生怕司馬相如病故後，丟失了著作，於是派人到司馬相如家中索取。此時，司馬相如已經病故，他的妻子將司馬相如的《封禪文》交給了使者。漢武帝看後十分感激，更加堅定了封禪泰山，報答天地之恩的決心，八年後，踏上了封禪泰山的道路。

（見《史記·司馬相如列傳》）

飛將軍李廣

　　李廣是漢代名將，在打擊匈奴的過程中立下了輝煌的戰功。李廣滿心希望能建功立業，多次出征，多次取得輝煌的勝利，但時運不佳，始終沒能實現封侯的理想。

　　李廣，隴西成紀（今甘肅天水）人，先祖李信曾是秦國的名將，在秦征討燕國的戰爭中，李信活捉了燕國的太子丹。

　　漢文帝十四年（公元前 166 年），匈奴大舉進攻蕭關。滿懷報國殺敵豪情的李廣報名參軍，來到了抗擊匈奴的前線。戰鬥中，李廣在馬上彎弓射箭，殺死了許多敵人，因戰功卓著，授予中郎一職。

　　中郎是皇帝身邊的侍衞。一次，李廣隨漢文帝出行，在搏擊刺殺猛獸時表現出英勇無畏的氣概。漢文帝感慨地說：「可惜你生的不是時候，如果你出生在高祖時代，封個萬戶侯算是小意思了。」

　　其實，李廣雖然沒能趕上秦末大起義，也沒有趕上轟轟烈烈的楚漢相爭，但憑藉過硬的才能，闖出了一片新天地。唐代詩人王昌齡曾在《出塞》一詩中寫道：「但使龍城飛將在，不教胡馬度陰山。」從中可見後人對李廣的敬仰之情。

　　漢景帝即位後，發生了吳楚七國之亂。為了平叛，李廣以驍騎都尉的身份跟隨太尉周亞夫出征。戰鬥中，李廣奮勇殺敵，奪取了叛軍的將旗，一時聲名大震。凱旋的途中經過梁國時，梁孝王私下送給李廣一方將軍印。按理說，中央官員是不能接受諸侯王賞賜的。本來，戰功卓著的李廣可以得到提拔和重用，因私收將軍印，沒得到封賞。

　　漢景帝調李廣到上谷郡（治所在今河北張家口）任太守。上谷是與匈奴交界的邊境地區，李廣上任後，每天都要對付入境侵擾的匈奴。公孫昆邪愛惜李廣，生怕李廣與匈奴作戰有個閃失，不能在國家危難時披堅執銳，於是上書朝廷，表達了憂慮。

漢景帝認為有道理，把李廣調到了上郡（治所在今陝西榆林）做太守。形勢越來越嚴峻了，匈奴準備從上郡大舉入侵。一天，到李廣軍營中學習軍事的宦官帶了幾十個騎兵到郊外，突然看到三個沒有騎馬的匈奴兵。宦官以為立功的機會來了，帶領幾十個騎兵向匈奴兵圍去。沒想到，三個匈奴兵不慌不忙地彎弓拉箭，射死了幾十個騎兵。那宦官見勢不妙，帶着傷逃到李廣那裏。

李廣對宦官說：「這三個匈奴兵肯定是善射的弓箭手，能射下天空飛翔的老鷹。」李廣率領一百多騎兵前去追趕，很快追上了三個匈奴弓箭手。李廣命令隊伍分兩路包抄，把他們團團圍住，親自彎弓射箭，頃刻間，射殺兩人，生擒一人。當場一問，果然是匈奴最強悍的射鵰手。

李廣把俘虜綁到馬上，正要回營，突然發現遠處有幾千名匈奴騎兵壓了過來。與此同時，匈奴騎兵也發現了李廣一行。當看到李廣只有一百多騎時，匈奴騎兵以為是引誘他們進伏擊圈的先頭部隊。為了應對這一突發事件，匈奴將軍忙策馬上山擺好迎敵的陣勢。

看到黑壓壓的一片匈奴騎兵，李廣手下的騎兵慌了，一個個想調轉馬頭逃跑。李廣連忙攔住：「這裏離我們的大部隊有幾十里地，如果這樣逃走的話，匈奴的騎兵將會乘勢追射，那樣，我們將全軍覆沒。如果我們不走，匈奴會認為我們是引誘他們上當的先頭部隊，肯定不敢輕易動手。」說完，李廣命令手下的騎兵向前推進。在離匈奴騎兵約二里的地方，李廣命令：「全部下馬，解鞍休息。」

李廣手下的騎兵害怕了，忙說：「我們離敵人這麼近，萬一匈奴發起攻擊的話，我們連上馬的時間都沒有。」

李廣胸有成竹地說：「匈奴以為我們要跑，解馬鞍是告訴他們，我們不走。這樣，他們肯定不敢貿然行動。」果然，匈奴騎兵心中無底，不知是該進攻還是該堅守。

　　相持了一會兒，匈奴的白馬將軍走到陣前指揮佈防。李廣馬上帶了十多人衝上去，射殺了匈奴的白馬將軍。然後，一陣旋風般地回到駐地，再次下馬解鞍，並命令士兵統統臥馬休息。

　　太陽落山了，天色越來越暗。匈奴騎兵見李廣一行沒有立即逃跑的意圖，一個個都不敢出擊。又相持了一段時間，匈奴騎兵認為將有漢朝的大部隊夜間發起突擊，為了避免損失，趕緊撤兵了。

　　第二天一早，李廣氣定神閑地回到了大營。就這樣，李廣用疑兵之計，嚇走了匈奴幾千騎兵。

　　漢景帝去世後，漢武帝劉徹即位。漢武帝認為李廣是難得的將才，讓他回京城負責守衛未央宮的工作。與此同時，程不識負責守衛長樂宮的工作。

　　李廣和程不識都是在打擊匈奴中嶄露頭角的名將，兩人有不同的治軍方法。李廣出征時不講究行列陣勢，通常在有水有草的地方駐紮。紮下營盤後任憑軍士在營中走動，夜間不專門派人打更巡邏。不過，為了防止敵軍偷襲，及時發現敵情，李廣通常把哨兵佈置到很遠的地方。因為這樣的緣故，他帶領的軍隊從來沒有因偷襲遭受損失。與之相反，程不識出征時，有一套嚴格的軍事管理制度，每到一處要按建制宿營，夜裏要有專門的人巡邏打更，辦理軍務的參謀人員要忙到天亮。因為治軍嚴謹，程不識帶領的軍隊也從來沒有因敵軍偷襲受到損失。這樣一來，出征的士兵都願意跟隨李廣，不願意跟隨程不識。

　　李廣十分廉潔，又愛兵如子，每次得到朝廷的封賞，總是全部拿出分給部下。他當了四十多年的年俸二千石的大官，家裏沒有攢下一點錢財。凡是遇到缺糧少水的時候，如果有一個士兵還沒吃飯喝水，李廣絕不先吃先喝。士兵們都十分擁戴李廣。

　　幾年後，李廣率軍出雁門關討伐匈奴。沒想到，李廣的小股部隊遇到了匈奴的主力大軍。經過一番血戰，李廣受傷被俘。匈奴王知道

李廣的名聲，認為他是個人才，下令把李廣活着帶回。為了防止他逃跑，匈奴騎兵把李廣套在兩騎之間的網兜中。受傷的李廣躺在網兜中故意裝死，趁匈奴兵不備，突然躍起，將一名匈奴騎兵推下馬，奪過弓箭，向南一口氣跑了幾十里。

騎兵看到又病又傷的人從自己眼皮下跑了，在後緊追不捨，李廣拿出弓箭射殺追兵，終於脫險。李廣與殘餘部隊會合後回到軍中。按照漢律，李廣兵敗當斬。幸好他及時地籌錢贖罪，免去了一死。

罷官還鄉的李廣在家沒待幾年，朝廷再次把他調往前線任右北平郡太守。李廣守右北平時，匈奴不敢進犯右北平，敬畏地稱他為「飛將軍」。李廣臂力過人，出行打獵時，因把草叢中的石頭當成老虎，奮力一射，箭頭穿入了石頭。右北平有虎出沒，為了防止老虎傷人，李廣決定除害。老虎騰空撲向李廣時，李廣一箭竟殺了老虎。

漢武帝元朔六年（公元前123年），李廣隨大將軍衛青出征匈奴。大獲全勝後，許多將領因軍功受到朝廷封侯的嘉獎。遺憾的是，李廣任後將軍，屬於預備隊，沒有軍功，沒能封侯。

又過了兩年，李廣再次帶領漢軍出征。漢廷制訂的作戰方案是，以李廣為前鋒，以博望侯張騫為後續部隊。先由李廣尋找匈奴主力，並拖住匈奴，埋伏在後面的張騫率漢軍發起突擊。具體地講，郎中令李廣率領四千騎兵從右北平出發時，張騫率領一萬騎兵應緊隨其後。遺憾的是，這一方案因張騫中途迷路，沒能按照預定的時間到達作戰的地點，最終失敗。

再說李廣率部深入到匈奴腹地幾百里後，匈奴左賢王帶領四萬騎兵突然出現在李廣面前，把漢軍包圍了。面對超過十倍的敵軍，漢軍將士十分恐慌。為了安定軍心，李廣命令兒子李敢出陣。李敢接令後，帶領幾十名騎兵衝進四萬大軍，匈奴大軍猝不及防，只好眼睜睜地看着他們揚長而去。經此，漢軍軍心穩定下來。李廣見目的達到，命令四千騎兵排成圓陣。

　　殘酷的戰鬥開始了，匈奴騎兵從四面八方湧來，漫天飛舞的箭頭如瓢潑大雨，遮住了太陽，飛向漢軍。一波又一波的攻擊，漢軍已死亡過半，血流成河。在這緊要的關頭，漢軍的箭已基本用光。可是，發了瘋的敵人卻在準備新一輪的進攻。

　　形勢萬分危急，眼看要全軍覆沒。李廣神情自若，命令將士們拉滿弓弦，做出將要射箭的姿態來威懾敵騎。然後，他悄悄地取出了大黃弩，瞄準在陣前指揮的敵將，拉動弓弦，一連射死了幾個敵將。匈奴想再次發起進攻的決心動搖了。匈奴和漢軍進入到相持階段。

　　一戰再戰，漢軍將士早已血染滿面，看不清面孔。只見李廣意氣風發，鎮定自如，漢軍將士沒有不佩服李廣智勇過人的。

　　第二天，戰鬥更殘酷了，漢軍幾乎是在用血肉之軀阻擋匈奴的進攻。幸好，張騫率領的大軍及時趕到，擊潰了匈奴。匈奴見佔不了上風，遂引兵退走。這一仗下來，李廣率領的四千人馬幾乎全軍覆沒。按理說，驍勇善戰的李廣不畏強敵，應該受到封賞才對，但朝廷認為李廣功過相抵，不能算有功。李廣報效國家、萬里封侯的理想再次破滅。

　　漢文帝時，李廣和他的堂弟李蔡一道進入仕途。漢景帝時，兩人官位相當，都是二千石的官員。漢武帝即位後，兩人的境遇發生了變化。漢武帝元朔五年（公元前124年），李蔡隨衞青出征匈奴，因功封樂安侯。元狩二年（公元前121年），李蔡取代公孫弘任丞相。其實，李蔡的名聲遠不如李廣，然而卻封侯拜相，位至三公。相反，夢想着封侯的李廣始終不能如願。

　　漢武帝元狩四年（公元前119年），是李廣最後一次帶兵出征匈奴。奉朝廷之命，大將軍衞青、驃騎將軍霍去病率領大軍出征匈奴。李廣堅決請纓參戰，本來，漢武帝認為李廣年紀已經大了，不想答應。在李廣的再三請求下，才派他做了前將軍。

　　出邊塞後，衞青抓了個俘虜，了解到匈奴王住的地方。為了建功

立業，衛青決定自帶精銳部隊直撲單于大營。同時，命令李廣帶領部屬併入右路趙食其的部隊。本來，李廣是帶領先頭部隊的前將軍，經此調整，變成了側翼部隊。李廣心知年齡大了，今後已沒有多少帶兵打仗的機會。為了建立首功，他對衛青說：「屬下從成年起開始抗擊匈奴，今天好不容易遇上了匈奴的單于，請讓我打頭陣吧，屬下就是戰死沙場，也心甘情願。」

衛青這樣做是有原因的。出征前，漢武帝私下交代衛青：「李廣年齡大了，不要讓他正面對陣單于。」這自然是關心李廣。不過，到了衛青那裏，則變味了。衛青的好友公孫敖剛剛丟掉了爵位，此時，在衛青率領的大軍中任中將軍一職。衛青非常希望好友建功立業，恢復原有的爵位。因此，故意不讓李廣繼續負責指揮先鋒部隊。

李廣當然知道衛青的心思，多次爭執後，不得不服從命令。離開大營時，氣呼呼的李廣率部直接奔向東路，連句告辭的話都沒有同衛青說。這一次，李廣的運氣太差了。深入匈奴腹地的東路大軍連個嚮導都沒有，路走了一半，又迷路了。花費了好多時間趕到前線，匈奴已經逃走。因此失去了合圍和全殲匈奴的機會。

衛青回到大營後，先是派長史慰問李廣和趙食其，隨後又追問迷路的原因。怨氣沖天的李廣根本不理會核查情況的長史，長史只好向李廣手下的校尉詢問情況。李廣一看，不高興了：「校尉無罪，迷路是我的責任。你就這樣上報吧。」

長史走後，李廣悲傷地對部下說：「我年輕的時候就開始和匈奴打仗，前後打了七十多仗。這次有幸跟隨大將軍出征，好不容易有機會迎戰單于大軍。可是，大將軍又不讓我當前鋒。讓我走一條彎彎曲曲的遠路，偏偏又迷了路。我已經是六十多歲的老人了，怎能回去接受那些冷酷無情的刀筆吏的審判，接受他們的侮辱！」說完，李廣拔劍自殺了。

李廣的部下眼睜睜看着自己崇敬的將領自殺而死，都忍不住大哭

了起來。老百姓聽到了這個消息，無論是認識李廣的，還是不認識李廣的都忍不住流下了熱淚。

令人歎息啊！戎馬一生的李廣沒有死在出征匈奴的戰場，卻死在了嚴刑酷法的淫威之下。在《史記‧李將軍列傳》中，司馬遷滿懷深情地記敍了李廣非凡的一生，全力塑造了李廣打擊匈奴、解除邊患的英雄形象，與此同時，也用同情的筆墨向我們展示了他坎坷的一生。

（見《史記‧李將軍列傳》）

衞青、霍去病抗擊匈奴

　　衞青和霍去病是漢代抗擊匈奴的名將，兩人是甥舅關係。他們的人生輝煌是在漢武帝打擊匈奴、開拓疆土中完成的。

　　衞青，平陽（今山西臨汾）人，他的父親是一個叫鄭季的小吏。早年，鄭季在平陽侯曹壽家做事時，與平陽侯的小老婆衞媼私通，生下了衞青。曹壽是漢初功臣曹參的後代，曹壽的夫人是漢武帝的姐姐平陽公主。

　　衞媼有個女兒叫衞子夫，在平陽公主家當歌伎。漢武帝到姐姐家，一眼看中了能歌善舞的衞子夫，把她召進了皇宮。衞子夫是衞媼第二個女兒，進宮後總要有個姓，於是假冒衞姓。衞子夫深得漢武帝的歡心，很快當了妃子，後來又冊封為皇后。

　　像同母異父的姐姐衞子夫那樣，衞青也改姓衞。衞青是平陽府的家奴，在他很小的時候，母親衞媼讓他去找生父鄭季。鄭季讓衞青在家裏放羊，鄭季的妻子和那些同父異母的兄弟都不把衞青放在眼裏，時常欺負和虐待衞青。有一次，衞青到甘泉宮去，一個囚徒看了衞青的相貌，對他說：「你是大貴人啊，今後可做到封侯的大官。」衞青笑了笑：「我是家奴生的兒子，只求不要挨打受罵就滿足了，哪裏還敢想建功立業封侯那樣的好事。」

　　衞青長大後，成為平陽侯家中的騎馬護衞，負責伺候平陽公主。建元二年（公元前 139 年），漢武帝寵幸的衞子夫進宮了。

　　漢武帝的皇后是大長公主劉嫖的女兒陳阿嬌，大長公主是漢武帝的姑媽。陳阿嬌從小生長在帝王之家，十分驕縱，當她看到漢武帝寵愛衞子夫，十分嫉妒。

　　再說大長公主聽到女兒失寵的消息，又聽到漢武帝寵幸的衞子夫懷孕的消息，滿肚子的不高興。可是，衞子夫懷了漢武帝的孩子，投

鼠忌器，大長公主不敢公開找衞子夫的麻煩，乾脆把氣撒到衞青的身上。大長公主抓了衞青後，想把他殺了。幸虧有公孫敖和幾個壯士相救，衞青才算是保住了一條命。

為了討衞子夫的歡心，漢武帝乾脆把衞青徵召到宮裏，讓他擔任建章宮的宮監和朝廷的侍中，僅僅幾天的工夫，便賞賜給衞青大量的財物。衞子夫被冊封為嬪妃後，衞青被提拔為大中大夫。

元光五年（公元前130年），漢武帝令車騎將軍衞青出征匈奴。元朔元年（公元前128年）的春天，衞子夫生了個男孩，被立為皇后。衞青跟着尊貴起來。這年的秋天，車騎將軍衞青率三萬騎兵出雁門（郡治善無，在今山西右玉縣），進擊匈奴，取得了斬殺和俘虜數千人的戰果。元朔二年衞青再次出征，一直打到隴西（今甘肅南部和東南部），俘獲了幾千匈奴兵，獲取牛羊幾十萬頭。匈奴白羊王和樓煩王見勢不妙，逃到了更遠的地方。漢武帝奪取河套這塊地盤後，建立了朔方郡（郡治三封縣，在今內蒙古磴口縣哈騰套海蘇木附近）。看到這一輝煌的戰果，漢武帝有些陶醉了。可不是嘛，從漢高祖劉邦那時起，匈奴就不斷地蠶食邊疆，漢王朝丟失了大片疆土。現在終於揚眉吐氣了。為了表彰衞青，漢武帝封衞青為長平侯，食邑三千八百戶。

元朔三年，不甘心失敗的匈奴捲土重來，先是侵入代郡，隨後又侵襲雁門郡。元朔四年，匈奴再次大舉入侵，侵入代郡、定襄郡、上郡。為了打擊匈奴的囂張氣焰，漢武帝決定再次派兵出征匈奴。

元朔五年的春天，漢武帝令衞青率三萬騎兵出高闕；又令衞尉蘇建為遊擊將軍、左內史李沮為強弩將軍、太僕公孫賀為騎將軍、代相李蔡為輕車將軍，受衞青節制，並從朔方出兵；又令李息、張次公為將軍，出右北平，從而形成三路大軍，共同合擊匈奴之勢。

匈奴右賢王聽到消息後，以為漢兵離他們還有一段距離，沒放在心上，只顧飲酒作樂。衞青率輕騎連夜趕到，包圍了右賢王大營。

右賢王驚醒，帶着愛妾和數百名護衛突圍向北逃竄。衛青指揮大軍一路追擊了幾百里，僅右賢王等少數護衛逃脫，俘獲匈奴一萬五千餘人，繳獲數以千百萬計的牲畜。

這一史無前例的大捷飛報朝廷後，漢武帝立即派使者到邊境迎接衛青。使者手持大將軍印當即在軍中拜衛青為大將軍，並命令各位將領歸衛青統一指揮。衛青萬分感動，當場淚流滿面。

漢武帝下詔書說：「大將軍衛青出師大捷，獲匈奴王十多人，增封衛青六千戶。」與此同時，又封衛青的大兒子衛伉為宜春侯，二兒子衛不疑為陰安侯，三兒子衛登為發干侯。這種榮耀可謂無以復加。

衛青一面謝恩，一面推辭說：「臣靠陛下的神靈取得了勝利。您已賜給我太多封賞了。我兒子還在襁褓中，沒為國家建立功勞。陛下分封他們，讓我如何擔當得起？這不是我勸勉將士為國家效力的意思啊！」衛青的意思是，還有許多有功的將士沒有得到封賞，自己內心不安。

漢武帝當然明白，說：「朕沒有忘記眾將士的功勞，正準備封賞呢。」於是下詔御史，封護軍都尉公孫敖為合騎侯，都尉韓說為龍額侯，騎將軍公孫賀為南窌侯，輕車將軍李蔡為樂安侯，校尉李朔為涉軹侯，校尉趙不虞為隨成侯，校尉公孫戎奴為從平侯；將軍李沮、李息及校尉豆如意有功，賜爵關內侯。

衛青雖位高權重，但始終小心行事。元朔六年，衛青奉命從定襄出發征討匈奴，以公孫敖為中將軍，公孫賀為左將軍，趙信為前將軍，蘇建為右將軍，李廣為後將軍，浩浩蕩蕩地攻打匈奴兵。誰知道，右將軍蘇建和前將軍趙信的三千騎兵遇上了匈奴大軍，他們苦戰了一天，漢軍幾乎全軍覆沒。

趙信本來是匈奴人，是從匈奴投降到漢王朝被封侯的。在匈奴使者的引誘下，趙信臨陣倒戈，帶着剩下的八百人投奔匈奴了。右將軍蘇建見勢不妙，隻身一人逃回了大營。

衛青和軍中執法官長史、議郎等人商量處置蘇建的辦法。議郎周霸說：「大將軍出征以來，沒有斬過偏將，正好用蘇建來建立軍威。」長史不同意這種做法：「蘇建以數千人抵擋數萬人，戰鬥了一天，戰士全部犧牲了。他獨自逃回來，表明他沒有異心。如果殺他的話，是斷絕將士的後路啊！不能殺他。」雙方各執一詞，爭執不休。

聽了這些意見後，衛青對執法官說：「我統兵以來，從來沒有怕在軍中無威。周霸讓我殺人立威，這不合我的想法。我雖然有權力在陣前斬將，可是，我不敢輕易地擅自在境外誅殺將領。我看這樣吧，將事情報告給朝廷，由陛下決定如何處理，你們看怎麼樣呢？」執法官聽了不再爭論，都認為這個辦法好，於是把蘇建押回了朝廷。

衛青後來又打了許多勝仗，武帝對衛青的恩典十分隆重，甚至還把自己的姐姐平陽公主嫁給了衛青。衛青雖然在戰場上虎虎生威，但喜歡看漢武帝的臉色行事，甚至曲意迎奉。因為這樣，許多大臣瞧不起他。當然，衛青有衛青的想法，他深知伴君如伴虎的道理。儘管如此，衛青晚年並不如意，先是大兒子宜春侯衛伉犯罪，丟了爵位；後來，二兒子衛不疑和三兒子衛登也犯事丟了爵位。這些都讓權勢熏天的衛青不得不小心翼翼地做事，不得不在皇帝面前唯唯諾諾。

元封五年（公元前 106 年），衛青結束了傳奇的一生。衛青死後，長子衛伉繼承了衛青的爵位，做了長平侯。又過了六年，衛伉再次犯法，丟掉了爵位。從此，衛家一蹶不振。

霍去病是衛少兒的兒子，衛少兒是衛青同母異父的姐姐。因衛子夫的關係，擅長騎射的霍去病得到漢武帝的信任，把他留在身邊任宮中侍中。

元朔六年，十八歲的霍去病再次跟從大將軍衛青出征匈奴。時任

剽姚校尉的霍去病勇氣過人，獨自帶領八百輕騎兵深入匈奴腹地數百里，斬殺俘獲了二千多名匈奴兵。漢武帝十分高興，認為霍去病年少有為，封他為冠軍侯，食邑一千六百戶。

三年後，漢武帝任命霍去病為驃騎將軍，率領一萬騎兵從隴西出發去進攻匈奴，立下了戰功。漢武帝高興地說：「驃騎將軍率領將士，沿途經過五個王國，深入焉支山一千多里，殺折蘭王，斬盧胡王，誅全甲，執渾邪王子及相國、都尉以及斬殺敵虜八千餘人，又奪取了休屠王的祭天金人，應該再加封霍去病二千戶。」從此，二十一歲的霍去病有了三千六百戶的食邑。

這年的夏天，一場醞釀已久的出征匈奴計劃實施了。具體的部署是這樣的，霍去病和公孫敖分領兩支隊伍從北地郡出發，分兵兩路然後會合；博望侯張騫和李廣從右北平郡出發，分兵兩路然後會合。四路人馬分頭找到飄忽不定的匈奴主力後，然後再合圍進行決戰。然而，出師不利，先是張騫的一萬騎兵迷路耽誤了時間，害得李廣以四千騎兵對陣匈奴四萬騎兵。李廣堅守了兩天，死傷過半，幸虧張騫及時趕到才沒有全軍覆沒。

與此同時，霍去病也失去了與公孫敖的聯繫。為此，霍去病做出大膽的決定，帶領部屬越過居延，到祁連山一線獨立作戰。不比不知道，一比嚇一跳。同樣是孤軍深入，李廣被迫陷入苦戰。霍去病意外地俘獲敵軍二千五百人，斬殺敵人三萬多人，其中包括五個匈奴王及五十九個王子。漢武帝一高興，又給霍去病增加了五千戶的食邑。很快，霍去病的地位急劇上升，漢武帝器重他的程度不亞於衛青。

自衛青和霍去病接連不斷地取得打擊匈奴的勝利後，匈奴單于對統領匈奴西部的渾邪王十分不滿，甚至動了殺機。渾邪王十分害怕，與部下商量歸順漢王朝的事宜。為了探聽消息，渾邪王悄悄地派使臣入漢。將軍李息正率軍在黃河邊上築城，截獲渾邪王的使臣後連忙向朝廷彙報渾邪王的動向。

因害怕匈奴用假投降的方法突襲邊地，漢武帝讓霍去病率軍作必要的應對。霍去病率部渡黃河後，遠遠地看到渾邪王一行。一些不願投降漢軍的匈奴將領當即率眾逃跑，見此光景，霍去病策馬馳入匈奴軍中和渾邪王相見，隨後又帶領部隊斬殺了八千多不願投降的匈奴兵。戰鬥結束後，霍去病讓渾邪王先行，自己斷後，指揮幾萬名歸順漢王朝的匈奴人渡河。

回到長安後，漢武帝對霍去病大加讚賞，又給他增加了一千七百戶的食邑。由於渾邪王歸順漢王朝。漢武帝下令減少隴西郡、北地郡、上郡一半的戍卒，減輕了老百姓常年飽受的徭役之苦。

元狩四年（公元前119年）的春天，為了徹底地解除邊患，漢武帝令大將軍衛青和驃騎將軍霍去病各領五萬騎兵遠征匈奴。經過一番鏖戰，霍去病長驅直入，一直打到了狼居胥山（今蒙古境內的肯特山），取得了超過衛青的戰績。漢武帝又給霍去病增加了五千八百戶的食邑。

霍去病先後六次出征匈奴，前後斬殺匈奴十一餘萬人，降匈奴渾邪王以下數萬人，開河西、酒泉等地，四次得到增封食邑的賞賜，跟隨他的將士有六人封侯。

元狩四年，衛青、霍去病班師回朝後，兩人同時官拜大司馬，兩人的俸祿相等。打那以後，屢立戰功的霍去病在漢武帝心目中的地位日益提高，甚至超過了衛青。

漢武帝決定為霍去病建造一座豪華的住宅。住宅建成後，漢武帝讓霍去病去看。要是換了別人，肯定會說上大一籮的感激話，誰知，霍去病看了以後，淡淡地說：「匈奴未滅，無以為家也！」這話的意思是，匈奴還沒有消滅，我怎能先經營自己的小家呢。漢武帝聽了，越發喜歡他。

霍去病雖然戰功卓著，但因從小生活在宮中，很少想到要關心手下的將士。出征時，漢武帝專門給他拉了幾十輛車的食品。因運輸不

便，前線時常會發生缺糧少食的情況，霍去病從沒想過把漢武帝賞賜的食物分給將士，甚至許多食物變質了，整車整車地扔掉，霍去病也沒有想到要分給手下的將士。霍去病從來不體恤他的手下，許多將士因沒有食物在餓着肚子打仗，甚至在遠征塞外時有的將士都餓得爬不起來了。面對這些情況，霍去病不聞不問，甚至還讓那些飢餓的士兵為他開場地，供他在戰爭間隙踢球。像這樣的事多得不勝數。

元狩六年，霍去病去世了，去世的時候才二十四歲，漢武帝十分傷心，讓他年紀尚小的兒子霍嬗繼承了爵位，希望這孩子能成為像霍去病一樣的大將軍，可惜，只過了六年的時間，這個孩子也暴病死去。

（見《史記·衞將軍驃騎列傳》）

張騫出使西域

　　張騫出使西域，打開漢人眼界，建立漢朝與西域中亞的關係。兩次出使，促進不同區域的經貿發展，為開通絲綢之路奠定了基礎。

　　張騫，漢中（今陝西漢中）人。建元三年（公元前 138 年）或建元四年入朝，在漢武帝的身邊當郎官。

　　有一次，漢武帝向歸順的匈奴人詢問西域的情況。匈奴人說，匈奴打敗大月氏後，單于把大月氏國王的頭骨拿來做酒器。大月氏的殘部向西遷徙後，十分怨恨匈奴，一直想報仇雪恨，但找不到同盟軍。聽了這話後，漢武帝很想派使臣出使，與大月氏結成同盟，共同對付匈奴。

　　大月氏在匈奴的西面，要想聯絡的話，必須從匈奴的地盤經過。匈奴嚴格地控制這一通道，凡是從漢王朝來的人一律扣留或殺頭。那麼，派誰出使大月氏呢？漢武帝決定公開向社會招募。張騫以郎官的身份前來應募，漢武帝批准了他的請求。

　　張騫的外交使團有一百多人，經過一番準備，在匈奴人甘父的引導下上路了。大漠上突然走來一支一百多人的隊伍，驚動了在草原上放牧的匈奴人。匈奴兵押送張騫一行到單于那裏。單于責問張騫：「大月氏在我們的北面，為甚麼你們的皇帝要派你們到那裏？如果我們派人到你們南面的越國，你們的皇帝會答應嗎？」不等張騫答話辯解，單于已叫手下把張騫押了下去。這一押就是十一年，張騫由一個小伙子步入了中年，後來，又在匈奴娶妻，生了兒子。每天，張騫唯一能做的事，就是手持漢節遙望遠在天邊的漢王朝，盼望早日還朝，完成使命。

　　時間長了，匈奴對張騫的看管漸漸放鬆了。匈奴人心想，十幾年都過去了，張騫已在這裏娶妻生子了，還能離去嗎？看管的匈奴人萬

萬沒想到的是，張騫出使西域的決心始終不變。他所做的一切只是為了麻痹他們。機會來了，張騫帶着手下向大月氏的方向逃去，他們像漏網之魚那樣，拼命地跑啊跑啊，向西走了十幾天來到了大宛國。張騫鬆了口氣，心想終於逃出匈奴了。

大宛是個小國，大宛國王早就聽說遙遠的東方有一個漢王朝，漢王朝國力強盛，物產豐富。

大宛國王想和漢朝交好和通商，可是，路途遙遠，中間又隔着一個與漢王朝為敵的匈奴。大宛國王見到了張騫喜出望外，問：「使節打算到甚麼地方啊？」張騫答道：「我是受漢朝的派遣出使大月氏的使臣，匈奴封鎖了通行的道路，把我們扣押了十幾年，現在好不容易逃到貴國。請大王給我安排個嚮導吧。如果有朝一日我返回漢朝的話，我們的皇帝將送給您數不清的寶物。」

大宛國王深信不疑，給張騫派了嚮導。張騫又上路了，很快到了康居國（今新疆北部和中亞部分地區），又從康居國轉道到了大月氏。

自大月氏國王被匈奴殺死後，太子當上了國王。大月氏西遷後歸順了大夏國，接受大夏國的保護。大夏是中亞地區的古國，主要疆域在阿姆河以南，興都庫什山以北，西與安息國（今伊朗）接壤。大月氏遷徙後，土地肥沃，物產豐富，很少有人侵擾他們。大月氏國王過慣了這種安逸的生活，慢慢地打消了向匈奴復仇的念頭。因此，張騫出使沒能實現漢朝與大月氏結成同盟的目的。

在大月氏住了一年多的時間，張騫見無法說動他們，便決定回國。為了避免再次被匈奴扣留，張騫沿天山南路向東，打算經羌中（今甘肅甘南臨潭、卓尼一帶）回國。不料，張騫再次被匈奴捉住。在匈奴的日子，是十分難熬的，幸好善射的甘父時常將捕獲的獵物分給張騫。就這樣，苦苦地等待了一年，機會終於來了。趁匈奴內亂，張騫帶着甘父和妻子逃了回來。

　　歷時十三年，張騫回到了漢朝。當初出使時的一百多人，只剩下張騫和甘父等十三個人。張騫入朝，向漢武帝彙報了在大宛、大月氏、大夏、康居等國的見聞，還向漢武帝報告了周圍國家的情況。漢武帝聽張騫的彙報後，了解了大宛等國的情況，還知道他們有心與漢朝交好。

　　在向漢武帝彙報的過程中，張騫特意敍述了大夏國的情況。大夏國有百萬人口，不願打仗，喜歡做生意。張騫說：「臣在大夏時，看到了巴蜀生產的邛竹杖和布匹。」漢武帝忙問：「他們是怎樣得到的呢？」

　　張騫說：「據大夏人說，他們得到的邛竹杖和蜀布，是商人從身毒國得到的。身毒國在大夏的東南，距離大夏有幾丁里。那裏的風俗習慣與大夏基本上相同。不過，身毒國地勢低窪潮濕，十分炎熱。士兵出征打仗時乘坐大象。」身毒國是古印度的名字。張騫想了想又說：「大夏距離漢朝有一萬二千里，在漢朝的西南。身毒國又在大夏東南。身毒國有蜀地的物產，說明身毒國在距離蜀地不遠的地方。出使大夏，如果走羌中的話，道路艱險，沿途的羌人會進行攔截。如果走北路，必走匈奴境內，很容易被匈奴截獲。我看，如果通商大夏等國的話，可以走蜀地進入身毒國，再從身毒國進入大夏等國。這樣，路程又近，沿途基本上不會遇到盜寇。」

　　漢武帝點頭稱是，讓張騫探索這條通道。誰知出沒途中的盜寇不斷地截殺漢使，只好作罷。後來，漢武帝又聽說西南有乘象的國家叫滇越國，於是派人轉道滇越，試圖打通從滇越到大夏的通道。遺憾的是，從蜀地到滇越，山高路險，費用太高，因此漢武帝打通西南夷的打算又落空了。

　　張騫回朝時，正趕上漢武帝下決心征討匈奴、解除邊患的時刻。張騫遂以校尉的身份跟隨大將軍衛青討伐匈奴。張騫在匈奴境內生活了十幾年的時間，知道莽莽大漠中哪兒有水有草，在他的指點下，戰

馬得到了充分的飼料，為擊敗匈奴立下了大功。衛青得勝回朝後，張騫受封為博望侯。

元狩元年（公元前122年），張騫官拜衛尉，與李廣出右北平分兵合擊匈奴。張騫沒能按時趕到會戰的地點，問罪當斬，後來張騫用財物贖身，免去了爵位和官職。

漢武帝總是想着與匈奴以西的國家聯絡，曾多次向張騫問起大夏諸國的情況。張騫失侯後，對漢武帝說：「臣居匈奴時，聽說匈奴的西邊有一個名叫烏孫的國家。烏孫國的國王叫昆莫。昆莫出生時，正遇上匈奴進攻。匈奴殺了昆莫的父親，昆莫被拋棄到野外。烏鴉見了給他餵肉，狼見了給他餵奶。匈奴單于認為他是神，就收養了他。昆莫長大後，立了戰功，單于便把他父親原來的臣民還給他，並讓他守衛西面的邊境。昆莫到了西境後，招攬百姓，攻佔城邑，很快有了一支數萬人的隊伍。單于死後，昆莫率領他的臣民遠走他鄉，不願再接受匈奴的統治。匈奴曾派兵攻打他，沒能取勝。匈奴以為昆莫是神，不再與他發生衝突。現在，匈奴單于多次被我們打敗，實力已不如以前。渾邪王歸順後，他的領地已空無一人，蠻夷貪戀漢朝的財物。如果這個時候我們帶着錢財與烏孫交結，讓他們向東發展，佔據原渾邪王的地盤，與漢結為兄弟，完全可以砍斷匈奴的右臂。與烏孫聯合後，烏孫西面的大夏諸國都可以歸順漢朝。」漢武帝聽了點頭稱是，拜張騫為中郎將，率領外交使團出使。這次漢武帝十分大方，給張騫配備了三百人，又讓他帶上數以萬計的牛羊和價值數千萬的金幣、絲綢等。除此之外，又給張騫配制了一些手持旌節的副使，以便張騫派遣他們出使到其他的國家。

張騫順利地到達了烏孫。烏孫王昆莫以匈奴國的禮節接待了張騫，張騫感到恥辱，但他知道蠻夷人生性貪婪，便說：「我帶來了大漢天子賞賜的禮物，如果你們不肯行跪拜大禮的話，我將把這些東西送回。」

　　烏孫王聽了，起身叩拜接受了禮物。張騫對烏孫王昆莫說：「烏孫如果能向東遷徙到原來渾邪王佔據之地的話，漢家天子願將公主嫁給你。」此時，昆莫已老，太子去世後留下了兒子岑娶。昆莫很想讓長孫岑娶繼承王位，可是握有兵權的二兒子大祿不答應。為了防止二兒子大祿殺害長孫岑娶，昆莫乾脆把國家分成三份，一份是自己的，一份是二兒子大祿的，一份是長孫岑娶的。在這樣的情況下，昆莫無法答應張騫讓他們東遷的建議。更重要的是，烏孫遠離漢王朝，不知道漢朝有多大和有多強的實力。倒是匈奴離得近，長期以來養成了懼怕匈奴的心理。

　　張騫見達不到目的，便以烏孫為大本營，派副使分別出使大宛、康居、大月氏、大夏、安息、身毒、于寶、扜罙等國，並取得成功。

　　烏孫使臣陪張騫回國歸來後，烏孫才知道漢朝地域廣闊，物產豐富，人民富裕，遠遠地超出了他們的想像。從此，漢王朝同西域各國建立了友好的關係。漢武帝為了表彰張騫，提拔他當了大行。大行是漢代的官銜，地位與九卿相當。一年後，張騫去世。

　　後人以崇拜的心情敬仰張騫，是因為他開闢了漢王朝與中亞的商貿通道，開闢了絲綢之路，促進了中外文化的交流。

（見《史記·大宛列傳》）

直不疑的肚量

　　說起肚量，人們很自然地會想起魏晉人的雅量。

　　因不願與篡魏的司馬氏合作，嵇康被抓起來了。走向刑場時，嵇康神氣不變，向別人要了張琴，從容地彈奏了一曲《廣陵散》。曲終之時，仰天長歎：「過去，袁孝尼要向我學習此曲，我沒有同意，看來《廣陵散》要從此絕矣。」

　　謝安與孫綽等人坐船到海上遊玩，正當他們飲酒作樂的時候，海上大風驟起，捲起排天的巨浪打向船舷，一時間，船隻像飄落的樹葉，在茫茫大海上搖搖晃晃。船上的人沒有一個不大驚失色的，只有謝安神情依舊，飲酒吟詩像平常一樣。

　　《世說新語·雅量》這兩個故事是講魏晉人面對死亡而超然的人生氣度，那麼，當一個人面對別人的惡意中傷，是否也能這樣從容不迫，毫不介意呢？在這方面，漢代的直不疑堪稱典範。

　　直不疑，南陽（今河南南陽）人，漢文帝時，他在朝中任郎官。有一天，他的一個同事告假回家，臨行時，這位郎官粗心大意，把室友收藏的黃金隨手帶走了。沒過幾天，丟失黃金的主人發現了這件事，主人以為是直不疑偷的。直不疑不但不進行辯解，還專門買了黃金償還給丟東西的人。沒過多久，告假的郎官回來了，他把黃金歸還給了失金的主人，失金的主人大為慚愧，從此稱讚直不疑是厚道人。

　　後來，漢文帝選拔天下的人才，直不疑被提升到了太中大夫的位置上。有一天，上早朝時，有人惡意誹謗他說：「直不疑相貌堂堂，然而，他竟會跟嫂子私通，真是想不到啊！」

　　直不疑聽了，自言自語地說：「我家沒有兄長啊。」儘管如此，他始終不作任何辯解。

　　吳、楚反叛時，直不疑以二千石的身份率領軍隊攻打他們。漢景帝後元元年（公元前 143 年），直不疑被任命為御史大夫，位居三公。景帝在表彰平定吳、楚之亂的功勞時，直不疑被封為塞侯。

　　直不疑特別喜愛老子的《道德經》，一生之中不喜歡樹立聲名，做官時唯恐別人知道他的事跡，被人稱讚為有德行的厚道人。

　　司馬遷稱他為「篤行君子」，意思是說，直不疑是一個行為敦厚、品質高尚的人。

（見《史記・萬石張叔列傳》）

似忠大奸的儒生公孫弘

　　漢初，丞相一直是在立功封侯的大臣中選拔。漢武帝打破這一慣例，讓名不見經傳的公孫弘當了丞相。公孫弘先當丞相後封侯，可謂是開漢代風氣之先。一時間，震動了天下的學士。公孫弘得到漢武帝重用時已是七十歲的老翁，短短的四年中，平步青雲，成為一人之下、萬人之上的顯要人物，莫非有甚麼超人的才能？且聽慢慢道來。

　　公孫弘字季，薛縣（今山東棗莊薛城）人。年輕時，在薛縣監獄裏看管犯人，大概是幹了些不該幹的事，因罪被免職。後來，他生活貧困，到海邊給人餵豬。四十多歲的時候，他開始學習《公羊春秋》。此後在家中奉養後母，盡守孝道。

　　建元元年（公元前140年），剛剛登上帝位的漢武帝下令徵召賢良文學之士。已六十歲的公孫弘以賢良徵為博士。不久，公孫弘奉命出使匈奴，回來報告出使情況時，惹惱了漢武帝。漢武帝認為他沒有能力，知趣的公孫弘乾脆稱病請求回鄉。

　　元光五年（公元前130年），漢武帝下詔徵文學之士，公孫弘所在的菑川國又一次推舉了他。

　　有了上次的教訓，公孫弘推辭道：「我曾奉命出使匈奴，因無能被罷免回家，請推選其他人吧。」地方上堅持原來的意見，於是，公孫弘參加了由太常卿主持的選拔考試。

　　參加考試的有一百多人，考試結果公佈時，公孫弘排在最後。也算是時來運轉吧，等到策試時，漢武帝圈定公孫弘為第一。輪到召見時，漢武帝見他狀貌偉麗，任命他當朝廷的博士。漢代的博士是虛職，主要是給皇帝決策時提供參考諮詢。

　　此時，正是修築西南夷道路和設置犍為郡的時候，因在崇山峻嶺中鑿路，巴蜀的百姓叫苦連天，漢武帝令公孫弘去視察那裏的情況。

公孫弘回朝後，一個勁地說經營西南夷沒有用處。越說漢武帝臉色越難看，乾脆不聽他說了。

公孫弘經常說，當君主的好大喜功，害怕得不到更多的東西。當臣子的如果不能節儉將會危險。公孫弘只穿用布做成的衣服，從不穿絲綢，每頓飯只上一個有肉的菜。每逢開會討論問題時，他只把相關的問題講清楚，一切由漢武帝做出裁決。

其實，公孫弘這樣做是有針對性的。漢武帝雖有雄才大略，但同時又是個剛愎自用的君主。只要他拿定了主意，從來都不允許改變。公孫弘深知其中的奧妙，每逢廷議，總是竭力地揣測漢武帝的心思，在沒有把握之前，絕不發表意見。經過一番偽裝，公孫弘進一步贏得了漢武帝的信任。漢武帝認為，滿朝文武，唯有公孫弘老成持重。可不是嘛，上朝時，公孫弘總能進退有節；廷議時，能滔滔不絕遊刃有餘。更重要的是，公孫弘精通文學、律法和各種管理事務。說話做事的時候，總能符合漢武帝的心意。漢武帝完全被公孫弘的假象蒙蔽了，只認為公孫弘品行敦厚，甚至認為像這樣的人不得到重用，還有甚麼樣的人能得到重用呢？僅僅兩年的時間，公孫弘被提拔到了左內史這一重要的崗位。

公孫弘城府很深，每次上朝時，總是不表態，讓別人打頭陣，趁此機會，細心地揣測漢武帝的意圖，試圖與漢武帝保持一致。主爵都尉汲黯是漢武帝的老師，深得其信任。早在公孫弘名不見經傳時，汲黯已位居九卿。精通關係學的公孫弘每次上朝，故意讓汲黯先發表意見，然後跟在後面加以解說和推究。就這樣，公孫弘在不動聲色中達到了個人的目的，同時又得到了尊重朝廷重臣的美名。

不過，善於揣摩漢武帝心思的公孫弘也有馬失前蹄的時候。在處理政務時，經過溝通，公孫弘和公卿大臣已形成了一致的意見。可是，當看到漢武帝有不同看法時，公孫弘總是放棄原來的觀點，去順從漢武帝。氣憤不過的汲黯當場發難：「齊人公孫弘狡詐多變，根本

不老實。當初，商定時他與公卿大臣有相同的看法。現在又表示不同意，這是不忠的表現。」

這一下，把公孫弘擊暈了。漢武帝問：「有這回事嗎？」深知利害關係的公孫弘避實就虛地說：「知道臣的做法的，會認為臣是忠心的；不知道臣的做法的，會認為臣是不忠的。」這話讓漢武帝聽了十分舒服，試想一下，如果每一人都不同意漢武帝的意見或主張，漢武帝將如何貫徹他的意志，將如何展示君權至上的絕對權威？從那以後，雖然經常有人在漢武帝面前指責公孫弘，但漢武帝卻更加信任公孫弘了。元朔三年（公元前 126 年），公孫弘被任命為御史大夫，位列三公。

多次被暗算的汲黯下決心要揭露公孫弘虛偽的面目，他對漢武帝說：「公孫弘位在三公，俸祿很多。可是，他穿麻布的衣服，這是虛偽的表現。」

漢武帝問公孫弘：「可有此事？」

公孫弘答道：「有這回事。九卿之中與我有交情、沒有過節的是汲黯，今天他在朝廷上質問我，的確是擊中了我的要害。臣居三公之位，身穿麻布製成的衣服，確實有掩飾自己、沽名釣譽的嫌疑。我聽說管仲相齊的時候，有三處豪華的住宅，奢侈的程度可與國君齊桓公相比。後來，齊桓公在他的輔佐下稱霸天下，可是，管仲的奢侈卻超過了君主。晏嬰擔任齊景公的丞相時，吃飯時不上兩種肉菜，侍妾不穿絲綢衣服，結果齊國治理得很好，這是自覺地向百姓看齊。現在，臣位居御史大夫，只穿麻布製成的衣服，使九卿與小吏沒有高低貴賤的差別，確實像汲黯指責的那樣。如果沒有汲黯的忠，陛下怎能聽到這些話呢？」

公孫弘明明對汲黯恨得咬牙切齒，但還要在漢武帝的面前大大地恭維汲黯一通。這樣做只有一個目的，就是向漢武帝表達自己的忠心和豁然大度。

　　這一招果然厲害，漢武帝再次被蒙蔽，認為公孫弘有謙讓的美德。很快，漢武帝拿定主意，任命公孫弘為丞相，時隔不久，又封他為平津侯。公孫弘通過研習《公羊春秋》平步青雲封侯後，天下的學士一看，原來認真研習六經，還有這等的好事。讀書人因此受到鼓舞，開始認真攻讀六經，從此朝野內外形成了習經之風。

　　公孫弘善於偽裝，表面上寬宏大量，但心胸狹窄。凡是才能比他強的，或者同他有過節的，總是當面友好，暗中想方設法進行報復。一代大儒董仲舒精通《公羊春秋》，公孫弘自愧不如。董仲舒十分厭惡公孫弘拍漢武帝馬屁的行為。出於忌妒，同時也為了鞏固自己在朝廷中的地位，公孫弘決心除去董仲舒。機會來了，膠西國缺少丞相。公孫弘得知後，向漢武帝推薦董仲舒。表面上看，似乎是出於公心，實際上是，公孫弘害怕董仲舒得到漢武帝的信任，動搖他的地位。更可怕的是，主父偃與公孫弘有過節，公孫弘拼命地尋找機會，要置主父偃於死地。後來，公孫弘以齊國國君自殺的事情為藉口，大進讒言，激怒漢武帝，把主父偃開刀問斬了。

　　漢武帝一朝，以貌似大忠專行大奸之事的首推公孫弘。然而，這樣一個品行極為不端的人能夠得到漢武帝的信任和賞識，同時又因巧於心計得到了善終，與漢武帝一朝的丞相屢屢被殺形成了鮮明的對比，這是不是歷史的悲劇呢？且由後人去評說吧。

（見《史記·平津侯主父列傳》）

漢代縱橫家主父偃

主父偃，臨菑（今山東淄博）人，早年專攻縱橫家學說。後來又學習《周易》《春秋》和百家之說。

所謂縱橫家學說，本指戰國後期，為秦統一天下和為關東六國服務的遊說家晉謁君主時，提出的政治主張和策略。當時，秦在函谷關的西面，要想兼併六國需要採取遠交近攻之策，因是東西聯合，故稱「連橫」；函谷關以東有韓、趙、魏、燕、楚、齊六國，六國呈南北方向分佈，要想對付強秦的進攻，需聯合起來共同抗敵，因是南北聯合，故稱「合縱」。後來，這種學說成為讀書人爭取當官和當大官的捷徑。漢代採取郡國並行制，各地的諸侯王有廣闊的地盤和實力，有一定的任命官員的權力。這樣一來，給縱橫家帶來了生存的空間。

主父偃在齊國遊學時，大家都瞧不起他，甚至那些飽讀經史的儒生還一起排斥他。主父偃見無法生存，只好北上，到燕國、趙國、中山國尋找發達的機會。沒想到，時運不佳的主父偃又一次受到冷遇。這段時間，因沒有錢財，生活十分艱難。

漢武帝元光元年（公元前 134 年），四處碰壁的主父偃決定到京城碰碰運氣。來到長安後，主父偃拜見了衛青。衛青很欣賞主父偃的才能，多次推薦，但漢武帝根本不召見他。

因沒錢財，京城的大官和門客都討厭他。這樣待下去不是辦法，主父偃決定給朝廷上書。

這一招真靈。奏章早晨送到朝廷，到了晚上，求賢若渴的漢武帝就把主父偃召到了宮裏。主父偃在奏章上一共寫了九件事，其中，八件涉及朝廷的律法和條令，一件是勸諫暫緩征討匈奴。與主父偃一同受到召見的，還有趙人徐樂、齊人嚴安，徐樂、嚴安分別上書朝廷，暢談了國內形勢和應對的措施。

漢武帝召見主父偃等三人時感慨地說：「你們從前都在甚麼地方啊？我們應該早些相見！」召見後，漢武帝任命主父偃、徐樂、嚴安為郎中，從此，主父偃步入仕途。打那以後，主父偃又多次進見漢武帝，暢言政事，一年之中，四次升遷，漢武帝任命主父偃為中大夫。

漢武帝即位後，國內形勢嚴峻。漢景帝平定吳楚七國之亂後，諸侯王的實力雖大大地削弱，但合在一起，依舊有與中央抗衡的能力。漢武帝十分希望採取削藩的方法削弱諸侯王的勢力，可又擔心，一旦採取強硬的削藩政策，諸侯王再次聯合造反，將不可收拾。所謂削藩，是指用減少或取消封地的辦法，解除諸侯王對中央的威脅。

漢武帝的擔心是有道理的。漢武帝的父親漢景帝在位時，因採納晁錯的削藩政策激起了吳楚七國之亂。有了這樣的前車之鑒，漢武帝雖有心加強中央集權，可又不敢輕易頒佈削藩的政策。然而，眼睜睜地看着諸侯王勢力日趨強大，漢武帝自然是不甘心。因為一旦諸侯王再次聚集力量進行反叛的話，後果將不堪設想。除此之外，匈奴不斷地襲擾邊境，甚至還打到漢王朝的腹地。如果外部的入侵勢力和內部的反叛勢力合成一股勢力時，漢王朝將面臨滅頂之災。可是，怎樣才能解決這一棘手的問題呢？

主父偃瞅準了時機，進言道：「古時候，諸侯的封地不超過一百里，因此君主很容易控制諸侯。現在，有的諸侯王擁有幾十座城池，封國地廣千里。如果對他們採取寬容的態度，他們就會驕奢淫逸，貪圖享受；如果採取約束的措施，他們就會仗着強大的力量，聯合起來造反。如果用法令削減他們的封地，他們就會萌生反叛的想法。當年，晁錯推行削藩，引起吳楚七國的叛亂，這就是深刻的教訓啊。現在，有的諸侯王有十幾個兒子，可是，只有嫡長子能繼承王位，其他的兒子雖然也是諸侯王的親生骨肉，卻不能得到一丁點的土地。這樣一來，朝廷的仁孝之道就不能得到體現。針對這一情況，陛下可頒佈詔令，對他們說，朝廷要推廣恩德，要讓嫡長子以外的王子都能得到

封地。諸侯王嫡長子以外的王子得到封地自然會感激皇上。這樣，可以通過推恩，縮小原有諸侯王的封地，從根本上衰弱他們的實力。」

漢武帝正愁找不到對付諸侯的辦法，一下子豁然開朗，元朔二年（公元前127年）漢武帝下詔，實行推恩令。推恩令下達後，進一步解決了諸侯王尾大不掉的問題。主父偃因此成為漢武帝信任的官員。

早年，主父偃為遊說諸侯，練就了一張打動人心的鐵嘴，後來，遊歷各地時悄悄地掌握了一些諸侯的劣跡。漢武帝打算立衛子夫為皇后，遭到大臣的反對，主父偃為報答衛青的幫助，遊說大臣讓他們同意漢武帝的做法。不久，主父偃又根據他在燕國的見聞，揭露了燕王謀反的罪行。

漢武帝十分生氣，殺了燕王。朝中大臣害怕主父偃跟他們過不去，紛紛向他行賄，很快他的錢財超過千金。

有人對主父偃說：「您太肆無忌憚了。」

主父偃答道：「我從年輕的時候起，遊學已四十多年，一直不得志，父母不把我當作兒子，兄弟不收留我，朋友拋棄我，我貧窮潦倒的時間太長了。再說大丈夫為人在世，生不能用五鼎吃飯，過上豪華奢侈的生活和有顯貴的地位，等到死的時候，還要受五鼎烹刑，受鼎鑊燒煮的酷刑，那怎麼行呢。我年紀大了，要抓緊時間，多弄些錢財。」

元朔二年（公元前127年），主父偃向漢武帝報告，齊王劉次景淫亂放蕩、行為邪惡古怪。漢武帝認為問題很嚴重，任命主父偃為齊相，去監督齊王。

在外遊歷四十多年的主父偃衣錦還鄉了。到了齊國以後，主父偃把自己的兄弟和朋友召到一起，散發五百金後，開始數落他們：「當初，我貧困時，兄弟不給我吃穿，朋友不讓我進門，現在我做了齊國的丞相，你們當中有的人跑到千里之外來迎接我。這五百金算是我們大家相識一場，從今以後，我與你們斷交，請不要再登我的家門。」

主父偃到了齊國後，派人用齊王與他姐姐通姦的事相威脅，齊王害怕逃脫不了罪名，自殺了。

再說聽到燕王被殺的消息後，趙王想起了主父偃當年曾遊歷趙國，遭到冷遇的情況，生怕主父偃再向自己砍上一刀，因此想上書揭發主父偃幹過的壞事。然而，看到主父偃深得漢武帝的信任，一直不敢上書。等到主父偃到齊國任丞相時，趙王讓手下人告發主父偃接受諸侯王賄賂的事。

齊王自殺的消息傳到京城後，漢武帝把主父偃交司法部門治罪。經過核實，主父偃接受諸侯王賄賂的事成立，逼迫齊王自殺的事不成立。漢武帝想了想，打算放過主父偃。心地陰暗的御史大夫公孫弘進言道：「齊王自殺，沒有後代可以繼承王位了。主父偃是挑起這一事端的首惡分子，陛下不殺主父偃，無法向天下人交代。」漢武帝認為公孫弘的話很有道理，下令殺了主父偃和他的全家。

公孫弘唆使漢武帝殺主父偃完全是為了報復和泄私憤。元光五年（公元前130年）衛青征戰匈奴奪取了河套地區的土地，主父偃大講這塊土地肥沃、物產豐富，力主建朔方郡。然而，公孫弘堅決反對，為此事受到漢武帝的訓斥。小肚雞腸的公孫弘總想找適當的機會報復主父偃，現在機會來了，自然不願放過。

主父偃被處死了，平時那些巴結主父偃的官員爭着講他的壞話。主父偃因貪財喪失人格，記仇又愛報復，也難怪主父偃死後，上千門客樹倒猢猻散，竟然連一個收屍的人都沒有。

（見《史記・平津侯主父列傳》）

竇嬰、田蚡及灌夫

　　魏其侯竇嬰和武安侯田蚡是漢王朝的外戚。

　　魏其侯竇嬰，觀津（河北武邑審坡）人，是漢文帝竇皇后堂兄的兒子，漢文帝時任吳國的丞相，後來，因病免職。漢景帝即位後，任詹事一職。

　　梁孝王是漢景帝的同胞弟弟，母親竇太后非常偏愛他。有一次，梁孝王進宮朝拜，漢景帝舉行家宴與弟弟歡聚。那時，漢景帝還沒有立太子。喝到興頭上，漢景帝說：「我百年之後，傳皇位給梁王。」竇太后聽了十分高興。突然，作陪的竇嬰站起來向漢景帝敬酒，說：「大漢是高祖打下來的天下，向來是父子相傳，繼承皇位。陛下怎能隨意把皇帝的位置傳給梁王呢？」

　　這件事發生後，竇太后對竇嬰十分不滿。竇嬰早已嫌官小，索性不幹了。

　　漢景帝前元三年（公元前154年），吳楚七國亮出了反叛朝廷的旗幟。為了平叛，漢景帝打算在劉氏宗室和竇氏外戚中選拔人才。比較來比較去，認為竇嬰最有才能。漢景帝宣竇嬰進宮，表明讓他出征的意圖，竇嬰以生病為由堅決推辭。竇太后很清楚，都是因為自己討厭竇嬰造成的。漢景帝說：「天下正在危難之中，難道您還有推辭的餘地嗎？」漢景帝拜竇嬰為大將軍，又賜千金。竇嬰根據形勢需要，保舉袁盎、欒布等將領和賢士一起出征。

　　竇嬰領賞後，把財物放在官署的走廊上，讓那些經過那兒的下屬任意拿取，不把那些賞賜視為自己的財產。

　　根據戰略部署，竇嬰守滎陽，負責防禦齊軍和趙軍，配合抵禦吳軍的周亞夫。竇嬰和周亞夫密切配合，徹底消滅了叛軍。戰爭結束後，漢景帝封竇嬰為魏其侯。一時間，權勢熏天，那些遊士、賓客爭

相依附竇嬰的門下。漢景帝召集大臣議論朝政時，只要魏其侯竇嬰和條侯周亞夫在場，沒有一個敢與他們分庭抗禮。

漢景帝前元四年（公元前 153 年），栗姬的兒子劉榮被立為太子。漢景帝斟酌了一番，決定請竇嬰擔任太子太傅一職。竇嬰盡心盡力。沒想到才過了三年，漢景帝做出了廢太子劉榮的決定。竇嬰多次抗爭，漢景帝不予理睬。萬般無奈，負氣的竇嬰跑到終南山住了下來，從此不再上朝。

竇嬰在終南山接連住了幾個月，一些整天在竇嬰面前晃悠的賓客都不上門了。

高遂對竇嬰說：「能使將軍富貴的是皇上，能關心將軍的是竇太后。皇上廢太子，將軍據理力爭是本分，說明將軍已盡心盡力。現在，您稱病隱退，整天抱着趙地的美女，跑到終南山，是在宣揚皇上過錯啊！如果太后和皇后一起找將軍的麻煩，您和您的全家就危險了。」竇嬰心驚肉跳，趕緊回到長安，老老實實上朝。

平定吳楚七國之亂後，竇嬰和竇太后的關係得到了空前的緩和。桃侯劉舍罷相後，竇太后多次向漢景帝推薦竇嬰做丞相。漢景帝對母親竇太后說：「難道太后認為兒臣捨不得丞相這個位置，有意不讓魏其侯幹嗎？魏其侯容易驕傲自滿，不穩重，無法委任他擔當丞相的職務，丞相應由老成持重的人擔當。」因此，拒絕了竇太后的請求，另選建陵侯衛綰任丞相。

武安侯田蚡是漢景帝王皇后同母異父的弟弟。竇嬰當大將軍時，田蚡還是個小小的郎官。那時，田蚡經常到竇嬰家請安問好。論輩分，竇嬰和田蚡同輩。為了巴結竇嬰，田蚡每次見到竇嬰，總是像晚輩一樣行跪拜禮。就這樣，漢景帝晚年時，田蚡被提拔為太中大夫。

田蚡的相貌雖然醜陋，但口才很好。他懂得一般人不懂的《盤盂》，王皇后因此敬重這位同母異父的弟弟。《盤盂》相傳是黃帝史官孔甲書寫在盤、盂等器物上的銘文，共有二十六篇。

　　漢景帝去世後，十六歲的太子劉徹登上了帝位。漢武帝劉徹登基後，朝政掌握在祖母竇太后和母親王太后的手中。田蚡有王太后撐腰，受封武安侯。

　　田蚡非常想當丞相，為了儘早地實現這一目標，很有心計的田蚡表現出一副禮賢下士的模樣，還不斷地向漢武帝推薦閒居在家的名士入朝為官。這樣做的目的只有一個，就是扶植黨羽，通過排擠竇嬰等資深的公卿將相達到目的。建元元年（公元前 140 年），丞相衛綰因病免職，漢武帝打算任命新的丞相和太尉。

　　機會來了，田蚡悄悄地四處活動。

　　頭腦清醒的籍福建議道：「魏其侯竇嬰掌握大權已很長時間了，大部分的賢士都依附他。您剛剛嶄露頭角，聲望遠不如竇嬰。如果皇上讓您當丞相的話，您一定要把丞相的位置讓給竇嬰。這樣一來，太尉的位置就一定是您的了。太尉和丞相是同樣尊貴的官職，您可以通過這件事，博得讓賢的好名聲。」反過來講，如果田蚡爭丞相一職的話，很可能連太尉都爭不到手。田蚡是聰明人，一點就透，立即向王太后婉轉地表達了想法。王太后聽田蚡的，漢武帝又聽王太后的，就這樣，竇嬰當上了丞相，田蚡當上了太尉。

　　籍福上門祝賀竇嬰當了丞相，提醒道：「將軍您的天性是喜歡善良，痛恨邪惡。您當上丞相，是因為善良的人讚譽您。您性格耿直，疾惡如仇，容易得罪人，如果有人聯合起來詆毀您的話，您將會丟官。如果能容忍看不慣的人和事，您的位置就可以坐穩了。」竇嬰根本不理會，把籍福的話當作耳邊風。

　　當上丞相和太尉後，竇嬰和田蚡有一段時間非常要好。兩人都喜歡儒家學說，在他們的引薦下，儒生趙綰當了御史大夫，儒生王臧當了郎中令。

　　不久，他們又把研治魯詩的魯申公迎到了長安。在他們的主導下，治國理念開始向儒家的那一套偏移。

然而，他們犯了個致命的錯誤。為了整肅朝綱，他們提出了讓住在長安的列侯回到自己的封地的主張。如果做點其他的事便罷了，偏偏那些住在長安的列侯有很大的勢力，他們有的是皇太后、皇后等的親戚，有的娶了公主為妻。在繁華的長安生活慣了，熱鬧慣了，有誰願意回到封地呢？為了推行這一政令，竇嬰採取了先拿竇氏宗族開刀的措施。

竇嬰、田蚡把一批儒生引薦到朝廷後，以趙綰、王臧為代表的儒生動不動就拿儒家的一套說事，更重要的是，他們說着說着，還順帶批一下黃老學說。竇太后是黃老學說的忠實信徒，這些事情一件一件地疊加在一起，讓竇太后越來越討厭竇嬰。

建元二年（公元前 139 年），趙綰上書漢武帝，請他不要再把政事奏知竇太后。在竇太后的干預下，先是罷逐趙綰、王臧等人，隨後，又免去竇嬰的丞相職務、田蚡的太尉職務。

田蚡雖然閒居在家，因有王太后這層關係，他的話依舊有分量，許多建議都能得到重視和採納。這樣一來，許多趨炎附勢的人紛紛離開竇嬰的門下，轉而投向田蚡。因為這樣的緣故，田蚡越來越驕橫。

建元六年（公元前 135 年），竇太后去世，朝政發生了根本性的轉變。此前，朝廷的重大決策需竇太后點頭同意。經此，漢武帝開始親政。以此為分水嶺，失去最後靠山的竇嬰從此走了下坡路。田蚡突然得意了起來，當上了夢寐以求的丞相。為了尋找新的靠山，士大夫、諸侯爭着巴結田蚡。

田蚡出生在錦衣玉食、爾詐我虞的外戚家庭，長期耳濡目染，既清楚權力的重要性又懂得玩弄權術。田蚡心想，諸侯王的資歷一個比一個深，皇帝才二十一歲，要想讓他們有所收斂，必須狠狠地敲打他們；要想震懾他們，必須在朝中安插親信。想到他是王太后的弟弟，當今天子的舅舅，田蚡有些忘乎所以了。每次入宮見漢武帝，總是大大咧咧地一屁股坐下，然後，說東道西，瞎扯上一大通。為了培植黨

羽，田蚡經常推薦一些親信。有的人，從沒當過官，經他推薦，平步青雲，當上了年俸兩千石的大官。年俸二千石的官職在朝中相當於九卿，放外任的話，就是一郡的太守，是地方上的最高長官。田蚡沒完沒了地封官，而且每次都迫使漢武帝同意。有一天，漢武帝氣憤地對田蚡說：「你提拔使用有完沒完啊？我還想提拔一些呢。」

飛揚跋扈的田蚡根本不知足，他想擴建府第，住進更豪華更氣派的房子。為了擴大府第，他提出了索取府第旁邊考工室的要求。考工室是專門為皇家生產生活用品的手工作坊。漢武帝不客氣地把他擋了回去：「你為甚麼要我的武器庫呢。」這話夠重的了，誰都知道武器庫是國家政權穩定的根本。

言外之意，難道你貪心不足的田蚡想謀反嗎？田蚡當然知道漢武帝是在敲山震虎，話語中暗藏着殺機。他不敢再堅持了。

田蚡的府第十分氣派和豪華，超過了京城任何一個官員的府第。他在府第的前堂排列着鐘鼓之樂，又豎起用整匹絲帛製作的曲柄旌旗，這些都遠遠地超出了一個丞相應享有的待遇。此外，他的後院裏擺滿了諸侯王公大臣送來的金銀財寶，藏了一百多名美女。僅此還不夠，為了追求享受，他派往各地採購器物和名產的人絡繹不絕，這些人來往於京城和郡縣之間，構成了一道獨特的風景。

當人們都去巴結田蚡的時候，竇嬰和灌夫交上了朋友。

灌夫本姓張，父親張孟是潁陰侯灌嬰的門客。張孟得到灌嬰的賞識，很快當上了年俸二千石的大官。為了感激灌嬰，改姓灌。

灌夫是一員猛將，吳楚七國叛亂時，灌夫和父親灌孟一起出征。灌孟衝鋒陷陣，被反叛的吳軍打死。按照漢代的律法，父子同時從軍，如有一人戰死，活着的人可以陪同死者的遺體還鄉。灌夫堅決不回家，發誓要為父親報仇。

灌夫披上鎧甲，帶着十幾個家兵撲向敵營。殺死幾十個敵兵後，家兵全部戰死，灌夫帶着十多處傷回到了漢營。

　　傷口稍好一些，灌夫又請求出戰：「我知道吳營的佈防，請讓我再次出擊。」大將軍周亞夫害怕他丟了性命，堅決阻止。經此，勇力過人的灌夫名聲大震。

　　平叛後，潁陰侯把灌夫的事跡上報，漢景帝讓他當了身邊的侍衛武官中郎將。幾個月後，任性使氣的灌夫丟了官。後來，灌夫接受任命到代國當了丞相。漢武帝即位後，認為淮陽（今河南淮陽）是交通要道，需加強防守，把灌夫派到了淮陽任太守。不久，漢武帝又調回灌夫，任命他為管理皇帝車馬的太僕卿。建元二年（公元前139年），灌夫喝醉酒，打了聚會的竇甫。竇甫是負責警衛長樂宮的衛尉，又是竇太后的兄弟。漢武帝生怕盛怒之下的竇太后殺灌夫，便調灌夫到燕國當丞相。幾年後，灌夫再次犯法，免職回到長安。

　　灌夫性格剛直，愛喝酒，不喜歡拍馬屁。如果有權勢的皇親貴族對他不禮貌，灌夫會立即報以顏色。相反，他對下級很尊敬，對有學問又貧窮的官員尤其尊重，並且特別喜歡獎掖地位比自己低的人。灌夫不喜歡文學，一身俠氣，只要是答應別人的事一定做到。家有萬貫家產的灌夫交結的人良莠不齊，既有豪傑之士，也有奸猾的壞蛋。灌夫的家中聚集一批食客，憑這些食客橫行於潁川。潁川的兒歌唱：「潁水清，灌氏寧。潁水濁，灌氏族。」意思是說，潁水清的時候，灌氏家族相安無事；潁水濁的時候，灌氏家族將會滅族。

　　灌夫罷官後，顯達的官員不再與他往來，為此，不甘寂寞的灌夫需要有像竇嬰這樣的身份尊貴的人來抬高身份。竇嬰失勢後，以前圍着他轉的賓客不再登門，一想到這些，竇嬰便恨得牙癢，為此，需要有像灌夫這樣的傾訴對象來揭露那些勢利的小人的嘴臉。兩人一拍即合，相見恨晚，一起出遊時像父子，永遠沒有厭倦的時候。

　　一天，為姐姐服喪的灌夫路過田蚡的府第。田蚡對灌夫說：「我本來打算和你一起去看望魏其侯，不巧的是，你喪服在身，看來是無法成行了。」

　　灌夫答道:「如果您真想拜訪魏其侯的話,灌夫怎敢以喪服為理由推辭呢。我可以轉告魏其侯,讓他置辦酒席,等您明天早上來訪。」

　　田蚡根本沒有要拜見竇嬰的打算,因看到灌夫身着喪服,故意說此話逗逗樂子。見灌夫當真,只好皺着眉頭答應下來。

　　像拾了大元寶,灌夫高高興興地把詳情告訴給竇嬰,竇嬰連忙與夫人一起到街市買菜打酒。田蚡是當朝丞相,自然是貴客。為了迎接貴客,全家連夜打掃,一直忙到天亮。為了不慢待貴客,竇嬰特地囑咐看門人望見田蚡後要立即通報。可是,從早晨一直等到中午,連個影子都沒看到。以為做了件大好事的灌夫不高興了,駕車趕往田蚡的府第。

　　田蚡本沒有到竇嬰府做客的打算,自然不會放在心上。此時此刻,正臥牀休息。灌夫壓住怒火對田蚡說:「將軍您昨天答應到魏其侯府上的,魏其侯夫婦忙着置辦酒席,從早上忙到現在,還沒敢動筷子呢。」田蚡露出歉意:「我昨天喝醉了,忘了。」

　　田蚡上了路,慢慢吞吞,好像甚麼事都沒發生一樣。見此光景,本來有氣的灌夫更加上火,但他壓住了。

　　灌夫率真可愛,幾杯酒下肚,早把不愉快的事抛到了腦後。酒喝到酣處,灌夫起身向田蚡致禮。按理說,田蚡應該回禮。可是,田蚡端着酒杯,擺出一副不理不答的模樣。灌夫再也忍不住了,故意譏諷田蚡。竇嬰見勢不對,連忙把灌夫扶了下去,同時向田蚡賠罪。看在同朝為臣的面子上,田蚡沒有和灌夫計較。或許是好久不見,田蚡和竇嬰兩個人一直喝到晚上,盡歡而散。

　　沒過多久,田蚡看中了竇嬰在城南的一塊良田,籍福向竇嬰表達了田蚡的想法。竇嬰不高興地說:「丞相雖然尊重,怎能以勢強奪呢!」灌夫聽說後,也大罵籍福。籍福怕竇嬰和田蚡兩人因此產生隔閡,編了一通好話,安慰田蚡說:「魏其侯年紀大了,快要死了。等等再說吧。」時隔不久,田蚡知道了真實情況,氣憤地說:「過去,

魏其侯的兒子殺人，是我放了他。當年，我服侍魏其侯的時候，他要甚麼我給甚麼。現在，為甚麼要吝惜這幾頃地呢？更可氣的是，灌夫為甚麼要插手此事？」田蚡惡從膽邊生，決定找機會報復灌夫和竇嬰。

元光四年（公元前 131 年）的春天，田蚡對漢武帝說：「灌夫和家人橫行鄉里，潁川的百姓被他害苦了，請皇上批准立案審理。」漢武帝說：「這是丞相分內的事，為甚麼要向我請示？」

審理開始了，灌夫不是善茬，當即把田蚡巴結淮南王劉安的醜事揭露出來。見此情形，與田蚡交好的賓客連忙居中調停。田蚡被迫與灌夫和解了，不再追究灌夫。所謂田蚡巴結劉安的醜事，是指劉安入朝覲見時，田蚡奉命到霸上（今陝西西安灞橋）迎接。為了巴結劉安，田蚡說：「皇上沒有太子，大王最有才能。大王又是高祖的孫子，皇上駕崩後，只有大王能當皇帝。」野心勃勃的劉安聽了十分高興，送了一大筆財寶給田蚡。按照漢律，大臣交通諸侯王是要殺頭的。

田蚡娶燕王的女兒為妻，王太后下詔，讓列侯宗室前往祝賀。竇嬰要灌夫一起去祝賀。灌夫說：「我因酒使性，多次得罪丞相，丞相現在與我有矛盾，還是不去為好。」竇嬰說：「不是已經和解了嘛。」說罷，拉着灌夫一起去參加婚禮。

喜宴上，田蚡為大家祝壽，到場的客人統統離席伏地，表示不敢當。等到竇嬰為大家祝壽時，只有老朋友離席伏地，其他的人只禮節性地表示一下。灌夫見此光景，滿肚子的不高興。

過了一會兒，灌夫起身行酒令。所謂行酒令，是指為在座的客人斟酒時，客人要離席伏地接酒，然後滿飲一杯。灌夫為田蚡斟酒時，田蚡跪在席上說：「喝不下了，不能滿飲。」見到這一沒有禮節的行為，灌夫嬉皮笑臉地說：「將軍是貴人，請乾杯。」田蚡再次不肯。灌夫行酒到臨汝侯那裏時，臨汝侯正與程不識小聲講話，因此又沒離席伏地表示尊敬。正窩火的灌夫借題發揮，大罵臨汝侯：「你平時把程不識說得一錢不值，今天為甚麼要仿效小女孩，貼着耳朵說話？」

田蚡說：「程不識和李廣將軍是長樂宮和未央宮的衛尉，你今天侮辱程將軍，豈不是要侮辱李將軍嗎？」誰都知道長樂宮是太后住的地方，未央宮是皇帝住的地方。田蚡的話暗藏殺機，難道你灌夫連皇上和太后也不放在眼裏嗎？

灌夫氣呼呼地說：「今天就是砍我的頭，穿我的胸也沒甚麼，還管甚麼程將軍、李將軍。」

事情越鬧越大，客人見勢不妙，一個一個地藉故溜走了。竇嬰也意識到問題的嚴重性，趕緊揮手，讓灌夫離開。

田蚡耐不住了：「這都是我忍讓和嬌慣灌夫的結果。」下令手下攔住灌夫。籍福一看大事不妙，忙起身替灌夫道歉，同時按住灌夫的脖子讓他向田蚡道歉。誰知越是這樣，灌夫越不願意認錯。田蚡命令手下的騎士把灌夫綁起來，關進客房。對手下的長史說：「今天，我是奉詔招待大家，灌夫鬧事，應治罪。」長史彈劾灌夫犯了罵座上客人不敬皇上的罪名，把他送進了監獄。隨後，又把灌夫橫行鄉里的壞事抖出來，要致灌夫於死地。僅此還不算，又去抓捕灌氏宗族，要連同他們一道在市中問斬。

竇嬰不安了，心想要不是他拉着灌夫來賀喜，如何能出這樣的事呢？於是掏錢四處打點，請求寬恕灌夫。再說聽到灌夫被抓的消息，灌家的人紛紛逃命去了。灌夫被關押在牢中，周圍全是田蚡的耳目，因此失去了揭露田蚡勾結諸侯王劉安的機會。

竇嬰不顧一切地救灌夫，夫人提醒他說：「灌將軍得罪了丞相，是與太后作對，怎麼能救得出呢？」竇嬰說：「侯位是我掙來的，大不了，放棄它。總不能看着灌夫死去，我一個人獨自活下來吧？」竇嬰瞞着家裏人，給漢武帝偷偷地寫了奏摺。漢武帝看到上書後，立即召竇嬰進宮。竇嬰詳細地敘述了灌夫喝醉酒的情況，認為這點事不算甚麼，不應該殺灌夫。漢武帝同意竇嬰的看法，對他說：「到東宮，當廷辯論吧。」

竇嬰到東宮後，當着眾臣的面竭力稱讚灌夫的功勞，說丞相用其他的事借題發揮，要治灌夫的罪。田蚡連忙反擊，說灌夫平時橫行霸道，罪大惡極。竇嬰說不過田蚡，乾脆揭田蚡的短。田蚡一面辯護，一面反唇相譏：「天下太平，安樂無事。臣喜愛的不過是音樂、狗馬、田地和住宅。不像你和灌夫暗中召集天下的豪傑和壯士，心懷不滿，整天誹謗朝廷。巴望天下有變，好去建甚麼大功。」雙方各執一詞，打起口水仗。

漢武帝問大臣：「你們看，哪個對？」

耍滑頭的御史大夫韓安國說：「魏其侯說，灌夫的父親死後，灌夫執戟衝入叛軍，身受幾十處傷，名冠三軍，這真是天下少有的壯士啊，像這樣的人，不會有大的惡行。喝酒罵人，罪不及殺頭。因此，魏其侯說得有道理。丞相說，灌夫與奸猾之輩勾結在一起，坑害掠奪百姓，給自己累積了巨萬家產。此外，灌夫橫行潁川，欺凌同族。因此，丞相說得沒錯。至於怎麼定罪，皇上說了算。」隨後，主爵都尉汲黯、內史鄭當時都贊成魏其侯的觀點，想為灌夫開脫責任。過了一會，兩人又不敢堅持原來的意見了。其他在場的大臣都不敢吭聲。漢武帝氣憤地對鄭當時說：「你平時經常說魏其侯、武安侯的長短，今天廷論，不敢明確地發表意見，我將拿你們問斬。」說完，起身給王太后送飯去了。

王太后早就派人探聽廷辯的情況了，得知結果後，氣憤地不吃飯，對漢武帝說：「我現在還活着，那些人就欺侮我的弟弟。哪天我死了，那我的弟弟還不成了人家砧板上的魚肉，還能有他的活路嗎？你怎麼像個石頭人，沒有自己的主張。」漢武帝連忙向母親道歉說：「這些人都是宗室外家，故採用廷辯的方法，不然的話，讓一個管司法的獄吏就可以判決了。」

田蚡罷朝後，出了皇宮的外門，召韓安國上車，生氣地說：「我與你共同對付一個禿老頭竇嬰，你為甚麼首鼠兩端，不表達態度？」

過了一會兒，韓安國才說：「丞相為甚麼不暗自高興呢？魏其侯毀壞
您的聲譽時，您應該當場脫去官帽，解下印綬，承認自己有罪，擔當
不了丞相一職。這樣的話，皇上肯定會認為您有謙讓的美德，不會再
追究您的責任。魏其侯必定要感到慚愧，恨不得關起門來，咬斷自己
的舌頭。現在，魏其侯詆毀您，您又攻擊魏其侯，這與小孩子、女人
吵架有甚麼兩樣，有失體統啊。」田蚡恍然大悟，連忙道歉：「爭吵
的時候不冷靜，不知應該這樣做。」

漢武帝派御史拿着灌夫的卷宗質問竇嬰，宣稱竇嬰所說與事實
不符，隨後以欺君的罪名把竇嬰關進了監獄。竇嬰本來有漢景帝的遺
詔，恩准他危急時可直接向皇帝上書。竇嬰被抓，灌夫罪及全族後，
王公大臣都不敢提這件事。竇嬰讓姪兒上書，希望再次得到漢武帝的
召見。負責宮廷事務的官員核查檔案後說，宮中檔案中沒有漢景帝的
遺詔，只有竇嬰的家中有加蓋了自家封印的遺詔。

得到這一消息後，田蚡趁機上奏，說竇嬰偽造遺詔，應該殺頭。
元光五年（公元前 130 年）十月，灌夫和他的家族被處死了。竇嬰在
獄中聽說後，悲痛欲絕，當即中風，絕食等死。後來，有人告訴他，
皇上沒有問斬的意思。竇嬰聽說後，才開始吃飯和治病。

不久，又有人在漢武帝面前搬弄是非，漢武帝想了想，還是把竇
嬰殺了吧。元光五年十二月的最後一天，漢武帝把竇嬰處死在渭城。

第二年春天，田蚡得了重病，田蚡在病中不停地說：「我服罪，
我服罪。」請來的巫師說，田蚡被竇嬰和灌夫的冤魂纏上了。沒過多
久，田蚡病死。

在審理竇嬰、灌夫的案件中，漢武帝及大臣站在田蚡一邊，主
要是為了照顧王太后的情緒。等到知道田蚡私下接受劉安財物的消息
時，漢武帝說：「如果田蚡在世的話，也是要滅族的。」

（見《史記・魏其武安侯列傳》）

韓安國官場沉浮記

　　韓安國，梁國成安人，後來遷居睢陽。早年，曾在騶縣田生學習韓非子的法家學說和雜家學說。學成後，到梁國當了中大夫。

　　吳楚七國之亂時，梁孝王命令韓安國和張羽領兵到梁國東境阻擊叛軍。張羽奮力作戰，韓安國穩重固守，兩人相互配合，完成了阻擊任務。平定叛亂後，韓安國和張羽名聲因此顯揚。

　　梁孝王是漢景帝的同母弟弟，又是竇太后的小兒子，深得竇太后的歡心。漢代規定，諸侯國的丞相及二千石官員應由中央任命。為討好母親，漢景帝給了梁孝王自行任命梁國丞相和境內二千石官員的權力。梁孝王有了這一權力後，忘乎所以，外出遊玩時擺出一副天子出行的派頭。漢景帝聽說此事後，很不愉快。

　　竇太后知道漢景帝不愉快後，不但不願接見梁孝王派來請安的使者，而且還派人專門到梁國責備梁孝王。梁孝王見大事不妙，連忙派韓安國進京說明情況。韓安國進京後，來到梁孝王姐姐大長公主的府上。

　　韓安國說：「公主啊，梁王這麼孝順和忠誠，為甚麼會得不到太后和皇上的認可呢？吳楚七國叛亂時，聯合關東的諸侯向西逼近長安，只有梁王能體會太后和皇上的難處。為了保衛太后和皇上，梁王命令我們迎戰。那時，形勢不明朗，叛軍大兵壓境，梁國自身難保。可是，為了太后和皇上的安全，梁王行跪拜禮送我們出征。在梁王的激勵下，臣等六人率部抗擊吳楚叛軍，使叛軍不敢向西半步，為消滅叛軍贏得了時間。環顧當時，有幾個像梁王那樣忠心耿耿地保衛太后和皇上呢？梁王的父親和哥哥都是皇帝，擺排場是從小養成的習慣。再說他的車輛和旌旗都是皇帝賞賜的，如果說有時候用這些儀仗在城裏跑跑，那是讓天下人都知道太后和皇上疼愛他。現在，太后責備梁

王，梁王十分害怕，日夜哭啼，不知該怎麼辦才好。梁王是個孝子，又是忠臣，難道太后就不能體恤一下嗎？」

大長公主認為有道理，便把這些告訴給竇太后。竇太后高興地說：「你把這些話說給皇上聽聽吧。」漢景帝聽了，解開了心裏的疙瘩，解下冠帽向竇太后道歉：「兄弟之間不能相互勸教，讓太后操心了。」打那以後，漢景帝和梁王之間的關係更加親密了。竇太后、大長公主認為韓安國會辦事，賞給他許多錢財。韓安國的聲名更大了，與中央有了密切的聯繫。

後來，韓安國犯法被判刑，看管監獄的田甲侮辱他。韓安國問：「死灰就不會復燃嗎？」意思是，哪天我官復原職，看你怎麼辦。

田甲輕蔑地說：「復燃了，就撒尿澆滅它！」

沒過多久，梁國內史一職空缺，朝廷派使者宣佈韓安國為梁內史，把他從罪犯直接提拔為二千石的大官。田甲聽說後，逃跑了。韓安國放話說：「如果田甲不繼續任原來的官職，我就滅掉他的全族。」田甲連忙上門請罪。韓安國笑着說：「你可以撒尿了！像你這樣的人還值得治罪嗎？」自那以後，韓安國對田甲很好。

梁國內史的位置空缺時，齊國人公孫詭投奔了梁國，深得梁孝王的信任。梁孝王打算用公孫詭當內史。竇太后聽說後，下詔給梁孝王，讓韓安國當內史。

韓安國當內史時，公孫詭夥同羊勝策劃了一場陰謀。他們勸說梁孝王上書朝廷，請求做太子並增加封地。與此同時，公孫詭、羊勝害怕朝中的大臣反對，暗中派人去刺殺那些受到漢景帝信任的謀臣。等到刺殺原吳國丞相袁盎時，陰謀泄露了。漢景帝一連派了十批使臣到梁國捉拿公孫詭、羊勝。使臣在梁國封境大搜捕，搜捕了一個多月，始終找不到公孫詭、羊勝的蹤跡。

得到公孫詭、羊勝躲在梁孝王家中的消息後，韓安國去見梁孝王。韓安國哭着對梁孝王說：「主上受辱，做臣子的應該去死。大王

您是沒有忠心耿耿的大臣啊，才把事情鬧成這樣。如果抓不到公孫詭、羊勝的話，請讓我自盡吧。」

梁孝王問：「何必要這樣呢？」

韓安國流着眼淚說：「請大王想一下，您與皇上的關係，能比得上太上皇與高皇帝的關係，當今皇上與臨江王的關係嗎？」太上皇指漢高祖劉邦的父親劉太公，高皇帝指劉邦。臨江王指漢景帝的長子劉榮，一度被立為太子。

梁孝王說：「比不上。」

韓安國又說：「太上皇和高皇帝、皇上和臨江王都是最親的父子關係，然而高皇帝說：『手提三尺寶劍，奪取天下的是我。』所以太上皇始終不能裁決國事，只能住在櫟陽。臨江王劉榮是嫡長太子，因他的母親栗姬說了一句不當的話，連累太子，皇上把太子貶為臨江王。後來，又因建宮室侵佔宗廟空地，最後在中尉府自殺了。這是為甚麼呢？是因為治理天下時不能以私亂公。常言道：『即使是親生父親，怎麼知道他不會做老虎？即使是親兄弟，怎麼能知道他不會做狼？』如今大王在諸侯之列，喜歡聽邪惡的傢伙胡言亂語，觸犯皇上的禁令，擾亂法紀。皇上不難為您，是看太后的面子。太后在宮中整天為您擔心落淚，希望您能改正錯誤，可是大王您始終不覺悟。如果有一天，太后突然去世，您還能依靠誰呢？」

話沒說完，梁孝王已淚流滿面，忙向韓安國道歉說：「我現在就把公孫詭、羊勝交出去。」

公孫詭和羊勝見無路可走，自殺了。

使者回長安報告，梁孝王得到竇太后和皇上原諒。這樣，韓安國化解了梁國的危機。竇太后和漢景帝更加器重韓安國。梁孝王去世後，梁共王繼位，韓安國再次犯罪丟了官，住在家中。

漢武帝即位後，武安侯田蚡當了太尉，一些親近顯貴掌握了朝廷大權。

　　韓安國看機會來了，給田蚡送上了價值五百金的禮物。田蚡收到禮物後，向太后推薦了韓安國，剛好漢武帝也聽說他十分能幹，於是讓韓安國當了北地郡的都尉，不久，升遷大司農。閩越、東越打起來的時候，朝廷派韓安國和大行王恢帶兵平亂。走到半路上，越人殺了他們的國王，向朝廷投降了。

　　建元六年（公元前135年），田蚡任丞相，韓安國任御史大夫。

　　匈奴人前來請求和親，漢武帝讓羣臣討論並拿出應對的辦法。所謂和親，是指漢廷將公主嫁給匈奴王，雙方結盟，互不侵犯。大行王恢是燕國人，又在邊境當過官，熟悉匈奴的情況。他說：「漢與匈奴和親，通常過不了幾年，匈奴就要背棄盟約。我看，不如不答應，乾脆派兵攻打他們。」

　　韓安國說：「出征千里，耗費太大，不能獲利。匈奴有強大的騎兵，又有禽獸的兇狠之心。他們像鳥兒四處遷徙，很難找到他們的蹤跡。得到他們的土地，不能廣大我們的疆土；得到他們的人，不能壯大我們的力量。我們跑到幾千里以外的地方爭利，一定會出現人馬疲憊的情況，匈奴用他們的優勢對付我們，後果將不堪設想。況且強弩發出的箭飛到終點時，箭頭無法射穿魯地生產的薄絹；強風吹到最後，風力帶不動很輕的鴻毛。不是開始的力量不強勁，是後來力量會衰弱。攻打匈奴有許多不便利的條件，不如和親。」

　　君臣的議論大都與韓安國相同，於是，漢武帝答應了匈奴的請求。

　　與匈奴和親的第二年，雁門馬邑的豪強聶翁壹通過王恢向漢武帝上書：「匈奴剛剛和親，親近信任邊民，可利用這一機會引誘他們。」隨後，暗中派聶翁壹為間諜，逃到匈奴那裏。聶翁壹對單于說：「我能殺死馬邑的縣令、縣丞等官員，獻城投降，這樣，你們可以得到馬邑的全部財物。」單于很高興，派聶翁壹到城中當內應。聶翁壹回來後，殺了個死囚犯。把死囚犯的頭懸掛在城頭上，對單于的使者說：

「馬邑的長官已死，請火速進攻。」於是，單于率領十多萬騎兵通過邊境，進入了武州塞。

就在這時，漢王朝在進入馬邑的山谷中埋伏了三十萬大軍。衛尉李廣為驍騎將軍，太僕公孫賀為輕車將軍，大行王恢為將屯將軍，太中大夫李息為材官將軍。御史大夫韓安國為護軍將軍，各位將軍都隸屬韓安國。一時間，韓安國成了漢武帝最信任的大臣。

按照約定，單于進入馬邑時，埋伏的漢兵突然殺出，擊潰匈奴。再由埋伏在匈奴後方的王恢率部奪取匈奴的軍需物資。

匈奴單于一馬當先，進入漢長城武州塞後，沿途搶掠，走着走着，單于發現有些不對勁，怎麼只有牛羊放養在野外，見不到一個人呢？單于起了疑心，決定先攻佔長城的烽火台，抓幾個俘虜了解情況。武州尉史被抓後，出賣了情報。他告訴單于說：「漢軍有幾十萬人馬埋伏在馬邑城下。」並將佈防一五一十地和盤托出。

單于回頭對身後的將領說：「我們差點上了漢人的當！」立即領兵撤退。等出了武州要塞後，單于鬆了口氣說：「我俘獲到尉史，這是老天爺幫助我們啊。」稱尉史為「天王」。等到韓安國派兵追擊時，匈奴早跑得無影無蹤了。王恢本想出兵奪取匈奴的軍需物資，又怕遇上匈奴精銳部隊，遭到毀滅性的打擊，遂率部撤退了。

漢武帝惱怒王恢不去奪取匈奴的軍需物資，擅自領兵撤退，於是，把王恢交給廷尉治罪。廷尉認為王恢逗留不前，應當殺頭。太后為王恢求情。漢武帝說：「謀劃馬邑伏擊匈奴的是王恢。聽從他的建議，才發動了天下幾十萬大軍。況且抓不到單于的話，王恢率部奪取匈奴的軍需物資還是可能的。那樣的話，可以安慰士大夫的心。現在不殺王恢，無法向天下人交代。」

王恢聽說後，只好自殺。

韓安國有遠大的謀略，才智能隨俗迎合，而且出於忠厚之心。他很貪財，可是他舉薦的人卻都是些廉潔的人，能力也比他強。在梁國

時，他舉薦的壺遂、臧固、郅他等人都是天下的名士。士人因此讚揚和仰慕他，就連漢武帝也認為他是國家的棟梁。

韓安國當了四年多的御史大夫。後來，丞相田蚡死了，漢武帝讓韓安國代理丞相事務。然而，一場意外的車禍讓韓安國的政治生涯發生了重大的轉折。

韓安國引導漢武帝從車上下來時，不小心摔瘸了腳。漢武帝商議誰擔任丞相時，想用韓安國，然而，不知他的傷勢如何，派人前去探視。探視的人回來說，韓安國瘸得厲害。就這樣，漢武帝改變了主意，任命平棘侯薛澤為丞相。幾個月後，韓安國腳傷好了上朝，漢武帝任命他當了中尉，又過了一年多，讓他當了衛尉。

衛青出雁門征討匈奴時，衛尉韓安國帶兵駐守漁陽（今北京密雲西南）。韓安國抓了個俘虜，俘虜欺騙韓安國說，匈奴人早就離開這個地方了。韓安國信以為真，上書朝廷說，現在正是耕種季節，為了不誤農時，可以退兵駐防。誰知道，軍隊撤走才一個月，匈奴又大舉入侵了。這裏，韓安國的軍營裏只有七百多人，與匈奴交戰，不能取勝，只好退入軍營。韓安國只能眼睜睜地看着匈奴押着一千多人和牛羊牲口離去。漢武帝聽說後，派使者去責備韓安國。隨後，把他調往東面，讓他守右北平（治所在今遼寧凌源西南）去了。

韓安國當過御史大夫和護軍將軍，後來漸漸受到排擠和疏遠及降職。衛青等少壯將軍崛起受到寵愛後，韓安國越來越不得意了。特別是駐守漁陽時又被匈奴騙了，造成的損失和傷亡慘重，韓安國感到內疚和慚愧，希望停職，返回京城養老。沒想到，漢武帝把他調往更遠的東面去駐防，他自然是滿肚子的不高興，幾個月後，便吐血而死。

（見《史記·韓長孺列傳》）

萬石君的家風

　　萬石君姓石，名奮。為甚麼石奮會有「萬石君」的外號呢？原來，石奮與他的四個兒子同朝為官，而且都是年俸二千石的大官，五個二千石加在一起自然是萬石了。

　　看到石奮與他的四個兒子同朝為官的情形，漢景帝感慨地說：「石君和四個兒子皆二千石，作為臣子，尊寵榮耀竟集中在他的一家。」從此，稱呼石奮為「萬石君」。

　　出身貧寒的石奮能與四子同朝為官，主要與「恭敬」有關，所謂「恭敬」是指石奮在朝嚴格遵守君臣之禮，小心謹慎。後來，他又用這一套教育孩子，從而養成了講究忠孝的家風。

　　如皇上將食物賞賜到石奮家中的時候，石奮一定要帶領子孫行跪拜禮，然後再彎腰低頭吃飯，一副恭恭敬敬的神態，如同皇帝在眼前一樣。又如漢景帝末年，石奮以上大夫祿告老還鄉，在定期舉行朝會時，景帝為表示對老臣的優渥，允許他們在經過皇宮前的門樓時不用下車，但曾任太子太傅的石奮並沒有因為他當過景帝的老師而倚老賣老，每次經過皇宮的門樓時一定要下車，並低頭用小碎步快走，以此來表示對皇上的尊敬。

　　石奮在朝中講究禮儀，很快贏得了朝野的一致讚譽，甚至連那些深得儒家傳統的齊魯儒生，都自愧不如。漢文帝時，石奮積累功勞升任到了大中大夫。

　　時隔不久，任太子太傅的東陽侯張相如被免職，漢文帝打算在朝中選擇一位品行端正的人擔任太子太傅，大臣們一致推舉了石奮。等到漢景帝登基時，身為太子太傅的石奮被任命為九卿。

　　石奮不但在朝中恪守禮儀，在家中也用這一套來要求子孫。他的孩子為小吏，充其量是現在的小公務員，當他們回家的時候，石奮也

如同在朝一般，一定要等穿好了禮服以後，才出來接見他們。相見的時候，石奮亦不稱他們的名字，而以官職相稱。

子孫有過錯，石奮從不當面指責，而是坐到旁邊的座位上，面對着餐桌不吃飯。直到他們互相批評，又通過尊長討保，去衣露體，承認錯誤並改過後，石奮才不再追究。他擔任內史（掌治京師）的小兒子石慶，有一次喝醉酒回家，進入外門時沒有下車。萬石君知道此事後，氣得連飯也不吃。為此，石慶去衣露體，專門向父親請罪，但石奮堅決不予理睬。直到全族的人和哥哥石建一起去衣露體請罪，石奮不停地責備：「內史是顯貴之人，進入鄉里，鄉里年高的人都走開迴避，而內史坐在車中自由自在，應該嗎？」意思是說，你身為朝廷的命官，這樣做會給鄉里留下不好的印象的。打那以後，石慶和眾子弟進入鄉里的大門，都收斂行為趕緊低頭走入家中。

由於石奮治家嚴謹，講究禮儀，平時，他的那些成年子孫在家閒居的時候，也都穿戴整齊，不敢脫去冠帽，更不敢行為隨便，因此，在石奮的家中，始終充滿着嚴肅的氣氛。上行下效，石奮家的奴僕也特別謹慎守規矩。

此外，石奮辦事也十分謹慎。在他的教導和影響下，石奮的子孫們也像他一樣，辦事一向小心謹慎。石慶在幾個兄弟中算是比較隨便的了，在他做太僕時，有一天為皇帝駕車外出，皇帝問：「車前頭有幾匹馬？」石慶明明知道，但還是用馬鞭點數了馬匹以後，才舉手說：「有六匹。」

大兒子石建做郎中令時，向上遞交的政務文件轉批下來了，石建重讀以後，大驚失色地說：「我把字給寫錯了，『馬』字的下面連尾巴應該是五畫，現在，我只寫了四畫，少了一筆。皇帝責備下來是該死的。」因此，他惶惶不安，好像是犯了天大的錯誤似的。

在石奮的教導下，四個兒子都品行善良，在家孝順父母，在外辦事則十分謹慎。

石建做郎中令時，每逢五天一次的休假日，他總是回家拜見父親。回來後走進房內，總是私下向侍從詢問父親的情況，然後令人取來父親的內褲和溺器洗滌乾淨，再交給侍從，從不敢讓石奮知道。

由於石奮講究禮儀且恭敬守規矩，乃至漢景帝都害怕他三分，生怕石奮拿朝綱來約束他的日常行為，因此，後來把他調任到諸侯國為相。

石奮一家以孝順謹慎聞名於天下，完全是石奮身體力行的結果。縱觀石奮的一生，在政治上並沒有甚麼特殊的建樹，但由於能遵守禮儀、注重忠孝，因而獲得了高官厚祿，並且澤及子孫。漢武帝元鼎五年（公元前112年）的秋天，他的小兒子石慶當上了丞相。

那麼，為甚麼石奮的這些行為能為全家博取高官厚祿呢？漢武帝任命石慶當丞相的詔書中說：「萬石君先帝尊之，子孫孝，其以御史大夫慶為丞相，封為牧丘侯。」此一語可謂道出了天機，原來，以孝治理天下是漢家的一項原則。在漢人的思維模式中，孝是考察一個人是否有才能的標準，孝的外化形式是忠，所謂忠是對君主的忠。既然石奮能以忠孝治家，自然是君主所歡迎的，因此，從這一意義上講，石奮一家能博得高官厚祿則是必然的。

（見《史記·萬石張叔列傳》）

漢代酷吏張湯

張湯，杜縣（今陝西西安東南）人。

一天，任長安縣丞的父親出門，還是小孩子的張湯在家看門。父親回家後，發現肉被老鼠偷吃了，十分生氣，把張湯痛打了一頓。張湯挨了一頓打，十分委曲，於是，挖開老鼠洞抓住了偷肉的老鼠，並從洞中取出剩肉。

張湯擺下文案進行拷問，先是列出老鼠的罪行，隨後寫下老鼠的口供和審訊記錄，最後取來老鼠和剩肉，在證據確鑿的情況下，進行審判和宣佈審判結果。經過一番審判，張湯判老鼠磔刑，即將老鼠判處分屍之刑。

父親看張湯寫的判決文書，嚇了一跳。判辭絲絲入扣，行文像出自一個久經歷練的老法官之手。父親見他有這樣的才能，決定讓他學習判案。父親死後，張湯在長安縣當了一名辦事員，很長時間沒有升遷。

起初，周陽侯田勝當九卿時，曾被關進長安監獄，張湯挺身相救，為他四處奔走。田勝出獄後，又被封侯，與張湯成為至交，田勝把朝中的達官貴人介紹給張湯。張湯在內史供職時，成為酷吏寧成的手下。寧成認為張湯有才能，把他推薦給上級。經此，張湯調任茂陵尉，主持修建茂陵。田勝是武安侯田蚡的弟弟。田蚡當丞相時，徵調張湯擔任他的內史。田蚡經常向漢武帝推薦張湯，張湯被補為御史，負責處理案件。在主持辦理陳皇后巫蠱案件時，張湯徹底追查有牽連的人，因此受到漢武帝的賞識，提拔他當了太中大夫。此後，他奉命與趙禹一同修訂法律制度，修訂時，他們力求通過詳細的條文來約束在職官員的行為。

　　大概漢武帝對這一修訂工作很滿意，提升趙禹為中尉，張湯則當了管司法的廷尉。趙禹和張湯的私人關係很好，不過，兩人的性情大不一樣。趙禹為人廉潔而傲慢，做官以來，家中沒有門客。公卿來訪後，他從不回訪。處理政務時，從不摻雜人情因素。

　　與趙禹相比，張湯要狡猾多了。從表面上看，張湯對自己的言行要求很嚴格。如與賓客交朋友，同他們一起吃飯。對部下、老朋友的子弟及同族貧困兄弟，也多有照顧。不過，張湯善於用智謀控制別人。他當小官時，運用手中的權力侵吞別人的財物；等做到九卿一類的大官時，有意交結天下著名的士大夫，儘管內心瞧不起他們，表面上卻裝出仰慕他們的模樣。

　　在漢武帝的推動下，習儒之風在朝廷內外慢慢地形成。看到別人議事時都能引經據典，廷尉張湯有些着急了。為了能在判決大案時引用儒家經典，張湯忙成一團，又是請博士及弟子研究《尚書》和《春秋》，又是補充習儒的文職屬員，讓他們在研究法律疑難問題時按照儒家的一套發表意見。除此之外，張湯上奏疑難案件時，總要事先向漢武帝彙報並分析案情，如果皇上明確地表態，張湯馬上記錄下來，把它作為斷案的依據，同時刻在木板上宣揚皇上的英明。

　　如果受到皇上的指責，張湯馬上低頭認錯，隨後再順從皇上的心意辦案，並自我檢討說：「我的下屬曾向我提過建議，就像皇上責備我的那種建議。可惜的是，我沒有採納。您看，我竟然愚蠢到這樣的地步。」漢武帝見他能知錯改錯，經常不追究他的責任。

　　張湯舉薦人和推卸責任的手法高明。有時，漢武帝讀了奏章，認為不錯。張湯馬上說：「本來我不是這樣寫的，這是某某寫的。」當漢武帝看了奏章責怪他時，張湯又說：「這是某某寫的。」

　　在辦理案件時，張湯總是看漢武帝的臉色行事。如果皇上想要加罪，他便把案子交給執法嚴酷的人去辦；如果皇上想要赦免，他便把案子交給執法寬鬆而公正的人去辦。

　　張湯是個複雜有多面性的人。他喜歡用那些執法嚴酷的人當自己的爪牙，同時又用儒生當幫手。丞相公孫弘屢次稱讚他的美德。其實，公孫弘稱讚他，與張湯不避寒暑地拜訪問候公卿，建立龐大的關係網有密切的關係。由於有一批當權的公卿王侯為他說好話，儘管張湯執法十分嚴酷，甚至心懷妒忌，不能公平公正，但仍博得了很好的名聲。

　　辦理案件是張湯打擊別人樹立自己威信的重要途徑。查辦淮南衡山王、江都王謀反案件時，他一追到底。漢武帝本想赦免陷入這一案件的莊助、伍被，張湯爭辯說：「伍被原本是策劃謀反的武臣，如果不殺他，以後就不好整治不法的大臣了。」

　　於是，漢武帝同意了他的判決。看到這一情形，朝中大臣都不敢與張湯作對，生怕給自己找麻煩。張湯因此得到漢武帝的高度信任，很快升任御史大夫。

　　正當漢武帝出動大軍討伐匈奴時，山東地區發生了水災和旱災，百姓流離失所，只能依靠國家供給衣食，國庫出現嚴重的虧空。這時，張湯順承漢武帝旨意，鑄銀幣和五銖錢，壟斷經營天下的鹽鐵，打擊囤積居奇的富商，剷除兼併土地的豪強。本來，這是穩定社會秩序的好事。

　　可是，張湯在打擊豪強的過程中，故意玩弄法律條文誣陷一些沒有犯法的豪強地主。

　　張湯上朝奏事，總是談國家財政收支情況，一談就談到天黑，事關大體，漢武帝認真聽取，忘記了吃飯。這時的丞相不問事，天下大事都由張湯決定。張湯得了病，漢武帝親自去看望他，對他的尊重達到了無可復加的地步。

　　獄吏出身的張湯根本沒有治理國家的才能，在他主持朝政的過程中，老百姓不得安生，發生了騷亂。漢武帝改革財政，鑄銀幣和五銖錢，將鹽鐵收為官營，是希望緩解財政危機，被張湯亂搞一通後，朝

廷沒能從中獲得效益。相反，奸商和貪官污吏勾結在一起，更猖狂地侵害百姓，給社會安定帶來了更大的問題。面對這一棘手的問題，張湯採取了加罪嚴懲的辦法。

匈奴前來請求和親，大臣們在漢武帝的面前一起議論這件事。博士狄山說：「和親有利。」漢武帝問他有甚麼利，狄山說：「戰爭是兇險的器物，不可多次動用。當年，高祖劉邦攻打匈奴，被困平城，後來，與匈奴結成婚姻之好。惠帝、高后後時期，天下安定康樂。孝文帝對匈奴用兵，致使北部邊境陷入了兵禍。孝景帝時期，吳楚七國反叛，景帝在未央宮、長樂宮之間奔走，忙着商議平叛，提心吊膽了好幾個月。吳楚之亂平定後，景帝直到去世都不談兵事，結果國家富強起來了。現在，自陛下發兵攻打匈奴以後，國內財用空虛，邊疆百姓極為貧困。由此看來，不如和親為妥。」

漢武帝又問張湯，張湯說：「這是愚蠢的儒生，沒有見識。」

狄山揭張湯的短說：「臣本來就是愚忠，不像你，表面上忠心，內心奸詐。如果像張湯那樣辦淮南王和江都王的案子，用苛法構陷和打擊諸侯，間離骨肉之親，將會使封國王侯感到不安。」

說到這裏，漢武帝的臉色變了，不高興地對狄山說：「我讓你駐守一郡，你能不讓敵虜入境擄掠嗎？」

狄山說：「不能。」

漢武帝又問：「讓你駐守一個縣呢？」

狄山又說：「不能。」

漢武帝繼續說：「讓你駐守一個哨卡呢？」

狄山心想，如果再回答不能的話，自己將會被交給法官，於是說：「能。」

漢武帝遂派他去守哨卡。一個多月過去了，匈奴砍下狄山的腦袋離開了。

打那以後，眾臣都害怕張湯。

　　河東郡人李文與張湯有矛盾。後來，他當了張湯的副手御史中丞，很氣惱。他不遺餘力地收集證據，想扳倒張湯。

　　張湯特別喜歡一個叫魯謁居的部下，魯謁居知道張湯為李文的事不滿，於是找人寫了一封匿名信誣告李文。漢武帝把這個案件交給張湯審理，張湯很清楚告發信是魯謁居找人寫的，但故意裝作不知道，判死罪殺了李文。漢武帝問張湯：「那封信是誰寫的？」

　　張湯裝出一副吃驚的樣子說：「大概是李文的老朋友寫的吧。」

　　後來，魯謁居病倒在同鄉房東的家中，張湯親自去看望，還為魯謁居按摩腿腳。

　　趙國人以冶煉鑄造為業，為了利益，趙王劉彭多次和朝廷派來的鐵官打官司。每逢這種官司打起來時，張湯總是刁難趙王。氣憤不過的趙王為了報復張湯，經常讓人查找張湯都幹過哪些見不得人的事。此外，魯謁居檢舉過趙王，趙王一直懷恨在心。趙王在告發信中寫道：「張湯身為朝廷大臣，下屬魯謁居生病時，張湯親自為他按摩腿腳，因此我懷疑這兩個人一定幹了大壞事。」

　　漢武帝接到舉報後，讓廷尉負責審理此案。此時，魯謁居已經病死，事情牽連到他的弟弟。張湯到官署審理其他的犯人，見到了魯謁居的弟弟。張湯想暗中幫助魯謁居的弟弟，表面上假裝不理睬他。魯謁居的弟弟不明事理，怨恨在心，讓人告發張湯和魯謁居的陰謀，說他們共同匿名誣告李文。漢武帝把此事交給御史中丞減宣審理。減宣與張湯有矛盾，接到這個案子後，對案情進行了徹底的調查，還沒來得及上報，恰逢有人偷挖了孝文帝陵墓中的殉葬錢，丞相莊青翟上朝，與張湯約定一同向漢武帝謝罪。

　　張湯心想，丞相負責巡察陵園，這事與我無關。等到了漢武帝面前，莊青翟謝罪，張湯沒有任何表示。漢武帝命御史查辦此事，張湯想依據法律判處莊青翟知情故縱之罪。莊青翟手下的三個長史因此怨恨張湯，想扳倒張湯。

　　這三位長史分別是朱買臣、王朝和邊通。朱買臣是會稽（今江蘇蘇州）人，早年曾學習《春秋》。朱買臣受到漢武帝的重視，多虧了莊助的引薦。朱買臣因懂得《楚辭》，與莊助同時受到漢武帝的重視，曾任侍中、太中大夫。朱買臣當權時，張湯是個小吏，每次見到朱買臣時要跪伏在地上表示聽候差遣。張湯當上廷尉後，在案件審理時殺了莊助，引起朱買臣的不滿。

　　張湯升任御史大夫時，朱買臣由會稽太守升任位列九卿的主爵都尉。幾年後，朱買臣因犯法被罷免，代理長史一職。他去拜訪張湯時，張湯坐在牀上未起身，與此同時，張湯的下屬也沒有以禮相待。朱買臣是楚地的名士，對張湯非常惱恨，總想找機會置張湯於死地。

　　王朝是齊國人，憑權術官至右內史。邊通，學習縱橫家學說，是個性格暴烈剛強的人，曾兩次任濟南國的丞相。

　　三個人以前的官階都比張湯高，後來屈居張湯之下。張湯多次兼行丞相一職，明明知道三個人以前的地位尊貴，還有意凌辱他們。

　　三人對莊青翟說：「開始張湯和你約好同時向皇上謝罪，然後出賣了你。如今他打算用孝文帝陵墓被盜一事彈劾你，對你下毒手，這是想取代你啊。我們知道張湯那些見不得人的事。」於是派人抓捕與張湯交好的田信。隨後傳播謠言，說張湯每次向皇上上奏，田信都事先知道，田信囤物致富，然後和張湯一起分贓。此外，兩人勾結在一起，還做了好多壞事。這事很快傳到了漢武帝的耳朵裏，漢武帝問張湯：「我要做的事，商人每次都事先知道，好像有人專門把我的計劃通知給他們似的。」張湯故作驚訝地說：「一定有人在事先通風報信。」

　　恰好這時減宣調查清楚情況後，向漢武帝報告了魯謁居勾結張湯犯法的事。直到此時，漢武帝才真正看清張湯內心奸詐、當面說謊、貌似大忠的真面目。於是一連派了幾批官員根據記錄在案的罪行審問張湯。

漢武帝派趙禹審問張湯。趙禹責備張湯說：「你為甚麼不明事理呢？你殺戮的人有多少，你不清楚嗎？現在人家告你都有證據，天子不願把你交給法吏判決，想讓你自殺了事，你何必要接受審判自找苦吃呢？」張湯聽明白了，這原來是要他的老命，於是給漢武帝上書表示伏罪：「張湯沒有尺寸功勞，出身於文職小吏，陛下信任我，讓我官至三公，今天我無法逃避罪責，不過，陷害我的人是三位長史。」張湯臨死前，也沒忘了再把朱買臣等三位長史拉上墊背。上書奏報朝廷後，張湯在獄中自殺了。

張湯死後，家產不過五百金，仔細清查，這些都是所得的俸祿和皇上的賞賜。張湯的兄弟和兒子想厚葬張湯。張湯的母親認為兒子死得冤枉，說：「張湯作為天子的大臣，遭受誣陷而死，怎麼能隆重地安葬呢？」言外之意，要向朝廷討一個說法，在其母的勸阻下，給張湯舉行了簡單的葬禮。這事傳到了漢武帝的耳朵裏，他又想起張湯的好處，於是追究三位長史的罪責並殺了他們。丞相莊青翟怕追究到自己的頭上，遂自殺了。不久，朝廷釋放了田信，又提拔了張湯的兒子張安世。

（見《史記 · 酷吏列傳》）

淮南王劉長、劉安謀反

淮南王劉長，是漢高祖的小兒子，他的母親是趙王張敖的嬪妃。張敖是功臣張耳的兒子，張敖繼承父親王位做了趙王。

漢高祖八年（公元前 199 年），劉邦從東垣路過趙國時，張敖把妃子美人獻給了劉邦。美人得到漢高祖的寵幸後有了身孕，張敖知道後，不敢讓美人住在自己的宮中，在外面另建了一處宮室讓她居住。趙國的丞相貫高在柏人縣（今河北隆堯）謀劃刺殺劉邦的事情敗露後，趙王受到牽連，他的母親、兄弟和嬪妃也一同被抓。被劉邦寵幸的美人對看守的獄吏說：「我曾得到皇上的寵幸，已有身孕。」獄吏把這件事上報劉邦，因恨趙王，劉邦沒有問這件事。

美人的弟弟通過辟陽侯審食其將這件事告訴給呂后。呂后生性妒忌，不肯把這件事告訴劉邦。審食其見沒有辦法，便不再過問此事。美人生下劉長後心生怨恨，自殺了。獄吏把劉長送到宮中見到皇上。劉邦有些後悔了，讓呂后收養了劉長，同時在美人的家鄉真定安葬了美人。

高祖十一年（公元前 196 年）七月，淮南王黥布造反，劉邦立劉長為淮南王，把黥布的領地全部給了劉長，共轄四個郡。劉邦親自率軍消滅了黥布後，劉長正式登上了王位。淮南王劉長自幼喪母，一直在呂后身邊生活，因此漢惠帝、呂后當政時，有幸沒有遭受禍患。劉長的內心十分怨恨審食其，認為他沒有幫忙救自己的母親，只是悶在肚裏不發作而已。

漢文帝當了皇帝後，劉長自以為自己和漢文帝的關係最親近，愈發驕縱，多次觸犯法律。漢文帝因他是弟弟，一再寬恕他。文帝三年（公元前 177 年），劉長進京朝見，態度十分地驕橫，跟隨漢文帝到上林苑打獵，同乘一輛車，還拍着文帝的肩膀叫「大哥」。

　　劉長越發放肆了。一天，劉長去拜見辟陽侯審食其。審食其出門迎接，劉長從袖中抽出藏好的鐵錐猛擊審食其，又讓隨從魏敬割下審食其的頭顱。劉長騎馬趕到宮中，袒身向漢文帝請罪：「我的母親本不該因趙王謀反獲罪，當時辟陽侯如果竭力相救，就能得到呂后的幫助，但他沒有力爭，這是頭一椿罪。趙王如意母子本沒有罪，呂后要殺他們，辟陽侯不盡力相救，這是第二椿罪。呂后封呂氏子弟為王，全力危害劉氏天下，辟陽侯又不抗爭，這是第三椿罪。我現在既為國家除了害，同時又為母親報了仇，特意到宮中請求陛下治罪！」

　　漢文帝體諒劉長的良苦用心，又因為他是弟弟，不忍心治罪，赦免了他。劉長殺了朝中大臣，沒有受到處分，上自薄太后、皇太子，下至朝廷的大臣，沒有一個不怕劉長的。

　　劉長回到封國後，更加放肆，不但不依漢朝的法令行事，出入宮中時還模仿皇帝的做法戒嚴道路，甚至稱自己發佈的命令為「制」，私下另立法令，模仿天子的建制。

　　劉長日益驕縱，野心越來越大。漢文帝六年（公元前 174 年），在劉長指使下，大夫但與棘蒲侯的兒子柴奇聯絡七十個年輕人在京城長安策劃造反的事。他們的打算是，讓劉長將裝滿兵器的四十輛大車集中到長安北面地勢險要的谷口，以便閩越、匈奴發兵進攻長安時，突襲長安。事情敗露後，為穩住劉長，漢文帝派使者宣他進京朝見。

　　形勢萬分危急，丞相張倉會同大臣冒死上書給漢文帝，要求定劉長死罪。漢文帝明知劉長有謀反行為，但為了親情，他對主張定劉長死罪的大臣說：「我不忍心按照法律處理淮南王，我看這樣吧，免除死罪，剝奪他的王位吧。」削除王位後，劉長被流放到了蜀郡嚴道縣。為了表示對劉長的關心，漢文帝讓嚴道縣的官員每天供應他五斤肉和二斗酒，又恩准他從寵幸的嬪妃中挑十個美人帶到嚴道。

　　漢文帝雖然對劉長網開一面，但對參與謀反的士大夫卻痛下殺手，把他們全部處決了。

　　袁盎對漢文帝說：「陛下向來嬌慣淮南王，沒有派嚴厲的太傅和丞相教導他，約束他，才發展到今天這樣的地步。淮南王生性剛強，如今受到這樣的打擊，臣怕他接受不了，萬一因此死去，那樣的話，恐怕陛下要擔一個殺害弟弟的惡名呢。」

　　在前往蜀地的路上，沿途負責接送的官員知道劉長性子急躁，不敢打開囚車上的封門，把劉長放出來。劉長只好呆在車中。劉長對侍從說：「你們都說我是勇猛的人，我現在這個模樣，怎麼能勇猛起來啊！我因為驕縱，看不到自己的過失，才落得今天這步田地。人活在世上，怎能如此悶悶不樂地過日子！」於是絕食。到達雍縣時，縣令打開車門，發現劉長已死，立即把這一情況報告給朝廷。

　　漢文帝聽了很傷心，對袁盎說：「我後悔沒有聽你的話，如果我聽從你的意見，弟弟就不會死了！」

　　袁盎安慰漢文帝說：「事已不可挽回，望陛下想開些。」

　　漢文帝問：「你看朕應該怎麼辦呢？」

　　袁盎答道：「只要殺掉丞相和御史大夫向天下謝罪就可以了。」

　　漢文帝雖然後悔沒有聽袁盎的話，但他清楚地知道，如果不辦劉長的罪，他的江山就坐不穩。他思考了一下，放過了丞相、御史大夫等朝中重臣，只是叫丞相、御史大夫追查此事。最終把沿途不給劉長打開車門、不讓劉長吃飯的人抓起來拷問，然後斬首棄市。隨後，按照列侯的規格安葬了劉長，並安置了三十戶人為他守墓。

　　過了兩年，漢文帝封劉長的大兒子劉安為阜陵侯，二兒子劉勃為安陽侯，三兒子劉賜為陽周侯，四兒子劉良為東成侯。

　　漢文帝十二年（公元前 168 年），民間有人作歌說淮南王的故事：「一尺布，尚可以縫；一斗粟，尚可以舂；兄弟二人不能相容。」漢文帝聽到後，歎了口氣說：「堯、舜放逐了同姓的親戚，周公旦殺死管、蔡兄弟，天下仍然讚揚他們是聖人。為甚麼呢？是因為他們不徇私情，不損害國家的利益。難道天下就認為我放逐淮南王，是我貪圖

他的封地嗎？」於是，改封城陽王劉喜為淮南王，追封劉長為厲王，並按照諸侯王的禮儀給劉長建造了陵園。

漢文帝十六年，劉喜回任城陽王，將淮南國一分為三，立劉長的大兒子劉安為淮南王，二兒子劉勃為衡山王，三兒子劉賜為廬江王。四兒子劉良已死，無後，故不再封王。

漢景帝三年（公元前154年），吳楚七國發動叛亂。吳國使者到淮南聯絡，淮南王劉安打算發兵響應。淮南國的國相對劉安說：「大王如果一定要響應吳楚，臣願意統軍為將。」劉安把兵權交給了他，誰知國相拿到兵權後下令固守城池，不再響應叛亂，堅定地站到了漢景帝一邊。吳國使者到廬江國聯絡，廬江王也不肯響應，卻派人和南越國加強聯絡，實行自保之策。吳國使者到衡山國聯絡，衡山王堅守城池，宣誓效忠漢景帝。這樣一來，劉長的三個後人因不同的原因割斷了與吳楚七國之亂的聯繫。

第二年，吳楚之亂平息了。衡山王入朝，皇上認為他忠誠可靠，為了關照他，改封衡山王為濟北王。廬江國與南越國毗鄰，因此改封衡山王，統轄江北地區。經過改封，淮南王劉安的封地又恢復到淮南王劉長時的封地。

劉安喜歡讀書和彈琴，不愛騎馬和打獵。因父親劉長死於流放途中，劉安一直對朝廷不滿，時常想反叛朝廷，可是苦於找不到機會。

建元二年（公元前139年），劉安進京朝見漢武帝，太尉田蚡奉命到霸上（今陝西西安灞橋）迎接，田蚡對劉安說：「當下皇上沒有太子，大王您是高皇帝的親孫，又廣施仁義，天下無人不知。如果有一天皇上不幸駕崩，只有您能繼承皇位了。」田蚡說這話，讓野心勃勃的劉安聽了十分高興，送了許多財物給田蚡。回到封地後，劉安暗中結交賓客，故意做一些讓老百姓讚成的事，以便收買和拉攏人心。

建元六年（公元前135年），天上出現了彗星。劉安感到很奇怪，請身邊的人解釋這一現象。

　　有人看透了劉安的心思，對他說：「早年，吳王起兵時，出現的彗星雖只有數尺長，已發生流血千里的變亂。現在，彗星劃過整個天空，恐怕天下要發生前所未有的大亂了。」

　　劉安馬上想到：「皇上沒有太子，如果天下發生大亂的話，那些諸侯王一定會爭奪皇位。」想到這裏，劉安決定加緊準備兵器和攻城的器械，與此同時，劉安又用錢財交結和籠絡郡守和諸侯王，招攬遊俠奇士，等待造反的機會。其實，這些只是那些心術不正的傢伙編造出來的謊言，目的是為了討劉安的喜歡，騙取劉安的錢財。劉安信以為真，謀反的念頭更加強烈了。

　　劉安很喜愛女兒劉陵，時常讓劉陵帶着大筆的財物到京城去刺探朝中的情報，趁機接近皇上親近的人。劉陵穿梭於朝廷的達官貴人之間，每次都能給劉安帶回有用的消息。除了劉陵外，劉安還十分喜愛兒子劉遷。劉遷是王后生的兒子，劉安寵愛王后，因此十分寵愛劉遷。

　　劉遷恃寵，到處胡作非為，成為激化劉安與漢武帝矛盾的導火線。事情是這樣的，劉遷自小練習劍術，練了幾年，以為水平已達到無人能敵的地步。郎中雷被劍術高超，劉遷聽說後，召他比試。比試時，雷被失手擊中了劉遷，惱羞成怒的劉遷想找雷被的麻煩。雷被害怕遭到報復，向劉安提出從軍抗擊匈奴的申請。此時，漢武帝向天下頒佈詔書，凡自願從軍到前線打擊匈奴的，各地不得阻攔。本來，劉安息事寧人也就罷了。可是，劉遷為了報一劍之仇，在劉安面前說雷被的壞話。

　　劉安眼看那些有才能的人趁漢武帝下詔的機會，紛紛脫離淮南國，為了懲治效尤者，劉安決定懲治雷被。消息傳出後，雷被乾脆逃到長安，向中央申述自己的不幸。

　　漢武帝接到上書後，將這件事交給廷尉和河南郡守審理。經審理，河南郡守決定逮捕劉遷。淮南王劉安和王后根本沒有交出劉遷的

打算，想趁機發動兵變。為了緩和淮南王與中央的矛盾，十幾天後，漢武帝下詔書允許就地審訊劉遷。偏偏在這一節骨眼上，與中央保持一致的淮南國相反對逮而不審的做法，一定要嚴懲劉遷。

劉安幾次向國相求情，國相堅決不同意。劉安一看，決定上書告國相。為此，漢武帝將這一案件給廷尉審理。為了逃避懲罰，劉安忙派人到中央打聽消息，當打聽到公卿大臣都主張法辦他，他有些慌了。劉遷給劉安出主意說：「使臣如果來逮捕父王的話，父王可讓武士跟在身邊，持戟站立在庭中，萬一有甚麼不測的話，立即殺掉使臣。我同時派人刺殺淮南國的中尉，緊接着舉兵起事。」

漢武帝沒有批准公卿大臣逮捕劉安的奏請，只派了中尉殷宏到淮南調查核實劉安的事情。殷宏態度溫和，到淮南後只向劉安詢問了罷免雷被的事，其他的事一概不問。心裏一塊石頭落地了，劉安以為謀反的事沒有暴露，因此沒有按照原先制定的計劃行事。

劉安上當了，表面溫和的殷宏暗中加緊調查，故意擺出一副不聞不問的樣子，目的是為了蒙蔽劉安。殷宏回到長安，報告了調查的結果。公卿大臣中辦案的人說：「淮南王劉安阻撓雷被從軍抗擊匈奴的行為，破壞了皇上明文頒佈的詔令，應處死刑棄市。」漢武帝沒有批准。公卿大臣請求廢除劉安的爵位，漢武帝也沒有批准。公卿大臣又請求削劉安五個縣的封地，漢武帝下詔削兩個縣的封地。隨後，又把效忠於劉安的人一一逮捕治罪。

漢武帝派殷宏到淮南宣佈赦免劉安的罪行時，劉安不但沒有感恩，反而認為被削奪領地是莫大的恥辱，從此更加積極地準備謀反。

從此，劉安不分白天黑夜地察看地圖，部署進軍路線。劉安對中郎將伍被說：「皇上沒有立太子，一旦駕崩，朝廷大臣必定要迎立膠東王即位，要不就是常山王。那時，諸侯王將一起爭奪皇位，我能不作準備嗎？況且我是高祖的親孫，又施行仁義。陛下待我恩多，我能夠容忍他當皇帝。陛下百年以後，我難道能向小孩子俯首稱臣嗎？」

　　伍被不滿地說：「皇上剛剛寬赦了大王，您怎能又說出自尋亡國話呢？」隨後，伍被講了春秋時吳王夫差不聽勸諫，後來亡國的故事。劉安大怒，逮捕了伍被的父母。三個月後，劉安又召見伍被說：「將軍答應寡人的要求嗎？」原來，劉安召見伍被是因為看重伍被的軍事指揮才能，是要脅迫伍被為他籌劃謀反的事宜。伍被斷然拒絕了，說：「我只是幫大王分析形勢，臣不敢避伍子胥之死，願大王不要重蹈拒諫的覆轍。」但是在劉安的逼迫下，伍被屈從了。

　　事情越來越複雜了，劉安除了有王后生的太子外，還有個名叫劉不害的大兒子。劉不害有個兒子叫劉建，劉建看到自己的父親不能封侯，一心想告倒太子，讓自己的父親取代太子。消息走漏後，太子多次把劉建捆起來毒打和拷問。受盡折磨的劉建派好友莊芷到長安揭露太子刺殺朝廷中尉的陰謀。

　　上書呈獻給漢武帝後，漢武帝讓廷尉審理此案，廷尉又將案件交給河南郡審理。消息傳出後，審卿痛恨淮南王劉長當年無端殺死他的祖父辟陽侯審食其，於是向丞相公孫弘告狀。公孫弘遂懷疑淮南王劉安打算反叛朝廷，決定徹查此事。經過一番審問，劉建供出了淮南王的太子及其黨羽。

　　劉安害怕劉建供出謀反的陰謀，想立即起兵造反。伍被勸說劉安打消這一念頭，又以吳王反漢為例，警示劉安。劉安不聽，伍被見勸說無效，因感激劉安的知遇之恩，遂出主意說：「臣有個不成熟的計策，可偽造一個丞相、御史給皇上的奏章，請求赦免各郡、國中的豪強、俠士和被處兩年以上苦刑的囚犯，將他們發配到新建的朔方郡。與此同時，將家產在五十萬錢以上的人，連同他們的家屬一起遷往朔方郡。然後再偽造皇上的詔書，逮捕諸侯王的太子和寵臣，這樣一來，就會形成百姓怨恨和諸侯恐懼的局面。然後再派善辯之士說服諸侯起事，這樣或許有十分之一的成功希望。」

　　劉安認為這是個好辦法，忙叫手下人製造皇帝玉璽和丞相等高官的大印，並讓人先入長安投靠大將軍和丞相，一旦發兵，或脅迫他

們或殺掉他們。與此同時，劉安害怕淮南國的國相和由中央直接任命的大官不聽他的，又與伍被密謀故意在宮中放火，趁國相等趕來救火時，將他們抓起來殺掉。劉安還是不放心，又問伍被：「我發兵進軍長安，萬一諸侯王不響應該怎麼辦？」伍被建議劉安先攻佔衡山國再攻打盧江郡，扼控九江。隨後再向東攻佔江都國和會稽郡，佔據江淮地區，可以有效地延緩一些時間，再與中央討價還價。劉安認為這是再好不過的計策了，認為萬一失敗了還可以逃到越國，保全性命。

誰知事情沒有按照劉安預計的方向發展。當劉安張開大網，準備抓捕淮南國相、二千石大官以及朝廷派來的廷尉時，只有國相來了，其他人找出各種理由沒有前往。劉安不敢輕易動手，只得放走了國相。劉遷心想，這事是自己引起的，所犯的罪行只不過是刺殺中尉，況且參與謀殺中尉的人都已死去，證人早就沒有了。為了保全劉安的性命，劉遷對劉安說：「父王，羣臣中可用的人都被朝廷逮捕了，現在已沒甚麼可共同舉事的人了。父王在不恰當的時機舉事，恐怕不會成功，臣甘願讓廷尉逮捕。」說罷，拔劍自刎。

伍被見大事不妙，立即到朝廷使臣那裏自首，告發了淮南王劉安謀反的事。朝廷派兵捉拿了劉安及王后等參與謀反的人，萬分絕望的劉安在獄中自殺了。漢武帝本不想殺伍被，廷尉張湯說：「淮南王造反是伍被謀劃的，罪不可赦。」伍被因此被殺。劉安死後，淮南國被廢，改立為直屬中央管轄的九江郡。

（見《史記·淮南衡山列傳》）

漢代開國皇后呂雉

　　呂雉是漢朝開國皇帝劉邦的皇后，她的故事主要集中在《史記·呂太后本紀》中。呂太后本紀是「本紀」中唯一的一篇以女性為主角的作品。呂后雖然沒有直接建帝號，但天下都聽她的，因此是實際上的女皇。

　　呂后名叫呂雉，為劉邦生了漢惠帝劉盈和魯元公主。劉邦當上漢王時，娶了年輕貌美的戚夫人。戚夫人是定陶人，深得劉邦的寵愛，生下了趙王如意。劉盈仁愛，做事拿不定主意。劉邦認為劉盈缺少治理天下的能力，常有改立如意為太子的念頭。幸虧有叔孫通等人為劉盈說話，同時又有張良的幫助，打消了劉邦改立太子的念頭。張良本不願摻和到皇家的事務中，但呂后央求張良。張良對她說：「你如果能把商山四皓請來輔佐太子劉盈，可能皇上會打消改立太子的念頭。」呂后花費了很大的力氣，終於把隱居在商山的四位有才學的老人請來給太子劉盈當老師。劉邦見此光景，遂不再改立太子。

　　呂后性格剛毅，劉邦定天下，殺掉那些試圖謀反的大臣，大部分都與呂后相關。呂后有兩個哥哥，都是領兵打仗的將軍。大哥呂澤死後，大兒子呂台封酈侯，小兒子呂產封交侯。二哥呂釋之封建成侯。

　　高祖十二年（公元前 195 年）四月，劉邦在長樂宮去世，太子劉盈繼承皇位成為漢惠帝。劉盈生來性格軟弱，朝政由呂后把持。

　　呂后最恨戚夫人和她的兒子如意。當年劉邦和項羽爭天下時，呂后留守關中，戚夫人隨劉邦出征。為此，呂后受了不少冷落。最不能讓呂后原諒的事情是，戚夫人還多次勸說劉邦改立自己的兒子如意，以取代劉盈太子的地位。

　　劉邦在世時，對戚夫人寵愛有加，呂后雖有心害戚夫人，但沒有機會。現在，機會來了，干預朝政的呂后自然不願放過，當即下令

將戚夫人打入冷宮，讓她去幹一些十分勞累的體力活。戚夫人是個嬌弱的女子，無法承受這種折磨，經常一邊幹活一邊唱歌，歌詞的大意是：兒子在外面身為王侯，母親在宮中飽受磨難。戚夫人哀怨的歌聲打動了許多宮女，一時間傳得沸沸揚揚。呂后怕這事傳到趙王如意的耳朵裏，引起趙王的不滿，想一舉除掉趙王。

呂后一連派了三批使者宣趙王進京，每次都被趙國的丞相建平侯周昌擋住了。周昌對使者說：「趙王年少，我私下聽說太后怨恨戚夫人，打算召趙王進京一併殺了。我不敢讓趙王入京。更何況，趙王身體不好，不能行走。」呂后聽說後大怒，決定派使者先召周昌進京，然後再召趙王進京。這一招很靈，呂后的目的達到了。

漢惠帝慈愛，心地善良，當然知道自己母親的真實企圖。為了防止呂后下毒手，他親自到長安城的郊區霸上迎接趙王如意。然後，與他一起進宮，同吃同住，整天形影不離。呂后想殺趙王，一時間竟無從下手。

惠帝雖有心保護弟弟，但總有疏忽的時候。漢惠帝元年（公元前194年）十二月的一天早上，惠帝早晨出去打獵，趙王年紀小，貪睡，不能起早。惠帝見弟弟睡得那麼香，便悄悄地走了。呂后趕緊抓住機會，讓人給趙王灌下毒酒。等到惠帝回來時，一切已經太遲。

收拾了趙王，呂后連最後的一點顧忌也沒有了。她殘忍地把戚夫人扔到廁所裏，做成「人彘」，即人豬的意思。過了幾天，呂后召惠帝去看人彘，惠帝問身邊人，才知道她是戚夫人。看到那慘不忍睹的景象，惠帝放聲大哭起來，回去一病不起。他託人帶話給呂后說：「這簡直不是人做的事情。我是太后的兒子，沒有臉再治理天下了。」從此，受到驚嚇的惠帝不再過問朝政。

漢惠帝二年（公元前193年），楚元王、齊悼惠王進京朝見。十月，惠帝、齊王與呂后喝酒。齊王劉肥是惠帝同父異母的哥哥，因是家宴，惠帝請齊王上座。呂后見了十分生氣，當即叫人斟滿兩杯毒酒

放在自己的面前，叫齊王起身祝壽。齊王起身後，惠帝立即起身，兩
人取過酒杯打算一起祝壽。呂后十分害怕，當即接過惠帝的酒杯。齊
王感到奇怪，不敢喝，假裝喝醉了離開了。後來，打聽到那是杯毒
酒，齊王害怕了，以為再也不能從長安脫身了。見此情況，齊王的內
史說：「太后只有惠帝和魯元公主兩個孩子，現在大王有七十餘城，
魯元公主只有幾個城為食邑。大王可以獻一郡給魯元公主。太后聽說
後肯定高興，那樣，大王可以無憂了。」齊王認為有道理，忙上書呂
后，說明情況。呂后聽說後很高興，於是到齊王府上喝酒，喝完酒，
讓齊王回到封地。

惠帝七年，惠帝突然駕崩，發喪的那天，呂后放聲大哭，卻沒有
一滴眼淚。站在一旁的張良問丞相陳平：「惠帝是太后唯一的兒子，
現在死了，可是，太后哭得一點也不傷心，您知道其中的緣故嗎？」

陳平忙問：「甚麼緣故？」

張辟彊是留侯張良的兒子，十五歲，此時在朝中任侍中一職。聽
到陳平詢問，張辟彊說：「皇上沒有留下成年的兒子，太后怕制不住
你們這些功臣，如果您帶頭請求拜呂台、呂產、呂祿為將，由他們分
別掌握兵權。再提出請呂氏子弟入宮，掌朝政，這樣的話，太后就安
心了，你們也不會有甚麼危險。」

陳平立刻向呂后建議用諸呂掌朝政，這下子，呂后放心了，哭得
格外傷心。經此，諸呂掌控了整個朝政。

呂后當權後，打算立呂氏子弟為王，徵求右丞相王陵的意見。王
陵說：「高帝殺白馬盟誓，『非劉氏而王，天下共擊之』，現在封呂氏
子弟為王，違背了高帝當年的盟誓。」

呂后不高興，又徵求左丞相陳平、絳侯周勃的意見。周勃等人回
答道：「高帝平定天下，封子弟為王，今太后當朝，封呂氏兄弟及後
人為王，沒有甚麼不妥的。」

呂后聽了很高興。

退朝後，王陵責怪陳平、周勃說：「當初，高帝盟誓時，你們不在場嗎？現在，高帝去世了，太后打算封呂氏為王，你們為甚麼要曲意迎奉，違背當初的誓約？你們有甚麼面目到地下去見高帝？」

陳平、周勃笑着說：「在朝廷上當面抗爭，我們不如您；保全社稷，定劉氏天下，您不如我們。」

王陵沒有話說了。呂后打算罷免王陵，先假意拜王陵為帝太傅，奪去相權。王陵心知不能，遂稱病不再上朝。

隨後，呂后以左丞相陳平為右丞相，以辟陽侯審食其為左丞相。左丞相不管朝政，主要掌監宮中，相當於郎中令一職。憑藉這一職務之便，審食其得到呂后的信任。

惠帝的皇后是宣平侯張敖的女兒，因年紀小，沒有給皇帝留下後代。呂后得知惠帝寵愛的美人有了身孕，讓皇后假裝懷孕，把小孩奪了過來，隨後，又殘忍地殺害了小孩的生母，立他為太子。惠帝死後，太子立為皇帝。小皇帝知道身世後，發誓要報復呂后。

呂后聽了十分擔心，把小皇帝關進了監牢，對外宣稱皇帝得了重病，從此再也沒人見過這位小皇帝。呂后對大臣說：「現在，皇帝久病不癒，不能親理朝政，國家不可一日無主，我先代理吧。」眾大臣伏地磕頭說：「皇太后是為天下的百姓和社稷的安全着想，我等願意服從。」不久，呂后廢除小皇帝的帝位。此後，呂后又立常山王義為皇帝，更名為劉弘。不稱年號，由呂后總攬朝政。

呂后掌權之後，呂氏愈加驕縱，許多劉氏宗族子弟都生活在呂氏的壓迫之下。呂后七年（公元前181年）一月，呂后召趙王劉友進京。當初，劉友被迫娶了呂家的女兒為皇后，可是，劉友不喜歡這個驕橫跋扈的皇后，另有所愛。劉友的皇后心生忌妒，跑到呂后面前說壞話：「劉友說呂家的人怎能封王，等太后死後，我一定要殺了他們。」呂后十分氣憤，立即召見劉友。劉友到了以後，呂后故意不見，把他關在官邸中，讓衞兵圍住，不准任何人送東西給劉友吃。

　　有大臣知道此事後，悄悄地派人送去食物。呂后知道後，立即抓住懲罰他們。劉友餓得撐不住了，悲憤地唱道：「諸呂用事兮劉氏危，迫脅王侯兮強授我妃。我妃既妒兮誣我以惡，讒女亂國兮上曾不寤。我無忠臣兮何故棄國？自決中野兮蒼天舉直！于嗟不可悔兮寧蚤自財。為王而餓死兮誰者憐之！呂氏絕理兮託天報仇。」歌詞的大意是，呂氏專權啊劉氏天下危險，威脅強迫我這個王侯娶呂氏為妃。呂妃忌妒啊製造誣陷我的罪名，讒女亂國啊上竟沒有察覺。我沒有忠臣啊因甚麼緣故失去國家？獨自行走在原野啊蒼天可鑒。後悔不及啊我寧願早些自裁。貴為王侯卻餓死啊有誰來可憐，呂氏滅絕倫理啊我託天報仇。

　　十八天以後，趙王劉友被活活餓死。

（見《史記・呂太后本紀》）

漢代初期的四位太后

在《史記·外戚世家》中，司馬遷記述了從漢高祖劉邦到漢武帝劉徹數朝的皇后和皇太后的故事，這些故事從一個側面展示了宮廷內部的鬥爭。

薄太后對漢初政治產生了重要的影響。

薄太后的父親是吳人，秦王朝時與原魏王宗族的女子魏媼私通，生下了薄姬。薄姬的父親死在山陰（今浙江紹興），後來，安葬在那裏。

秦末掀起反秦浪潮時，參與反秦的魏豹佔據魏地成為魏王，魏媼把女兒薄姬送進了魏宮。魏媼給女兒相面，許負看後說，薄姬會生下天子。那時，魏豹正同劉邦聯手反對項羽，聽到許負的話以後，魏豹以為自己能奪得天下，遂撕毀與劉邦聯手的協約，先是保持中立，後來又與項羽聯合討伐劉邦。

沒想到事情急轉直下，劉邦派曹參率軍攻魏，俘虜了魏豹，薄姬因此被送到了劉邦的織錦室。

一天，劉邦到織錦室視察，看到姿容曼妙的薄姬，春心蕩漾，把薄姬召入了後宮。薄姬入宮後，一年多沒有受到寵幸。在宮中，薄姬和管夫人、趙子兒成為要好的朋友，三人約定：「今後不管誰先富貴起來，都不要相忘。」

不久，管夫人和趙子兒都受到了劉邦的寵愛。劉邦住在河南宮成皋台的時候，管夫人和趙子兒相互打鬧，說起了當年與薄姬的約定。劉邦聽到後忙問其中的原因，兩位美人把實情告訴給劉邦。劉邦聽了很傷感，當天召見了薄姬，和她同眠共枕。乖巧的薄姬對劉邦說：「昨天晚上我夢見一條蒼龍盤臥在我的肚子上。」劉邦接過話題說：

「這是貴兆，我來成全你吧。」就這樣，薄姬懷孕了，生下個男孩，這就是後來的代王劉恆。

打那以後，薄姬很少見到劉邦。

漢高祖劉邦去世後，呂后十分怨恨那些受劉邦寵愛的嬪妃，下令把她們囚禁起來，不准出宮。因很少見到劉邦的緣故，薄姬被放出皇宮，跟隨兒子到封地代國去了，成為代國的太后。與此同時，薄太后唯一的弟弟薄昭也跟隨到了代國。

呂后去世後，陳平和周勃等密謀，誅殺了掌朝政大權的諸呂。漢惠帝沒有兒子，選誰繼承皇位呢？眾大臣剛剛從諸呂的鐵血統治中解放出來，害怕外戚勢力過大，讓他們朝不保夕。大臣們經過商量，認為薄太后仁慈善良，再加上她只有一個弟弟薄昭，不會在朝廷形成強大的勢力，決定迎立代王劉恆為帝。劉恆入長安後稱漢文帝，薄太后改號皇太后，薄太后的弟弟薄昭封為軹侯。

在薄太后成為皇太后之前，她的母親已去世並葬在櫟陽的北面。漢文帝即位後，立即追尊薄太后的父親為靈文侯，在會稽郡設置三百戶的園邑，派人去看守陵墓和靈廟，又在櫟陽北設置靈文侯夫人園，所有的禮儀和靈文侯一樣。薄太后認為自己的母家是魏王的後代，父母早逝後，多虧了魏氏家族的照顧，為此下令恢復魏氏家族的地位，免除了他們的勞役和租稅。後來，又根據親疏遠近給他們不同的賞賜。

漢文帝死後的第二年，薄太后去世了，安葬南陵。由於呂后和劉邦已葬在長陵，薄太后特意為自己單獨建造了一座陵墓，這座陵墓緊挨着漢文帝的霸陵。

———————————————— • ● • ————————————————

　　竇太后，趙國清河觀津人，以良家女的身份選入宮中，服侍太后呂雉。

　　呂太后把身邊的宮女賞賜給諸侯王時，竇姬成為出宮的宮女。竇姬家鄉在清河，很想到離家鄉近點的趙國。她找負責出宮的宦官，請求列入到趙國的名單。不巧的是宦官忘了，把她放到去代國的名單。等到呂太后批准時，竇姬才知道自己被遣往代國。竇姬痛哭流涕，不停地埋怨那個粗心大意的宦官。可是，又沒有不去的理由，只好隨其他四位宮女動身到代國。沒想到，代王劉恆只看中了竇姬。竇姬先是為代王生了個女兒，取名劉嫖。後來又生了兩個兒子，大兒子取名劉啟，小兒子取名劉武。

　　竇姬到代國之前，代王已有王后，王后為代王生了四個兒子。不料，王后在劉恆冊立為漢文帝之前已去世，等到劉恆為漢文帝後，王后的四個兒子也相繼病死。漢文帝即位才幾個月，公卿大臣請求立太子。在漢文帝的兒子中，竇姬生的劉啟年齡最大，憑藉年齡等方面的優勢，劉啟被冊封為太子。母因子貴，竇姬被冊封為皇后。此外，漢文帝的女兒劉嫖冊封為長公主。一年後，漢文帝冊封竇姬的小兒子劉武為代王，後來，劉武遷徙到梁國，就是後來人們熟知的梁孝王。

　　竇姬的父母早亡，安葬在觀津。竇姬尊貴後，下詔追尊父親為安成侯，母親為安成夫人。與此同時，又下令在清河置二百戶園邑，一切依照薄太后追尊其父的做法。

　　竇皇后有兩個兄弟，哥哥叫竇長君，弟弟叫竇廣國。

　　竇廣國，字少君，四五歲時，因家中貧困，被迫賣掉他。竇少君被賣後，先後被轉賣到十幾個人家，最後被賣到宜陽。一天，竇少君隨主家到山中燒炭，晚上，大家躺在山崖下睡覺，山崖崩塌，把睡在下面的一百多人全壓死了，只有竇少君一人生還。

受到驚嚇的竇少君跑去占卜，占卜的人告訴他，幾天後將會封侯，並跟隨主家到京城長安。

到了長安，竇少君得知剛剛受到冊封的竇皇后也是觀津人，他懷疑這位竇皇后是自己的姐姐。竇少君離家時的年紀雖然很小，但還記得自家的姓和老家的縣名，又記得他曾跟姐姐一起採桑葉從樹上摔下來的往事。憑着這些，竇少君上書朝廷，陳述了自己的經歷。

竇皇后得知後把這件事告訴給漢文帝，漢文帝召見了竇少君。竇少君詳細地說明了情況，漢文帝認定他就是皇后的弟弟。為了求放心，漢文帝又問：「你還有甚麼可以證明你的身份呢？」

竇少君說：「姐姐離開我西去時，和我在驛站中告別。她討來淘米水給我洗頭，又要了食物給我，等我吃了才離開。」聽了這話後，竇皇后拉着弟弟痛哭起來，侍候竇皇后的人都很感動，紛紛陪着她哭泣。漢文帝見皇后找回失散多年的兄弟，當即賞賜給竇少君很多的土地房屋和金錢，隨後又分封皇后的同族兄弟，讓他們搬到長安，以方便竇皇后和他們見面。

竇皇后找到自己的哥哥和弟弟後，絳侯周勃和將軍灌嬰等人愁了。一想到呂后任用呂氏家族的人掌管朝政的日子，便個個噤若寒蟬。他們怕竇家兄弟掌管朝政後，沒有好日子過。他們議論道：「我們這些人的命都捏在竇家兄弟的手裏啊，這兩個人出身低微，一旦掌握了權力，難免要作威作福。還不如趁現在給他們選擇好的老師和賓客，否則，將會再次出現呂氏篡權亂政的局面，那時我們的命就難保了。」經過商量，周勃等大臣特意選了一些德高望重、有節操的人和竇氏兄弟相處。時間久了，竇長君和竇少君成為謙謙君子，不敢憑藉尊貴的身份驕橫傲慢。

竇氏兄弟雖沒憑外戚的身份攬權，但竇太后卻因寵愛小兒子劉武差點釀成大錯。漢文帝去世後，劉啟即位，是為漢景帝。景帝與梁王劉武是同胞兄弟。一次，梁王進京，景帝宴請母親和弟弟。那時，景

帝還沒立太子，喝到開心時說：「我百年之後，傳皇位給梁王。」竇太后十分高興。不料，竇太后的堂姪兒竇嬰勸阻：「大漢是高祖打來的天下，向來是父子相傳，繼承皇位。陛下怎能隨意把皇位傳給梁王？」從此，竇太后不再喜歡姪兒竇嬰。

吳楚七國發動叛亂時，梁王劉武率部抵抗，為平叛立了大功，再加上他是竇太后鍾愛的小兒子，劉武得到了不計其數的賞賜。因平叛有功，又居天下富庶地區，成為當時屈指可數的大國。等到景帝廢太子時，竇太后想起景帝當年說過要傳位給梁王的話，向景帝提起立劉武為太子的事。心存幻想的梁王朝見後故意滯留京城，想等待冊立為王儲的好消息。然而，在大臣竇嬰、袁盎等人的反對下，沒能成功，梁王只好悻悻地離開了京城。

後來，景帝立膠東王劉徹為太子，梁王怨恨袁盎等人，派人去暗殺袁盎等十多個議立太子的大臣。東窗事發後，漢景帝想嚴懲梁王，因竇太后干預，再加上梁王負荊請罪，事情慢慢地平息了。

景帝中元六年（公元前144年），梁王劉武最後一次入京朝見。朝見後，劉武提出留在京城的請求，景帝沒有同意，梁王垂頭喪氣地回到梁國，沒過多久，生病死去。

竇太后晚年失明，梁王慈孝，每次聽說竇太后生病，都寢食不安。經常希望能留在京城侍奉竇太后。梁王死後，竇太后悲痛欲絕，不肯吃飯，自言自語地說：「皇帝到底還是把我的小兒子殺死了！」景帝看到母親這樣哀傷，不知怎麼辦才好，連忙去找姐姐大長公主商量。在大長公主的謀劃下，景帝決定把梁國一分為五，分立梁王的五個兒子為王。除此之外，又給梁王的五個女兒每人一份領地。當漢景帝把這一決定告訴給竇太后，竇太后才不再哭泣，開始吃飯。

漢武帝建元六年（公元前135年），貴為太皇太后的竇太后死了，竇太后死後和漢文帝合葬霸陵。根據她的遺囑，將她所有的財物賞賜給了大長公主劉嫖。

———————————— • ● • ————————————

王太后，槐里人，母親叫臧兒。臧兒是燕王臧荼的孫女。臧兒嫁給槐里王仲為妻，生了個男孩，取名王信，又生了兩個女兒。王仲死後，臧兒改嫁給長陵田氏，生了兩個男孩，取名為田蚡和田勝。

臧兒的大女兒嫁給金王孫後，生了個女兒。一天，臧兒為子女算命，算命先生說她的兩個女兒將是大貴之人。臧兒聽說後，立即把長女從金王孫的家中接了回來。金王孫不肯和妻子分手，臧兒不予理睬。臧兒仗着小女兒兒姁已進太子宮，深得太子寵愛的機會，強行把大女兒送進太子宮。

太子劉啟得到臧兒的大女兒王夫人後，整天圍着這位懂得風情的女子轉悠。後來，王夫人為劉啟生了三個女兒和一個兒子。王夫人懷孕時夢見太陽投入她的懷中，她把這件事告訴劉啟，劉啟說：「這是顯貴的徵兆。」王美人還沒有生下這個男孩時，漢文帝去世了。漢景帝劉啟即位後，王夫人生了這個男孩，並取名劉徹。

再說兒姁進宮後，先後給太子生下四個男孩。這四個男孩就是後來的廣川王劉越、膠東王劉寄、清河王劉乘和常山王劉舜。

漢景帝做太子時，薄太后把薄家的女兒立為太子妃。等到景帝當了皇帝，太子妃成為皇后即薄皇后。薄皇后沒有兒子，不受景帝的寵愛。薄太后去世了，景帝廢掉薄皇后。

景帝大兒子劉榮的母親是栗姬。劉榮立為太子後，大長公主劉嫖很想把女兒陳阿嬌許配給劉榮。栗姬是嫉妒心很強的人，一想到自己失寵是因為大長公主，便一口拒絕，堅決不答應婚事。原來，景帝寵愛的美人都是大長公主推薦的，這些美人得到的尊貴和寵幸都超過栗姬，為此，栗姬要給大長公主一些顏色看看。

大長公主是竇太后的大女兒，景帝的姐姐，劉徹的姑姑。一向說一不二的大長公主從來沒有被人拒絕過，自然嚥不下這口氣。

一天，大長公主帶阿嬌進宮，正好看到正在玩耍的劉徹，她彎下腰把姪兒劉徹抱到了自己的膝上，問：「想不想要妃子啊？」

劉徹聽了這話，點頭說要。大長公主指着宮女問：「她們怎麼樣？」

劉徹搖了搖頭。大長公主指着女兒問：「阿嬌怎麼樣？」

劉徹十分喜愛這位比自己大的表姐，一本正經地說：「如果能娶阿嬌為妻，我一定建一間金屋給她住。」這就是人們常說的「金屋藏嬌」的由來。

大長公主十分高興，決定把女兒陳阿嬌嫁給劉徹。再說王夫人看能在長公主這棵大樹下乘涼，立刻同意了。

自提親遭到栗姬拒絕後，長公主一直耿耿於懷。因怨恨栗姬，大長公主經常在漢景帝面前說栗姬的壞話，說栗姬用巫術詛咒其他的妃子。景帝的身體不好，經常生病，他感到自己的日子不多了，把栗姬拉到身邊叮囑道：「我死後，你要好好地照顧我那些封王的兒子。」栗姬堅決不答應，接着又說了些很難聽的話。見到這一光景，景帝十分氣憤，只是沒有當場發作。

大長公主天天都到景帝那裏稱讚王夫人的兒子劉徹，時間長了，景帝也認為劉徹最有才幹。景帝又想起王夫人生劉徹時夢日的吉兆，因此萌生了改立太子的念頭，只是太子劉榮沒有甚麼過錯，不好輕易廢立。

見此光景，王夫人決定乘景帝怒氣未消時，再燒一把火。怎樣才能讓景帝下定廢除太子劉榮的決心呢？王夫人心知景帝怨恨栗姬，抓住這一機會，王夫人暗中派人催促大臣請立栗姬為皇后。

不知事由的大臣上當了。有一次，大行官奏事時對景帝說：「兒子因母親而尊貴，母親因兒子而尊貴。如今太子的母親還沒有封號，應該立為皇后。」

景帝發怒道：「這是你應該講的話嗎？」隨後把大行官論罪處死，又廢太子為臨江王。

在王夫人、大長公主等人的詆毀下，栗姬徹底失寵了，因見不到

景帝，又因沒有機會為自己辯解，乃至於在憂鬱中死去。與此同時，王夫人如願以償地當上了皇后，兒子劉徹被冊立為太子，王夫人的哥哥王信亦被封為蓋侯。

漢景帝去世後，漢武帝劉徹即位。在王夫人的干預下，朝廷尊皇太后的母親臧兒為平原君，又封王太后同母異父的弟弟田蚡為武安侯，田勝為周陽侯。

漢武帝元朔四年（公元前125年），王太后去世，與漢景帝合葬陽陵。

衛皇后字子夫，出身低微，從小在平陽侯曹宗家長大。

曹宗是漢初丞相曹參的後代，又是平陽公主的丈夫。平陽公主是王太后的大女兒，漢武帝的親姐姐。早年，衛子夫是平陽主家的歌伎。漢武帝即位後，好幾年沒有兒子。平陽公主十分着急，專門挑選了十幾個美貌的良家女子養在府中，希望找個機會介紹給漢武帝。一天，漢武帝到霸上舉行除災求福的儀式回來，順便去看望姐姐平陽公主。平陽公主見機會來了，讓這十幾個美人與漢武帝相見。漢武帝見了，都不喜歡。酒宴結束後，平陽公主讓歌伎進來獻歌獻舞，忽然，一個窈窕的身影映入漢武帝的眼簾，只見那女子身材婀娜，身輕如燕，一雙含水的雙眸有意無意地看向漢武帝，帶着絲絲嫵媚。這位歌伎就是衛子夫。

漢武帝起身換衣服，衛子夫奉命在皇帝的衣車中侍奉。把持不住的漢武帝在衣車中親幸了衛子夫。漢武帝回到座位上，特別高興，當即賜給平陽公主黃金千斤。

平陽公主趁機把衛子夫送進宮去。衛子夫上車時，平陽公主撫摸着她的背說：「走吧，好好吃飯，努力吧，如果尊貴了，別忘了我。」

衛子夫入宮後再也沒有得到親幸。又過了一年多，漢武帝打算讓一些不中用的宮女出宮回家時，衛子夫再次見到了漢武帝。衛子夫哭哭啼啼地請求出宮，漢武帝憐愛她，再次親幸。

沒過多久，衛子夫懷孕了。母因子而貴，漢武帝越來越寵愛衛子夫，把她的哥哥衛長君和弟弟衛青召到宮中任侍中。衛子夫為漢武帝生了三個女兒和一個兒子。男孩取名劉據，劉據後來被立為太子。

當初，漢武帝為太子時，娶了大長公主的女兒陳阿嬌為妃。漢武帝能夠當上皇帝，大長公主出了不少力。因為這樣的緣故，漢武帝即位後，自然要冊封陳阿嬌為皇后。陳阿嬌自幼生在皇家，長在皇家，從小嬌慣，可惜的是，陳阿嬌始終沒有生男孩。當陳阿嬌聽說漢武帝親幸衛子夫後，非常生氣，甚至氣得死去活來。因害怕失寵，陳阿嬌讓人施用巫術企圖害衛子夫。漢武帝一怒之下就廢掉了陳皇后，改立衛子夫為皇后。

大長公主多次責備平陽公主：「皇帝如果沒有我的話就不能即位，當上皇帝了，竟然拋棄我的女兒，他怎麼能這樣不自愛，忘恩負義呢？」平陽公主解釋道：「她主要是因為沒有兒子才被廢的。」陳皇后連忙找醫生治病，始終沒能生育。

衛子夫成為皇后，家人也都跟着顯赫起來。她的哥哥衛長君死得早，沒有受到重用。弟弟衛青被拜為將軍，在征伐匈奴的戰爭中屢立戰功，封為長平侯。衛青的三個兒子還在襁褓中，也都封了侯。衛子夫姐姐的兒子霍去病，因軍功封冠軍侯，號驃騎將軍。

等到衛皇后年老色衰時，漢武帝又寵幸趙國的王夫人和中山國的李夫人等妃子，太子也越來越不受寵了。漢武帝晚年任用宦官江充等人，江充製造巫蠱事件，誣陷太子劉據巴望漢武帝早些死好繼承皇位。不明事理的漢武帝抓捕劉據，劉據被迫自殺，衛皇后也隨之自殺了。

（見《史記·外戚世家》、《史記·梁孝王世家》）

一心為主的田叔

　　田叔，趙國陘城（今山西曲沃東北）人，他的祖先是齊國田氏的後代。田叔愛好劍術，曾在樂巨公那裏學習黃帝、老子的道家學說。

　　田叔品行方正，自重自愛，喜歡和年長有道德的人交往。起初，趙國人把他推薦給趙國國相趙午，趙午又把他推薦給趙王張敖。田叔正直廉潔，通過幾年的觀察，張敖認為田叔賢良有德才，想提拔他。

　　正在這時，陳豨在代國造反。公元前200年，漢高祖劉邦親率大軍前去討伐。途經趙國時，趙王張敖親自為劉邦端盤子進獻飯菜，以十分周到和隆重的禮節接待劉邦，可不知是甚麼原因惹惱了劉邦，劉邦不顧君臣禮儀叉着兩腿痛罵張敖。趙相趙午等十幾個人看不下去了，心懷惱恨地對張敖說：「大王您侍奉皇上的禮節已經十分完備了，現在他這樣對待您，我們請求造反。」張敖咬破手指表明絕無反叛的心跡。

　　趙王張敖雖然阻止了手下，但貫高等人依舊不服，他們認為趙王是個忠厚的長者，不會違背恩德造反的。因此，貫高等人私下商量準備暗殺劉邦。

　　沒想到，陰謀敗露了，漢廷下令逮捕趙王和羣臣中造反的人。趙午等人見勢不妙自殺了，貫高被拘禁並押往長安。針對趙國的情況，劉邦下詔：「趙國如有膽敢追隨趙王張敖的，誅滅三族。」在這一生死關頭，田叔、孟舒等十餘人穿上赤褐色的囚衣，主動剃光頭髮，帶上鐵枷，跟隨張敖到長安，要為張敖辯解。

　　事情很快搞清楚了，趙王張敖得以釋放，因連帶責任貶為宣平侯。在緊要的關頭，田叔等人不離不棄，這一行為受到大家的稱讚，有人把他們推薦給劉邦。劉邦親自接見了他們，經過一席暢談，劉邦

認為朝中大臣的才能都不如他們，高興之餘，將田叔等十幾人全部任命為郡守或諸侯國相。

田叔任漢中郡守十多年，高祖劉邦、惠帝劉盈、呂后等先後去世，諸呂作亂時，朝中大臣周勃和陳平等誅殺諸呂，迎立代王劉恆為漢文帝。漢文帝登基後，召見田叔，問：「您知道天下的長者嗎？」漢文帝問話的目的，是希望田叔能給朝廷舉薦賢才。

田叔回答道：「我哪裏能知道呢？」

漢文帝說：「您是忠厚的長者，應該知道啊！」

田叔磕頭說：「前任雲中郡守孟舒是忠厚的長者。」

漢文帝不由得皺了皺眉頭，此時，孟舒已被撤職查辦。漢文帝說：「先帝任命孟舒當雲中郡太守已十幾年了，匈奴才剛剛入侵，孟舒已不能堅守，乃至於幾百名士兵戰死，您憑甚麼說他是長者？」

田叔再次磕頭說：「這正是孟舒號稱長者的緣故。當年，貫高等人謀反，皇上明確地下達詔令，趙國有膽敢跟隨趙王的人，罪及三族。但是孟舒主動剃去頭髮，帶上鐵枷，跟隨趙王，準備用自己的身軀為趙王效死，他哪裏想到要當雲中郡守呢？漢與楚霸王項羽對抗，士兵疲勞困苦。匈奴王冒頓剛剛征服了北方，憑藉着強大的武力進犯雲中，孟舒深知士兵疲憊困苦，不忍心讓他們打仗，可是，將士們爭着登城與敵死戰，就好像兒子為父親、弟弟為哥哥那樣。因為這樣的原因，才有幾百人戰死啊。這哪裏是孟舒有意驅使他們打仗的呢？這正是孟舒能夠稱之為長者的緣故啊。」

漢文帝情不自禁地讚歎孟舒賢良，於是恢復了孟舒的職務。其實，為孟舒辯誣是要冒風險的，但田叔抓住了漢文帝求賢的心理，敢於直言，才恢復了孟舒的名譽。

幾年後，田叔因犯法丟了官。梁孝王派人刺殺從前吳國的丞相袁盎，漢景帝召田叔去梁國審理此事。田叔獲取全部的罪證後，回朝報告。景帝說：「梁王真的要謀反嗎？」

田叔回答道：「我該死，是有謀反的事。」

景帝問：「那些罪證都在哪裏呢？」

田叔說：「請皇上不要太追究梁國的案件。」

景帝又問：「為甚麼？」

田叔說：「如果追究下去的話，梁王不判處死刑，意味着現有的法律廢棄不行；如果對他處以死刑，那麼太后吃飯無味，睡覺不安，這種怨恨將會發泄到陛下身上。」

景帝認為他非常賢明，任命他為魯國丞相。田叔上任後，一百多名百姓到田叔的門上，向他控訴魯王掠奪他們財物的事。田叔抓了領頭的二十多人，不問青紅皂白各抽五十下，餘下的人各打手心二十下，隨後生氣地對他們說：「難道大王不是你們的君主嗎？為甚麼要私下議論君主？」其實，田叔十分清楚事情的曲直，他要用這種方法給魯王施加壓力。

魯王知道此事後，對自己的行為感到慚愧，拿出內府的錢，讓田叔償還給百姓。田叔說：「錢財是大王您自己奪來的，讓我償還他們，不妥。如果那樣的話，大王將做惡人，我將做善人。我這個國相還是不參與償還的事吧。」魯王知道田叔是為了恢復自己的聲譽，於是，出面把錢財還給了告狀的人，民憤很快平息下來。

在古人的意識中，君與國是統一的，兩者並行不悖。忠君的終極目標是為了國家，從這一意義上講，田叔的行為是值得讚賞的。

（見《史記・田叔列傳》）

知恩圖報的欒布

知恩圖報是古人的觀念，也是盛行一時的風尚。

《詩經・衛風・木瓜》云：「投我以木瓜，報之以瓊琚。匪報也，永以為好也。」意思是說，別人送給我木瓜，我用玉器報答，是為了表示感激，是為了永遠的友誼。

這一觀念經過長時期的積澱，早已深入到社會羣體的文化心理當中，並成為民族文化的有機組成部分。試想一下，當你飢餓難忍的時候，有人給你送來了一碗米飯，那你能忘記他嗎？

欒布，梁國人。早年，梁王彭越為平民百姓時，跟欒布多有交往。欒布家境貧困，流落到齊國，到酒店打工。後來，欒布被人劫持賣到燕國當奴僕。再後來，主家遇難，欒布出手為主人報仇。燕將臧荼十分欣賞他，舉薦他當了燕國的都尉。

楚漢戰爭結束後，臧荼因功封為燕王，欒布當上了將軍。後來，燕王臧荼受到漢高祖劉邦的猜忌被迫造反，戰敗後，欒布成為俘虜。梁王彭越聽說後，向劉邦求情，用錢把欒布贖了出來，並讓他擔任了梁國的大夫。

不久，欒布奉梁王彭越之命出使齊國，還沒返回時，彭越已被劉邦以謀反的罪名抓捕。以絕後患，劉邦斬殺了彭越的三族，又殺掉彭越，把他的頭懸掛在洛陽城樓上示眾。隨後，劉邦又下達詔令：「有敢來收屍和探視的，立即逮捕！」

欒布從齊國返回後，來到洛陽，對着城樓上懸掛的彭越腦袋詳細地彙報了出使的情況。隨後，欒布在大庭廣眾之下哭祭彭越。監管彭越屍首的官吏立即逮捕了欒布，並把他的行為報告給朝廷。劉邦召見欒布，罵道：「你想同彭越一同造反嗎？我明令禁止收屍，你偏偏要

祭他哭他，看來你同彭越一起造反的情況很清楚了！」一頓痛罵後，劉邦命令把欒布丟進油鍋裏烹了。

當油鍋抬上來的時候，神情自若的欒布回過頭對劉邦說：「我希望能說一句話，再死不遲。」

劉邦問：「有甚麼話要講？」

欒布決心在臨死前為彭越伸冤，鎮靜地說：「當年，皇上受困彭城，兵敗滎陽、成皋時，霸王項羽不能乘勝追擊，是因為彭越據守梁地，直接牽制項羽的緣故。那時候，彭越如果與項羽的楚軍聯合，那麼，將會出現楚興漢亡的局面。可是，彭越沒有倒向楚軍。垓下圍攻項羽時，如果沒有彭越率軍參與英勇作戰的話，項羽不會滅亡。天下平定後，彭越接受符節受封，想世世代代地傳下去。可是，陛下僅僅為了到梁國徵兵時梁王因病不能前往，就懷疑他要謀反，恐怕於情理上說不通。現在，謀反的證據還沒有抓到，就找出理由來苛求他，並誅殺了他的整個家族。我擔心，這樣下去，天下的功臣都會感到處在朝不保夕的危險之中啊！現在，梁王已死，我活着不如死去，請烹了我吧。」

欒布的話敲擊在劉邦的心上，劉邦當然知道彭越是冤枉的，他很敬佩欒布的膽識，當即放了欒布，赦免了他的罪過。為了表明大度，劉邦任命欒布擔任都尉一職。

漢文帝時，欒布任燕國國相，又官至將軍。欒布常說：「窮困的時候不能喪失志氣屈辱地活着，如果喪失志氣就不能成為頂天立地的人。富貴的時候如果不能稱心快意，也不是賢達的人。」因為這樣的緣故，他快意恩仇，凡是對他有恩的人，一律厚報；凡是與他有仇的人，一定要用法律來處罰他們。

吳、楚七國聯合反叛朝廷時，欒布因平叛有功，封為俞侯，不久，又再次擔任燕國的國相。燕、齊一帶有許多人都得到過欒布的好處，人們給他立祠，取名為「欒公社」。

漢景帝中五年（公元前 145 年），欒布壽終正寢。

欒布的行為得到了司馬遷的讚賞，問題是，司馬遷為甚麼會讚賞欒布呢？應該與司馬遷讚賞欒布冒死為彭越辯誣有密切的關係。司馬遷寫道：「欒布哭彭越，趣湯如歸者，彼誠知所處，不自重其死，雖古烈士，何以加哉！」意思是說，欒布哭祭彭越，是真的懂得死得其所的要義，因此不在乎獻出生命。與之相比，古代那些重義輕生的人，有誰能超過欒布呢？

在《季布欒布列傳》中，為了突出欒布的品質，司馬遷還有意識地敍述了丁公的故事。丁公是項羽的將領，劉邦兵敗被追時曾對丁公說：「我們兩個有賢能的人還要互相拼殺嗎？」言外之意，你放了我吧。丁公認為有道理，放棄了消滅劉邦的機會，領兵撤退了。劉邦得天下後，丁公以為討取封賞的時候到了，去拜見劉邦。

劉邦說：「丁公身為臣子，不忠誠項王。讓項王失去天下的，是丁公啊！」隨後，斬首示眾，毫不留情地殺了丁公。劉邦說：「我這樣做，是為了警示後人，讓那些做臣子的千萬不要仿效丁公。」

這一故事放在介紹欒布故事的前面敍述是有深意的，丁公的賣主求榮與欒布的忠貞不二形成鮮明的對比。從另一個角度看，讚揚欒布或許是司馬遷在借他人酒杯澆胸中的磊塊，即已蒙難的司馬遷是多麼希望在自己危難的時候，有像欒布那樣的人出現，幫助自己洗去不白之冤。可惜，司馬遷沒有遇上這樣的人。

（見《史記·季布欒布列傳》）

漢代大俠郭解

郭解，字翁伯，軹縣（今河南濟源）人，是許負的外孫。郭解的家庭有任俠仗義的傳統，他的父親因行俠，在漢文帝一朝時被處死。

郭解其貌不揚，長得短小精悍，年輕時陰沉狠毒，為朋友報仇，他可以不惜生命。那時，郭解做了許多不光彩的事。具體地講，不是藏匿亡命徒、作惡搶劫，就是私造錢幣和盜挖墳墓。不過，他的運氣很好，身處險境時常能逃脫，或遇到大赦。

後來，郭解反省過去，性情大變，能嚴格地約束自己的行為，常常是救助別人，而不願意自我標榜。許多年輕人仰慕他，自覺地跟隨他。甚至聽說郭解有了仇家後，經常悄悄地為他報仇，不讓他知道。

一次，郭解的外甥與別人喝酒，外甥依仗郭解威勢，強行給不能再喝的人灌酒，那人憤怒了，拔刀殺了郭解的外甥，迅速地逃離了現場。一連好多天，都沒有查到兇手的下落。

郭解的姐姐發怒了，說：「憑我弟弟交結天下豪傑的能力，人家殺了我的兒子，為甚麼會抓不到兇手？」為了刺激郭解，郭解的姐姐把兒子的屍體扔在大街上，想逼迫郭解為外甥報仇。

郭解派人四處打探兇手的下落，兇手自知無法逃脫，主動找到郭解，說了實情。郭解聽了對他說：「你殺他是應該的，這是我家孩子的錯。」說完，平靜地放走了兇手，隨後埋葬了外甥。事情傳開了，大家都稱讚郭解，更願意追隨他了。

郭解每次出門，人們為了表示尊敬，都主動迴避。不過，有個人不買帳，總是叉着腿坐在大路上若無其事地望着他。郭解好奇，派人打聽那人的情況和姓名。郭解的門客認為這樣有損郭解的威嚴，想把那人殺了。郭解勸阻道：「在自己的家鄉不能受到尊敬，是我的德行沒有修煉好，他能有甚麼罪呢？」

郭解悄悄地囑咐縣尉手下的小吏說：「那個人，是我看重的。輪到收取代役錢時，不要再收他的。」

以後，每到收取代役錢時，沒再向那人要。那人感到奇怪，詢問原因，才知是郭解讓他免交。那人十分感動，到郭解的門上謝罪道歉。年輕人聽說後，對郭解的品行更仰慕。

洛陽有一對仇家，互不相讓，城中數十家的賢士豪傑從中調解，都沒有結果。郭解的門客把這件事告訴郭解，郭解不露聲色，悄悄地找到了這對仇家，表達了調解的願望。礙於郭解的面子，兩家答應和好。

郭解對他們說：「我聽說洛陽城中有很多有頭有臉的人進行過調解，你們都沒有答應。現在，你們聽了我的調停，我怎能從外縣跑來侵奪洛陽賢人名士的調停權呢？」為了不讓洛陽的賢士豪傑失去臉面，郭解趁着夜色悄悄地離開了。

臨行前，郭解又對兩個仇家說：「你們先不要按照我的話去做，等我離開後，繼續等待洛陽賢士豪傑的調停，然後再答應和解。」郭解這樣做，是為了不傷害到洛陽人的自尊心。

郭解一直保持着對人恭敬的態度，從不乘車進縣衙，受人託請，到附近的郡國去辦事，總是盡最大的努力把事情辦成，如辦不成，也要使各方感到滿意和能夠接受。

這樣一來，大家都很尊敬他，都爭着為他效力。城中的年輕人和鄰縣的賢士豪傑經常驅車拜訪他，甚至到了半夜，還有十多輛車子停在門口等候他的接待。他們知道郭解不富有，出於敬仰，請求把郭解的門客接到自己的家中供養。

為了加強中央集權，控制各地的豪強，漢武帝決定將全國的富豪遷往茂陵居住。郭解家貧，本不在搬遷之列。此外，按照家有三百萬貫財產才夠遷居的標準，郭解也不在搬遷之列。不過，地方官員畏懼他，希望讓他離開故土。

　　大將軍衞青知道此事後，因敬佩郭解的為人，主動到漢武帝面前說：「郭解家貧，不合搬遷的標準。」

　　衞青本想為郭解求情，不料，好心辦壞事。漢武帝說：「一個平民居然能讓將軍為他說話，說明這個人家中不窮。」

　　郭解被迫舉家搬遷，鄉親們依依不捨，拿出了一千多萬的錢財為他送行。郭解搬遷是軹縣楊季主的兒子提出來的，楊季主的兒子是縣裏的掾吏。知道此事後，郭解哥哥的兒子憤怒地砍下了楊掾吏的頭。

　　郭解遷入關中後，關中的賢士豪傑無論是認識他的還是不認識他的，只是聽到他的名字，都爭着與郭解結交。

　　為了給郭解復仇，有人殺了楊季主。楊季主的家人嚥不下這口氣，上書告郭解。聽說這事後，又有人把告狀的人殺死在皇宮的門口。

　　漢武帝聽說後，下令逮捕郭解。郭解被迫出逃，逃到臨晉關，因沒有出關的憑證受阻。把守臨晉關的籍少公不認識郭解，郭解冒死求見，請他幫助出關。久聞郭解大名及事跡的籍少公放郭解出關。

　　郭解輾轉逃到了太原，所到之處總是不隱瞞身份，把實情告訴別人。

　　官府追捕郭解，按蹤跡查到了籍少公家。籍少公自殺，追尋的線索從此斷了。

　　過了很久，郭解還是被抓捕了。官府全面追究郭解的罪行，發現那些罪行都是在大赦令頒佈前犯的，按照大赦令應釋放郭解。

　　軹縣有個儒生陪同前來查辦郭解的官員閒坐。有人稱讚郭解，儒生說：「郭解專門幹觸犯國家法令的壞事，怎麼能說他賢能呢？」

　　郭解的門客聽說這件事，把儒生殺了，並割下他的舌頭。官府拿這件事責問郭解，並追查兇手，郭解根本不知道這是誰幹的。查了好久，也沒能查清楚。

官員向漢武帝上奏說郭解無罪。御史大夫公孫弘說：「郭解作為平民，行俠逞威，因小事便殺人害命，郭解雖不知道這次的事情，但這一罪行比他自己殺人還嚴重，應判處郭解大逆不道罪！」

漢武帝認為有道理，將郭解滿門抄斬。

（見《史記·遊俠列傳》）

齊國政治家管仲和晏嬰

春秋時期，齊國是率先建立霸權地位的國家。司馬遷在《史記·管晏列傳》中，特意為齊國的兩位政治家管仲和晏嬰立傳，以飽滿的筆墨頌揚了他們的政治智慧和才華。

管仲，字夷吾，潁上（今江蘇泗洪管鎮）人。年輕時，經常與鮑叔牙一起出行，鮑叔牙知道管仲有超人的才能，十分敬重他。

管仲家裏很窮，兩人做生意時，管仲總愛佔便宜，愛多拿一些。鮑叔牙從來都不跟他計較。時間長了，鮑叔牙手下的人看不慣了，說管仲太貪。鮑叔牙總是搖着頭說：「他家裏貧困，需要更多的錢。」

其實，遠不止這些。管仲和鮑叔牙一起從軍，每次打仗，管仲總是躲在最後，撤退時又跑得比誰都快，當兵的都笑話管仲貪生怕死。只有鮑叔牙說：「管仲這個人我了解，他家中有八十多歲的老母，他不能不忍辱含羞地活着。」管仲很感動：「生我者父母，知我者鮑叔牙也。」

齊襄公即位後，害怕別人奪走他的王位。齊國的公子中，齊襄公的兩個同父異母弟弟公子小白和公子糾的口碑最好，最有才能，齊襄公決定向他們開刀。消息傳出後，鮑叔牙跟隨公子小白逃離齊國，跑到小白在莒國的外婆家避難；管仲跟隨公子糾逃離齊國，跑到糾在魯國的外婆家避難。齊襄公十分殘暴，恣意誅殺大臣。大臣把齊襄公逮住殺了。齊襄公死後，公孫無知當上了齊國君主，沒過幾個月，又因殘暴被大臣殺了。

那麼，立誰為齊國的君主呢？眾大臣意見不一。聽到齊國要另立君主的消息後，公子小白和公子糾決定回國爭奪王位。與魯國相比，莒國離齊國的距離較近，為了阻止公子小白先回到齊國，管仲埋伏在從魯國到齊國的路上，拉開弓箭向公子小白射去。不巧，這一箭射

到了公子小白的衣鈎上，足智多謀的公子小白故意應聲而倒，假裝死去。公子糾誤以為勁敵已除，遂與管仲慢慢吞吞地向齊國進發。

趁此機會，公子小白加快了回國的步伐，搶在公子糾之前回到齊國並登上了王位，成為齊國的一代君主齊桓公。面對複雜的形勢，齊桓公立即調集軍隊到路上攔截公子糾。公子糾戰敗後被殺，管仲也被裝上囚車押往齊國。

鮑叔牙幫齊桓公登上了王位，為感謝鮑叔牙，齊桓公決定任命他為國相。鮑叔牙推辭道：「大王您不應該把這麼重要的職務交給我，應該找一個更有才能的人輔佐您。」

「那應該找誰呢？」鮑叔牙推薦了管仲，齊桓公一聽火了，說：「管仲是想殺死我的罪魁禍首，要不是衣鈎擋了他一箭，我早沒命了。」齊桓公轉不過彎來，鮑叔牙耐心地開導他：「如果要想成就霸業，非靠管仲不可。」經過一番深思熟慮，齊桓公決定採納鮑叔牙的建議，任命管仲當國相。

管仲很感謝齊桓公的大度和鮑叔牙的舉薦，主持齊國朝政後，採取了一系列的改革措施。他說：「倉庫充實了，老百姓就會懂得禮節。衣食充足了，老百姓就會懂得榮辱。長者及當官的自覺地遵守法律，父母兄弟才能團結在一起。如果不知禮義廉恥的話，國家就會滅亡。頒佈命令時，一定要順應百姓的心願。」

所以，他的言論通俗易懂。管仲治國的理念非常簡單，凡是百姓歡迎的就大力推行，凡是百姓反對的就堅決廢棄。此外，針對齊國瀕臨大海的特點，管仲把鹽業作為工商業發展的重點，從而積累了大量的財富，使積弱的齊國走向了強盛。

管仲處理政務時，善於化禍患為安福，化失敗為成功，將不利引向有利。

一次，齊桓公和蔡國國君的女兒蔡姬外出划船，玩得高興時把船弄得搖搖晃晃。齊桓公嚇壞了，急令蔡寵姬停下。蔡姬正玩得開心，

根本不聽。齊桓公一怒之下把蔡姬休了，送回老家。蔡公不忍心女兒
活守寡，擇婿另嫁。齊桓公聽說後，認為蔡公的做法讓自己丟了面
子，一氣之下發兵南下攻打蔡國。

齊桓公這樣做是為了泄私憤，自然沒有甚麼道理。管仲在齊國執
政後，希望通過尊崇周天子的權威性來建立齊國的霸主地位。管仲不
想精心設計的戰略方案，因征討蔡國失信於諸侯遭到破壞。然而，管
仲又無法阻撓齊桓公。萬般無奈之下，管仲提出了會合諸侯征伐楚國
的建議。當時，楚國的國力強大，根本不把周天子放在眼裏，經常侵
犯諸侯，中原各國深受其害，同時也成為齊國建立霸權的障礙。蔡國
是楚國的盟國，南下征楚，必經蔡國，這樣一來，便找到了征伐蔡國
的正當埋由，從而把齊桓公發動的不義戰爭悄悄地掩蓋過去。

齊桓公五年（公元前 681 年），齊國和魯國會盟簽訂和約。齊桓
公本想憑藉強大的國力，迫使魯國簽訂不平等條約。魯國的君主希望
齊國歸還侵佔的領土後再簽訂盟約，齊桓公認為奪取那些地盤花費了
好大的力氣，堅決不同意。

這時，魯國的曹沫拿着匕首挾持齊桓公，齊桓公為了活命，答
應歸還侵佔的魯地土地。回到齊國後齊桓公想反悔，管仲勸說齊桓公
道：「大王您答應歸還魯國土地的事已人人皆知，現在反悔的話，大
家肯定會認為您貪圖那點土地。那樣，豈不是要因小利，失信於天下
嗎？如果您履行和約的話，諸侯不但會認為您是個寬宏大量的人，還
知道您是言而有信的人。那樣的話，您雖然失去了一些土地，卻建立
了威信。孰輕孰重，請大王考慮一下吧！」

齊桓公抓住管仲的手說：「還是你考慮周到，我差點犯大錯。」
齊國將土地還給魯國後，許多諸侯因齊桓公信守盟約，都歸順齊國。

一天，齊桓公問管仲：「你死後，誰能接任國相呢？」管仲說出
一個人的名字。齊桓公又問：「第二個呢？」管仲又說出了一人的名
字。齊桓公又問：「第三個呢？」管仲又說出了一人的名字。齊桓公

又問：「第四個呢？」管仲說：「鮑叔牙。」齊桓公感到很奇怪，對管仲說：「鮑叔牙對你那麼好，要不是鮑叔牙說情，我早把你殺了。鮑叔牙積極推薦你任國相，你怎能把他放在第四人選的位置上呢？」管仲說：「大王，我們現在是談論誰最適合任國相，不是談誰和我的交情最好。」鮑叔牙是個品德高尚的人，他推薦管仲任國相，自己甘居管仲之下，這一品格受到後人的讚許，認為鮑叔牙是真正的伯樂。

在管仲的治理下，齊國呈現出欣欣向榮的景象。管仲的財富可以和國家的財富相媲美，家中有許多房屋和諸侯宴會時用的器具，齊國人從不認為他奢侈。管仲死後，齊國遵循他留下的治國方針，常常比各諸侯國強盛。

管仲去世一百多年後，齊國又出現了一位可以與管仲齊名的政治家，他臨危受命，將日漸衰弱的齊國治理得井井有條，使齊國再度強盛起來。這位政治家就是晏平仲。

晏平仲，名嬰，萊州夷維（今山東煙台）人，是齊靈公、齊莊公和齊景公三朝的大臣，因生活簡樸、辦事認真受到齊國人的尊敬。

晏嬰擔任齊相後，吃飯時從不上兩道肉食，妻妾從不穿絲綢做的衣服。每次上朝，君主讓他發言時，他總是嚴肅對待；下朝時，總是直道而行。國家有法度時，他就服從命令；國家沒有法度時，他就斟酌一下。因此，他先後輔佐了齊國的三代君主，聲名顯揚於諸侯各國。

晏嬰有知錯就改的品質。越石父有賢才，遭囚禁後去服勞役。晏嬰出行時遇到了，解下車子左邊的馬把他贖出來，一同坐車回家。

回來後，晏嬰走進了內室，遲遲沒有出來。越石父見了請求絕交。晏嬰十分震驚，忙整理好衣帽向他道歉：「我雖然算不上寬厚，

可是，讓您從困境中解脫出來，您為甚麼這麼快就要和我絕交呢？」

越石父說：「不是這樣的。我聽說君子在不了解自己的人面前受委屈，在了解自己的人面前要伸展抱負。我被囚禁，是因為那些人不了解我。您把我贖出來，說明您了解我的為人。既然了解我，又對我無禮，還不如把我囚禁起來。」

晏嬰恍然大悟，忙把他請入內室，奉為上賓。

一次，晏嬰乘車外出，車夫的妻子從門縫中偷偷地看自己的丈夫。妻子看到自己的丈夫坐在高大的車蓋下，揚起鞭子抽打四匹駿馬，趾高氣揚，臉上露出炫耀和滿足的神情。車夫回到家後，妻子請求離去。車夫問為甚麼。妻子說：「晏嬰的身高雖然不到六尺，卻是齊國的國相，各國諸侯不在乎他身材矮小，都十分尊重他。他出行時，一副思慮深遠的樣子，露出謙虛卑遜的神情。你雖然身高八尺，卻給人當駕車的奴僕，本不值得驕傲，可是你卻露出一副志得意滿的神情，因為這樣的緣故，我要求離開你。」

從此以後，車夫開始變得態度謙遜。晏嬰覺得很奇怪，就問他原因。車夫把妻子的話重說了一遍。晏嬰認為，車夫能知錯就改。

晏嬰的故事很多。司馬遷為晏嬰作傳時考慮到許多書都記載了他的事跡，故選擇經史上沒有記載的軼事敘述。司馬遷表示：如果晏子還活着，就是拿着鞭子為他趕車，自己也心甘情願。

《晏子春秋》上記載了這樣的一件事：

晏嬰出使楚國，楚人因為晏嬰身材短小，想藉機侮辱他一下，故意不開大門，只開小門迎接晏嬰。晏嬰走到小門的前面時，停了下來。迎接者讓他進去時，晏嬰說：「出使狗國，才從狗門中進去。現在，我出使楚國，不應該入狗門。」迎接者只得打開大門，迎接晏嬰見楚王。

楚王見到身材矮小的晏嬰後故意說：「難道齊國沒人嗎？派您出使楚國？」

　　晏嬰回答道：「齊國的國都臨淄有很多的人，人們抬抬袖子就可以遮蔭，灑下的汗水就像下雨一樣。走在大街上的人肩膀挨着肩膀，腳後跟連着腳後跟，怎麼能說沒人呢？」

　　楚王大笑又問：「那為甚麼派您這樣的小矮子出使呢？」

　　「齊國派使者出使有個規矩，如果到知道禮儀講信義的國家，就派有才能的人去；如果到不知禮儀不懂道理的國家，就派沒用的人去。我是齊國最沒用的人，所以齊王認為我出使楚國最合適。」

　　楚王雖然吃了個啞巴虧，但由衷地敬佩晏嬰。

（見《史記・管晏列傳》）

商人呂不韋的政治投資

　　戰國時有一個傳奇人物，原先是商人，後來成了秦國的宰相。他懂得權衡利害，釣到了秦王這條大魚。沒有他，就沒有秦王嬴政統一六國的輝煌。這個善於政治投資的人，就是呂不韋。

　　呂不韋是陽翟（河南禹縣）的大商人。憑着特有的精明，他往返於各地，用賤買貴賣的手段積累了千金財富。

　　秦昭王四十年（公元前 267 年），秦太子去世，兩年後，秦昭王把他的第二個兒子安國君立為太子。在眾多的姬妾中，華陽夫人最受寵愛，因此被立為正夫人。美中不足的是，華陽夫人沒有自己的兒子。

　　安國君有二十多個兒子，排行居中的兒子叫子楚，子楚的母親是夏姬。

　　秦國與趙國簽訂合約，按照規定，需要將王子或王孫送給對方當人質。為了糊弄對方，秦王把不喜歡的王孫子楚送到趙國。簽訂合約後，秦國繼續派兵攻打趙國，根本不關心子楚的生死。屢屢遭到侵犯的趙國生氣了，不再禮遇子楚。這樣一來，貴為王孫的子楚受到冷遇，再加上沒人接濟他，生活十分貧困。

　　合該子楚時來運轉。呂不韋到趙國都城邯鄲做生意，無意中見到子楚。了解了子楚的處境後，呂不韋自言自語地說：「這是稀罕的貨物，囤積起來可以賺大錢。」呂不韋去拜訪子楚，單刀直入地說：「我能光大你的門庭。」

　　子楚樂了：「先生，您還是先光大自己的門庭，再來光大我的門庭吧！」子楚心裏想說的是：「你一個沒有權勢的人，拿甚麼來光大我的門庭。」

呂不韋鄭重地說：「你不知道，我要等你的門庭光大後才能光大。」

子楚似乎有些明白了，兩人深談起來。

呂不韋把形勢分析得頭頭是道：「秦王老了，安國君被立為太子。我聽說安國君寵愛華陽夫人，華陽夫人沒有兒子，在安國君的嬪妃中，能參與冊立嫡系繼承人的只有華陽夫人。你有二十多個兄弟，排行又居中，得不到父親的喜愛，再加上你長期流落在外，在諸侯國當人質，如果秦王死了，安國君繼承王位，你沒有希望與長子以及那些一直在父王面前的兄弟爭當太子。」

這番話，句句說到子楚的心坎上。子楚苦着臉，一籌莫展地說：「是這樣，那又能有甚麼辦法呢？」

呂不韋見魚上鈎，繼續說：「你很貧窮，又客居趙國，沒有甚麼東西奉獻給親戚和結交賓客。不韋雖然不富有，可以用千金為你回秦國遊說，讓你取得安國君和華陽夫人的信任，立你為太子。」

子楚納頭下拜：「如果能實現的話，情願分秦國與您共享！」

兩人商議完，呂不韋拿五百金送子楚，讓他作為日常生活費用，結交賓客。隨後，又拿五百金買一些珍奇寶物，帶到秦國去。

呂不韋深知運作的途徑，先找到華陽夫人的姐姐，請求她將帶來的寶物全部送給華陽夫人。華陽夫人見到寶物後，召見呂不韋。呂不韋先拍了一通馬屁，然後看準時機對華陽夫人說：「夫人，子楚聰明賢能，他結交的諸侯賓客遍及天下。子楚在趙國日日夜夜地思念夫人，時常淚流滿面，盼望得到您和太子的消息。」華陽夫人動情了，對子楚的印象一下子好了起來。

抓住這一機會，呂不韋又讓華陽夫人的姐姐勸說華陽夫人：「妹妹啊，我真為您擔心啊！我聽說，靠美貌侍奉人，等到美貌衰退了就會失去寵愛。如今，姐姐您侍奉太子，雖然很受寵愛，可是沒有自己的兒子啊。那您為甚麼不趁現在，在安國君的兒子中選一個有才能又

孝順的，抬舉他當嫡子，把他當作親生的兒子呢？那樣的話，安國君在世時，您可以更加尊貴；安國君去世後，您認的兒子當上君主，也不會失去權勢啊。依我看，您應該趁現在得寵的時候培植根本。如果等到容貌衰老時，再想進言做這件事，還有誰會聽您的呢？」華陽夫人當然明白其中的道理，可是選誰為嫡子呢？

華陽夫人的姐姐又說：「如今子楚賢能，他也知道自己排行居中，按次序不可能立為嫡子。他的生母又得不到寵愛，如果夫人能在這個時候提拔他當嫡子，他必然會依附夫人和感激夫人。那樣的話，夫人能得到終身的榮華富貴。」

華陽夫人越想越有道理，找準了機會，對安國君說：「在您二十多個兒子中，在趙國當人質的子楚最能幹，來往的人都稱讚他。」說着說着，華陽夫人流下了眼淚：「我有幸充列後宮，不幸沒有生下兒子。妾身希望子楚能成為嫡子，託付我的終身。」安國君答應了，為表示不會失信，又給華陽夫人刻了玉符，約定立子楚為嫡子。

安國君和華陽夫人叫人送了許多財物給子楚，又請呂不韋輔導他，從此，子楚在諸侯那裏有了好名聲。

在邯鄲教導子楚的日子裏，呂不韋找了個美貌善舞的姑娘同居。不久，這位小妾懷孕了。一天，子楚和呂不韋喝酒，一眼看中了這位小妾。子楚起身向呂不韋敬酒祝壽，要求得到這位小妾。呂不韋很生氣，差點翻臉，轉念一想：我已經為子楚破費了這麼多的家產，只想釣取奇貨，現在翻臉，豈不是竹籃打水一場空？想到此，呂不韋轉怒為笑，立即把心愛的小妾獻給了子楚。小妾隱瞞了已有身孕的情況，生了個兒子。子楚給他取名嬴政。這個男孩就是後來掃平六國、建立大一統國家的秦始皇。

子楚十分寵愛這位小妾，立她為夫人。

秦昭王五十年（公元前 257 年），秦國派兵圍攻邯鄲，眼看就要攻破城池。趙國見形勢不妙，打算殺死子楚泄恨。子楚與呂不韋密

謀，悄悄地送了許多黃金給看守的官吏，躲過一場災難，逃到了秦軍的營地。趙國見殺不掉子楚，轉過身想殺掉子楚的妻子和兒子。子楚的夫人是趙國富豪人家的女兒，在娘家的幫助下，母子二人保住了性命。

六年後，秦昭王去世，安國君即位，華陽夫人立為王后，子楚立為太子。趙國為了重修兩國關係，護送子楚的夫人和兒子嬴政回國。

安國君繼位僅一年便去世了，諡號孝文王。太子子楚接替王位，這就是秦莊襄王。莊襄王即位後，尊奉華陽王后為華陽太后，尊生母夏姬為夏太后。莊襄王元年（公元前 249 年），任命呂不韋為丞相，封文信侯，劃撥河南洛陽十萬戶為呂不韋的食邑。至此，呂不韋進行的政治投資初步得到了回報。呂不韋笑了，這一回報遠超出做生意賺的錢財。

莊襄王在位三年，去世，太子嬴政繼承王位，尊奉呂不韋為相國，號稱「仲父」。那時，嬴政的年紀還小，秦國大權落入呂不韋的手中。

呂不韋成為秦國的相國後，勢力更大了，家有奴僕上萬人，正應了當年對子楚說的話。這時，魏國有信陵君，楚國有春申君，趙國有平原君，齊國有孟嘗君，四大公子謙恭地對待士人，並喜歡接納賓客，他們彼此之間多有交往，以養客為榮，相互炫耀。呂不韋看了很不舒服，心想：「整個天下，最強盛的國家是秦國，最有權勢的人自然是我呂不韋。憑甚麼他們有那麼多的賓客，我卻沒有呢？這真是件讓人羞恥的事。」為了與四大公子比試高低，呂不韋四處招攬賓客，很快聚集了三千賓客。

那時，各國都彙聚了一批能言善辯的士人，他們在各地建立學宮或開門授徒，著書立說，出現了一批像荀卿那樣的學者。呂不韋也想寫一部流行於天下的書，向世人炫耀。那麼，怎樣才能寫好這部書呢？呂不韋命令賓客記下自己的見聞，敍述天地萬物和古往今來

的事情。賓客寫成後，把這部二十多萬字的書彙編成《八覽》《六論》《十二紀》等部分呈獻給呂不韋，呂不韋將它命名為《呂氏春秋》。

隨後，得意洋洋的呂不韋把《呂氏春秋》懸掛在咸陽市場的大門上，同時又在書的上方懸掛了千金，邀請諸侯各國的飽學之士觀看，公開宣稱，凡是能增加或刪減一個字，獎勵千金。

秦王嬴政的母親是莊襄王子楚強行從呂不韋那裏要來的。嬴政當上秦王後，太后繼續與呂不韋私通。嬴政漸漸地長大了，呂不韋害怕此事會惹來殺身之禍，很想罷手，可是，太后不依不饒，萬般無奈之下，呂不韋找了個名叫嫪毐的人頂替自己。

這件齷齪不光彩的事情，後來還是被嬴政發現了。憤怒至極的嬴政斬殺嫪毐後還不解氣，又下令殺了他的三族。在審問的過程中，嬴政發現這件事還牽扯到呂不韋，為此動了殺機。可是一想到呂不韋在侍奉先王方面立了大功，更重要的是，還有許多人為他說情，於是放過了呂不韋。

秦王政十年十月（公元前 237 年），被免去丞相職務的呂不韋回到封地洛陽。在此後一年多的時間裏，各國的賓客和使者絡繹不絕地去拜訪呂不韋。密探回報後，嬴政害怕他發動叛亂，便寫了一封措辭強硬的書信責備呂不韋：「你對秦國有甚麼功勞？秦國要將你分封到河南享受十萬戶的租稅？你與秦王有甚麼親緣？憑甚麼要號稱『仲父』？我看，你與你的家人遷到蜀地去住吧。」

呂不韋在政治中摸爬滾打了大半輩子，知道要大禍臨頭了，為了保全家人，乾脆喝毒酒自殺了。

（見《史記·呂不韋列傳》）

甘茂和甘羅

甘羅是甘茂的孫子，甘茂死後，十二歲的甘羅成為秦國丞相文信侯呂不韋的賓客。

甘茂是下蔡（今安徽鳳台）人，曾跟從下蔡的史舉先生學百家學說。後來，經張儀和樗里子引薦，見到了秦惠王。秦惠王很器重甘茂，讓他帶兵，協助魏張平定了漢中地區。秦惠王去世，秦武王即位，張儀等人離開秦國。蜀侯贏輝謀反，秦武王派甘茂平定了蜀地。從蜀地歸來，秦王任命他當左丞相，又任命秦惠王的弟弟樗里子任右丞相。

秦武王三年（公元前308年），秦王對甘茂說：「我想駕着車通過三川，到周朝那裏看看，這樣的話，我死了也可以不朽了。」

三川在秦函谷關的東面，是通往周王朝的必經之地。韓、趙、魏三家分晉後，韓宣王建立了三川郡，境內有黃河、洛河、伊河三條大河，故稱三川。秦武王時，三川郡是天下最富庶的地區。

甘茂聽明白，這是秦武王在轉着彎子表達攻打韓國、奪取三川郡、向周天子炫耀武力的意圖。甘茂忙說：「請讓我去聯合魏國共同攻打韓國。不過，出使魏國時請讓向壽和我同去。」

到了魏國，甘茂對向壽說：「您可以回去了，向大王彙報，魏王已同意聯合攻打韓國的計劃，不過，我希望大王不要攻打韓國。如果事情成功了，全是您的功勞。」

向壽回到秦國，把甘茂的話轉告給秦王，秦王到息壤迎接甘茂，問他不希望進攻韓國的原因。

原來，甘茂認為，要攻打三川郡，需要先打宜陽，但宜陽有上黨和南陽的支援，短期內難以取勝，如果要打的話，必須下定最大的決心。甘茂回答說：「宜陽是個大縣，上黨、南陽的物資儲備已久，

名義上是縣，但實力已超過一個郡。現在，大王要跋涉千里，經過許多險要的地方去攻打它，很難成功！除非下定最大的決心，排除一切干擾才行啊！」甘茂接着又說：「從前，孔子的學生曾參住在費邑。有一個與曾參同名同姓的人殺了人，曾參的母親正在織布，有人告訴她：『曾參殺人了。』曾母鎮定自若繼續織布。過了一會兒，又一個人跑過來說：『你的兒子殺人了。』曾母神情自若。又過了一會兒，又一個人跑過來說：『曾參殺了人。』曾母扔下梭子，下了織機，跳牆逃跑了。」

秦王說：「這個故事我聽說過，不知和攻打韓國有甚麼關係？」

甘茂回答道：「曾參是個品質高尚的人，曾母絕對相信他的人品，可是，當有三個人說他殺人時，他的母親就害怕了。如今，我的品行遠比不上曾參，大王對我的信任也比不上曾母對曾參的信任。如果我遠征韓國，在大王面前說懷疑我的人肯定不止三個，我是怕有朝一日，大王您也像曾母那樣投梭，不再信任我。更何況，我是一個寄居在秦國的客卿。現在，樗里子、公孫奭認為韓國強大，已經對攻打韓國提出了異議，大王一定會聽他們的。如果那樣的話，大王欺騙了魏王，我也會受到韓國的怨恨。這就是我不同意攻打韓國的原因啊。」

秦武王說：「你放心，我不聽他們的。請讓我和你立個誓約。」

得到秦武王的保證後，甘茂帶兵去攻打宜陽了。

一連打了五個月，宜陽還沒有攻下。樗里子和公孫奭在朝中提出反對意見，秦武王打算退兵。甘茂對秦王說：「大王難道忘了在息壤訂立的誓約嗎？」秦王猛然醒悟，又加派大軍給甘茂，讓他專心攻打宜陽。甘茂馬上攻佔了宜陽。韓國簽訂城下之盟，派公仲侈到秦國謝罪，同秦國講和。

打下宜陽後，秦武王終於來到了周都洛邑（今河南洛陽），後來，死在了那裏。

秦武王死後，秦昭王即位。後來，向壽、公孫奭在秦昭王面前說甘茂的壞話，甘茂十分害怕，從秦國逃到了齊國。到齊國後，甘茂遇到為齊國出使秦國的蘇代。甘茂委婉地對蘇代說：「我在秦國害怕獲罪逃了出來，沒有地方能收留我。我聽說過，窮人和富人的女兒一起織布的故事，現在說給您聽聽。窮人的女兒對富人的女兒說：『我沒錢買蠟燭，您的燭光正好有剩餘，在不損害您照明的情況下，分一些餘光給我，這樣，我也能得到同樣的方便。』現在，我走投無路，您正受到重用。我的妻子兒女都在秦國，希望您能用餘力解救他們。」

蘇代答應了，他對秦昭王說：「甘茂是個不平常的人，他先後受到秦國幾代君主的重用，秦國的山川地勢他都十分熟悉。如果他用齊國的力量，再約同韓國和魏國攻秦的話，對秦國是非常不利的。」

秦昭王問：「那該怎麼辦呢？」

蘇代說：「大王不如送他豐厚的禮物，提高他的俸祿把他迎回來。然後把他安置在封閉的鬼谷，終身不准出來。」

秦昭王說：「好。」立即賜給甘茂上卿的官位，又派人到齊國帶着相印迎甘茂回秦。

蘇代又對齊湣王說：「甘茂是個賢人。現在，秦國賜給上卿的官位，帶着相印來迎接他。甘茂感激大王的恩賜，樂意做大王的臣子，所以推辭了上卿官位不去秦國。現在大王您打算怎麼對待他？」

齊湣王心領神會，立即賜給甘茂上卿的官位。秦國看到這種情況，為了拉攏甘茂，乾脆免除了甘茂一家的賦稅徭役。

後來，齊國派甘茂出使楚國，楚懷王剛剛與秦國通婚，兩國的關係處於緊密時期。秦王聽說後，希望楚懷王能把甘茂送還秦國。楚懷王徵求范蜎的意見，范蜎說：「甘茂是個有才能的人，不能讓他回秦國。他到秦國任丞相後，對楚國是沒有好處的。如果您要向秦國推薦丞相的話，不如推薦向壽，向壽如果把秦國搞亂的話，那對楚國太有利了。」

向壽是秦昭王的母親宣太后的娘家人，與秦昭王一起長大，兩人又是親戚。就這樣，秦昭王讓向壽當了秦國的丞相。甘茂到死也沒能回到秦國，最後死在魏國。

———————————— • ● • ————————————

甘羅是甘茂的孫子，甘茂死後，年僅十二歲的甘羅來到文信侯呂不韋的府上做事。

秦王嬴政派剛成君蔡澤出使燕國，三年後，燕王姬喜派太子姬丹到秦國做人質。為了聯合燕國討伐趙國，擴張秦國在河間（今河北獻縣一帶）的地盤。秦王嬴政打算派張唐到燕國任丞相，共同謀劃進攻趙國的方略。張唐不安地對呂不韋說：「我曾經為秦昭王攻打趙國，趙國對我恨之入骨，揚言要是能夠抓住張唐，賞賜方圓百里的土地。現在要去燕國必經趙國，我不能前往。」

呂不韋很不高興，對身邊的人說：「我讓剛成君蔡澤奉事燕國三年，燕太子丹已經到秦國作人質了。我親自請張唐到燕國做丞相，他卻不肯去。」

甘羅說：「讓我來勸勸他吧。」

呂不韋呵斥道：「我親自請他，他都不肯，你怎麼能讓他去？」

甘羅說：「非凡的項橐七歲時，當了孔子的老師。我都十二了，您不如讓我試試，何必急着要呵斥我呢？」

呂不韋轉念一想，答應了甘羅。

甘羅問張唐：「您和武安君相比，誰的功勞大？」

武安君是秦國的大將白起，因功封武安君。後來，應侯范雎聽從蘇代的遊說，怕白起功勞太大，對自己不利，便向秦昭王進讒言，以秦軍在外連年征戰、疲憊不堪為由，把白起從前線撤了回來。

武安君回到秦國後，得知被召回是因為應侯范雎在秦王面前撥弄

的結果，從此稱病，不願再領兵打仗。秦王見他心生怨氣，便削去他的官爵，後來，在范雎的挑撥下，秦王不但把白起驅逐出京都咸陽，還逼迫白起自殺。

想起這一幕幕，張唐心有餘悸地說：「武安君在南面打敗了強大的楚國，在北面又威懾燕國和趙國，戰必勝，攻必取，打下的城池不計其數，我的功勞哪裏比得上他！」

甘羅問：「應侯和文信侯比起來，誰更有權勢呢？」

張唐說：「文信侯的權勢超過了應侯。」

當初，秦王嬴政的父親子楚在趙國為人質時，是大商人呂不韋認為他奇貨可居，接濟了他，子楚才能過上好的生活。為了讓子楚能在秦王孫中有一席之地，呂不韋又親自到秦國遊說太子安國君的寵姬華陽夫人，讓安國君立子楚為嫡子。秦昭王死後，太子安國君即位，時僅一年，安國君去世，太子子楚即位，是為秦莊襄王。呂不韋因此當上了丞相，並封文信侯。三年後，莊襄王去世，太子嬴政即位，尊呂不韋為相國，稱他為「仲父」，從而成了秦國的一代權臣。

甘羅又問：「您真的知道應侯比不上文信侯的權勢嗎？」

「知道。」

甘羅又說：「應侯想要攻打趙國，武安君認為很困難。武安君才走到離咸陽七里遠的杜郵，就死在了那兒。現在，文信侯親自請您去燕國當丞相，您執意不去，我真不知道您會死在甚麼地方了。」

張唐聽得心驚肉跳，連忙說：「請讓我按照您說的去做吧。」說完，讓下人整理行李，準備上路。

離啟程赴燕還有幾天，甘羅對文信侯說：「請借給我五輛車子，讓我替張唐先去通報趙國。」

文信侯進宮對秦王嬴政說：「甘茂有個孫子甘羅，是著名卿相家的子孫，各國都知道他。張唐稱病想不去燕國，甘羅開導他，他同意去了。現在，甘羅願意先去通報趙國，派他去吧。」

秦王嬴政召見了甘羅，派他出使趙國。趙襄王不敢小瞧甘羅，親自到郊外迎接他。甘羅見到趙王，也不兜圈子，單刀直入地說：「大王聽說燕太子丹到秦國做人質的事了嗎？」

趙襄王說：「聽說了。」

甘羅又問：「聽說張唐到燕國做相國的事了嗎？」

「聽說了。」

甘羅說：「燕太子丹到秦國為人質，是為了表明燕國不欺騙秦國。張唐到燕國當丞相，是為了表明秦國不欺騙燕國；燕國和秦國互不相欺建立信用，是為了攻打趙國。兩國夾擊趙國，趙國十分危險了。燕、秦兩國互不相欺，是想進攻趙國，擴大在河間的地盤。我看，大王不如送給我五個城池，擴大秦在河間一帶的疆土。如果能達成這樣的協議，秦可以讓燕太子丹回國，和強大的趙國一道進攻弱小的燕國。那樣的話，趙雖失去了河間的五個城池，卻可以得到更多的城池作為補償。您以為如何？」

趙襄王認為很有道理，立即割讓了五個城池給秦，讓秦擴大河間一帶的領土。秦讓燕太子丹回國了。趙國乘勢攻打燕國，奪取了上谷（郡名，在今河北西北部一帶）的三十個城池，分給秦國十一個。這是後話。

甘羅出使趙國回來，向秦王嬴政報告了情況。秦王嬴政拜甘羅為上卿，又把原來甘茂的田地和房產都賞給了他。

甘羅雖然年少，但他的智慧足以超過那些馳騁於政治舞台上的縱橫家們，出一奇計不但使秦國在頃刻之間得到極大的利益，而且聲名還為後世所稱道。先不論他自身行為的意義，千百年來，甘羅的事跡能夠得以傳頌，並為人們所津津樂道，其中最重要的原因是，他已經成為了啟示人們追求建功立業的象徵符號，使人們從中得到激勵人生自我實現的力量。

（見《史記‧樗里子甘茂列傳》）

蒙恬和蒙毅

蒙恬和蒙毅為秦掃平六國做出了卓越貢獻。

蒙恬的先人是齊國人，祖父蒙驁從齊國到秦國，為秦昭王服務。秦昭王時，蒙驁官拜上卿。秦莊襄王元年（公元前249年），蒙驁率秦軍征伐韓國，奪取了成皋、滎陽，設置了三川郡。秦莊襄王二年，蒙驁攻打趙國，奪取了三十七座城池。秦王嬴政三年（公元前244年），蒙驁攻打趙國，奪取了十三座城池。秦王嬴政五年（公元前242年），蒙驁攻打魏國，奪取了二十七座城池。秦王嬴政七年，蒙驁去世。

蒙驁的兒子叫蒙武，蒙武有兩個兒子，大兒子叫蒙恬，小兒子叫蒙毅。秦王嬴政二十三年，秦將王翦攻楚，蒙武任副將，兩人密切配合，大敗楚軍並殺死項燕。項燕既是楚國著名的將領，又是西楚霸王項羽的先人。秦王嬴政二十四年，蒙武再次攻打楚國，俘虜了楚王，掃平了楚國。秦王嬴政二十六年，蒙恬因家族世代為將的原因擔任秦國的將領，率兵攻打齊國，取得勝利後，被任命為內史。

秦始皇嬴政統一六國後，派蒙恬率三十萬大軍北上驅逐戎狄，收復了黃河以南的土地。在守邊的過程中，蒙恬率領士兵修築長城，依託地形，設置險關要塞，經過長時期的修建，建成了西起臨洮（今甘肅岷縣），東至遼東（今遼寧遼陽），延綿一萬多里的長城。此後，蒙恬率軍渡過黃河，佔據陽山，駐守上郡（治所在陝西榆林），確保了秦王朝西北邊境的安全。那些來犯的匈奴兵，只要聽到蒙恬的名字，沒有不戰戰兢兢的。就這樣，蒙恬守邊度過了十幾年的光陰。

秦始皇十分敬重蒙氏家族，賞識和信任他們。蒙恬在外守邊時，秦始皇提拔了蒙恬的弟弟蒙毅，讓他官至上卿。秦始皇出行時，讓蒙毅陪他坐同一輛車，入朝時，讓他在自己的左右。蒙氏一族，在

外有蒙恬掌管大軍，在內有蒙毅出謀劃策，兄弟二人被譽為「忠信大臣」，朝中文武大臣沒有一個人敢和他們爭鋒。可惜的是，秦始皇死後，兄弟二人慘死在趙高和李斯的手中。

趙高是趙國王室的遠房親戚，趙高兄弟幾個都受過宮刑，母親也受過刑罰，因為這樣的緣故，沒人瞧得起他們。後來，趙高跑到秦宮做事，秦始皇聽說趙高辦事能力強，精通刑律，破格提拔他當了中車府令，負責管理皇帝出行時的車馬。秦始皇哪裏知道，他提拔的趙高，卻是把自己開創的江山引向滅亡的人呢？趙高當了中車府令後，竭力拉攏秦始皇的小兒子胡亥，教他審理和判決獄案。一次，趙高犯下重罪，秦始皇讓蒙毅審理，蒙毅依法辦案，判處趙高死刑。秦始皇因趙高辦事認真，赦免了他，並恢復了他的官職。

嬴政三十七年（公元前210年）七月，秦始皇出巡，走到沙丘（河北廣宗）時生了一場重病，於是派蒙毅回去禱告山川神靈。

蒙毅還沒回來，秦始皇已死。隨行的丞相李斯、小兒子胡亥和中車府令趙高立即封鎖了消息，不讓大臣知道此事。

趙高與胡亥親近，不願看到秦始皇的大兒子扶蘇登上帝位。為了扶持胡亥，趙高採取利誘的方法逼迫丞相李斯同意他擁立胡亥為太子的建議。為防止扶蘇爭奪皇位和駐守上郡的蒙恬支持扶蘇，趙高採用了陰毒的手段逼迫扶蘇和蒙恬自殺。

這一陰毒的手段就是巧立罪名，派使者假傳聖旨，心地善良的扶蘇接到聖旨後信以為真，自殺了。蒙恬是經歷過大風大浪的人，覺得事有蹊蹺，要求覆議。使者只好把蒙恬交給獄吏，派人接替他的職務。

秦始皇出行時帶領了一支龐大的軍隊，為了控制這支軍隊，確保安全，胡亥任命李斯的家臣擔任護軍。使者回來後告訴胡亥扶蘇已死的消息。胡亥聽後鬆了口氣，認為大患已除，想釋放蒙恬。

趙高聽了，害怕蒙恬再次手握重兵，又想到蒙毅曾治自己死罪。

如果有一天蒙氏兄弟再次當權的話，哪裏還有自己的好日子呢？為此，趙高決心要斬草除根。

合該有事，蒙毅祭拜山川神靈回來覆命了。瞅準機會，趙高對胡亥說：「我聽說先帝早有確立太子的打算，但蒙毅一直阻撓。他知道一旦選您為太子的話，他就無法迷惑先帝了。我的愚見是，不如把他殺了。」胡亥聽了，認為有道理，把蒙毅關押起來。

秦始皇的靈柩運到咸陽安葬後，胡亥當上了二世皇帝，趙高擁立有功，得到進一步的信任。為了防止蒙氏兄弟死灰復燃，趙高拼命地詆毀蒙氏兄弟，到處尋找罪狀，準備檢舉彈劾他們。

子嬰發現了趙高的陰謀，委婉地提醒胡亥：「從前趙王殺死賢臣李牧，起用顏聚，給國家帶來災難；燕王喜採用荊軻的計謀，背叛與秦國簽訂的盟約，給國家帶來災難；齊王建殺死前代的忠臣，聽信后勝的意見，給國家帶來災難。這三位國君都因為處置失當，禍害到國家並殃及自身。請皇上三思而行。蒙氏兄弟是秦國的重臣，現在皇上突然想拋棄他們，我私下認為這是不可取的。」

子嬰的話句句針對趙高，胡亥自然聽明白了。不過，他太相信趙高了，不為所動。

子嬰有些生氣了，接着又說：「我聽說考慮問題輕率的人不能治理國家，獨斷專行的人不能保全國君。誅殺忠良而沒有品行節操，如果這樣的話，對內，會使大臣們互不信任；對外，會使將士們離心離德。我認為，嚴辦蒙氏兄弟是不可取的。」

胡亥見子嬰把矛頭直指自己，越發認為趙高的做法是對的。他很生氣地派御史去責問蒙毅：「當年先帝打算立太子，你從中作梗。現在，丞相認為你不忠誠，你的罪過已牽累了你的家族。皇上不忍心這樣做，賜你一死，已算是相當幸運的了。你考慮考慮，看怎麼辦吧。」話語中間透露出殺機。

蒙毅辯解道：「我從年輕時當官，一直跟隨先帝，直到先帝去

世，可以說，最能體會先帝的心思了。先帝選立太子是經過深思熟慮的，難道我還敢說勸諫的話，敢用甚麼計策去謀劃？」蒙毅被激怒了，據理力爭道：「我不敢用任何藉口來逃避死罪，只是為連累到先帝的名聲感到羞愧，希望御史您能認真考慮，讓我在證據面前心服口服地去死。從前秦穆公讓子車氏三良為他殉葬，以不實之罪判處百里奚，所以謚號稱『繆』。秦昭襄王無端地殺死武安君白起，楚平王殺死無辜的伍奢，吳王夫差殺死忠心耿耿的伍子胥，這四位君主都犯了大錯誤，天下人非議他們，認為他們不賢明，在各國中聲名狼籍。古人說：『用道義治理國家的人不殺沒有罪過的臣民，刑罰不施加到無罪之人身上。』希望御史留心。」

御史知道胡亥的意圖，根本聽不進蒙毅的話，把他殺害了。

殺了蒙毅後，胡亥又派使者去處罰蒙恬。使者對蒙恬說：「你的罪過大了，弟弟蒙毅犯大罪，依法要連累你。」蒙恬感歎道：「我們蒙家三代為秦國出生入死。我如今帶兵三十多萬，號召一下，可以反叛。我沒有這麼做，因為我不敢辱沒先人教誨，死也要堅守節義，表達對先帝的忠心。」接着，蒙恬講了周公旦的故事。

周武王死後，周成王即位。那時，周成王還是個沒離開包被的嬰兒，周公旦整天背着成王上朝，終於安定了天下。

成王病危時，周公旦對着黃河禱告：「國君還小，是我掌管朝政，如有罪過，我願接受懲罰。」等到成王親理朝政時，有奸臣挑撥說：「周公旦很早就想作亂了，大王如不作準備，一定會出大事的。」

成王大怒，周公旦逃到了楚國。成王到保存檔案的府庫觀看時，發現了周公旦當年黃河禱告的記錄，流着眼淚說：「誰說周公旦有作亂的打算？」於是殺掉進讒言的人，迎回了周公旦。

講完這個故事，蒙恬又說：「《周書》說，一定要三番五次地審察。蒙氏宗族，對國家世世代代沒有二心。事情的結局變成這樣，一定有奸臣作逆謀亂，蒙蔽皇上。周成王有過失最終能改，周朝才昌盛

起來。夏桀殺死忠臣關龍逢，商紂王殺死忠臣比干，最後國破身亡。所以，我認為，有過失可以改正，聽從規勸可以覺醒。三番五次地審察，是英明君主的做法。我說這些，不是想開脫罪過，而是準備以諫言而死，是希望陛下為百姓着想，遵從正確的治國之道。」

使者有些感動了，說：「我接受了執行刑法的命令，不敢把將軍的話報告給皇上。」

蒙恬深深地歎氣說：「我是甚麼時候得罪上天的，要無緣無故地被處死呢？」過了一會，蒙恬拿起胡亥賜的毒藥，自言自語地說：「我的罪過可能與築長城挖壕溝萬里相關吧，可能我挖斷了地脈，這大概是我蒙恬的罪過吧。」說完，蒙恬吞下毒藥自殺了。

（見《史記·蒙恬列傳》）

秦國政治改革家衞鞅

　　他怎麼也沒想到，死後還要遭受五馬分屍的酷刑。在最後的日子，他絕望地看着那片為之奮鬥的熱土，感慨萬千。他很自豪，是他讓這個一蹶不振的國家走上了富國強兵之路，奠定了稱雄爭霸的基礎。可惜，他倒下了。他就是商鞅。

　　商鞅，是衞國宗室的後代，姓公孫，本名衞鞅，後來，分封商地，改稱商鞅。追溯衞鞅的祖先，與周王室同宗，本姓姬。衞鞅很喜歡刑名法術方面的學問，年輕時，在魏國丞相公叔座那裏任中庶子一職，充當侍從官。公叔座十分清楚他的才能，想提拔重用他的時候，公叔座病倒了。

　　魏惠王親自去探望公叔座，問：「如果您有個三長兩短的話，國家將託付給誰呢？」

　　公叔座說：「我的中庶子衞鞅雖然年輕，卻很有才幹，希望大王將國政委任給他。」

　　魏惠王沒有吭聲。

　　過了一會兒，魏惠王要走了。公叔座讓身邊的人退下，對魏王說：「大王如果不能重用衞鞅，一定要殺掉他，別讓他出國境，為別的國家所用。」

　　魏王點點頭答應了。

　　魏王走後，公叔座把衞鞅叫來，向他道歉說：「剛才大王詢問我誰可以當丞相，我推薦了你，大王沒有答應。我這樣做，是為了先忠於國家後顧及大臣。我又告訴他，如不能用，就殺掉。大王答應了我，你趕緊逃命吧，不然後果不堪設想。」

　　衞鞅一笑：「丞相，大王既然不採納您的話重用我，又怎麼會聽您的話殺掉我呢？」衞鞅哪裏都沒有去，繼續呆在魏國。

　　魏王對隨從人員說：「公叔丞相病得不輕啊，說胡話了。讓我把朝政大權交給衞鞅，不是很荒唐嗎？」

　　公叔座死後，衞鞅聽說秦孝公在國內訪求賢才，要重整秦穆公當年開創的霸業，向東收復失地，於是離開魏國來到秦國。衞鞅通過秦孝公的寵臣景監見到了秦孝公。

　　秦孝公召見衞鞅後，花了很長的時間談論國事。秦孝公聽得直打瞌睡，等衞鞅離開後，秦孝公對景監說：「你推薦的人只會空談，像他這樣，怎能任用呢！」

　　景監拿着秦孝公的話，責怪衞鞅。衞鞅說：「我用五帝之道勸說孝公，看來他不能領悟。」五帝指黃帝、顓頊、帝嚳、帝堯、帝舜，他們以仁義治天下，以德服人，成為後世頌揚的聖人。

　　五天後，景監又請秦孝公召見衞鞅。這一次談的時間更長了，可是，還不能打動秦孝公。談話結束後，秦孝公又把景監臭罵了一頓。景監再次責怪衞鞅。衞鞅說：「我以三王之道勸說孝公，還不能說到他的心坎上，我明白了。請讓孝公再次召見我。」三王一指燧人氏、伏羲氏、神農氏，又指天皇、地皇、人皇，歷史上有不同的說法。不過，衞鞅所說的三王當指夏王朝的開國君主夏啟、商王朝的開國君主成湯、周王朝的開國君主周武王。

　　這一次，秦孝公聽進去了，他對景監說：「你推薦的人還行，可以跟他談談了。」

　　景監轉達了秦孝公的意思，衞鞅說：「這次我用五霸的治國之術勸說孝公，看來他真的要採納了。如果再次召見的話，我知道該怎麼說了。」按照司馬遷的說法，五霸是指春秋時齊桓公、宋襄公、晉文公、秦穆公、楚莊王等五位諸侯。當時，他們以匡扶周王室為名義，號令天下。

衛鞅又見到秦孝公，秦孝公跟他談話，不知不覺地移動身子向衛鞅靠攏。就這樣，他們一連談了幾天，秦孝公沒有一點兒的倦意。景監問衛鞅：「您用甚麼辦法說中我們君主的心思？我們的君主高興極了。」

衛鞅說：「我對孝公說，秦國推行帝王之道可超過夏、商、周三代。君王說：『太久遠了，我不能等待。再說賢明的君主都希望在位時揚名天下，我怎能悶悶不樂地等待幾千年後才成就帝王大業呢？』我又用富國強兵的辦法勸說孝公，孝公聽了格外高興。」

衛鞅得到任用後，很想推行政治改革。秦孝公擔心天下議論，舉棋不定。

衛鞅幫助他下決心說：「大王啊，猶豫不決將不能成就功業，做事遲疑永遠不會有結果。高於常人的行為受到責難是必然的，獨到的真知灼見，可能會暫時得不到擁護。愚蠢的人對已成功的事情都搞不明白，聰明的人在事情還沒發生時已能預見。變法時，不能先與百姓商量，只要讓他們享有變法後的好處就行了。追求高遠的理想不必迎合世俗，應當機立斷。能使國家強大的聖人不會效法舊的制度，只要對百姓有利，就不必遵循舊的制度。」

衛鞅遭到一些大臣的反對。甘龍說：「聖人不用改變民俗，可以教化天下；聰明人不改變法度，可以治理天下。遵循民俗進行教化，可以不費氣力取得成功；沿用舊法治理天下，官吏習慣，老百姓安寧。」

衛鞅反駁道：「您所說的，都是些目光短淺的俗話。一般的人安於現狀，書呆子拘泥於自己的見聞。用他們當官可以守法，但不能跟他們談論舊法以外的事情。夏、商、周三代有不同的禮制和法度，卻能成就各自的王業，五霸有不同的法，卻能成就各自的霸業。聰明人的可以創立法度，愚蠢的人只能受制於法度，賢能的人可以根據情況改變禮制法度，平庸的人只能受它的拘束。」

杜摯說：「如果沒有百倍的利益，不能輕易地改變法度；如果沒有十倍的功用，不能輕易地改換器具。效法古代沒有過錯，遵循原有的禮制法度不會有差錯。」

衛鞅說：「治理天下不是只有一種辦法，只要有利於國家就不必效法古代。具體地講，商湯、周武王沒有遵循古法卻統一了天下，夏桀、商紂不改舊制走向了滅亡。對反對古法的人不能任意地指責，同樣，遵循舊禮的人未必值得肯定。」衛鞅認為，時代變了，不能永遠停留在那些古老陳舊的法度中。他要創造的不是一個抱殘守缺、不思進取的國家，應該是一個空前繁盛、法度鮮明的帝國。通過辯論，衛鞅打消了秦孝公的顧慮，堅定了秦孝公改革的信心。於是，秦孝公任命衛鞅做左庶長，主持變法。

變法在秦國推行了。新法規定，百姓十家為「什」，五家為「五」。在完善基層機構的過程中，衛鞅讓百姓互相監督，如果一家犯法了，其他九家要受到懲罰。如果知道壞人的行蹤不告發他們，要處以腰斬的酷刑，凡是告發壞人的可以得到獎賞，甚至可以像在戰場上殺敵立功的將士那樣受到獎賞。凡是有兩個以上的成年男子不分家的，一律加倍徵收賦稅；凡是立軍功的，一律按照標準接受上一等的爵位；凡是為私利爭鬥的，視情節輕重處以不同的刑罰；凡是努力從事農業生產、勤耕細織的，一律免除徭役和賦稅；凡是從事工商業和因懶惰而貧窮的，全部收歸官府當奴婢。國君的宗親沒有軍功，不經評定，一律不得入宗室譜牒。此外，明確規定尊卑爵祿等級，按照等級佔有田宅，奴婢的衣服樣式按主人地位的高低制定。這樣一來，有軍功的顯赫榮耀，沒有軍功的即使富有也沒有地方顯示他們的榮華。

經過反覆斟酌，法令擬定好了，準備公佈。衛鞅擔心百姓不相信，不能認真地貫徹執行法令。為了表示誠信，衛鞅在都城市場的南門豎起了一根三丈長的木頭，告訴大家凡是能把這根木頭搬到北門的，賞十金。

圍觀的人聚集在一起，不敢相信是真的，因為這太容易做到了。
大家聚成一團，感到怪怪的，沒有一個人敢去移動。衞鞅又宣佈：
「能移動的賞五十金。」

抱着懷疑，有個人搬動了木頭，得到了賞金。衞鞅這樣做是為了
表明推行新法的決心，很快，新法公佈了。

新法推行了一年，成效不大。數以千計的百姓到國都說：「新法
不適合我們。」就在這時，太子觸犯了法令。衞鞅說：「法令執行不
力，是因為上面的人先違反它。」堅決依法懲辦太子。太子是國君的
繼承人，不能施加刑法。衞鞅決定處罰太子的老師公子虔和公孫賈，
並在公孫賈的臉上刺了字。

第二年，大家開始認真執行新法。

又過了三年，秦國在咸陽建造了豪華的宮殿，將都城搬到了咸
陽。又過了一年，公子虔再次觸犯法令，衞鞅毫不留情地判處他劓
刑，把他的鼻子割了。又過了五年，這時新法已推行十年了，經過
十年的整治，秦國出現了一派繁榮的景象，路上的遺物沒有人拾取竊
為己有，山中沒有盜賊，家家富裕飽暖。百姓勇敢地為國家作戰，不
敢為私利爭鬥。當初，那些說新法不適合的百姓紛紛說新法的好處。
後來，衞鞅把那些議論新法的人統統遷到邊疆，這樣一來，再也沒有
人敢議論新法了。秦國富強了，沒人敢瞧不起秦國，周天子為秦孝公
送來祭肉，表示承認秦孝公的霸主地位，各國諸侯紛紛向秦孝公表示
祝賀。

新法推行十一年，齊軍在孫臏的帶領下打敗了強盛的魏軍，俘
虜了魏太子申，又殺掉了魏國將軍龐涓。第二年，衞鞅對秦孝公說：
「秦國與魏國，是兩個敵對的國家。不是魏國吞併秦國，就是秦國吞
併魏國。為甚麼呢？魏國的西面有險要的山嶺，定都安邑。與秦國以
黃河為界，獨佔華山以東的地盤。形勢有利時就向西侵擾秦國，形勢
不利時就向東開拓領土。現在憑藉大王的賢聖，秦國已強盛起來。去

年，魏國被齊國打得大敗，諸侯已不再與魏結盟，大王您可以乘魏國削弱之際攻打魏國。魏國抵擋不了秦兵，肯定會向東遷徙。向東遷徙後，秦國可迅速佔據黃河、華山等險要地區，向東控制諸侯，這才是帝王大業啊。」

秦孝公認為很對，派衛鞅率兵攻打魏國。魏國派公子卬迎戰秦軍，兩軍對峙時，衛鞅送信給公子卬說：「我當初與公子十分友好，如今為兩國之將。我不忍心看到互相攻伐，可以同公子會面，訂立盟約，痛飲一番後退兵，以安定秦國和魏國。」

天真的公子卬上當了，他怎麼也沒想到，衛鞅會在痛飲之時抓住他，然後乘勢發起進攻，打得魏軍大敗。

此後，魏國在齊國、秦國的打擊下，國內一片空虛，勢力一天天地削弱。為了免遭滅頂之災，派使者向秦國求和，把河西地區割讓給秦國。與此同時，魏國遷都大梁（今河南開封）。魏惠王說：「我真後悔當初沒有聽公叔座的話。」

衛鞅打敗魏軍歸來，秦孝公把於、商等十五個城邑封給他，號「商君」，從此，衛鞅又稱商鞅。

商鞅在秦國做了十年的丞相，秦國有許多貴族怨恨他。有一天，趙良去見商鞅。商鞅希望能與趙良成為好朋友。趙良拒絕了，隨後又告訴商鞅，他在秦國的作為已觸犯了許多人的利益，並希望他能急流勇退，趕快交出十五座城邑，到偏僻的地方隱居。趙良直截了當地說：「您如果貪戀商、於的財富，專擅秦國的教令，積聚百姓的怨怒，秦王一旦拋棄賓客不在位了，秦國要搜捕您的人，難道還會少嗎？您的滅亡已在頃刻之間了。」商鞅沒有聽，把趙良的話當成了耳旁風。

五個月後，秦孝公去世了，太子即位，是為秦惠文王。惠文王即位後，公子虔展開瘋狂的報復，告發商鞅謀反。朝廷派人搜捕商鞅，商鞅逃跑了，跑到了邊境關口，準備住進一家客棧。店主人不知

他是商鞅，對他說：「按照商君的法令，留宿沒有憑證的客人要連帶治罪。」

商鞅感慨地說：「沒想到，制訂的法令竟害人到了如此的地步！」

商鞅連夜逃往魏國，魏國人恨他欺騙公子卬，堅決不收留。魏人說：「商鞅是秦國的逃犯，秦國強大，應該把逃犯送回秦國。」強行把商鞅送回了秦國。

絕望中的商鞅跑到自己的封邑商邑，帶着他的部屬向北出動襲擊鄭國，想找個立足之地。秦國出兵攻打商鞅，在鄭國澠池殺了他。殺死商鞅後，秦惠文王還不解恨，又把他五馬分屍並示眾，說：「不要像商鞅那樣造反。」隨後殺了商鞅全家。

（見《史記・商君列傳》）

法家韓非之死

　　韓非死得太冤了，他怎麼也想不到，置他於死地的，竟是最要好的同學，推薦自己到秦國的李斯。

　　韓非是韓國的貴公子，一生喜歡刑名律法。早年，他和李斯一同拜大學問家荀子為師，學習帝王之術（輔佐君主富國強兵的學問），韓非非常有才華，李斯自愧不如。

　　為謀求個人的發展，李斯歷盡千辛萬苦，從關東來到秦國。可惜，他沒有趕上好時機。李斯入秦不久，韓人鄭國到秦國當間諜的事情敗露。為此，秦國發生了一場驅逐客卿的運動。絕望中的李斯為了繼續留在秦國，給秦王嬴政寫了《諫逐客書》。這篇上書的大意是，歷代在秦國任職的客卿為秦國走向強盛立下了不可磨滅的功勞，不能因為一件不好的事就驅逐他們。嬴政認為有道理，下令停止逐客，恢復了李斯的官職。後來，李斯成為嬴政吞併六國的得力幹將。

　　當時天下的形勢是，關東六國日益削弱，強秦咄咄逼人，大有席捲天下之勢，韓國處於危難之中。為國家的前途着想，韓非希望韓王能修明法度，求才任賢，走富國強兵之路。韓非多次上書韓王，希望能刷新政治，遠離那些只知討好君主，不知分憂的小人。然而，耽於聲色享受的韓王根本聽不進他的意見。韓非失望了，只能憂心忡忡地看着自己的國家面臨磨難。

　　韓非的文章觀點鮮明，文風犀利。可惜他是個結巴，不擅長交談，只能將一生的學問訴諸筆端，先後寫下了《說難》《孤憤》等十餘萬字的著作。

　　在《孤憤》中，韓非感慨廉潔正直之士遭受奸邪不正之臣排擠的現實。在考察歷史上的成功與失敗的經驗教訓時，敍述了「智術之士」（有治國才能的人）與「重人」（竊居要職的權臣）之間的對立。這

篇文章在激越的感情中湧動着不平之氣，以峭拔嚴峻的氣勢造就一種「孤憤」的氛圍。

在《五蠹》中，韓非重點斥責了五種危害國家根本利益的人。這五種人分別是「學者」（指儒家之徒）、「言談者」（到處遊說的縱橫家）、「帶劍者」（遊俠）、「患御者」（逃避農戰，依附於貴族的近侍）和「工商之民」。在韓非看來，這五種人或以他們的學說及行為亂政，或妨礙國家以農為本的基石，因此必須去除。那麼，國家該如何治理呢？韓非提出了「以法為教」的法治主張，此外，他還根據古今社會的變異，深入地論證了「以先王之政，治當世之民」不可行，堅決主張以嚴刑峻法治理亂世，從而表現出法家學說的嚴酷。

韓非的著作很快就傳到了秦國。自衛鞅在秦實行變法以後，秦一直是法家學說的實際受益者，後來，在任用法家人物方面雖有反覆，但法家主張的獎勵耕戰始終是秦的基本國策。秦王嬴政讀了韓非的《孤憤》《五蠹》後，感慨道：「寡人如果能見到這個人，並且和他交往，死而無憾。」

李斯聽到這話後，對秦王嬴政說：「這書是我的同學韓非寫的。」隨後，向秦王嬴政詳細地介紹了韓非的情況。嬴政為了得到韓非，不惜派大軍進攻韓國，逼迫韓國把韓非交出來。面對強大的攻勢，韓王只好派韓非出使秦國。

嬴政見到韓非後，打算重用。李斯和姚賈生怕韓非得到重用後，影響他們在秦國的地位。兩人一商量，開始在嬴政面前毀謗韓非：「韓非是韓國的公子，現在，大王要想吞併各國，韓非最終只會幫助韓國，不會幫助秦國的，這是人之常情。」秦王認為這話有道理，遂動搖了。

兩人又繼續說：「現在大王不用韓非，時間長了再放他回韓國，那是給自己留下禍患啊，不如趁此機會，找到他的過錯，依法殺掉。」

秦王想了一下，認為李斯說得很對，便下令司法官辦韓非的罪。

此時，韓非被蒙在鼓裏，他來到秦國，以為同窗好友李斯會關心自己，又以為施展抱負的時機到了，怎麼也沒想到大禍要臨頭。

韓非被莫名其妙地抓進監牢後，李斯為了絕除後患，派人送毒藥給韓非，說是秦王有令，讓他自殺。韓非無罪被抓，自然不甘心，希望找個機會當面向秦王陳述。李斯一心想除掉韓非，怎麼會給他機會呢？過了些日子，走投無路的韓非自殺了。韓非自殺後，李斯與姚賈大大地鬆了口氣，只覺得除去了心頭大患。

嬴政想起了被關押的韓非，決定赦免他，可惜為時已晚。韓非怎麼也沒想到，自己會死在老同學的手上。人們常說，明槍好躲，暗箭難防。書生氣十足的韓非怎能想到他會栽在老同學之手呢？韓非雖然明白在君主面前惹來殺身之禍的種種原因，但他卻逃脫不了這一結局，掩卷沉思，讓人唏噓不已。

（見《史記·老子韓非列傳》）

秦國客卿李斯

秋風初起，天氣微涼，一個白髮老人帶着枷鎖走出了咸陽的大牢，因久不見天日，難免有些眩暈。仰望蒼天，一片藍湛湛的，在咸陽，是個難得的好天氣，然而他卻要走向刑場了。

他轉過身對二兒子說：「我很想和你一道，牽着心愛的黃狗，一同出上蔡的東門，去追逐狡兔，現在看來是不行了。」人世間的往事是多麼美好啊，如今這一切都成了美好的追憶。說完，父子二人抱頭痛哭。現實太殘酷了，等待這位白髮老人的將是腰斬，因為他的緣故，他的兒子及其身後的所有親屬，也將陪着他走上斷頭台。

這是秦二世胡亥二年（公元前 208 年）七月的一天，叱咤風雲、曾經翻雲覆雨的秦國重臣、成就秦始皇千秋功業的李斯，走到了人生的盡頭。

李斯，楚國上蔡（今河南上蔡）人，早年，在家鄉當小吏。一天，他看到在廁所裏吃臟東西的老鼠，因為人來人往，又有狗在一旁窺伺，老鼠露出驚恐的神情，邊吃邊東張西望，生怕受到傷害。李斯走進糧倉，看到糧倉中的老鼠沒有絲毫的畏懼。牠們挺着圓滾滾的大肚子，大嚼大嚥，人站在牠們的面前，也無法打斷牠的「雅興」。兩相對比，李斯感歎道：「一個人有出息和沒出息的區別，就像這兩隻老鼠一樣，關鍵是讓牠們處在甚麼樣的環境。」

那時起，李斯決心活出人樣。他遠離家鄉，跟從一代名儒荀子學習帝王術（治理天下的學問）。學業完成後，李斯向荀子告辭說：「我聽說遇到了機會就不要輕易地放過。現在，秦王準備吞併六國，統一天下，這正是遊說他的好時機。一個處在卑賤地位而不想改變自己處境的人，只能像張嘴吃現成的禽獸。所不同的是，這個人比禽獸多長了一副人的面孔，能勉強直立行走而已。人最大的恥辱莫過於地位的

卑賤，最大的悲哀莫過於生活的貧困。當一個人處於卑賤和貧困的時候，還要說反對世俗，厭惡名利，標榜自己與世無爭，這不是讀書人的真實情況。所以我打算到西方遊說秦王。」

當時，一些有識之士分析天下形勢時，認為只有楚和秦能掃平六國，建立大一統的國家。李斯認真分析了形勢，認為楚王不會有大的作為。因此，他把求取富貴、建功立業的寶押在了秦王的身上。

李斯長途跋涉到了秦國，自薦到了秦相呂不韋的府上。那時，呂不韋為了與「四大公子」一比高低，向天下招攬賓客。呂不韋認為李斯很有才幹，舉薦他當了秦王嬴政的侍衛官。李斯因此有了遊說秦王的機會。他對秦王說：「平庸的人常常會失去機會，成就大事業的人總能抓住機會。從前秦穆公稱霸，為甚麼沒能向東兼併各諸侯國呢？是因為那裏的諸侯國有很多，周王室還沒有徹底地衰敗，所以五霸交替興起，爭相尊奉周室。自秦孝公以來，形勢發生了變化。周王室進一步衰敗，諸侯互相兼併，在關東地區形成六國。秦國乘勝控制諸侯，已有六代了。如今，六國服從秦國就像郡縣服從中央一樣。以秦國的強大和大王的賢明，完全可以成就帝業，建立一統天下，消滅諸侯就如同掃除竈上的灰塵一樣。這是個千載難逢的好機會啊。如果現在不抓緊時間去做，等到諸侯再強盛起來，簽訂聯合抗秦的盟約，即使有黃帝那樣的才幹，也不能兼併他們了。」

李斯的話打動了秦王嬴政，嬴政當即任命李斯為長史，並聽從他的計謀，暗中派遣謀士帶着黃金去遊說諸侯，防止他們聯合起來共同對秦，並試圖離間他們的君臣關係。

那些謀士到了關東六國後，凡是可以用金錢收買的知名人士，一律送厚禮；凡是不肯接受禮物的，一律用利劍刺殺他們。等到離間君主與大臣的關係見效後，秦王接派得力的將領去攻打他們。李斯得到高度的信任，不久，秦王任命李斯為客卿。

正當李斯飛黃騰達的時候，秦國發生了驅逐客卿的事件。原來，關東六國害怕強秦入侵，紛紛謀求削弱秦國國力的方法。受韓王的派遣，韓國水利專家鄭國入秦勸說秦王興修水利。興修水利的目的是為了削弱秦國的財力，使秦沒有力量立即攻打韓國。不料，這一陰謀被發覺了，趁此機會，大權旁落的王公貴族勸說秦王嬴政驅逐客卿。他們說：「從諸侯國到秦國，大都是為他們的國君充當說客或間諜的，讓這些人留在秦國，將會對秦國不利，請大王把所有的賓客驅逐出境。」

秦國掀起了一場聲勢浩大的驅逐客卿的運動，很快，這場災難降臨到李斯的頭上。為了繼續留在秦國，李斯寫了《諫逐客書》給秦王嬴政。文章從秦國的歷史和現狀兩個方面向秦王陳述驅逐客卿的害處，並以無數雄辯的事實講述了客卿為秦國走向強盛所作的巨大貢獻。一番肺腑之言，打動了秦王嬴政，秦王廢除了逐客令。

經過二十多年努力，秦完成了統一六國的大業，可以說，沒有李斯，就不會有秦的大一統帝國。秦王嬴政沒有忘記這位為他立下汗馬功勞的大臣，把李斯提拔到了丞相的位置上。

李斯入秦後，他的孩子先後成人，很快到了婚嫁的年齡。為了表示對李斯的恩寵，秦始皇親自過問李斯兒女的婚事，讓他的兒子娶秦國的公主為妻，女兒嫁給秦國的公子。

李斯成了秦國最有權勢的人物，幾乎所有的人都要巴結他。一天，李斯擔任三川郡守的大兒子李由請假回秦都咸陽。大兒子回家，父親難免要擺幾桌酒席，滿朝文武百官紛紛上門祝賀。一時間，李府的門前停了數以千計車馬。

看到這一景象，李斯感慨道：「我聽老師荀子說過：『事物都忌諱過分。』我李斯只是上蔡的平民百姓，皇上沒有嫌棄我才疏學淺，把我提拔到丞相的位置上。環視天下，如今在大臣位置上的沒有比我地位更高的了，可以說是富貴到了極點。物極必反，我真不知道以後的歸宿會在哪裏！」

　　說這話時，李斯十分陶醉，有些飄飄然，只以為未來永遠是陽光燦爛，其實，也算是一語成讖。歷史上像李斯這樣的人很多，當他們過分地迷信權勢時，根本就不知道應居安思危。反過來說，一個正在得意的人怎麼會知道急流勇退的道理呢？

　　對富貴的貪戀和無休止的追逐，是李斯給自己設下的陷阱。正是有了這樣的弱點，他才會被陰險的趙高玩弄於股掌之中，最終被推向誅滅三族的境地。

　　事情還要從秦始皇出遊說起，為了求得長生不死，秦始皇四處出巡，希望找到神仙，能長生不死。雖然每一次出巡都沒有達到目的，但他從來沒有死心。秦始皇最後一次出巡發生在始皇三十七年（公元前 210 年），此時，長子扶蘇多次勸諫他行仁義之道，被秦始皇攆到上郡監督軍務去了。這次出行，受寵愛的小兒子胡亥請求隨行，秦始皇答應了。

　　七月，行至沙丘（河北廣宗），秦始皇得了一場重病。在他臨終前，命令中車府令趙高寫信給大兒子扶蘇，讓他把兵權交給蒙恬，火速趕到咸陽參加葬禮和主持安葬。詔書寫好後還沒交給使者，秦始皇就死了。

　　當時，知道秦始皇去世的人只有胡亥、丞相李斯和五六個宦官。李斯認為皇帝在外地去世，朝中沒有正式確定太子，故祕不發喪。為了封鎖消息，李斯等人把秦始皇的屍體安放在一輛封閉又能通風的臥車中，百官報告政事和進獻飲食像往常那樣，由藏在臥車中的宦官負責批准奏報的政事。

　　因書信和印璽都保存在趙高那裏，趙高居心叵測地對胡亥說：「皇上去世，沒有下達分封諸公子為王的詔令，只賜給長子扶蘇一封書信。如果扶蘇回來，立即會被立為皇帝，那樣的話，您連一寸封地也不會有，怎麼辦？」趙高試探性地問胡亥，旨在挑動胡亥的野心，以達到不可告人的目的。趙高非常清楚，扶蘇是一個心地善良的人，

又多次勸說秦始皇以仁治國，如果扶蘇登基，自己必將失去權勢，只有像胡亥那樣的傻瓜才會接受他的擺佈，讓他擁有一切。

胡亥說：「本來就應該這樣。我聽說，賢明的君主是了解臣子的，賢明的父親是了解兒子的。既然父親臨終沒有下詔書賜封兒子，那有甚麼話可說呢。」言外之意，父親臨終時沒有任何交代，我能有甚麼辦法呢。

趙高擺了擺手說：「話不能這樣說，如今天下大權和生死存亡，都掌控在您和我以及丞相的手中，希望您慎重地考慮一下。」秦始皇有二十多個兒子，隨同出行的只有胡亥。趙高的意思是，只要我們三人合謀，你胡亥就可以登上帝位，接着又啟發道：「讓別人臣服自己和自己向別人臣服，兩者之間有着本質的區別，是不能相提並論的。」

胡亥聽明白了，顧慮重重地說：「廢長兄而立弟，這是不義；不遵從父親的遺命而貪生怕死，這是不孝；才能淺薄，勉強搶奪別人的功業，這是無能。這三件事都是違反道德的。如果要強行做的話，天下將會不服，那樣的話，不但自己會遭受禍殃，而且國家也會滅亡。」胡亥有些心動，但還是猶豫。

趙高是大奸大滑之輩，善於察言觀色，他從臉色中發現胡亥已經心動，又煽風點火地說：「我聽說商王成湯、周武王殺死他們的君主時，天下人都說幹得好，這不能算不忠。衛君殺死他的父親，衛國人都稱頌他的功德，孔子記載了這件事，不能算不孝。做大事可以不顧及小節，道德高尚不必在細節上謙讓。不同的鄉里有不同的風俗，百官職事各有分工。顧小節而失大體，日後必有禍患；做事拿不定主意，將來一定會後悔。果斷大膽地放手去幹，鬼神也會迴避，必定會成功。希望您能當機立斷！」

經過哄騙和利誘，胡亥決心趁秦始皇死去的機會登上帝位。老奸巨猾的趙高對胡亥說：「不跟丞相商量，恐怕事情不能成功，我請求為您去跟丞相商議這件事。」

　　趙高見到丞相李斯後，單刀直入地說：「皇上去世，賜給長子扶蘇書信，要他到咸陽參加喪禮，並繼承皇位。現在詔書還沒有發出，皇上已經去世，這事沒有人知道，皇上給扶蘇的詔書和符璽都在胡亥那裏，確定太子，您和我發一句話就行了。您看該怎麼辦？」

　　秦始皇死後，李斯怕消息走漏引起內亂，一直保守祕密。此時聽了趙高的話，李斯非常生氣，厲聲責問趙高：「你怎能說出這種亡國的話呢！這不是臣子應當議論的事情。」

　　趙高故意轉移話題，笑着對李斯說：「您掂量一下，您的才能能與蒙恬相比嗎？您的功勞能比得上蒙恬嗎？您的謀略能與蒙恬相比嗎？蒙恬很少與天下人結怨，您的口碑比得上蒙恬嗎？蒙恬與扶蘇有交情又深得扶蘇的信任，您能比得上蒙恬嗎？」

　　蒙恬是秦始皇心愛的大將，秦掃平六國以後，蒙恬奉命率大軍鎮守北方的邊地，戰功卓著。此時，長子扶蘇正在北地監督蒙恬的軍務。趙高一連串五個反問，問得李斯啞口無言。愣了老半天，李斯才說：「這五個方面我都比不上蒙恬，可是你為甚麼要這樣苛求我呢？」

　　趙高步步緊逼地說：「本來，我趙高是一個宦官奴役，有幸憑着精通刑法條文進了秦宮，管理事務二十多年，從未看到過秦王罷免的丞相或功臣能將他們的封爵傳到第二代的，他們最後都被誅殺了。皇上有二十多個兒子，您對他們都是了解的。長子扶蘇剛毅勇武，信任人並善於激勵人，即位後，一定會任用蒙恬為丞相。到那時候，恐怕您是不能帶着通侯的印信回到家鄉的。我趙高奉命教授胡亥，讓他學習法律已經好幾年了，從沒有看到他有甚麼過失。胡亥仁慈厚道，輕錢財重賢士，秦皇的兒子沒有能趕上他的，完全可以做皇上的繼承人，希望您考慮一下。」

　　李斯雖然貪圖權勢，但一直忠心耿耿，立即拒絕了趙高：「你還是做好你的本職工作吧。我遵照皇上的遺詔，聽從上天的安排，有甚麼事需要考慮的呢？」

趙高繼續勸說：「世事無常，您自以為現在很安全，說不定很危險呢！安全和危險是可以轉化的，希望您能做個聖人。」

李斯稍稍猶豫了一下，說：「我李斯只是上蔡的一個平民，蒙皇上提拔當上丞相，封為通侯，子孫後代都得到了尊貴的地位，享有豐厚的俸祿。皇上把國家安危存亡的大事交給我，我怎能辜負皇上的重託呢！忠臣不因貪生而怕死，孝子不因過分勤勞而危害自己，做臣子的要恪守自己的職分。請你不要再說了，否則，會使我李斯蒙受罪過。」說完這番話，外表平靜的李斯有些心動了。

趙高見李斯沒有以謀反的罪名叫人立即逮捕他，知道魚兒已經上鈎了，心裏暗自得意，依舊不露聲色地說：「我聽說聖人處世常改變主意，是為了順應時事的變化趕上時代。看到事物的苗頭就知道事物的根本，看到事物發展的動向就知道事物的結果。事物本來就有變化，哪裏有一成不變的道理呢？當今天下的權力和命運掌握在胡亥手裏，我趙高能控制局面。況且由外朝制服內朝叫做惑亂；從下面來制服上面叫做反叛。所以秋霜降落，花草就要凋謝；冰化水流，萬物就會生長，這是必然的結果。您為甚麼反應如此遲鈍呢？」趙高咄咄逼人，繼續說服李斯。

李斯憂心忡忡地說：「我聽說晉國改立太子，三代不得安寧；齊桓公的兄弟爭奪王位，被人殺死；商紂殺死親戚，不聽勸諫，國家成為廢墟，終於危害社稷。這三件事都因違背天意，造成了國破家亡的後果。我李斯是個堂堂正正的人，怎能參與這種陰謀呢！」

趙高心知李斯的底氣已經不足，又進一步利誘道：「只要上下一心，事業就可以長久；只要內外一致，事情就不會有差錯。您如果聽從我的計策，就會長期保住爵位，世世代代稱王稱侯；就一定會有王子喬、赤松子那樣的長壽，就一定會有孔子、墨子那樣的智慧。如果您放棄眼下的機會不幹，必將禍及子孫，令人心寒啊。聰明人可以因禍得福，您究竟打算怎麼做呢？」

　　為了個人的私利，李斯的立場改變了。他仰天長歎，流着淚說：「唉！我偏偏遇到這樣的亂世，既然不能以死效忠，又到哪裏去寄託我的生命呢？」

　　李斯屈服了，趙高得意洋洋地對胡亥說：「我奉您的命令去通報丞相，丞相怎敢不服從命令呢！」就這樣，李斯參與到這場陰謀當中。

　　經過一番謀劃，李斯對外宣稱接受了皇上的詔書，立胡亥為太子。隨後，趙高、李斯和胡亥合夥偽造了秦始皇給長子扶蘇的書信，信中寫道：「我巡視天下，請求各地名山的神靈延長壽命。如今扶蘇和蒙恬率幾十萬大軍守衞邊疆，十多年過去了，不能向前開拓疆土，士兵多有死亡，沒有一點功勞，反而多次上書指責我的行為。又因不能回朝當太子，整天抱怨。扶蘇作為兒子不孝順，現賜劍讓你自殺。將軍蒙恬與扶蘇在一起，不糾正扶蘇的錯誤，這是不忠於朝廷的行為，亦賜死，並將軍隊交給副將王離。」

　　使者到達後，扶蘇拆開書信，大哭了一場，隨即轉身到內室，準備自殺。蒙恬勸阻扶蘇說：「陛下出行在外，沒有立太子，派我帶領三十萬大軍守邊，公子為監軍，這是天下的重任。如今來一個使者，就自殺了，怎麼能知道這不是假的呢？請您再請示一下，請示後再自殺不遲。」

　　使者不容扶蘇請示，一再地催促。扶蘇為人忠厚，對蒙恬說：「父親賜兒子死，還用得着再請示嗎？」

　　說完，拔劍自殺了。

　　蒙恬不願無緣無故地死去，使者把他交給掌司法的官吏，囚禁在陽周，回去覆命了。

　　得到使者的報告後，胡亥、李斯、趙高很高興。回到秦都咸陽，給秦始皇發喪，胡亥被立為二世皇帝。

　　因貪圖富貴和權力，李斯參與到這場宮廷陰謀之中。可是，他萬萬沒有想到，有着更大陰謀和野心的趙高，已悄悄地把矛頭指向了他。

胡亥登上皇位後，任命趙高為郎中令，讓他在宮中侍奉掌權。胡亥是一個貪圖享受的主子，對每天上朝處理政務早就厭煩了，他對趙高說：「人生在世，就像駕着六匹駿馬飛過縫隙，過得太快了。既然已經統治天下，我想盡可能地滿足享受，窮盡心中想要的樂趣，使國家安定和百姓快樂。我的想法可以嗎？」

這番話正中趙高下懷，他想藉胡亥除去那些反對他的人。他順着胡亥的話說：「這是賢明的君主才辦到的，昏庸的做不到這些。臣不敢逃避刀斧的誅殺，斗膽進一言，希望陛下稍加考慮。當初，我們在沙丘的密謀受到各位公子及大臣的懷疑，各位公子都是陛下的兄長，大臣是先帝任命的。如今陛下剛剛繼位，這些人怨憤不平，時間長了，恐怕要生出變亂。」的確，朝中大臣已經開始懷疑胡亥繼承帝位的正當性，玩弄權術的趙高已感到威脅，他要趁這一機會巧妙地殺秦始皇的兒子和大臣。他接着說：「現在，蒙恬雖然死了，但蒙毅領兵在外。我一直心驚膽戰，唯恐不得好下場。在這樣的情況下，陛下怎能享受快樂呢？」

胡亥也意識到問題的嚴重性，急切地問：「那該怎麼辦呢？」

趙高說：「唯一辦法，是嚴峻法律和加重刑罰。讓罪人相互牽連，收捕他們家族的全部成員，抓起來殺掉。隨後，殺掉那些大臣和疏遠您的兄弟姊妹。除掉先帝的舊臣後，您任命信任的人在身邊。讓貧窮的人富有，低賤的人尊貴，他們會感激陛下，歸附於陛下。這樣，大臣受到皇上恩澤，可以消除禍患、杜絕奸人計謀，陛下也可高枕無憂縱情享受。」

這一招太毒了，趙高是要藉胡亥之手殺掉反對他或對他不滿的所有大臣。糊裏糊塗的胡亥以為是個好主意，立即令人修改法律，建立一套更加嚴厲的律法。只要大臣和公子有罪，立即把他們交給趙高。掌握了殺生大權的趙高殺死了蒙毅，又把十二位公子押往咸陽街市殺

掉，又在杜縣肢解了十位公主，僅此還不解恨，又沒收了他們的全部財產。咸陽籠罩在血雨腥風之中，受牽連的不計其數。

心中顫慄的公子高打算逃走，可是害怕全族的人受到牽連，受到收捕抄斬的處罰，他上書給胡亥說：「先帝健在的時候，我進宮時賜給食物，出宮時賜給乘車。我得到過各種賞賜，我應該隨先帝去死卻沒有做到，這是做兒子的不孝，做臣子的不忠誠。不忠誠的人沒有臉面活在世上，我請求隨先帝去死，希望把我葬在酈山腳下。請皇上可憐我吧。」胡亥看了公子高的上書十分高興，出示給趙高看，說：「這可以說是亟不可待了吧？」的確是亟不可待了，為了家人免受牽連，已絕望地求死了。

趙高鬆了口氣說：「做臣子的擔心來不及死，哪裏還有心思謀反呢。」

胡亥認可了公子高的上書，賜給他十萬錢作安葬費。在趙高的唆使下，刑法一天比一天嚴酷，人人自危，想反叛的人越來越多。為了貪圖享受，胡亥又建造阿房宮，修築直道和馳道，賦稅越來越重，兵役和勞役永遠沒有盡頭，引起了一場大規模的造反。陳勝、吳廣起義後，各路英雄豪傑紛紛響應，秦王朝處在風雨飄搖之中。

李斯多次找機會，想勸諫胡亥，胡亥聽不進去，反而責備李斯。這時，吳廣率軍攻入了三川郡。李斯的兒子李由任三川郡太守，秦將章邯打敗吳廣後，派人調查李由防守不力的過失。胡亥知道此事後，責備李斯身居三公的位置，怎能讓盜賊如此猖狂。感到大禍臨頭的李斯誠惶誠恐，只好上書迎合胡亥，想求得到寬恕。

胡亥接過上書後，一高興放過了李斯，於是實行更加嚴苛的律法。

殺害許多無辜的人以後，趙高害怕大臣入朝在胡亥面前揭露他的罪行，想了個主意勸說胡亥：「天子之所以尊貴，是因為羣臣只聽到他的聲音，沒有一個人能見到他的面，所以號稱為『朕』。陛下年紀

輕，不一定要知道所有的事，如果坐在朝廷上，萬一責罰提拔有不當的，就在大臣面前暴露了自己的短處，就不能向天下顯示您的神聖和明智了。如果陛下每天待在深宮中，與我及宮中侍奉懂法律的人一起等待事務奏報，事務奏報來了以後再權衡處理。這樣，大臣就不敢奏報有疑問的事，天下就會稱頌您是聖明的君主了。」

胡亥採納了趙高的建議，不再坐朝接見大臣，從此，大權落入了趙高的手中。

聽說李斯要向胡亥彙報工作，歹毒的趙高對李斯說：「現在關東盜賊四起，皇上卻增派勞役去修建阿房宮，搜集狗馬一類的玩物。我想勸諫，因為地位低賤害怕不行。這正是您丞相的事啊，您為甚麼不勸諫呢？」

李斯說：「確實是啊，我早就想說了。如今皇上不坐朝廷，住在深宮中，我要說的話，不能傳達進去，想見面又沒有機會。」

趙高說：「您真的能勸諫的話，讓我趁皇上有空時告訴您。」李斯哪裏知道趙高是在算計他。

一天，胡亥正和美人取樂，玩得正在興頭上。居心叵測的趙高派人告訴李斯：「皇上有時間了，可以進去報告政務。」李斯到宮門求見，自然碰了釘子。這樣一連三次，秦二世胡亥發火了：「我平時有許多休閒的時間，丞相不來。我正要私宴娛樂，丞相就來奏報事情。丞相這是瞧不起我，還是要故意為難我？」

趙高接過話說：「這樣就危險了，丞相參與了沙丘立太子的事情。如今陛下已立為皇帝，但丞相的尊貴沒有增加，他的意思是想割地封王啊。陛下不問，臣不敢說。丞相的大兒子李由任三川郡太守，楚地盜賊陳勝等都是丞相鄰縣的子弟，因為這樣的緣故，楚地盜賊公開橫行，經過三川郡時，李由只是防守，不肯出擊。趙高聽說他們之間有文書往來，沒能核實，所以不敢來報告。此外，丞相在宮外，權

勢重於陛下您啊。」胡亥很想治李斯的罪，派人到三川郡調查李由與盜賊勾結的情況。

李斯感到事態嚴重了。一天，胡亥正在甘泉宮看摔跤和滑稽戲表演。李斯上書揭露趙高，表達了擔心趙高會叛亂的憂慮。胡亥早已信任趙高，看了李斯的奏摺後，反而擔心李斯會殺掉趙高，私下把這件事告訴了趙高。趙高說：「丞相所怕的人中有我趙高，趙高一死，丞相就會篡權奪位。」胡亥嚇出了一身冷汗，說：「那李斯的案子就交給你了。」

趙高求之不得，立即把李斯抓起來套上刑具。關在監獄中的李斯仰天長歎：「唉！可悲啊！無道的昏君，怎麼可以為他出謀劃策呢！從前，夏桀殺死關龍逢，商紂王殺死比干，吳王夫差殺死伍子胥。這三個臣子，難道不忠於君主嗎？他們沒能避開死亡，是因為選錯了效忠的對象。我的才智趕不上這三個人，胡亥無道卻超過了夏桀、商紂王、夫差。我因忠而死，真是活該。這樣的政治能不亂嗎？胡亥不久前殺死兄弟自立為皇帝。殺害忠臣使賤人尊貴，修建阿房宮，向天下橫徵暴斂。我不是不勸諫，是他不聽我的話。凡是聖明的帝王要禁止不利於民眾的事情，天下才能長治久安。如今秦二世胡亥叛逆兄弟不考慮後果；殺害忠臣不計後患；大規模地建造宮室，加重天下的賦稅，不愛惜錢財，這三件事做得太過分了，已引起天下人的不服。如今造反的已佔據一半的天下。可是他還不醒悟，還重用趙高。我肯定會看到造反的敵寇進入咸陽，麋鹿在朝廷上悠遊的情景。」

從責問李斯和兒子李由謀反入手，趙高抓捕了李斯的賓客和家族的全體成員。隨後又進行嚴刑逼供。一連拷打了一千多次，李斯熬不住了，只好冤屈地承認罪名。李斯不願意自殺，以為自己善辯又有功勞，希望有機會上書親自辯白，能僥倖活命。

趙高看了，讓獄吏扔掉不報，說：「一個囚犯有甚麼資格上書呢？」

　　毀掉李斯的上書後，趙高指使他的賓客假扮成秦二世派來的御史、謁者、侍中，讓他們輪流審問李斯。可憐李斯又以實情陳述，又因此遭到一頓又一頓的毒打。後來，胡亥派人去驗證供詞，李斯以為還是趙高派來的人，遂不再改變供詞，承認罪狀了。

　　趙高將判決李斯的文書交給秦二世，秦二世高興地說：「沒有趙君，我幾乎被丞相出賣了。」李斯死後，趙高當了中丞相，朝中大事小事都由趙高決定。趙高為了進一步樹立淫威，獻了一頭鹿給胡亥，故意說它是馬。胡亥說：「這不是鹿嗎？」左右人為了顧及性命，都說是馬。後來，在趙高的威迫下，秦二世胡亥自殺了。本想篡位的趙高見天地不容，羣臣不答應，只好把玉璽交到了秦始皇的弟弟子嬰手中。子嬰稱病不理朝政，趁趙高到宮中問候之際，把趙高殺了，又誅殺了趙高的三族。這是後話。

（見《史記·李斯列傳》）

卧薪嘗膽的勾踐

　　說起復仇，最著名的自然是越王勾踐卧薪嘗膽，打敗吳國的故事。

　　不過，越王勾踐卧薪嘗膽，十年磨一劍的轟轟烈烈的復仇行動，卻開始於另一段為父報仇的故事。

　　早年，吳國伐楚，越國趁機攻吳。從此，兩國結怨，矛盾越來越深。越王允常去世後，太子勾踐即位。吳王闔閭得到消息後，想趁機奪取越國的地盤。正當節節勝利時，勾踐派死士迎戰吳軍。

　　迎戰的方式十分特別，勾踐聚集了一批死士，將死士分成三隊排在越軍的前列。第一隊走到吳軍的陣前大叫一聲後，拔劍自盡。隨後，第二隊又走到吳軍的陣前，又大叫一聲自盡；然後，第三隊走到吳軍的陣前又大叫一聲，再拔劍自盡。吳國的將士被眼前的景象驚呆了。趁此機會，勾踐大舉進攻，打敗了吳國的軍隊。潰敗中，吳王闔閭中箭受傷，臨死前，闔閭對兒子夫差說：「別忘了報仇。」

　　夫差即位後勵精圖治，為報父仇準備進攻越國。勾踐聽說此事後，決定在吳國進攻越國之前，消滅吳軍。

　　越王的謀士范蠡勸阻勾踐不要輕舉妄動。勾踐不聽，決意發兵。

　　此時，經過三年的準備，吳軍在夫差的指揮下懷着復仇的決心殺向越軍。勾踐大敗而歸，夫差乘勝追擊，把勾踐及五千殘兵圍在會稽山（在今浙江紹興境內）上。

　　受困的勾踐長歎一口氣對范蠡說：「當初，我不聽您的話，落到今天這樣的地步，該怎麼辦呢？」

　　「如果大王還想要保全國家的話，就要謙卑退讓。不知大王是否願意受委屈？」范蠡說。

「因不聽先生的話，才被圍困。如能化險為夷，願意聽從先生的意見。」

「請派使者，帶上豐厚的禮物向吳王求饒吧。如果吳王還不答應的話，您可以去給吳王當奴隸。」

「好，就按先生的意思去辦。」

勾踐派大臣文種往吳國求和。文種面見吳王夫差時，一面用膝蓋行走，一面磕頭：「請吳王接受亡國之臣勾踐的使者文種的請求：勾踐願意當大王的臣民，願意將夫人獻給大王為妾。」

吳王正準備同意，伍子胥阻攔道：「老天爺把越國賜給吳國，不要允許。」

文種回來後，將出使的情況告訴給勾踐。勾踐聽說後，打算殺死自己的妻子，毀掉寶物，進行殊死的搏鬥。文種連忙勸阻：「吳國的太宰伯嚭十分貪婪，可以用金銀財富賄賂他。」伯嚭收了禮物後，領着文種去見夫差。在伯嚭的勸說下，夫差決定不殺勾踐。

勾踐在吳國當了兩年的人質後，被夫差放回了越國。勾踐回國後發誓報仇。為了提醒自己，勾踐在房間的座位旁懸掛了一顆苦膽，每天吃飯的時候或睡覺前都要嚐一嚐苦澀的膽汁，隨後大聲地叫喊：「勾踐，你忘了會稽被圍的恥辱了嗎？」

為了早日報仇，勾踐親自下田扶犁，讓王后親自紡紗織布。吃飯時不沾葷腥，只穿粗布衣服。與此同時，厚遇有識之士，與百姓同甘共苦。

勾踐打算把國政委託給范蠡，范蠡說：「領兵打仗，文種不如我；治理國家，我不如文種。」

勾踐採納范蠡的建議，將國家交給文種治理。

七年過去了，越國呈現出欣欣向榮的景象。勾踐認為機會已經成熟，迫不及待地想要攻打吳國，報仇泄恨。這件事被大夫逢同知道了，逢同問勾踐說：「大王希望一擊成功嗎？」

「當然。」勾踐答道。

「現在還不是攻打吳國的時候。」

「為甚麼？」勾踐問。

「我們的國家才剛剛穩定下來，如果積極備戰，一定會引起夫差的警覺，那樣就不好辦了。老鷹襲擊小鳥時，一定要藏好身體，趁小鳥不備時突然發起攻擊。現在，吳國與齊國、晉國爭霸，又與楚國、越國結怨，已直接威脅到周天子的地位。吳王自恃武力，驕傲自大。不如趁這個機會和齊國、楚國、晉國搞好關係，同時進貢更多的財物給吳國，使吳國放鬆對越國的警惕。等到齊、楚、晉三國聯合攻打吳國時，我們乘勢而起，那樣，自然會打敗吳國。」

「好！你說得對。」勾踐決定採納逢同的建議。

第二年，吳國準備攻打齊國，伍子胥連忙勸阻道：「請大王放棄攻齊的打算。我聽說勾踐每天只吃一個菜，與百姓同甘苦。這個人不死的話，肯定要成為吳國的大患。越國是吳國的心腹之患，請大王先放棄攻齊的打算，先解決越國的問題。」夫差不予理睬，率兵打敗了齊軍，回來後故意羞辱伍子胥。

伍子胥頂撞夫差說：「這算不了甚麼，不值得高興。」

夫差大怒，伍子胥見此情景打算自殺，夫差連忙阻止。

文種得知後對勾踐說：「吳王打敗了齊國，被勝利衝昏了頭腦。我們可以假意向吳國借糧，試探一下吳王對越國的態度。」

越國派使者到吳國借糧，毫無防範之心的夫差一口答應。伍子胥反對這一做法，但夫差根本聽不進去，把糧食借給了勾踐。伍子胥說：「吳王不聽勸諫，三年後，吳國的國都將會變成一片廢墟。」言外之意，吳國將被越國消滅。

伯嚭一直嫌伍子胥礙事絆腳，乘機在夫差面前挑撥離間：「伍子胥貌似忠厚，內心十分殘忍。過去，不顧父兄的生死，現在，怎麼可能關心大王您的利益？前些日子，大王您討伐齊國，伍子胥堅決反

對。大王您得勝回朝後，他又公開發洩不滿。如不提防的話，他肯定會造反作亂。」

隨後，伯嚭又與越國的逢同合謀，大進讒言。起初，夫差不予理睬。後來，夫差聽說伍子胥趁出使齊國的時候，把兒子託付給了齊國的鮑氏，大怒道：「伍子胥果然在欺騙寡人！」立即派人送劍，逼迫伍子胥自殺。

伍子胥大笑：「當初，我輔佐你夫差的父親稱霸。後來，我又立你夫差為君，你準備把吳國的一半分給我，我沒有接受。現在你不辨是非，聽信讒言要殺我。真是可歎可悲啊。」又對使者說：「我死後，請把我的眼睛懸掛在東門，讓我看清楚越軍是怎樣攻進吳都的！」伍子胥死後，吳國的大權落入伯嚭的手中。

又過了三年，勾踐問范蠡道：「吳王已把伍子胥殺了，任用小人，是不是可以發兵進攻吳國了？」

「時機還不成熟。」范蠡答道。

第二年春天，吳王北上與諸侯到黃池（今河南封丘西南）會盟。國內一片空虛，范蠡對勾踐說：「出兵的時機成熟了。」

勾踐召開誓師大會，慷慨激昂地說：「從前我無知無能，與大國結仇，給大家帶來了災難，那是我的錯。現在吳王氣焰囂張，四處征戰，我要協助上天滅掉吳國。我希望大家能齊心協力，共進退。」將士們心中念着勾踐的好處，個個摩拳擦掌。

越軍勢如破竹，攻入吳國，殺死吳國的太子。吳王聽說後，只得派使者帶着禮物前去講和。勾踐自知沒有足夠的力量消滅吳國，便答應了吳國的求和請求。

越國雖然答應了吳國的要求，但仍保持着高度的警惕。

四年後，勾踐再次率大軍打進了吳國的境內。此時，經過多年的戰爭，吳國已殘破不堪。這一次，輪到夫差卑躬屈膝了，勾踐看着夫差的可憐樣，很想饒了他。范蠡說：「大王難道忘了會稽山下的

恥辱嗎？老天爺把越國賜給吳國，吳國不取反受其殃。今天，老天爺又把吳國賜給越國，怎能逆天道而行呢？為了打敗吳國，我們謀劃了二十二年，能輕易地放棄嗎？如果放棄這一機會，恐怕今後我們又要倒楣了！」

　　一席話，點醒了勾踐。夫差自知無趣，自殺了。臨死前，夫差醒悟道：「我真是沒有臉面去面對伍子胥啊！」勾踐安葬吳王夫差後，又殺了伯嚭。

　　勾踐滅吳後，實力壯大，很快北上與諸侯會盟，成就了霸業。

（見《史記・越王勾踐世家》）

趙氏孤兒大報仇

　　春秋時期有個趙姓的大家族，這個大家族與秦國是一個祖先。趙家的先祖造父是周穆王的車駕，周穆王平息徐偃王叛亂時，造父為穆王調教的戰馬立下了戰功。周穆王把趙城賞賜給造父，從此造父以趙為姓氏。

　　從造父到叔帶傳了七代，當時，周幽王昏庸無道，叔帶離開周王室到了晉國，侍奉晉文公，開始在晉國建立趙氏家族。

　　叔帶以後，趙氏家族興旺起來，又過了五代，生下趙夙。趙夙生共孟，共孟生趙衰。

　　趙衰占卜，卦象上說，侍奉晉獻公及諸位公子，不吉利；又占卜，侍奉公子重耳，吉利。趙衰因此跟從重耳。晉國發生內亂，趙衰跟隨重耳出逃翟國。翟人征討廧咎如，得到了兩個女子。翟君把年齡小的嫁給重耳，年齡大的嫁給趙衰。趙衰跟隨重耳在外流亡十九年，才得以回國。重耳即位為晉文公，趙衰為原大夫，主持國政。晉文公能回國繼位，成為齊桓公以後的又一個霸主，大多是趙衰的計謀。

　　趙衰回國後，在原配夫人的堅持下接回了在翟國娶的妻子。原配夫人又提出讓趙衰在翟國生的兒子趙盾當繼承人，讓自己生的三個兒子侍奉他。

　　晉襄公六年（公元前 622 年），趙衰去世，趙盾接替父親繼續主管國家政務。兩年後，晉襄公去世。太子夷皋年齡小，趙盾認為，國家多事故，想立晉襄公的弟弟雍當國君。雍當時在秦國，趙盾派使者去迎接。這事被太子的生母知道了，流着淚向趙盾叩頭說：「先君有甚麼罪過啊？您要拋棄他的嫡親兒子，另找國君呢？」趙盾心軟了，又擔心她的宗族和大夫會暗殺他。於是，立太子為國君，這就是晉靈公。同時又派兵阻攔在秦國的晉襄公弟弟入境。

晉靈公即位十四年，日益驕橫，追求奢侈糜爛的生活。趙盾多次勸諫，就是不聽。晉靈公吃熊掌，熊掌燒得不太熟，晉靈公把廚師殺了。趙盾對這一行為提出了批評，晉靈公非常不滿，時常想着要除去趙盾。趙盾見大禍臨頭，出逃了。

趙盾還沒有逃出晉國的國境，族人趙穿殺了晉靈公，並擁立晉襄公的弟弟黑臀為晉成公。趙盾又返回晉國繼續執政。

在君臣有別的禮制時代，趙盾雖然沒有參與這件事件，按照禮數，要麼繼續逃亡，如果要返回的話，應該討伐殺害晉靈公的兇手。然而，趙盾沒有追查兇手，反而心安理得地為新君服務。晉國的正人君子非常不滿意趙盾的行為，譏諷他「為正卿，亡不出境，反不討賊」。晉國的太史乾脆在史書上寫下了「趙盾弒其君」的字眼。

晉成公去世後，晉景公即位。不久，趙盾去世。兒子趙朔繼續在晉國當官。趙朔是一員武將，因有軍功，娶晉成公的姐姐為夫人。

趙家在晉國世代掌權，引起了屠岸賈的妒忌。屠岸賈深得晉景公的信任，擔任司寇一職。在屠岸賈的策劃下，一場誅殺趙氏一族的陰謀開始醞釀。晉景公三年（公元前597年），屠岸賈以趙穿曾殺害晉靈公為藉口，召集大臣商議懲治趙盾的辦法。

趙盾早已去世，為甚麼還要懲治趙盾？陰險的屠岸賈非常清楚，只有通過這樣的方法才能徹底剷除趙氏家族，才能把晉國的大權牢牢地掌握在自己的手中。將軍韓厥出來勸阻道：「晉靈公遇害時，趙盾不在國內。我們已故的君主成公認為趙盾無罪。現在，你們要殺他的後代，恐怕不是先君的意思吧。隨意殺戮大臣，就是作亂。臣子要辦大事，國君不知道，這是不把國君放在眼裏的行為啊！」屠岸賈冷冷地看着韓厥，根本不予理睬。

其實，屠岸賈只是以此為由頭，目的是要消滅趙氏在晉國的勢力，趁機總攬晉國的軍政大權。

韓厥是忠義之士，不忍看到趙氏受無妄之災，把屠岸賈的陰謀悄悄地告訴給趙朔，勸他趕緊逃走，趙朔不肯，拉着韓厥的手說：「您一定不會讓趙家的香火斷了吧？那樣，我死而無憾。」韓厥答應了趙朔，從此稱病，不再出家門。

屠岸賈不請示晉景公，擅自帶領眾將以迅雷不及掩耳之勢展開了捕殺趙氏家族的行動。趙朔住的地方叫下宮，這場屠殺活動後來又稱之為「下宮之難」。為了斬草除根，屠岸賈連那些與趙朔親近的大臣也沒有放過。見勢不妙，趙朔的夫人，即晉成公的姐姐，逃進了宮中。

趙朔的門客公孫杵臼有幸逃脫，一天，他見到了趙朔的友人程嬰，忙問：「怎麼還沒有死？」程嬰壓低了聲音說：「趙朔的夫人已懷孕，如果是個男兒，我將撫養他。如果是個女兒，我再死不遲。」

沒多久，趙朔夫人生了個男兒。屠岸賈得到消息後，派人到宮中搜查。夫人將小孩藏到了褲襠中禱告：「孩子啊，如果趙家該絕後的話，你就哭叫；如果不該滅絕的話，你就不要出聲。」等到搜索時，藏在母親身上的小孩竟然沒有出聲。

趙家的後代終於脫險了，夫人長舒了口氣。程嬰對公孫杵臼說：「今天搜索混過去了，以後肯定還要搜查，怎麼辦？」公孫杵臼想了一下，問：「你覺得是撫養孤兒長大難啊，還是以身殉主難啊？」

程嬰回答：「以身殉主容易，撫養孤兒難。」

公孫杵臼說：「趙氏的先君一向厚待先生，請先生做難的事情，我做以身殉主這件容易的事。」隨後，兩人密謀救孤兒出宮的大事。

程嬰和公孫杵臼找到一個男嬰，裹着華麗的包被，藏到了山中。程嬰出山，假意告發，對將軍說：「我程嬰沒有出息，沒有能力撫養趙家的孤兒成長。你們誰能給我千金，我願意說出趙氏孤兒藏身的地方。」屠岸賈正為找不到趙氏孤兒犯愁，聽說後立即派兵，讓程嬰帶領他們去抓捕。

　　程嬰將各位將軍帶到公孫杵臼隱藏的山中。公孫杵臼故意破口大罵：「程嬰，你這個小人！當初，你與我共同謀劃藏匿趙氏孤兒，現在又出賣我，即使你不能成全趙家的孤兒，為甚麼要忍心出賣他呢！」說罷，抱着孤兒痛哭：「天哪天哪！趙氏孤兒有甚麼罪過！請你們讓他活吧，殺我公孫杵臼便罷了。」眾將雖知當初參與下宮之難多有不妥，但為了遠避今後有可能發生的禍患，不願放過這一機會，舉起刀劍將公孫杵臼和孤兒砍死。

　　屠岸賈見趙氏孤兒真的死了，自然是歡天喜地。趁屠岸賈放鬆警惕，程嬰趕緊帶着趙家的孤兒躲到了山中。

　　十五年後，晉景公得病，占卜的人對他說是因為有冤魂作怪。景公問韓厥：「這是怎麼回事？」韓厥知道趙氏孤兒還活着，便說：「這冤魂，恐怕是指趙朔一家的冤案吧？」

　　長期不理朝政的晉景公連問：「此話怎講？」韓厥趁機把趙朔的冤情述說了一遍。

　　景公又問：「趙家還有後代嗎？」韓厥告訴了真實的情況。

　　景公決定密召趙氏孤兒入宮。一天，兵權在握的眾將入宮探視病中的景公。景公利用韓厥手下的兵士脅迫眾將與趙氏孤兒趙武相見。這些曾與屠岸賈沆瀣一氣的將領見勢不妙，紛紛說：「過去的下宮事變是屠岸賈策劃的。屠岸賈假傳君命，我們只能聽從。不然的話，我們哪個敢發難啊！如果不是君主您生病的話，我們原來也是要請求扶立趙氏後代的。現在君主您決定為趙家平反，這是我們共同的心願。」就這樣，趙朔一家的冤情得到了昭雪。

　　為了化解前嫌，景公又讓趙武、程嬰一一拜見各位將軍。隨後，眾將與程嬰、趙武一道進攻屠岸賈府邸，斬殺了屠岸賈全族。

　　等到趙武行成人禮之後，程嬰對趙武說：「當年，發生下宮之難時，忠於趙家的都以身殉難了。我不是不能死，是為了撫養您長大，

為趙氏一族報仇。如今大仇已報，你也成人，恢復了過去趙家的地位，我應該隨公主、趙朔和公孫杵臼去了。」

趙武痛哭流涕，忙跪到地上說：「趙武願終身服侍您老人家，您如果一定要離我而去的話，我願以死相隨！」

程嬰說：「不行，您千萬不能這樣想。當年，公孫杵臼相信我能辦好救孤的大事，才以死成全我。現在大仇已報，我如果不去見他，公孫杵臼還以為我沒把事情做好呢。」說罷，舉劍自殺。

程嬰死後，趙武十分傷心，以父親的禮節安葬了程嬰，又為他守喪三年。並專門為程嬰和公孫杵臼劃出一塊祭祀的地方，每年的春秋去祭拜他們。

（見《史記·趙世家》）

伍子胥為父兄復仇

伍奢是伍員（字子胥）的父親，伍家是楚國的名門望族。

早年，伍奢和費無忌一道當楚平王太子建的老師。費無忌為了向上爬，處處討好楚平王。很快被提拔到了楚平王的身邊。費無忌生怕太子繼位對自己不利，經常在楚平王面前說太子的壞話。不辨是非的楚平王上當了，他先是疏遠了太子，隨後又把伍奢投進了監獄。

為了永絕後患，費無忌對楚平王說：「伍奢有兩個兒子，都是有才能的人。如果不殺他們，以後將會成為楚國的禍患。可以伍奢為人質，召他們入朝。」

楚平王派人對伍奢說：「如果你能把兩個兒子招來，就不殺你。」伍奢說：「伍尚仁厚，喊他肯定來。伍員剛毅有謀略，見來了將一起被抓，肯定不會來的。」

楚平王不聽，派人勸說伍尚、伍員：「大王說了，你們如果來了，將放了你們的父親；如不來，將殺伍奢。」

伍子胥看穿了楚平王和費無忌的陰謀，勸阻準備動身的哥哥：「楚王召我們進宮，不是要放了我們的父親，是害怕放走了我們。因此以父親為人質，想把我們一網打盡。與其白白地前去送死，不如投奔其他的國家，借力為父親報仇。」

伍尚對伍子胥說：「我何嘗不知道這個道理，父親危在旦夕，如果不去營救的話，日後又不能為父親報仇，豈不是要被天下人恥笑？」伍尚又對弟弟說：「我前去陪父親一道赴死，你逃走吧，一定要為父親報仇雪恨。」

伍奢得知伍子胥逃走的消息後，感慨地說：「楚國從此將不安寧了。」楚平王抓住伍尚後，將伍奢、伍尚一併殺掉。

事態緊急，伍子胥來不及與哥哥告別，便踏上逃亡之路。本想在宋國安定下來，不料，宋國發生內亂，伍子胥只得隨同太子建逃往鄭國。本來，可以在鄭國安定下來，希望復國的太子建參與了晉國滅鄭的計劃，消息走漏，太子建被殺。伍子胥只得繼續逃跑。逃往何處？伍子胥決定前往吳國。吳國是楚國的世仇，伍子胥希望藉助吳國的力量報父兄之仇。然而，從鄭國到吳國必經楚國。楚國得到消息後，設立關卡盤查。

伍子胥的行蹤暴露了，過昭關時，差點脫不了身。脫身後，又有追兵緊隨其後。眼看就要被抓，是一位漁父解救了伍子胥。

伍子胥乘船渡江後，喘了口氣，解下腰中的佩劍對漁父說：「這把劍價值百金，請您收下。」漁父說：「楚國的告示說，抓住伍子胥，賞粟五萬石，授爵位。恐怕那些賞金要遠遠地超過百金吧！」堅辭不受。

在趕赴吳國的路上，伍子胥生病了。很快身上的錢也用光了，為了早日趕到吳都，伍子胥靠要飯，歷盡千辛萬苦來到了吳都。

吳王僚是一個有野心的君主。為了擴充國力，吳王僚以公子光為將，積極地準備發動戰爭。伍子胥一眼看出公子光是一個有野心的人，為了幫助公子光，同時又撇清與自己的關係，伍子胥悄悄地把一位名叫專諸的勇士介紹給公子光，然後，自己隱居起來，靜觀其變。

沒過多久，吳王僚討伐楚國。乘其不備，公子光派專諸刺殺了吳王僚。隨後，公子光自立為王，即後來的吳王闔閭。闔閭登上王位後，為感激伍子胥，便讓他做了大官，參加吳國的大事決策。

伍子胥雖然當了大官，但始終不忘報仇雪恨。時光荏苒，楚國國內發生了重大的變化，此時，楚平王已死，楚昭王即位。楚昭王像平王那樣殘暴，即位後不問青紅皂白殺了大臣郤宛和伯州犁。伯州犁的孫子伯嚭見勢不妙逃往吳國，後來，得到闔閭的信任。伍子胥與伯嚭為復仇聯合起來，在他們的謀劃下，闔閭三年（公元前 512 年），吳

國的大軍攻入了楚國。闔閭本打算一鼓作氣攻入楚國的國都。孫武及伍子胥說：「仗打了這麼久，將士們已疲勞不堪，不如等一等再說。」

闔閭九年的一天，闔閭召見伍子胥和孫武說：「以前我想攻入楚國的國都，你們說時機沒到，現在，是否可以進攻了呢？」

伍子胥和孫武說：「楚國領兵的大將囊瓦十分貪婪，受欺負的唐國和蔡國都十分恨他。大王您如果要攻打楚國，應與唐、蔡兩國聯合起來，這樣，一定能取得勝利。」

闔閭採納了這一建議，聯合唐、蔡對楚國發動了猛烈的進攻。經過五場大戰，打進了楚國的國都郢。楚昭王見勢不妙倉皇逃命。

經過十年的努力，伍子胥的頭髮早已白了。一想到這麼多年來的忍辱負重，一想到父兄的慘死，伍子胥的怒火一下子爆發了出來。他找到楚平王的墳墓，下令打開棺木。面對着仇人的屍骨，伍子胥舉起鞭子狠狠抽了三百下。

（見《史記·伍子胥列傳》）

急流勇退的范蠡

　　《史記・越王勾踐世家》講述了越國的興衰史，重點描寫了越王勾踐在國破家亡的情況下，依靠范蠡、文種等人的輔佐，重新振興越國的歷程，在這篇作品中，除了張揚勾踐忍辱發憤這一主題外，還以欣賞的筆法讚揚了范蠡。

　　范蠡為復興越國建立了很大的功勞。當越王勾踐被困會稽山時，是范蠡保全了勾踐的性命；在勾踐不理智的時候，還是范蠡及時提醒才避免了犯錯誤。為了拯救危難中的越國，勾踐說：「誰能救越國，將分一半的土地給他。」

　　客觀地講，第一個有資格受到這種賞賜的就是范蠡。然而，等到幫助勾踐完成了消滅吳國的大業及使勾踐成為春秋時期的霸主後，范蠡卻選擇了急流勇退，遠走他鄉。不久，又以特有的睿智和才能經營農業和商業，成為名震一時的大富翁。

　　范蠡的一生充滿了傳奇色彩。本來，他完全可以躺在功勞簿上睡大覺，安享晚年。那為甚麼還要遠離越國呢？常言道，伴君如伴虎。經過二十多年的相處，范蠡深知，勾踐是位只能共患難、不能同享受的君主。聰明的范蠡知道，如果他繼續留在越國的話，等待他的只能是殺身之禍。

　　范蠡有大智慧，同時也是重兄弟情義的人。當他打算逃離越國遠走高飛時，沒有忘記共患難的老友文種。范蠡離開越國到齊國後，最擔心文種的安全，為此，他寫了一封信，提醒文種趕緊離開是非之地，保全自己的性命，信中說：「蜚（飛）鳥盡，良弓藏；狡兔死，走狗烹。」意思是說，如果飛鳥全部被捕盡了，那麼，精良的弓箭就沒有用了，將會被收藏起來；如果狡猾的兔子都死了，那麼，獵狗也會跟着被烹掉，成為餐桌上的美味。

范蠡用獵物和狩獵工具來比喻君和臣的關係，提醒文種。可惜，文種的悟性太差，看了來信後，只採取了稱病不再上朝的措施，沒能領會范蠡的真實意圖。

貪戀榮華富貴的文種心想：「當初，你被困時，是我從中周旋，才保全你勾踐的性命。後來，你勾踐在吳國當人質時，又是我挑起了治理越國的重任，越國才走向強盛，才消滅了吳國。」文種錯了，他錯誤地以為，即使勾踐再心狠手辣，也不可能把矛頭指向自己。其實，文種忘記了「臥榻之側豈容他人酣睡」的道理，雖然文種不再過問朝政，可是滿朝文武中有那麼多的人是文種提拔起來的。在這樣的背景下，勾踐能安心嗎？勾踐已動了殺機，準備在適當的時機除掉文種。

機會終於來了。有人誣告文種想謀反，正愁抓不住文種把柄的勾踐興奮了，立即逼迫文種自殺。勾踐殺文種時話說得很絕：「先生您教給我進攻吳國的七條計策，我只用了三條，就打敗了吳國。現在，還有四條在您那裏，您為我去跟隨先王吧，到那裏再試試您的計策吧。」這一充滿了殺機的話，讓人不寒而慄。其實，勾踐自然知道文種是冤枉的。可是，如果不殺文種的話，萬一有一天，文種離開了越國，用滅吳的計策對付越國的話，那還有勾踐活的日子嗎？

范蠡是有大智慧的聰明人，他的聰明之處，在於他看清了勾踐是個只能共患難不能共享受的人。協助勾踐滅吳後，范蠡深知到了該離開的時候，他寫信給勾踐說：「我聽說主上心憂，臣子就該勞累分憂；主上受辱，臣子就該死難。從前君王在會稽受辱，我之所以沒有死，是為了報仇雪恥。現在大仇已報，我請求追究我讓君王會稽受辱的罪過。」

為了穩住范蠡，勾踐答覆道：「天下太平了，我要遵守承諾，把越國一半的江山分給你，讓我們共同享有它吧。不然的話，我就要殺掉你。」從表面上看，這是為了挽留范蠡，實際上已動了殺機。

　　范蠡聽出了弦外之音，悄然地避開勾踐的耳目，乘船從海上走了。反過來說，如果范蠡聽信越王勾踐的甜言蜜語的話，等待他的將只能是文種的悲劇了。那麼，范蠡從海上離開之後，又到了甚麼地方？又幹了些甚麼呢？

　　原來，范蠡改名換姓，跑到海邊去辦農場，掙大錢去了，經過父子辛辛苦苦的努力，沒過多久，就積起了幾十萬的家產。很快，他的行蹤被齊國君主知道了，齊國國君認為這人聰明能幹，就讓他當了齊國的相國。范蠡深知急流勇退的道理，心想自己剛從越國勾心鬥角的官場上逃出來，怎麼能再入虎穴呢？沒過多久，又棄官而去。

　　可是，普天之下，莫非王土，率土之濱，莫非王臣。自己不想做官，又能去哪裏安身呢？范蠡思索了一陣子，心想既然農場不能再辦了，那就去經商吧。於是，范蠡跑到了陶邑（今山東定陶西北），以「陶朱公」自稱，開始經商。

　　范蠡選擇陶邑作為經商之地是有原因的。善於審時度勢的范蠡認為，陶邑四通八達，連接各諸侯國，具有集散物資和囤積貨物上的優勢。范蠡做甚麼都能成功，當年與文種一道輔佐越王勾踐時，把國家治理得井井有條；離開越國後種田，又積累了幾十萬的家產；現在經商，沒過多久又幹得像模像樣了。

　　陶邑有便利的交通，范蠡選擇在貨物便宜的季節低價收購，貨物價格高昂時出售。就這樣，他的財富越聚越多。不過，范蠡不貪財，大部分的財產散給貧賤之交和遠房的本家兄弟，自己富裕了以後還不忘記做一些助人為樂的仁德之事。後來，范蠡年老力衰便不再過問經營之事，他的子孫繼承其業後，又有了新的發展，建立起自己的商業王國，終致家財巨萬。

　　范蠡的政治遠見和經商才能，可以從治家的事情中得到印證。

　　知子莫如父。范蠡經商致富以後，二兒子在楚國犯下了殺人罪。范蠡準備了一車金銀財寶，要小兒子去楚國救他的哥哥。大兒子認

為，自己是老大，弟弟出事了，應該由做哥哥的承擔。他對范蠡說：「我是長子，現在弟弟有難，父親不派我這個做哥哥的去，反而讓弟弟去，說明我無能。」說罷，就要自殺。

范蠡的夫人勸說范蠡：「你讓小兒子去，未必能把二兒子救回來。二兒子沒救回來，先失去大兒子，何必呢？」范蠡萬般無奈，只好讓大兒子前往，並讓自己的老朋友莊生從中幫忙。臨行前，范蠡對大兒子說：「你到了楚國，把帶去的千金給莊生，聽他的安排，千萬不要不聽他的話。」

莊生收了財物，對范蠡的大兒子說：「你快走吧，不要在這裏逗留，也不要問甚麼。」等范蠡的大兒子離開後，莊生對夫人說：「這是陶朱公的財物，千萬不能動，等事情辦完後，還給他。」

范蠡的大兒子沒有聽莊生的話立即離開楚國，反而在楚國住了下來，繼續疏通關係。

莊生送走范蠡的大兒子後，入朝求見楚王，楚王熱情接待。莊生對楚王說：「我夜觀天象，發現有一星宿犯楚。」莊生是深受楚王尊重的隱士，聽了這話後，楚王忙問該如何應對。莊生說：「只有用恩德可以消除災禍。」

楚王聽後，決定大赦天下。

本來，莊生完全可以在言語之間救出范蠡的二兒子。偏偏在這一節骨眼上，范蠡的大兒子聽說楚王要大赦天下，認為自己的弟弟出獄是理所當然的。

當他看到莊生不費吹灰之力就得到一車財物時，心理很不平衡。為此，特意去找莊生，定要討回財物。莊生將財物退回後，覺得受到羞辱。於是又入朝對楚王說：「我前些天跟大王說起星宿犯楚之事，大王打算大赦天下，以修德報之。臣出來後，大家都說，大王大赦天下，是為了赦免陶朱公的兒子。」隨後，莊生又把范蠡大兒子拿着錢財賄賂官員的事說了一遍。

　　楚王聽後，十分生氣，當即下令先殺了范蠡的二兒子，再大赦天下。於是，范蠡的大兒子只能眼睜睜地看着弟弟被殺。

　　大兒子回來後，只見母親和家人十分沮喪。只有范蠡笑道：「我知道你必定要把你的弟弟送上斷頭台。不是你不愛護你的弟弟，是因為你太吝嗇。你小時候與我一起過過貧困的生活，知道錢來得不容易。你的弟弟是家庭富裕以後出生的，花起錢來大手大腳的。我讓你弟弟去，是因為他不會像你那樣吝嗇錢財。事已至此，悲也無用。」

　　縱觀范蠡一生，一共取得了三次成功，第一次是政治上的成功，第二次是經營農業上的成功，第三次是經商上的成功。通常，一個人要想在一個領域裏取得成功都十分困難，更何況是在三個不同的領域呢？然而，范蠡做到了。故司馬遷稱讚道：「范蠡三遷皆有榮名，名垂後世。」

（見《史記・越王勾踐世家》）

世外高人魯仲連

　　魯仲連，齊國人，有卓爾不羣的謀略和眼光。可是，他不願意當官，喜歡遊歷。

　　趙孝成王時，秦將白起在長平殲滅趙軍四十萬，隨後乘勝東進，包圍了趙都邯鄲。為防秦國東進，滅關東六國，各國紛紛出兵救趙。

　　魏國與趙國相鄰，魏安釐王派晉鄙救趙。因受到秦軍的威脅，魏王又派使者命令晉鄙不要真的去救趙，以免與秦軍正面衝突。晉鄙貫徹魏王的意圖，率軍到鄴地駐紮，不再前進。魏王只想讓秦軍知難而退，派客籍將軍新垣衍從小路潛入邯鄲，勸說趙王尊秦王為帝。新垣衍通過平原君的關係見到趙王說：「秦軍急攻趙國，因為從前秦國和齊國相約，同時在東西方稱帝。後來，在關東五國強烈反對下，他們取消帝號。如今齊國弱了，只有秦國有稱雄天下的野心。這次圍城不是要貪圖邯鄲，是想再度稱帝。趙國如果派使臣尊奉秦昭王為帝，秦王必然高興，將會撤兵。」趙國的大權掌控在平原君的手中，平原君聽後猶豫不決。

　　在趙國遊歷的魯仲連聽說後，馬上去見平原君。魯仲連問：「公子打算如何處理這一事件呢？」

　　平原君說：「不久前，趙國損失了四十萬大軍，現在，秦軍圍困邯鄲，已無法讓他們退兵。魏王派新垣衍出使趙國，勸說趙王尊秦昭王為帝，那個人還在我這裏呢。我真不知道該如何處理這件事。」

　　魯仲連說：「從前，我認為您是天下賢能的公子，現在才知道您不是賢能的公子。魏國的新垣衍在甚麼地方？讓我替您責問他，打發他回去。」

　　平原君說：「我願意介紹先生與他相見。」

平原君去對新垣衍說：「齊國有位魯仲連先生，我想介紹給您認識一下。」

新垣衍當然知道魯仲連見他的意圖，說：「我聽說魯仲連先生是個志行高尚的人，我是魏王的臣子，奉命出使趙國，不方便見他吧。」新垣衍婉轉地拒絕了平原君的建議。

平原君說：「我已經把您在這兒的消息透露出去了。」新垣衍只好答應。

魯仲連見到新垣衍後，一言不發。過了老半天，新垣衍開口說：「那些留在圍城中的都是有求於平原君的人。我看先生不像是有求於平原君的人，您為甚麼留下不走呢？」

魯仲連說：「秦國是個拋棄禮儀崇尚武力的國家，只會用權詐之術對待士卒，用役使奴隸的方法對待百姓。如果讓它肆無忌憚地稱帝，統治整個天下，我魯仲連只有跳到東海去死的份了。我不忍心當秦國的臣民，我來見將軍，是要幫助趙國啊。」

新垣衍問：「先生怎麼幫趙國呢？」

魯仲連說：「我打算讓魏國和燕國救援趙國，此外，齊國和楚國已在幫助趙國了。」

新垣衍說：「讓燕國出兵，我請就可以了。至於魏國，我就是魏國人，先生如何讓魏國幫助趙國呢？」新垣衍十分清楚，魏王派晉鄙領兵救趙，只是虛晃一槍，根本不是真心救趙。

魯仲連說：「這是因為魏王還沒有看清楚秦王稱帝的害處，如果看到了危害，就一定會全力幫助趙國。」

「那你說說，秦國稱帝都有甚麼樣的危害？」

魯仲連說：「從前，齊威王奉行仁義，率天下的諸侯去朝拜已經衰敗的周王朝，當時，周朝貧困弱小，諸侯誰也不去朝拜，只有齊國去朝拜。過了一年多，周烈王去世，奔喪時，齊威王去遲了。新繼位的周顯王很生氣，派人責問齊王說：『天子去世是天崩地裂的大事，

新繼位的天子要住在簡陋的地方守孝。諸侯因齊國遲到，是要論罪問斬的。』齊威王聽了大怒，罵道：『呸！真是不知好歹，你的母親不過是個婢女。』這件事被天下傳為笑柄。齊威王在周天子活着的時候去朝拜，死後就破口大罵，是因為忍受不了新天子的苛求。」言外之意，如果讓秦國稱帝，像周顯王那樣不把諸侯放在眼裏，後果將不堪設想。

「先生難道沒有看見過僕人嗎？十個僕人伺候一個主人，是他們的力氣和智慧不如主人嗎？自然不是，是他們害怕主人啊！」

魯仲連歎了口氣說：「您是說，魏王是秦王的奴僕嗎？」

「是的。」

魯仲連說：「那我就讓秦王把梁王殺了，剁成肉醬。」

新垣衍很不高興地說：「先生說得過分了！先生又怎能讓秦王把魏王殺了並剁成肉醬呢？」

魯仲連說：「當然能。從前九侯、鄂侯、文王是商紂王的三個諸侯。九侯有個女兒長得十分漂亮，九侯把她進獻給紂王，紂王認為她長得醜陋，把九侯剁成了肉醬。鄂侯爭辯，紂王又把鄂侯殺死曬成肉乾。文王聽說後歎息了一下，紂王又把他囚禁了一百天，想讓他死。為甚麼同樣是王，九侯、鄂侯最終落得個被剁成肉醬、做成肉乾的結果呢？」魯仲連用歷史上的故事啟發新垣衍思考，堂堂正正的人不做，當奴僕將得到任人宰割的下場。魯仲連接着又說：「齊潛王到魯國，夷維子跟他趕車當隨從。夷維子問魯人：『你們打算用甚麼樣的禮節接待我們的國君？』魯人說：『我們打算用諸侯的禮儀接待你們的國君。』夷維子說：『我那國君啊，是天子啊。天子到各國巡察，按照慣例，諸侯應搬出正宮移居別處，交出鑰匙，撩起衣襟安排幾桌，站在堂下伺候天子用膳。天子吃完飯，再到朝堂上聽你們議政。』聽到這些，魯人關上城門，不讓齊王進來。齊潛王準備到薛地，需要借道鄒國。鄒國國君剛死，齊王想入境弔唁。夷維子又要求

鄒國的嗣君以天子的禮節，接待齊湣王。鄒國的大臣說：『如果一定
要這樣的話，我們寧願用劍自殺。』言外之意，我們不惜與你一戰。
齊湣王見勢不妙，不敢再進鄒國。現在秦國是擁有萬輛兵車的國家，
魏國也是擁有萬輛兵車的國家，又都有稱王的名分，只看到秦國打了
一次勝仗，就要順從地讓秦王稱帝，這簡直連魯、鄒兩國的奴僕都不
如。如果貪得無厭的秦王稱帝了，就會更換諸侯的大臣，罷免那些他
認為不好的，換上他喜愛的人，還要讓他的兒女和花言巧語的姬妾嫁
給諸侯當嬪妃，住在魏國的宮中。那時，魏王怎能安穩地生活呢？將
軍您又怎能得到原有的信任呢？」

新垣衍被震住了，連忙起身作揖向魯仲連謝罪：「開始我認為先
生是個普通的人，現在才知道先生是天下少有的高士。我現在就回
去，不敢再提尊秦王為帝的事了。」

魯仲連和新垣衍辯論的事被秦軍知道了，便不敢強攻，將大軍
後撤了十五里。這時，魏國信陵君機智地盜取了虎符，奪了晉鄙的兵
權，帶着魏軍救趙。秦軍一看勝利無望，便撤兵了。

平原君準備封賞魯仲連，魯仲連再三推辭，堅決不受。平原君設
宴招待魯仲連，喝到酣處，平原君起身向前獻上千金，答謝魯仲連。
魯仲連笑着說：「天下人之所以看重士人，是因為他們能替人排憂解
難，不取報酬。如果收取報酬的話，那就成商人了，這種事我魯仲連
是不會做的！」於是，向平原君告別，從此不再相見。

二十多年後，燕國有位將軍攻佔了齊國的聊城，聊城人向燕王說
那位將軍的壞話。燕將害怕被殺，據守聊城，不敢回燕了。齊國田單
收復齊國失地時攻打聊城。可是，攻打了一年多，死傷無數，始終攻
不下聊城。

魯仲連奇跡般地出現了，他寫了一封信，綁在箭上，射進了城
裏。信中，魯仲連向燕將詳細地分析了燕國的形勢，希望他能回燕
國，為燕王盡忠。又詳細地述說了齊國的形勢和他們正在執行非取聊

城不可的戰略。在此基礎上，魯仲連又勸說燕將，如果覺得回燕國有危險，可以留在齊國。

燕將讀了魯仲連的信，接連哭了幾天，想回燕國又怕被殺，想投降齊國，因殺死和俘虜的齊人太多，生怕歸降後受辱。他長歎了一口氣說：「與其讓別人殺我，不如自殺罷了！」說完，拔劍自殺了。田單趁機打下聊城。

田單向齊王報告了魯仲連的事，齊王想給他爵位，魯仲連跑到海邊過起隱居的生活，說：「我與其因富貴去侍奉別人，還不如貧賤地自由自在地活着，那樣，可以放任自己的心志啊。」

司馬遷高度地評價了魯仲連，說他的言論即使不合大義，但自己贊成他能以平民百姓的身份，無拘無束地實現自己的意志，不屈服於諸侯，揮灑自如地評論當世，使那些大權在握的公卿宰相們折服。

（見《史記·魯仲連鄒陽列傳》）

文武雙全的司馬穰苴

司馬穰苴，是齊國田完的後代。

齊景公的時候，晉國攻打齊國的東阿和甄城，燕國趁火打劫，侵犯齊國黃河南岸的地盤。齊軍大潰敗，齊景公為此憂慮。

丞相晏嬰對齊景公說：「司馬穰苴雖是田氏偏房生的，但這個人文能得到眾人的擁戴，武能使敵人畏懼，希望君主能試用一下。」

齊景公召見司馬穰苴，跟他談論用兵的事情。談了一會兒，齊景公慶幸找到了一個不可多得的人才，立刻任命他為將軍，讓他帶兵去抵抗燕國和晉國的軍隊。

司馬穰苴說：「臣出身低微，君王把我從平民中提拔上來，放在大夫的位置之上，士兵不會擁戴，老百姓不會信任我，希望君王能派一個寵信的大臣，國人敬畏的大臣來當監軍，這樣，事情才好辦。」

齊景公答應了司馬穰苴的請求，派莊賈前往。

司馬穰苴告辭後，與莊賈約定：「明天中午在營門相會。」

第二天，司馬穰苴騎馬早早地趕到軍營，等待莊賈。

莊賈向來驕橫，出發那天，許多親友趕來送行。莊賈認為率領自己的軍隊，又是監軍，晚點去沒關係，放心大膽地留在家中。

再說司馬穰苴等到中午，見莊賈沒來，便進入軍營巡視軍隊和宣佈紀律，等到佈置完工作後，天色已晚，這時，莊賈才搖搖晃晃地來到軍營。

司馬穰苴冷着臉責問道：「為甚麼超過約定的時間？」

莊賈道歉道：「大夫和親屬為我送行，所以耽誤了。」

司馬穰苴大聲呵斥道：「身為將領，從接到命令的那一刻起就要忘掉家庭；到軍隊後應用軍紀約束自己；拿起鼓槌搖動戰鼓進軍時要忘掉自我。現在，我們的國家正被敵國侵犯，國內騷動不安，士兵在

前線日曬夜露，君王睡不好覺，吃不好飯，百姓的安危都繫在您的身上，都希望我們能打個勝仗重振威風，您還有心思喝送行酒嗎？」說完召來紀律執行官，問：「軍法上規定，按期不到者應如何處置？」

執行官說：「依照軍法，應當斬首！」

莊賈害怕了，一下子嚇醒了，忙派人騎馬報告齊景公，請求解救。

派出的人還沒有趕回，司馬穰苴開刀問斬，然後向全軍示眾。

全軍的將士一個個震驚戰慄。

齊景公的使者持節來赦免莊賈，為了抓緊時間，使者駕着馬車闖入軍營。

司馬穰苴看了看氣喘吁吁的使者，冷冷地說：「將在軍中，國君的命令可以不必照辦。」轉過頭，司馬穰苴問紀律執行官：「擅自闖入軍營的，該如何處置？」

執行官說：「應當斬首。」

使者很害怕，立刻哭喪了臉，連忙哀求。

司馬穰苴說：「國君派來的使者可以不殺，不過，駕車的人不可饒恕。」說完，叫人斬殺了駕車的人，砍斷馬車左邊的立木，殺掉車駕上的左馬，並在全軍示眾。隨後，放了使者。

嚴明軍紀後，司馬穰苴認真地解決了士兵宿營、掘井開竈、飲水吃飯等問題，又深入到醫院探視傷員和安排醫藥。為了同甘共苦，司馬穰苴把分配給將軍的物資和食物拿出來分給士兵。

經過三天的整頓和準備，一些生病的士兵都願意隨軍行動，個個爭先恐後地要求參加戰鬥。

消息傳出後，晉國害怕了，帶着軍隊先撤了。燕軍聽到消息後，也帶兵撤退了。司馬穰苴趁勢追擊，收復了淪陷的國土，率兵回國了。

司馬穰苴率軍快到都城時，宣佈先解除武裝，取消在軍中發佈的規章制度，宣誓效忠國家後才進入都城。

齊景公率朝中的公卿大夫到郊外迎接，犒勞軍隊的儀式完成後才回宮休息。司馬穰苴一戰成名，升任齊國大司馬，從此，田氏在齊國一天天顯貴起來。

（見《史記·司馬穰苴列傳》）

孫武、孫臏和吳起

孫武，齊國人，因精通兵法，受到吳王闔閭的接見。

闔閭對他說：「您的《孫子兵法》十三篇我全部讀過了，能不能用這部兵法小試一下指揮軍隊的情況嗎？」

「可以。」

闔閭又問：「可以用婦女驗證嗎？」

孫武說：「可以！」

吳王闔閭把宮中一百八十名美女交給孫武。

孫武把她們編成兩隊，點名讓吳王最喜愛的兩位嬪妃擔任隊長，隨後又讓全體宮女手拿長戟，分成兩隊，按隊形站好。孫武對她們說：「你們知道自己的心口、左右手和後背嗎？」

宮女回答說：「知道。」

孫武又說：「我發出『向前』的指令時，你們就看心口所指的方向；『向左』，就看左手所在的方向；『向右』，就看右手所在的方向；『向後』，就看後背所對的方向，都清楚了嗎？」

宮女回答：「清楚了。」

操練章程宣佈後，孫武又在庭中放上斧鉞等執法刑具。為了讓大家服從命令，孫武又一而再，再而三地演示動作，直到宮女都明白要領後，才說：「我們現在開始操練！」

孫武擊鼓，傳令向右轉。宮女們不服從命令，樂成一團，排好的隊形頓時亂了。

孫武平靜地：「對操練章程不熟悉，命令不熟悉，是指揮員的錯。」說完，又反覆交代動作要領。交代完以後，再次擊鼓命令向左轉。

自由慣了的宮女又嘻嘻哈哈地大笑起來。

孫武嚴肅地說：「動作要領沒講清楚，是指揮員的錯。動作要領已講清楚，還是不按照規章去操練，是軍官和士兵的錯。來人，把兩個隊長拖出去斬了。」

正在台上觀看的吳王看到孫武要殺寵姬，大吃一驚，忙對孫武說：「寡人已經知道將軍善於用兵了，寡人沒有這兩個侍妾，吃飯都沒有味道，希望不要殺她們。」

孫武毫不動心地說：「臣既接受大王的命令做了將軍，將軍在軍營中，國君的命令可以不接受。」

說完，刀起頭落，兩位隊長成了刀下鬼。孫武巡行示眾後，當即任命了兩名新隊長。

那些宮女看孫武連吳王的寵姬都敢殺，都不敢再造次了。孫武又擊鼓操練，宮女一個個老實了，讓她們向左、向右、向前、向後，蹲下站起，個個都符合操練規範。

孫武向在看台上的吳王報告說：「隊伍已訓練好了，請大王下來檢閱她們。大王可以任意地使用，讓她們赴湯蹈火也完全可以做到。」

吳王怨恨孫武，說：「不必了，請將軍下去休息吧，寡人不想觀看了。」

孫武說：「大王只喜歡我的兵書，卻不願讓我用兵。」經此，吳王知道孫武善於用兵打仗，讓他當了吳國的將軍。後來，在孫武的參與下，吳國向西打敗了強大的楚國，向北威震齊國和晉國。

———————————————— ● ————————————————

孫武死後一百多年，又出了個軍事家孫臏，孫臏是孫武的後代。

孫臏生長在山東阿城和鄄城之間。早年，孫臏跟龐涓一起隨鬼谷子學習兵法。龐涓當了魏惠王的將軍後，派人請孫臏到魏王的身邊。

龐涓擔心孫臏受到重用，取代自己在魏國的位置，便想了個法子陷害孫臏，並砍去孫臏的兩隻腳，又在他的臉上刺字。龐涓以為這樣一來孫臏就永無出頭之日了。

齊國使者到了魏國，孫臏以受刑犯人的身份祕密會見。齊國使者認為他是個奇才，用車把他接到齊國。齊國將軍田忌很賞識孫臏，用賓客的禮節接待他。

齊國盛行賽馬之風，田忌經常和齊國宗室的公子下注賭賽馬。孫臏看到那些馬雖然都有良好的體質，但有不同的速度，可以分為上中下三等。孫臏對田忌說：「將軍儘管下大賭注，我能讓您取勝。」

田忌十分信任孫臏，跟齊王和宗室公子們下了千金的賭注。孫臏對田忌說：「現在用您的下等馬去對付他們的上等馬，用您的上等馬對付他們的中等馬，用您的中等馬對付他們的下等馬。」比賽結束了，田忌輸了一場贏了兩場，贏了齊王的千金。

田忌把孫臏推薦給齊威王，齊威王向孫臏請教兵法，並拜他為軍師。

魏國攻打趙國，趙國形勢萬分危急，向齊國求救。齊威王想拜孫臏為將，孫臏推辭說：「受過酷刑的人不適合統兵。」齊威王用田忌當主將，孫臏做軍師。孫臏坐在有篷子的車中，為田忌出謀劃策。

田忌打算領兵直趨趙國，孫臏說：「這樣做不妥。要想解開糾結在一起的亂絲，不能拿拳頭砸它，要想勸解鬥毆不能捲入混戰。要想為趙國解圍，應避實就虛，讓魏國感到壓力，有所顧忌，那樣就可以自動解圍了。現在，魏國攻打趙國，精銳部隊肯定在前線，戰鬥力不強的部隊肯定留在國內。您不如率領大軍直撲大梁，佔據交通要道，攻擊它空虛的地方，那時，魏軍肯定會放棄趙國，回國自救。這樣，趙國之圍可解，又使魏軍疲於奔命，自行挫敗。」

田忌聽從了孫臏的建議，領兵直撲大梁。魏軍聽說後，放棄攻打邯鄲的計劃，撤兵回援大梁。田忌埋伏在桂陵，魏軍被打得大敗。

　　十三年後，魏國與趙國聯合攻打韓國。韓國告急，齊國派田忌救韓。田忌率兵直撲魏都大梁。魏將龐涓連忙率兵離開韓國回救大梁。此時，齊軍已越過邊境進入魏國。

　　孫臏對田忌說：「魏軍向來以強悍勇猛自稱，瞧不起齊軍，認為齊兵膽小怯懦，我們要善於利用魏軍的弱點向有利於我們的形勢引導。兵法上說，奔襲百里之外去追求勝利將折損上將，奔襲五十里去追求勝利只有一半的軍隊能趕到。齊軍進入魏境後，命令他們第一天挖十萬人吃飯用的爐竈，第二天挖供五萬人吃飯的爐竈，第三天挖供三萬人吃飯的爐竈。」

　　龐涓尾隨齊軍尋找決戰的機會，一連追了三天，龐涓仔細查看齊軍開挖的爐竈，高興地說：「我早已說過，齊人膽小怯懦，才進入我們的國境三天，已逃亡大半。這正是我們消滅他們的大好時機啊！」龐涓丟下步兵，帶領輕裝精銳晝夜兼程追趕齊軍。

　　正當龐涓沾沾自喜時，已進入孫臏的伏擊圈。孫臏估計龐涓傍晚將趕到馬陵，在馬陵佈下了伏兵，隨後削去一棵樹的樹皮，在樹幹上寫下「龐涓死在這棵樹之下」的字樣。

　　孫臏在道路的兩旁埋伏下萬名善射的士兵，對他們說：「傍晚看到有火光，一起射箭。」

　　當天晚上，龐涓率軍來到馬陵。龐涓想看清樹上模糊不清的字跡，叫人點上火把。誰知還沒看完，齊軍萬箭齊發，魏軍亂成一團，四處逃散。龐涓刎頸自殺時說：「沒想到成就了這小子的聲名。」齊軍乘勝追擊，俘虜了魏國太子申。孫臏因為這場勝利名揚天下，他的兵書從此在世上流傳。

———————————— • ⬤ • ————————————

吳起，衛國人，有軍事指揮才能。

齊國侵犯魯國，魯國國君打算拜吳起為將。吳起的妻子是齊國人，魯國國君有些猶豫了。為了表示忠心，吳起殺死妻子，魯國國君拜他為將，吳起大敗齊軍。

魯國是禮儀之邦，有人看不慣吳起，故意詆毀道：「吳起生性疑忌殘忍，一心想當官。早年，家中積攢了千金，吳起四處遊歷求官，把家產都折騰光了。家鄉人笑話他是個敗家子，吳起一怒之下殺了三十多個嘲笑他的人，離開衛國出走了。與母親告別時，吳起咬着胳膊發誓說：『當不上卿相，絕不回國。』吳起離家後，拜曾子為師。沒過多久，母親去世了，吳起為了誓言不肯回家參加母親的葬禮。知道這件事以後，曾子不願再認這個學生，跟他斷絕了關係。就這樣，吳起來到魯國，學習兵法侍奉魯君。國君您懷疑他，他馬上用殺妻的舉動來謀求將軍一職。魯國是個小國，現在卻有了戰勝大國的名聲，這不是甚麼好事啊，從此以後，為防止魯國崛起，諸侯肯定打魯國的主意了。再說魯國和衛國是兄弟國家，國君您卻重用吳起，這是拋棄衛國啊。」魯國和衛國同是姬姓的國家，有共同的祖先。一番話，打動了不辨是非的魯國國君，魯國國君辭退了吳起。

離開魯國，吳起來到了魏國。魏文侯想任用吳起，問李克：「吳起究竟是個甚麼樣的人？」

李克說：「吳起貪圖榮譽和名聲，喜歡女色。要說帶兵打仗，恐怕像司馬穰苴那樣的軍事家也不如他。」

魏國長期受秦國及周邊國家的欺壓，為了振興魏國，魏文侯決定起用吳起。吳起當上主將後，率魏軍攻打秦國，攻克了五座城池，擴大了魏國的地盤。

吳起愛兵如子，跟士兵吃一樣的東西，穿一樣的衣服。睡覺時不鋪設墊褥，行軍時不騎馬乘車，還經常身背糧食分擔士兵的勞苦。有個士兵生了癰瘡，吳起不顧腥臭，給他吸瘡排膿。士兵的母親聽說後，十分傷心，不知情的人說：「這是好事啊，將軍親自為士兵吸瘡排膿，是關心士兵，為甚麼還要傷心呢？」母親說：「你可能不知道，早年，吳公給我的丈夫吸瘡排膿，孩子的父親打仗時勇往直前不後退，被敵人打死了。現在，吳公又給我兒子吸瘡排膿，真不知道他以後會死在甚麼地方？是因為這樣，我才傷心的。」

吳起善於帶兵，又廉潔公正，得到了士兵的擁護，魏文侯任命他當西河郡太守，專門防備秦國和韓國。

魏文侯死後，兒子魏武侯即位。魏武侯視察西河，坐船順西河漂流而下，兩岸形勢盡收眼底。船到中流時，魏武侯回過頭對吳起說：「壯麗啊，險固的山河！這是魏國抵禦外敵的國寶啊！」

吳起恭敬地說：「國家強盛，在於修德不在於守衛險固的山川。從前，三苗氏的境內左有彭蠡湖，右有洞庭湖，因不修德行，得不到百姓的擁戴，後來被夏禹消滅了。夏王朝的境內左有黃河和濟水，右有泰山，南有伊闕，北有羊腸阪，夏桀不施行仁政，商湯把他放逐了。商王朝的殷都左有孟門山，右有太行山，北有常山，南有黃河流過，因商紂王不修德政，周武王殺死了他。由此看來，治國在於修德不在於憑險據守。」

一席話，觸動了魏武侯。魏武侯連說：「好！好！」

吳起任西河太守，保境安民，深得百姓的愛戴。不久，魏國任命田文當丞相，吳起不服氣地對田文說：「請讓我同您比一比各自的功勞，可以嗎？」

「可以。」

「統帥三軍，讓士兵樂意衝鋒陷陣，敵對的國家不敢打進犯的主意，您與我，哪個更有能力？」

「我不如您。」

吳起又問：「治理百官，安撫百姓，充實國庫，您與我，哪個更有能力？」

「我不如您。」

吳起又問：「鎮守西河，使秦軍不敢進犯，使韓國、趙國歸附，您與我，哪個更有能力？」

田文答道：「我不如您。」

吳起得意了，說：「這三個方面，您都不如我。可是，您的地位卻排在我的前面，這是為甚麼？」

田文答道：「國君年輕，國內不安，大臣不親附，百姓不信任，在這一節骨眼上，是把國家政務交給您，還是交給我好呢？」

吳起沉默了很久，說：「交給您更合適。」

田文說：「這就是我的地位在您上面的原因。」

田文死後，公叔當了魏國的丞相。為了攬權，娶了魏國公主的公叔想趕走吳起，僕人猜透了公叔的心思，說：「要想趕走吳起，很容易。」

公叔問：「怎麼才能做到？」

僕人說：「吳起廉潔，有節操，十分重視名譽。根據這一情況，您可以先跟魏武侯說：『吳起是有才幹的賢人，魏國很小，與強大的秦國接壤，臣私下擔心吳起沒有留在魏國的意思。』然後，武侯會問：『那該怎麼辦？』您趁機說：『可以用許配公主為妻的辦法留住他。吳起如果有留下的心思，肯定會接受；沒有留下的意思，肯定會推辭。用這樣的辦法可以探測他的心意。』隨後，您召見吳起，跟他同歸相府。回家後，故意讓公主生氣，讓公主罵您污辱您。吳起看到公主瞧不起您，害怕以後也會遇到這樣的事，一定會不同意這門婚事。」

公叔認為是個好主意，照此辦理。吳起在相府看到公主盛氣凌人的模樣，果然謝絕了魏武侯許配公主的好事。魏武侯誤解吳起，認為吳起有二心，遂不再信任他。

再說吳起擔心惹來殺身之禍，離開了魏國，到了楚國。

楚悼王早就聽說過吳起的大名，立即拜他當楚國的丞相。吳起執政後，不辜負楚君的期望。先是嚴明法紀，裁撤不急需的官員，斥退遊歷楚國的縱橫家。隨後，又廢除國君遠門宗族的爵祿，用節省下來的錢財增加軍費，很快建立一支強大的軍隊。吳起帶領這支大軍，向南平定了百越，為楚國建立了穩固的後方；在北方吞併陳國、蔡國，擊退三晉即韓趙魏三國，將楚國的疆土拓展到黃河流域；隨後，又向西方討伐秦國，進一步確立了楚國在諸侯國中的強盛地位。在吳起的指揮下，楚國的實力大大提高，諸侯開始懼怕楚國。

吳起萬萬沒想到，他的做法早已損害了楚國貴族的利益，那些貴族聚集在一起，尋找謀害吳起的機會。

機會終於等來了，信任吳起的楚悼王去世了，消息傳來，楚國的宗族大臣立即發動宮廷政變，合力追殺吳起。吳起自知性命難保，決心臨死前再抓幾個墊背的。為了讓楚國的貴族不敢輕易下手，吳起故意伏到楚悼王的屍體上。追殺的人對吳起恨之入骨，定要置之死地而後快，根本不管吳起伏在楚悼王的屍體上，亂箭齊發，射死了吳起，同時也射中了楚悼王的屍體。

太子即位後，以弒君之罪下令懲治射中楚悼王屍體的貴族，這樣一來，因射死吳起被滅族處死的有七十多家。

（見《史記・孫子吳起列傳》）

樂毅率燕攻齊

　　樂毅是樂羊的後代，樂羊是魏文侯的將軍，伐取中山國時，樂羊立下了戰功，魏文侯把靈壽封賞給樂羊。

　　樂毅十分有才能，喜愛兵法，趙國人曾舉薦他當官。趙武靈王在位時，趙國發生沙丘之亂。樂毅離開趙國，來到魏國。沙丘之亂發生在趙惠文王四年（公元前295年）。這年，主父和惠文王到沙丘遊覽，公子章趁機發動叛亂，試圖篡奪趙國的王位。

　　公子章是趙武靈王的太子，因喜愛小兒子公子何，趙武靈王將國家傳給公子何。優柔寡斷的趙武靈王廢嫡立幼後，自號「主父」，又不忍心廢舊太子公子章，因此，公子章依舊有太子的名號。趁主父與趙惠文王出行，公子章決定發動叛亂奪回王位。這場叛亂後來雖然平息，但深受其害的趙武靈王被活活地餓死，賢相肥義也被刺殺身亡。經此，國勢一度處於上升階段的趙國開始走向衰敗。

　　樂毅到魏國後，為魏昭王出使燕國。此前，燕國因子之之亂，被齊國打得大敗，為了復仇，即位後的燕昭王禮賢下士，築黃金台拜郭隗為師，向天下表明招攬天下賢士的決心。子之原本是燕王噲的丞相，篤信儒學的燕王噲決定把國家禪讓給子之。不料，子之當國三年，把國家搞得一團糟，百姓怨聲載道。

　　趁燕國內亂，齊國聯合中山國夾擊燕國，燕國百姓因痛恨子之，反而充當內應。誰知齊軍入境後不知體恤燕國百姓，縱兵屠殺和搶掠財物，燕國百姓又起來反抗，齊軍被迫退出燕國。

　　黃金台又稱招賢台，是燕昭王為招攬天下賢才興建的宮殿。黃金台築成後，沒有人到燕國應招，燕昭王悶悶不樂，郭隗給他講了個故事。

　　過去，有個國君出千兩黃金求購千里馬，三年過去了，始終沒有買到。又過了三個月，好不容易找到一匹千里馬，等到去買時，馬已死去。買馬的人用五百金買了馬的屍骨。國君生氣地說：「我要的是活馬，你怎麼買馬骨頭？」

　　買馬的人說：「五百金買馬骨頭，何愁買不到千里馬呢？」沒過三天，果然有人送來了三匹千里馬。

　　講完這個故事，郭隗說：「大王如果真的要招攬人才，可拜我郭隗為師。像我這樣才疏學淺的都能被國君任用，那些比我高強的必然會千里迢迢地趕到燕國。」

　　燕昭王採納郭隗的建議，拜他為師，為他建宮殿，很快出現了有才華的人紛紛投奔燕國的局面。

　　樂毅為魏國出使燕國，燕昭王知道樂毅是個有才能的人，用隆重的禮節接待，並勸他留下。經過多次相勸，樂毅感動了，答應留在燕國，並寫下效忠燕國的保證書。燕昭王十分高興，拜樂毅為僅次於上卿的官職亞卿，參與輔政。

　　那時候，齊湣王仗着強大的國力，四處攻城略地。向南打敗了楚國；向西打敗了趙國和魏國的聯軍，隨後又與韓、趙、魏攻秦，幫助趙國滅掉了中山國，打敗了宋國，開拓疆土一千多里。各國諸侯見勢不妙，紛紛背叛秦國，表示服從齊國的號令。

　　齊湣王連年對外用兵，國內的百姓不能安居樂業，怨聲載道。抓住這一機會，燕昭王向樂毅討教討伐齊國的事宜。樂毅回答說：「齊國是大國，有齊桓公稱霸天下時留下的基業，土地廣闊，人口眾多，不能輕易地攻打。大王如果想討伐齊國的話，不如和趙國、楚國、魏國聯合，合四國之力攻打齊國，就有勝算了。」

　　燕昭王派樂毅去聯絡趙惠文王，又派使臣聯絡楚國和魏國，又讓秦國盟友趙國用征伐齊國的好處去遊說秦王。齊湣王當政以來，各國諸侯倍受欺凌，早已不願忍受，個個摩拳擦掌攻打齊國。

　　燕昭王派樂毅擔任上將軍，把燕國全部的軍隊交給他指揮。趙惠文王又把宰相的大印交給樂毅，讓他全權指揮趙國軍隊。經過一番協調，樂毅集結趙國、楚國、韓國、魏國和燕國五國軍隊後，浩浩蕩蕩去討伐齊國。在樂毅的指揮下，五國聯軍在濟水西岸與齊軍展開決戰，徹底打敗齊國的主力。齊湣王見勢不妙，逃走了。

　　諸侯見已達到教訓齊國的目的，遂停止進攻返回自己的國家了。

　　燕軍在樂毅的帶領下繼續追擊，一直打到了齊國的國都臨淄。樂毅攻佔臨淄後，把繳獲的珍寶財物和祭祀禮器全部運回燕國。燕王十分高興，親自到濟水邊上慰勞士兵，為了表彰樂毅，把昌國封給樂毅，樂毅號「昌國君」。

　　樂毅在齊國打了五年，攻下齊國七十多座城池，並在這些地方設立歸燕國管轄的郡縣。齊國只剩下齊湣王佔據的莒城和田單佔據的即墨繼續抗擊燕軍。

　　在這一緊要關頭，燕昭王去世了，燕惠王即位。燕惠王從做太子時就不喜歡樂毅。得知這一消息，田單派人到燕國行反間計，四處放風說：「齊國只有兩座城池還沒有被攻破，樂毅遲遲不攻，是因為樂毅與燕國新王有矛盾，是因為樂毅想用拖延戰爭的方法留在齊國，在齊國自立為君主。齊國現在最擔心的事情是，燕國派新的將領破齊。」燕惠王本來已懷疑樂毅，聽到這些話後，立即派騎劫接替樂毅。

　　樂毅知道燕惠王不懷好意，害怕回燕後遇害，只好西行去投靠趙國。趙國素來尊敬樂毅，當即把觀津城封給樂毅，號「望諸君」。趙國禮遇樂毅的消息傳出後，震動了燕國和齊國這兩個敵對的國家。

　　騎劫代替樂毅後，加快了攻打即墨的步伐。田單設奇謀引誘燕軍上當，用火牛大敗騎劫，隨後乘勝追擊，收復了齊國失陷的城邑，在莒城迎齊襄王進入臨淄。

　　騎劫大敗後，燕惠王後悔了，同時害怕趙國趁機用樂毅攻打疲敝的燕國。為了緩解眼前的危機，派使臣到趙國向樂毅表示歉意：「先

王把整個國家託付給將軍，將軍為燕國戰勝齊國，報了先王的仇恨，天下沒有不震驚的，我怎麼敢忘記將軍的功勞呢！後來，先王丟下羣臣，我剛剛繼位，是左右的人迷惑了我，讓我做出了不恰當的決定。我派騎劫接替將軍，是因為將軍長年在外行軍打仗，想召將軍回來暫時休息一下，並商量大事。將軍誤信傳言，拋棄了燕國歸附趙國。現在，將軍為自己打算是可以的，可是，您用甚麼來報答先王的恩情呢？」

　　樂毅自然感念燕昭王的知遇之恩，但畢竟事過境遷，害怕回去後不得善終，於是，給燕惠王寫了很動感情的書信。信中，樂毅陳述了自己受到先王信任的原因和報效先王的決心，又陳述了唯恐善始、不能善終的憂慮，最後，為打消燕王的顧慮，傳達了不會幫助趙國攻打燕國的信息。這封書信就是著名的《報燕惠王書》。

　　書信送到了燕王手裏，燕王知道雖然不能讓樂毅再為自己效力，但想到樂毅不會幫助諸侯攻打燕國，頓時寬心了。又想到樂毅立下的戰功，出於內疚，讓樂毅的兒子做了昌國君。從此，樂毅在燕、趙兩國之間出行，後來死在趙國。

（見《史記‧樂毅列傳》）

田單大擺火牛陣

　　為了挽救國家，田單大擺火牛陣，打敗了入侵的燕軍。

　　田單，是齊國田氏王室的遠房親戚。齊湣王時，田單在齊都臨淄（今山東淄博）市場上做管理人員，默默無聞。

　　等到燕昭王派樂毅攻破齊國時，齊湣王逃到了莒城。燕軍長驅直入，平定了齊地。田單逃到了安平（山東淄博東北）。眼看安平不保，田單讓族人鋸掉車軸突出的軸頭，用鐵皮包上。

　　不久，燕軍攻破安平，齊國人亂成一團，爭搶道路，因軸頭撞壞了車輛，成燕軍俘虜。只有田單帶族人脫離了險境，逃到了即墨。樂毅率燕軍攻下齊國幾乎所有城池，指揮大軍撲向還沒有攻克的莒城和即墨。淖齒在莒城殺了齊湣王，堅守莒城。燕軍攻打幾年，佔不了莒城，率兵向東攻即墨。即墨大夫與燕軍交戰，不幸戰死。城裏共同推舉田單為守城將軍。推舉的理由是：田單能帶領族人從安平逃脫，說明他善於用兵。

　　田單當了守城的將軍後，深知要想徹底解除困境，必須讓樂毅離開統帥的位置。通過分析戰爭變化發展的勢態，田單抓住燕昭王病死、燕惠王即位這一有利的機會，派人到燕國施行反間計。間諜到了燕國後，四處放風說：「齊王已經死了，齊國沒有被攻下的城邑只有兩座了。樂毅害怕回到燕國後被殺，因此，他以伐齊為名，故意拖延攻破即墨的時間，實際上是要聯合敵兵在齊國稱王。由於齊國還沒有歸附他的意思，所以他暫時放慢了攻打即墨的速度，想以此來等待齊人的歸順。齊國最害怕的是，燕王派新的將領來接替樂毅，那樣，即墨就無法保全了。」

　　原來，在樂毅率領燕軍全力圍齊時，支持樂毅的燕昭王突然去世。昭王死後，燕惠王即位。就在這時，田單探聽到燕惠王與樂毅不

和的消息，於是，當機立斷，決定施行反間計。惠王聽信謠言後，做出了撤職查辦樂毅，改用驕傲狂妄、有勇無謀的騎劫為燕軍統帥的決定。

樂毅害怕返回燕國後遭遇不測，投奔了趙國。這樣，田單沒動一兵一卒便擊敗了智勇雙全的樂毅。樂毅出走後，田單不但除去了一個勁敵，而且燕軍因人心渙散，戰鬥力大為減弱，從而使實現抗燕復齊的大業邁出了第一步。

反間計成功以後，重圍之下的即墨並沒有解除危機。那麼，怎樣才能徹底地解除危機呢？

針對人心不穩，田單巧妙利用神靈信仰，起到瓦解燕軍士氣和鼓舞即墨軍民守城鬥志的作用。在被圍困的日子裏，田單命令城中的軍民吃飯時先在庭院中祭祀列祖列宗，尋找食物的鳥兒都飛到城中吃那些放在祭桌上的食品。

城外燕軍見到鳥兒飛到城中感到很奇怪。田單向燕軍傳言道：「神來，下教我。」意思是說，神來到城中，教我們戰勝燕軍的辦法。田單對城中的軍民說：「應當有神人當我的軍師。」有一名士兵明白了田單的意圖，對田單說：「我可以當軍師嗎？」說完，轉身就走。田單把他召回，用老師的禮節侍奉他。

士兵說：「我確實沒有才能，欺騙了您。」

田單說：「您不要說了。」於是，尊這位士兵為神師。原來，田單是要藉助神靈信仰來穩定軍心，鼓舞軍民同心協力的守城鬥志。應該說，這一做法在神學政治佔統治地位的年代，起到了瓦解敵人的作用。

以後，田單每發佈一次號令，總是要說這是神師的主意。

為了激起軍民守城的鬥志，防止城中的軍民投敵，田單有意向燕軍傳言：「齊人最害怕的事情是，燕軍把俘虜的齊兵割去鼻子，讓他們走在攻城隊伍的前列。那樣的話，城中的守軍將會害怕，即墨很快會被攻克。」燕

人不辨真偽，認為這是個好辦法。當守城的士兵看到降兵被割去了鼻子的情況後，都十分憤怒，生怕被抓去也受這般凌辱，因此，防守更加嚴密了。

稍後，田單派出的人又對燕軍說：「我們害怕燕軍挖掘我們在城外的墳墓，侮辱我們的祖先，那可是件寒心的事。」田單這樣做的目的，是為了引誘燕軍挖掘齊人在即墨城外修的祖墳，通過引誘燕軍凌辱齊人的祖先，來進一步激發城中軍民守城的鬥志，讓他們發誓向燕軍報難以忍受的深仇。

當即墨城中的軍民看到燕軍挖開墳墓，焚燒屍骨的行為時，都痛苦地流下了眼淚。他們紛紛要求出戰，仇恨頓時增加了十倍。

田單的這些謀略實施後，大大地提升了齊軍同仇敵愾、收復失地的士氣，堅定了軍民誓死守城與燕軍決一死戰的意志。為了打敗燕軍，田單與士兵們同甘共苦，一起修築工事，又把妻妾編在守城的隊伍中，把食物全部分給士兵。同時讓裝備精良的將士埋伏起來，故意讓老弱婦女到城樓上守城。

田單積極作戰前準備，為了麻痺燕軍，田單派使者與燕軍約定投降的時間，燕軍以為破城在即，都歡呼萬歲。為了進一步打消燕軍的疑慮，田單又讓人收集老百姓手中的金子，讓城中的富豪送給燕將，說：「即墨將要投降，希望你們不要俘虜我們同族人家的妻室兒女，讓我們不要受到侵擾。」燕將大喜，答應了他們的請求，同時更加鬆懈了。

田單見麻痺燕軍的目的已經達到，從城中徵集了一千多頭牛，給牠們披上用大紅綢緞製作的衣服，又在綢緞的上面畫滿了五顏六色的蛟龍，然後把刀刃捆綁在牛的角上，又把澆灌了油脂的蘆葦綁到牛尾巴上，乘着夜色，田單讓人點燃蘆葦，把一頭頭火牛從鑿開的幾十個牆洞趕出去。

一頭頭牛放出城後，蘆葦上的火一下子燒到了牛的尾巴，那些牛被大火燒得疼痛難忍，怒吼着向前狂奔，衝進了城外燕軍的大營。在

火牛的後面，是緊隨着的五千精兵。此時，睡夢中的燕軍毫無防備，由於牛尾上的火把光明耀眼，燕軍以為是一條條火龍衝向他們，頓時亂成一團，被牛角上的刀刃觸死觸傷。乘燕軍大亂的時機，即墨城的齊軍趁勢殺向燕軍，城中的老弱婦孺拼命地敲擊銅器以助聲威。一時間，喊殺聲驚天動地，燕軍驚駭之中節節敗退。齊軍乘勝殺死了燕軍的主帥騎劫，失去了主帥的燕軍，頓時像沒頭蒼蠅一樣，四處潰散逃命。

　　齊軍在燕軍的後面窮追猛打，所過城邑紛紛背叛燕軍，歸順田單。田單軍隊的士兵一天比一天多，燕軍一直潰敗到黃河邊上。很快，田單收復了被燕軍侵佔的國土和城池。於是，田單到莒城迎接齊襄王，襄王回到臨淄後，封賞田單，賜爵號安平君。

（見《史記‧田單列傳》）

齊國公子孟嘗君

　　孟嘗君田文，是齊國靖郭君田嬰的兒子。田嬰是齊威王的小兒子，齊宣王同父異母的弟弟。田嬰任齊國丞相十一年，齊宣王去世，齊湣王繼位後，把薛邑封給了田嬰。

　　田嬰有四十多個兒子，小妾生了田文，田文五月五日出生。田嬰告訴小妾說：「不要養活這個孩子。」做母親的不忍心，偷偷地把田文撫養成人。田文長大後，母親讓她的兄弟把田文引見給田嬰。田嬰責怪小妾說：「我讓你扔了，你還敢養活他，為甚麼？」

　　母親沒有回答，田文責問他的父親田嬰：「您不願養活五月生的兒子，為甚麼？」

　　田嬰非常迷信，不假思索地說：「五月生的兒子長大了，身高會和門楣相齊，會對他的父母不利。」

　　田文說：「人的命運是由上天決定的？還是由大門安排的？」

　　田嬰不知該如何回答才好。

　　田文接着又說：「肯定是由上天安排的，那樣的話，您有甚麼可擔憂的呢？如果是由大門安排的，可以把門修高，人還能超過門的高度嗎？」

　　田嬰擺擺手說：「你不要再說了。」

　　過了一段時間，田文瞅準機會問田嬰：「兒子的兒子怎麼稱呼？」

　　田嬰說：「是孫子。」

　　田文又問：「孫子的孫子怎麼稱呼？」

　　「是玄孫。」

　　「玄孫的孫子怎麼稱呼？」

　　田嬰說：「不知道。」

田文說：「您參與國事，擔任齊國的丞相到現在經歷三位君王了，齊國的疆土沒有擴大，可是，您私人財富卻積累了上萬金，門下沒有一個賢能的人。我聽說，將門肯定出將軍，相門肯定出丞相。現在您的姬妾踐踏着綾羅綢緞，賢士卻穿不上粗布短衣；您的奴僕侍從有吃不完的美味佳餚，賢士卻連糠菜也吃不飽；您喜好積蓄儲藏大量的財物，想把它留給不知如何稱呼的後代，可是卻忘了齊國一天天削弱，田文我感到很困惑。」

一席話，讓田嬰刮目相看。從此，田嬰讓田文主持家政，負責接待賓客。投靠田嬰的賓客越來越多，田文的名氣也越來越大。各國諸侯認為田文賢明聰慧，紛紛要求田嬰立田文為太子，田嬰答應了。田嬰死後，田文繼承了田嬰的爵位，就是後來的孟嘗君。

孟嘗君好客，諸侯的賓客和逃亡的人紛紛投到他的門下，寄食的門客多達數千人，孟嘗君拿出全部的家產厚待他們，不分貴賤一律平等。一天夜裏，孟嘗君招待客人，有人遮住了他面前的燭光，客人看不到孟嘗君吃的飯菜，認為待遇不平等，停下筷子要起身告辭。孟嘗君把自己的飯菜端到客人的面前，客人看到跟自己的完全一樣，當場羞愧，自刎而死。

秦昭襄王聽說孟嘗君賢能，派涇陽君到齊國當人質，交換孟嘗君入秦當人質。為了齊國的利益，孟嘗君準備入秦，賓客都來勸阻，認為一旦入秦，將有去無回。孟嘗君執意入秦，幸虧有蘇代及時勸告，孟嘗君才放棄了入秦的打算。

齊湣王二十五年，為了兩國修好，齊國派孟嘗君入秦。到秦國後，秦昭襄王打算任命孟嘗君當秦國的丞相。秦國大臣勸阻道：「孟嘗君是齊國的王族，讓他當秦國的丞相，辦事一定會先為齊國着想，然後才為秦國着想。那樣的話，秦國就危險了。」為了永絕後患，防止為他人所用，秦昭襄王打算殺掉孟嘗君。

孟嘗君派人向秦昭襄王的寵姬求救，寵姬說：「我想要孟嘗君的白狐皮裘。」

孟嘗君的確有件價值千金的白狐皮裘，到秦國後獻給了秦王。孟嘗君憂心忡忡，不知怎麼辦才好。一位會披着狗皮偷盜的賓客說：「我能拿到那件皮裘。」當天夜裏，這位賓客裝成狗，鑽進秦國的倉庫，取出那件皮裘。

寵姬得到皮裘後，勸說秦昭襄王放了孟嘗君。孟嘗君得到放行的消息後，馬上更換了通行證改了姓名，連夜東逃，半夜到了函谷關。秦昭襄王後悔放走孟嘗君，派人驅車追趕。按照規定，函谷關要雞叫後才能開關通行。正不知所措時，會雞叫的賓客學了幾聲雞叫，引來函谷關的公雞啼叫。守關的士兵以為天亮了，開關放行。孟嘗君趕緊出關，過了一頓飯的工夫，追兵趕到函谷關時，孟嘗君已平安出關，只好回去覆命。起初，孟嘗君把這兩位雞鳴狗盜之徒尊為賓客時，大家都羞辱他們，從這以後，大家都服了他們兩人。

孟嘗君經過趙國，平原君熱情接待。趙國人聽說孟嘗君來了，想目睹一下孟嘗君的風采，沒想到大失所望，都笑着說：「起初，我們以為孟嘗君是個身材魁梧的美男子，沒想到是個個頭矮小的男人。」聽到這話，孟嘗君十分憤怒。隨從的賓客不論青紅皂白，跳下車，砍死幾百個圍觀的人，還不解恨，直到殺光一個縣的人才離開。

孟嘗君脫險回來了，齊湣王很內疚，讓他當了齊國的丞相。孟嘗君對秦國扣押及想殺害他的行為恨之入骨，想聯合韓國、魏國一起攻打秦國。蘇代勸解道：「韓國、魏國攻打秦國後將會變得更加強大，您過去曾幫助韓國、魏國攻打楚國九年，楚國削弱了，韓魏兩國南方的威脅解除了，韓魏兩國反過來對付齊國。現在聯合韓魏兩國攻打秦國，實際上是幫他們解除西面的威脅。如果那樣的話，齊國更危險了。依我看，您不如讓韓魏兩國與秦國交好，威迫秦國放了扣押的楚懷王，讓楚王把東國割讓給齊國。這樣，齊國既壯大了又安全了。」

孟嘗君採納了這一建議，雖促成了秦與韓魏三國之間的聯合，卻沒能達到讓秦國釋放楚懷王的目的。

有個叫馮諼的人聽說孟嘗君好客，穿了一雙草鞋去見他，孟嘗君不動聲色地問：「先生遠道屈尊而來，打算用甚麼教導田文呢？」

馮諼說：「聽說您喜歡士人，就以卑賤的身份來歸附您。」

孟嘗君把他安排到賓館中住下，十天後，孟嘗君問賓館管理員：「那位客人都做些甚麼呢？」

管理員說：「馮先生太窮了，只有一把劍，是把用草繩纏着劍把的劍。他彈着劍唱道：『長劍，回去吧，吃飯時沒有魚。』」

孟嘗君把馮諼安排到好一些的房間住下，吃飯時給他上一份魚。五天過去了，孟嘗君又問管理員。管理員說：「客人又彈劍唱道：『長劍，回去吧，出門時沒有車。』」

孟嘗君把馮諼安排到更好的房間，出行時給他車坐。

過了五天，孟嘗君又問管理員。管理員說：「馮先生又彈劍唱道：『長劍，回去吧，沒有東西養家。』」孟嘗君不高興了。

過了一年，馮諼沒再說甚麼。

孟嘗君有三千食客，薛邑的收入承擔不了賓客的日常開支，為了供養賓客，孟嘗君派人到薛地放債。債放出後，許多人還不上利息。眼看費用吃緊，十分着急的孟嘗君問身邊的人：「可以派誰到薛邑收債？」

賓館管理員說：「住在高級房間的馮諼看上去能說會道，可以讓他去討債。」

孟嘗君召見馮諼說：「封邑的租稅不夠供養我門下的三千多賓客，所以在薛邑放了些高利貸。今年收成不好，百姓多數付不起利息。現在賓客恐怕吃飯都成問題了，希望先生去討回那些債來。」

馮諼滿口答應，出發了。到了薛邑後，馮諼得到了十萬利息。拿這些錢，馮諼買了一些酒和牛，召集借款的人來吃酒席。酒喝到興頭

上，馮諼把貸款的契約文書搬到席上，一一驗證契約。凡是有能力還利息的，約定期限；凡是貧窮沒能力還款的，驗證契約後，當場燒掉。馮諼對大家說：「孟嘗君放債，是為了幫助沒有錢的人用它來進行農業生產，之所以要收利息，是因為沒有錢供養賓客。現在有能力還錢的，應確定還款日期。還不起的，可以燒掉契約，原有的貸款可以捐贈給他們。各位儘量吃好喝好。你們能有這樣的主人，怎能辜負他呢？」在座的人都起身，一再地拜謝。

孟嘗君聽說馮諼燒毀契約文書，憤怒地說：「我田文有食客三千，為了解決他們的吃飯問題，才在薛邑放高利貸。我的俸祿和封地本身就少，如果大部分人不按時償還利息的話，恐怕客人的食物都要供應不起了，所以才請先生去收那些借貸款。我聽說先生收錢後拿這些錢辦酒宴，又把契約文書燒了，是為甚麼？」

馮諼說：「是這樣，不置辦酒席就不能把他們全部召集來，就沒有辦法知道他們是富足還是貧困。富足的，可以規定還帳的時間；貧困的，您就是拼命地催帳，哪怕是催上十年，利息越滾越多，最後還是償還不了。逼急了，君主會認為您貪圖錢財，不愛護士人和百姓。下面的人見還不起錢，一走了之，您到哪裏去找他們呢？現在，放棄那些不能收回的債券，把它們燒了，讓薛邑的百姓擁護您，傳揚您的仁愛名聲，豈不是好事？」

孟嘗君鼓掌表示贊成，忙向馮諼道歉。

為了詆毀孟嘗君，秦國、楚國散佈了許多關於他的流言蜚語。齊王聽說後，認為田文的名聲太大，又獨攬齊國的大權，就罷免了孟嘗君。門上的食客見孟嘗君失去權力，紛紛離他而去。

馮諼對孟嘗君說：「請借給我一輛到秦國的車子，我一定會讓您得到更多的俸祿和尊崇，並擴大您的封地。」

到了秦國，馮諼對秦王說：「秦和齊是兩個敵對的國家，不可能同時並立稱雄，能稱雄的將會獲得天下。」

秦王動容，直起腰板問：「用甚麼辦法可以使秦國強大呢？」

馮諼說：「大王知道齊國署名孟嘗君的事嗎？」

秦王說：「聽說了。」

馮諼說：「各國看重齊國，是因為齊國有孟嘗君。如今齊王聽信讒言罷免了他。心中怨憤的孟嘗君必定會背棄齊國。他了解齊國各方面的情況，如果能把他迎到秦國的話，您可以得到整個齊國的土地，豈止是稱雄呢？您趕快派使者帶着禮物去請孟嘗君，不能失去良機啊！」

秦王十分高興，派使者駕十輛馬車帶着百鎰黃金去迎接孟嘗君。

馮諼告別秦王，趕在秦國使者的前面回到齊國。馮諼對齊王說：「齊國和秦國是敵對大國，秦國強，齊國必弱；齊國強，秦國必弱，兩個國家不可能同時稱雄。我私下了解到，秦國已派使者帶着馬車和黃金迎接孟嘗君。孟嘗君如果到秦國當宰相，為秦國出力，齊國就危險了。大王您為甚麼不在秦國使者到達之前，恢復孟嘗君的官位，用增加封邑的辦法向他道歉？如果那樣做，孟嘗君肯定愉快地接受。秦國雖是強國，怎能不顧道義挖走人家的宰相呢？」

事情迫在眉睫，齊王立即派人到邊境攔截秦國使者，與此同時召見孟嘗君，不但恢復了孟嘗君的官職，奉還封邑的土地，又給他增加了一千戶的食邑。

孟嘗君對馮諼說：「我田文一直喜好賓客，從來沒有慢待他們。先生您是知道的，食客看到我被罷免，都背棄我遠走高飛，甚至不來看我一眼。現在依靠您，恢復了相位，我倒要看看，他們還有甚麼臉來見我！如果他們再有求於我，我一定把唾沫唾到他們的臉上，一定要好好地羞辱他們一頓。」

馮諼勸阻道：「富貴的時候門下多有士人，貧賤的時候門下很少有朋友，這是世態本來應有的面目。您難道沒有見過趕集的人嗎？早晨，人們側着肩膀擁進市場，太陽落山後，路過集市的人甩着胳膊走

開，連市場的模樣都不願再看一眼，為甚麼呢？是因為市場裏面已經沒有他們需要的東西了。您失去相位，賓客必然要離開。您抱怨他們是不值得的，那樣的話，只會斷絕賓客投奔您的門路。我希望，您還是像以前那樣對待賓客。」

孟嘗君恍然大悟說：「我恭敬地聽從您的教導，一定接受您的指教。」

多少年後，司馬遷為寫《孟嘗君列傳》專門訪問了薛邑，他發現，薛邑有許多兇狠殘暴的年輕人，想探個究竟，有人告訴他，這都是孟嘗君招攬天下豪傑俠客造成的。

（見《史記·孟嘗君列傳》）

趙國公子平原君

平原君趙勝是趙武靈王的兒子，在武靈王的兒子中，趙勝最賢明。趙勝喜歡結交賓客，聚集在府上的賓客有幾千人。

平原君是趙惠文王和趙孝成王的丞相，他三次辭官，又三次恢復相位，封在東武城。

平原君的住所十分高大，站在樓上可以看到老百姓家中的事情。鄰居家有個瘸子，一天，瘸子一瘸一拐地去挑水。平原君的姬妾看到後，大聲地譏笑。第二天，瘸子來到平原君的門前，對平原君說：「我聽說您喜歡接納賓客，賓客不遠千里來投靠您。我不幸患有殘疾，您站在樓上的姬妾看到後譏笑我，我想得到那個姬妾的腦袋。」

平原君答應說：「好。」瘸子離開後，平原君笑着說：「這小子瘋了吧，竟然因為一笑的緣故叫我殺愛妾，太過分了！」過不過分呢，確實是太過分了。不過，在「士為知己者死，女為悅己者容」的年代，的確不是過分的要求。道理很簡單，瘸子是士，古代一向有「士可殺不可辱」的說法，既然侮辱士，自然要付出血的代價。

一年多過去了，半數的賓客離開了平原君。平原君感到很意外，說：「我不曾怠慢各位君子，為甚麼有這麼多的人離開呢？」

門客告訴他：「因為您不殺譏笑瘸子的姬妾，大家認為您喜好美色，輕視士人，所以有才能的賓客都離開了。」

平原君砍下那位姬妾的頭，親自上門獻給瘸子。後來，那些離開平原君的賓客又漸漸地回來了。

這時齊國有孟嘗君、魏國有信陵君、楚國有春申君，為了吸引更多的士人，他們互相競賽，看誰最能禮賢下士。

秦國圍困趙都邯鄲，趙王派平原君出使楚國求救。平原君打算挑選二十位有膽量的文武兼備的門客一同出使。選來選去，只選出

十九人。有個叫毛遂的走到平原君的面前，說：「我聽說您準備出使楚國，跟楚國商談合縱的大事，準備邀請二十位門客一起去，現在少一個人，希望您能讓我湊個數，一起去吧。」當時的形勢是，秦國在函谷關的西面，其他六國在函谷關的東面，因此，韓、趙、魏、燕、齊、楚又稱關東六國。因關東六國呈南北方向，六國聯合抗秦通常稱之為「合縱」，因秦國在關東六國的西面，要逐步消滅六國，必須採取近攻遠交的戰略，人們又把這一戰略稱之為「連橫」。

平原君問毛遂：「先生您在我的門下幾年啦？」

「三年了。」毛遂回答道。

平原君皺了皺眉頭說：「有才能的人活在世上，就像錐子放在布袋裏，會顯示出錐尖的存在。先生在我的門下待了三年，我也沒聽人說過，可見先生沒有甚麼大的才能，先生還是留下來吧。」

毛遂說：「現在，請您把我放到布袋中。如果早一點把我放到布袋中，不但會露出錐尖，還會連錐把上的套環一同露出。」

平原君答應帶毛遂一同入楚，十九個人暗自感到好笑，但都沒有排斥毛遂。一路上，毛遂與其他十九個門客不停地交談，等到了楚國，他們對毛遂已心服口服。

平原君與楚王商議聯合抗擊秦國的事情，會談十分艱難。從早晨談到中午，平原君詳細地介紹合縱的好處，動員楚王與趙國結盟，共同抗擊秦國，楚王始終不表態。

會談陷入僵局，十九位門客一起鼓動毛遂說：「先生，您出馬吧。」

毛遂握住劍柄，一步一步地走上台階，對平原君說：「合縱的利弊，用兩句話就可以說完了，早就可以做決定了。現在，從早晨到中午還拿不定主意，是為甚麼啊？」

楚考烈王問平原君：「這位客人是幹甚麼的？」

平原君說：「是我的門客。」

楚王呵斥道:「我在跟你的主人說話,你來幹甚麼!」

毛遂握住劍柄向前走去,說:「大王之所以呵斥我,是依仗楚國的人多。現在十步之內,大王還能自恃人多嗎?您的命在我的手中。我的君主就在面前,要是呵斥的話應該由他發話,您憑甚麼呵斥我呢?我聽說商王成湯憑藉七十里的封地稱王天下,周文王憑着百里的土地使諸侯臣服,難道是他們擁有眾多的士兵嗎?不是,是因為他們善於掌握形勢,能把他們的威力發揮到極致。現在楚國方圓五千里,有百萬士兵,這是成就霸王之業的資本。憑藉楚國強大的國力,天下沒有人能阻擋。白起,一個不起眼的小傢伙,率數萬士兵與楚國交戰,第一戰攻克了楚鄢(今湖北宜城東南),再戰攻破楚都郢(今湖北江陵紀南城),燒毀夷陵(今湖北宜昌西南),三戰侮辱大王的先人。這是楚國百世以來的怨恨,也是趙國感到恥辱的事情,可是,大王您沒有感受到羞恥。合縱是為楚國作長遠的考慮,不是為了趙國。」所謂「侮辱大王的先人」,是指白起攻佔楚都後進軍夷陵,焚燒了楚王的墳墓。這件事對楚人來講,是奇恥大辱。毛遂提起這一件件歷歷在目的往事,深深地刺痛了楚考烈王。

楚考烈王忙說:「好了,我願意用社稷作保證,訂立合縱的盟約。」

毛遂又追問了一句:「決定了嗎?」

楚考烈王回答:「決定了!」

毛遂對楚王左右的大臣說:「拿雞血、狗血和馬血來。」毛遂手捧銅盤跪獻給楚王說:「大王您應當歃血決定合縱的盟約。」於是,在殿堂上確定了合縱盟約。為甚麼要拿三種血呢?原來誓盟用牲有貴賤之分,天子用牛及馬,諸侯用狗及豬,大夫以下用雞。

平原君簽訂合縱的盟約回到趙國後,感慨地說:「我不敢再說能辨別人才的話了,我發現的人才多說上千,少說也有幾百,自認為不會遺漏天下的人才,現在竟然把毛先生漏掉了。毛先生到楚國後,

使趙國的分量比九鼎大呂還要重！毛先生的三寸不爛之舌勝過百萬雄師，我從此不敢再說有識別人才的本領了。」

自那以後，毛遂成為平原君尊貴的賓客。

平原君回到趙國，楚王派春申君領兵救趙，魏國信陵君假託魏王的命令奪取晉鄙的兵權前來救趙，可是，遠水解不了近渴，路途遙遠，一時都沒有趕到。

秦國聽說後，加緊攻打邯鄲。邯鄲告急，打算開城投降。平原君極為焦慮，不知道怎麼辦才好。這時，邯鄲賓館管理員的兒子李同來見平原君，問：「您不憂慮趙國即將滅亡的大事嗎？」

平原君說：「如果趙國滅亡了，我將成為俘虜，怎麼能不憂慮呢？」

李同說：「困守在邯鄲城中的百姓拿人骨當柴燒，互相交換孩子當飯吃，可以說危急萬分。可是，您數以百計的妻妾和侍女依舊衣着華麗，有吃不完的精美食物。現在城中的百姓困乏，兵器已經用光，有的人拿着削尖的木頭上陣，可是，您家中的器物和鐘磬依舊像以前一樣精美。如果秦國攻破了趙國，您還能擁有這些東西嗎？如果趙國得到保全，您又何愁沒有這些東西呢？如果現在您真的能命令夫人以下的家人編入軍隊，讓她們分擔守護城池的任務，再把家中所有的東西拿出來犒賞士兵，和士兵同甘共苦，他們就會感恩戴德，自然會奮勇殺敵。」

平原君採納了李同的建議，組成一支三千人的敢死隊，李同與三千敢死隊員奮勇地殺向秦軍，迫使秦軍後撤了三十里。

這時，楚國和魏國的援軍趕到，救下了邯鄲，保全了趙國。

（見《史記‧平原君虞卿列傳》）

魏國公子信陵君

　　魏國公子無忌是魏昭王的小兒子，魏安釐王同父異母的弟弟。魏昭王去世，安釐王繼承王位，封無忌為信陵君。

　　當時，范雎從魏國逃到秦國擔任丞相，因為怨恨魏齊的緣故，秦國攻打魏國，包圍了魏都大梁，隨後又擊敗了魏國在華陽的駐軍，趕走了魏將芒卯。魏王和公子無忌都為此擔憂。魏齊是魏國的丞相，范雎是魏國宗室的庶出子弟。

　　早年范雎想為魏國出力，因家貧無資，不得不投到中大夫須賈的門下為賓客。一次，須賈出使齊國，范雎的雄辯之才引起齊王的重視。齊王想留他當客卿，並贈黃金十斤，均被范雎婉言謝絕。須賈回國後，不僅不讚揚范雎，反而向魏相魏齊誣告范雎私受賄賂，出賣魏國。魏齊嚴刑拷打范雎，將其扔到廁所，讓賓客往范雎身上撒尿。范雎裝死，得到好友鄭安平的救護，後來化名張祿逃到了秦國。范雎入秦後，又幾經波折，終於見到秦昭王。秦昭王採納范雎的建議內修國政，對外採取遠交近攻的戰略，秦國走向了強盛。

　　信陵君為人厚道，尊重士人，無論他們的才能大小，信陵君都能謙恭有禮地接待他們。周圍幾千里內的士人聞風而動，爭相歸附，那個時候，諸侯國因信陵君賢明，門客又多，不敢侵犯魏國長達數十年之久。

　　一天，信陵君與魏王下棋，北面邊境傳來警報說：「趙國發兵進犯，快要攻入邊境了。」魏王想召集大臣商量對策。

　　信陵君制止魏王說：「那是趙王在打獵，不是進犯邊境。」又繼續下棋，魏王心中沒底，心思不在棋上。過了一會兒，從北面邊境又傳來消息說：「趙王打獵，那不是進犯的敵軍。」

　　魏王非常吃驚，問：「公子是怎麼知道的？」

信陵君說：「我的門客中有能打聽到趙王隱祕事情的人，門客經常把趙王的行動報告給我，我因此知道這件事。」

打這以後，魏王害怕了，不敢把國家大事交給信陵君處理。

魏國有位名叫侯嬴的隱士，七十歲了，家境貧寒，是大梁東門的守門人。信陵君前去問候，想送給他豐厚的禮物。侯嬴說：「我幾十年來修養身心，純潔操守，不能因守門困頓便接受您的禮物。」

為了表示尊敬，信陵君決定宴請侯嬴。客人坐定後，信陵君駕着車馬，將車上左邊的位置留下，親自到東門迎接侯嬴。侯嬴整理了一下破舊的衣帽，一屁股坐到左邊尊者坐的位子上。侯嬴觀察信陵君的反應，只見信陵君手握轡繩，態度謙恭。

一計不成，又生一計，侯嬴對公子說：「我有個朋友在街市中當屠夫，希望您停一下車，我要去拜訪他。」

信陵君駕車進入街市，侯嬴下車看望朋友朱亥，用眼睛的餘光觀察信陵君的表情。隨後故意眉飛色舞地與朋友說話，侯嬴在那裏站了很長時間，想進一步觀察信陵君的反應。沒想到，信陵君不但沒有露出不耐煩的表情，反而更加謙和。

這時，信陵君宴請的客人中那些魏國的將相、宗室、賓客都已坐進酒席，都在恭候信陵君回來舉杯開席。見此光景，信陵君的隨從都暗自罵侯嬴不識抬舉。

信陵君始終沒有露出不耐煩的神情，見此，侯嬴與朱亥告別，登車離開街市。

開席了，信陵君請侯嬴坐上座，衣着破爛的侯嬴大大方方地往上一坐，賓客都驚呆了。酒席到高潮處，信陵君端杯到侯嬴面前敬酒。侯嬴接過酒說：「我為公子已經盡力了。我是守門人，公子您能委屈駕車，在大庭廣眾的面前迎接我。我本不該看望朋友，卻故意讓公子在那裏等待。這樣做，我是想成就公子尊敬士人的美名，所以讓公子長時間站在街市上。路上的行人都想看公子究竟想怎麼做，都沒想到

公子會更加地謙恭。走在街上的過路人都認為我是小人，認為公子是有德行的人，能寬厚待士。」

宴會結束後，侯嬴成為信陵君的上賓。侯嬴對信陵君說：「我拜訪的屠夫朱亥很賢能，世人都不了解他，所以他隱居在屠宰場裏。」後來，信陵君多次去問候，朱亥堅決不答謝，信陵君覺得很奇怪。

後來，秦昭王在長平大破趙軍，隨後揮師乘勝包圍了趙都邯鄲。趙王派人向魏國求救，信陵君的姐姐是趙國平原君的夫人，多次寫信給魏王及信陵君求救。

魏王派將軍晉鄙率十萬大軍救趙。秦王派使者告訴魏王：「攻陷趙國是遲早的事，諸侯國有膽敢救趙的，攻陷趙國後，一定調兵先攻打它。」

魏王害怕了，派人讓晉鄙停止進軍，駐紮下來。這樣一來，魏國名義上是在救趙，實際上是在觀察形勢。

邯鄲危在旦夕，平原君派出的使者絡繹不絕地進入魏國。平原君的使者指責信陵君說：「趙勝我之所以自願與您成為姻親，是因為看重公子有高尚的品德，能夠及時地解救別人困難。現在邯鄲形勢岌岌可危，很可能要投降秦國。在這一緊要關頭，魏國的救兵始終不見蹤影，公子能解救人困難的善舉體現在哪裏呢？即使您瞧不起我趙勝，有心要拋棄我這位朋友，讓我投降秦國，難道不可憐您的姐姐嗎？」

信陵君很擔心趙國失守，也惦念着姐姐的安危，更擔心強大的秦軍變得更加強大，直接禍害魏國。信陵君多次勸魏王火速援救，魏王害怕秦國，堅決不採納信陵君的意見。

信陵君走投無路，決定不能偷生，眼睜睜看趙國滅亡。萬般無奈之中只得召集門客，湊集一百多輛兵車，帶他們去和秦軍拼命。

出師了，信陵君途經東門時，遇到守門人侯嬴。信陵君把率部與秦軍拼命的事告訴了他。侯嬴平靜地說：「公子好好努力吧，我老了不能跟您上前線了。」

信陵君越想越不是滋味，走出幾里後，對身邊的人說：「我待侯嬴的禮數夠周全的了，天下沒有不知道的。現在，我去赴死，侯嬴卻沒有說寬慰我的話，給我送行。難道我有甚麼失誤的地方嗎？」於是調轉車頭回來問個究竟。

侯嬴笑着說：「我本來就知道公子要回來。」接着又說：「公子喜歡士人，名聲傳遍天下。現在有難，想不出更好的辦法，打算赴死和秦軍拼命，這一做法，就像把肉扔給飢餓的老虎，怎麼能取得成功呢？如果這樣的話，還要禮賢下士，招攬那麼多的賓客幹甚麼呢？公子待我情深意厚，抱着誓死不歸的信念去決一死戰，我不送行，是我知道公子會因為埋怨，再次返回。」

信陵君再次拜謝侯嬴，詢問解救方法。侯嬴支走身邊的人，對信陵君悄悄地說：「我聽說調動晉鄙軍隊的另一半兵符即虎符經常放在魏王的臥室中。如姬最受寵愛，經常出入魏王的臥室，有能力偷到手。我又聽說如姬的父親被人殺害，如姬為報父仇出資懸賞。三年過去了，魏王以下的人都想替她報仇，而沒有人能找到兇手。如姬向公子哭訴，公子派門客砍下兇手的頭顱獻給了如姬。如姬想為公子效命，有萬死不辭的信念，只是一直沒有機會。公子如果真的能開口請如姬幫助盜取兵符，如姬一定會答應，那麼就可以得到另一半虎符，憑虎符就可以奪取晉鄙的兵權，然後公子指揮這支軍隊向北出擊可救援趙國，向西出擊可擊潰秦軍。」信陵君採納了這一計策，請如姬幫忙。如姬果然偷來虎符，把它交給了信陵君。

信陵君再度出師，侯嬴送行時說：「將在外，為了有利於國家，國君的命令有時是可以不接受的。您合了兵符後，晉鄙不向您交接軍隊，又要向魏王請示，情況一定會變得很危險的。我的朋友朱亥可以隨您同行，他是個大力士。如果晉鄙交出兵權，很好；如果他不交兵權，可以讓朱亥擊殺他。」

信陵君哭了。

侯嬴說：「公子害怕死嗎？為甚麼要哭呢？」

信陵君說：「晉鄙是位聲名赫赫的老將軍，我恐怕他不會交出兵權，那樣的話，必定會殺他，因此才哭的。怎麼會害怕死呢？」

信陵君邀請朱亥同行，朱亥笑着說：「我是市井中操刀宰殺的屠夫，公子幾次來問候我，我之所以不表達謝意，是認為看重小的禮節沒有甚麼用處。現在公子有緊急的事，這就是我獻出生命，報答知遇之恩的時候了。」

信陵君向侯嬴辭行，侯嬴說：「我本應該跟隨您，但年紀大了，走不動了。請讓我計算公子的行程，您到達晉鄙軍營的那一天，我面向邯鄲的方向自殺，以此報答您。」

到了魏軍的大營鄴地後，信陵君假傳魏王的命令取代晉鄙。晉鄙合了虎符，懷疑這件事情其中有詐。他舉起虎符，盯住信陵君說：「現在，我擁十萬大軍駐紮在邊境上，這是國家的重託。您一個人駕車來接替我，路上沒有使者同行，這是為甚麼？」晉鄙不打算交出兵權。

朱亥取出藏在衣袖中的四十斤鐵錐，一錐擊死了晉鄙，信陵君奪取了兵權。信陵君隨即整頓軍隊，然後發佈命令說：「父子同在軍中的，父親可以回去；兄弟同在軍中的，哥哥可以回去；沒有兄弟的獨子，回去贍養父母。」

信陵君挑選出八萬精兵，下令進攻秦軍。秦軍退卻了，信陵君救下邯鄲，保全了趙國。

趙孝成王親自到郊外迎接信陵君，平原君背着箭袋在信陵君的前面引路。趙王再次向信陵君致謝說：「自古以來的賢人沒有人能趕得上公子。」這個時候，平原君也不敢再拿自己與信陵君相比了。

信陵君與侯嬴訣別後，到達軍營的那天，侯嬴果然面向邯鄲的方向自殺了。

信陵君雖然得到了趙國的感激，卻因偷虎符、殺晉鄙惹惱了魏王。信陵君自知回國沒有好果子吃，就派一位部將率魏軍回國覆命，自己留在了趙國。

趙王感激信陵君的恩德，與平原君商量打算把五座城池賞賜給信陵君。信陵君聽說後臉上露出自以為有功的神情。

門客中有人勸信陵君說：「有些事不能忘，有些事不能不忘。別人對公子有恩，公子不能忘；公子對別人有恩，希望您能忘記。您假傳魏王命令奪晉鄙兵權救趙國，對趙國來說是有功的，對於魏國來說，您不是忠臣。可是，您卻認為有功驕傲起來，我認為公子不能這樣。」

聽了這話，信陵君羞愧得無地自容，立即作自我批評。

趙王打掃台階，親自迎信陵君進宮，執主人禮儀，領信陵君從西階上。趙王的意思是，你信陵君已無法回魏國了，在這塊土地上我是主人。信陵君當然明白趙王的意圖，一定要強調主賓之禮，堅持從東階上。行走時又側身前行，表示謙虛退讓，說：「我是個有罪之人，有負於魏國，對趙國沒有功勞。」

趙王與信陵君飲酒直到晚上，因信陵君堅持禮讓，趙王始終不好開口談起封獻五座城邑給信陵君的事。

為解決信陵君的日常開銷，趙王把鄗地給了他。魏王聽說後，知道信陵君的心還在魏國，氣消了不少，又把信陵邑給了信陵君。從此，信陵君留在了趙國。

信陵君聽說趙國有兩個賢士，一個叫毛公的藏身於賭徒之中，一個叫薛公的藏身於酒店之中。信陵君打算拜訪他們，兩人躲起來不願相見。信陵君打聽到他們的住所，祕密地隱瞞身份和他們交往。三人相見後，意氣相投。

平原君聽說了，對夫人說：「從前，我聽說您的弟弟天下無雙。現在，聽說他隨便地跟賭徒、賣酒的交往，真是荒唐啊！」

　　平原君的夫人把這番話告訴了弟弟，信陵君感謝姐姐的好意，對她說：「我以前聽說平原君賢德，所以背棄魏王來救趙國，來滿足平原君的心願。原來，平原君交朋友，只是擺闊氣，不是要真的渴求賢士。我在大梁的時候，常聽說這兩個人很賢能，到了趙國怕見不到他們。像我這樣的人與他們交往，還害怕他們不理呢！現在平原君因為這樣的事感到羞辱，大概不值得我繼續和他交往下去了。」

　　信陵君整理行裝準備離開趙國，他的姐姐把這些話告訴了平原君。平原君連忙摘去帽子謝罪，堅決挽留信陵君。平原君的門客聽說這件事後，一半人離開平原君，投靠了信陵君。與此同時，天下的士人又去依附信陵君，信陵君的門客遠遠地超過了平原君。

　　信陵君在趙國待了十年沒有回去，秦國聽說信陵君仕趙，連續多次出兵征伐魏國。魏王害怕了，派使者請信陵君回國。

　　信陵君害怕魏王怨恨自己的怒氣還沒有消除，告誡門客說：「有敢替魏王使臣通報傳達的，處以死罪。」門客都是離開魏國隨信陵君到趙國的，沒有人敢勸他回國。

　　毛公和薛公去見信陵君，說：「公子在趙國之所以受尊重，聲名傳播於諸侯，是因為您的背後有魏國呀。現在秦軍攻打魏國，魏國危在旦夕，公子您不能體恤。假使秦軍攻下大梁，鏟平先王的宗廟，您有甚麼面目站在天下人的面前呢？」兩人的話還沒說完，信陵君的臉色已經變了，只見他二話沒說，立即叫車夫準備車馬回去援救魏國。

　　魏安釐王見到弟弟，與信陵君抱成一團，相對痛哭。隨後，魏王把上將軍的大印授給信陵君。

　　信陵君派使臣到各國通報秦軍進犯魏國的情況。諸侯國見信陵君當魏國的統帥，各自派兵援救魏國。信陵君率五國軍隊在黃河以南的地區痛擊秦軍，趕走了秦軍蒙驁。隨後揮師西進，一直打到函谷關，控制住秦軍。秦軍不敢出關，信陵君的威名震動了天下。

　　各諸侯國的門客紛紛向信陵君呈獻兵法，信陵君給這些書題名，後來，人們把這些兵法稱之為《魏公子兵法》。

　　秦王害怕信陵君重掌大權後，形成聯合對付秦國的局面。為了除去這顆眼中釘，秦王拿出一萬斤黃金到魏國尋找晉鄙當年的門客，讓他們在魏王面前詆毀信陵君。這些門客接連不斷地遊說魏王：「信陵君在外逃亡十年，現在擔任魏國的將領，各諸侯國的將軍都聽從他的調遣。諸侯國只聽說魏公子，沒有聽說魏王。公子也想趁這個機會南面稱王。諸侯國害怕公子的威名，正想擁戴他呢！」

　　隨後，秦國行反間計，幾次派使者祝賀信陵君，問他到底立為魏王沒有。魏王每天都聽到這樣的讒言，時間長了，不能不信。

　　魏王再次剝奪了信陵君的軍權。信陵君知道自己被疏遠是因誹謗造成的，於是託病不再上朝。每天鬱鬱寡歡，日夜尋歡作樂。四年後，他生病死了，這一年魏安釐王也死了。

　　　　　　　　　　　　　　　　　（見《史記・信陵君列傳》）

楚國公子春申君

　　春申君黃歇，楚國人，自幼遊歷各地，博聞強記。

　　黃歇生活的年代正是秦國國力強盛，關東六國走向衰敗的年代。在秦軍的攻擊下，先是韓國和魏國戰敗依附秦國，後是秦將白起奪取了楚國的巫郡、黔中郡，攻佔了鄢郢，向東達到竟陵，迫使楚頃襄王遷都陳縣。在楚國東遷的同時，秦昭王決定再給楚國沉重的一擊，打算讓白起與韓國和魏國的軍隊一道開闢征討楚國的新戰場。楚國岌岌可危，為了解除眼前的危機，楚頃襄王派能說會道的黃歇出使秦國，希望能挽救楚國。

　　黃歇入秦充滿了危險，此前，楚頃襄王的父親楚懷王入秦，被扣留並客死秦國。這一時期，秦國扣押入秦的使者已是家常便飯。為了阻止秦國滅楚計劃的實施，黃歇上書秦昭王，陳明利害，他寫道：「天下沒有比秦國、楚國更強大的國家了。聽說大王您想攻打楚國，這樣做，只能是兩虎相鬥，在一旁觀看的小狗得到好處。與其這樣，還不如停止征伐，與楚國交好。」黃歇言辭懇切，隨後又從歷史的角度敍述了兩方相爭，第三方得好處的往事，又詳細地分析了秦國打敗楚國後的形勢，認為那樣的話將會增強韓國、魏國、齊國等國力，並成為制止秦國稱帝的力量。

　　秦昭王讀了黃歇的上書後，認為有道理，命令停止進攻楚國。隨後，又派出使者賄賂楚國，訂立兩國間的盟約。

　　盟約簽訂後，按照慣例需要盟誓的雙方交換人質。這時，楚王派黃歇和太子完到秦國當人質。光陰似箭，一晃幾年過去了。楚頃襄王生病的消息傳到秦國，楚太子完表達了想回國探視的意願，秦國堅決不放。正當一籌莫展的時候，黃歇想起太子完與秦國丞相范雎是好朋

友，決定找范雎幫忙。見到范雎後，黃歇問：「您真的和楚太子是好朋友嗎？」

范雎回答：「是的。」

黃歇說：「恐怕楚王要一病不起了，秦國不讓太子完回國探視。如果太子完能回國的話，今後他一定會謹慎地服從秦國，感激相國您啊。如果太子完能繼承王位的話，您放他回國，既可親近盟國，又可以與一個萬乘之國的君主當朋友，這樣的好事您為甚麼不做呢？如果太子完不能回國，他在咸陽城中不過是個尋常的百姓，楚國也會另立太子。新太子繼承王位後，一定不會服從秦國。那樣的話，秦國既失去了盟國，您也失去了一個當萬乘之君的朋友，對秦國和您來說，肯定不是甚麼好事，希望您能考慮一下放太子完回國的事情。」

范雎把黃歇的話告訴了秦王，秦王想了一下說：「可讓太子完的太傅先回楚國，詢問一下楚王的病情，等得到確切的消息後，我們再商量對策。」

黃歇為太子完謀劃說：「秦國扣留太子您，是想藉此謀取好處。現在，太子您根本沒有能力讓秦國得到好處。這件事讓我十分憂慮，頃襄王弟弟陽文君的兩個兒子在國內，大王如果壽終正寢的話，太子您不在國內，陽文君的兒子肯定會成為繼承人。那樣的話，太子將失去了繼承王位的機會。依我看，您不如跟從使臣從秦國逃回楚國。我留在這裏為您打掩護，拼死擔當責任。」

太子完聽從了黃歇的勸告，悄悄地換了衣服，喬裝打扮成楚國使臣的車夫混出了秦國東面的關隘函谷關。太子完逃走後，黃歇對外宣稱太子有病，謝絕一切賓客。估計秦軍已無法追上，黃歇才對秦昭王說：「楚太子完已經回國，已經走遠。我知道犯了欺君之罪，請您賜我一死。」

秦王非常惱火，想逼他自殺。范雎說：「黃歇作為臣子，願意挺身而出，為他的君主去死，是忠義之士。太子完繼承王位後，一定

會重用黃歇。那樣的話，不如放他回國，來加強秦國和楚國的友好關係。」

三個月後，楚頃襄王去世，太子完繼位，稱楚考烈王。楚考烈王十分感激黃歇，任命他做宰相，封號春申君，很大方地把淮北地區的十二個縣賞賜給他當食邑。十五年後，黃歇對楚考烈王說：「淮北地區靠近齊國，是防務重地，要有效地防止侵犯，應在那裏設置由中央管轄的一個郡。」楚考烈王答應了他的請求，黃歇因此改封江東，在吳國故都（今江蘇蘇州）建自己的都邑。

春申君黃歇在楚國大力招攬賓客。這時，齊國有孟嘗君，趙國有平原君，魏國有信陵君，時有「四大公子」之稱。四大公子輔佐國君，謙恭地對待士人，互相競爭又互相炫耀，這種風氣甚至影響各自的賓客。一次，趙國平原君派賓客出使楚國拜見春申君，春申君把他們安排到上等的客房。平原君的賓客想在春申君的賓客面前炫耀自己尊貴和富有，到春申君的府第拜訪時，故意頭戴用玳瑁製的簪子，腰間佩上用珠玉裝飾的刀劍，想從佩飾上壓倒春申君的賓客。不料，春申君的賓客與他相見時，上等的賓客都穿綴滿珠玉的鞋子，更不要說頭上和腰間的佩飾。平原君的賓客看到大驚失色，頓時垂頭喪氣。

春申君任楚相的第五年，秦軍揮師北上包圍了趙都邯鄲。趙國向楚國告急，楚國派春申君率軍救援，秦軍見勢不妙，撤退了。春申君在楚國任相的第八年，為楚國北上消滅了魯國，隨後任命荀卿做蘭陵縣令。經過八年的努力，楚國再度強大。

春申君任宰相的第二十二年，各國擔心秦國沒完沒了地侵擾，大家商量了一下，決定聯合出兵，向西攻打秦國。楚王擔任聯軍的首領，春申君負責全權指揮。沒想到，函谷關一戰，聯軍被打得大敗，楚考烈王因此不再像從前那樣絕對地信任春申君。

楚考烈王沒有後代，春申君十分着急，四處尋找會生育的美女獻給楚王，可是，折騰了許久，楚王還是沒有兒子。

　　趙國李園想把妹妹獻給楚王，後來聽說楚王沒生育能力，害怕妹妹入宮得不到寵幸。李園請求到春申君的身邊做家臣，不久請假回家，回家後有意延遲返程的時間。春申君問他遲回的原因，李園說：「齊王派使臣求聘我的妹妹，我和使臣飲酒，耽誤了歸期。」

　　春申君問：「送過聘禮了嗎？」

　　李園說：「沒有。」

　　春申君說：「可以見見她嗎？」

　　李園答應了，把她獻給了春申君。春申君十分寵愛李園的妹妹，不久，李園的妹妹有了身孕。得到這一消息後，老謀深算的李園立即同妹妹商量入楚宮的陰謀。

　　受李園的指使，他的妹妹對春申君說：「楚王寵愛您，即使是兄弟也比不上。現在您做了二十多年的宰相，楚王沒有兒子，如果百年後改立兄弟，那麼，新的國君一定會重用他原來的親信，您又怎能繼續受到寵信呢？您執掌楚國朝政已有很長時間了，在這麼長的時間裏，在楚王的兄弟面前肯定有失禮的地方。楚王的兄弟如果真的繼承王位的話，災禍將會降落在您的身上。到那時，您靠甚麼來保留宰相的印信和江東的封地呢？現在我已有身孕，沒有外人知道。我被您寵愛的時間不長，如果您把我獻給楚王，楚王一定會寵愛我。如果上天保佑我生個兒子，等到您的兒子封王時，您就可以得到楚國的全部。這與您將來有可能面對想不到的罪過，哪個更好呢？」

　　春申君心動了，立即把李園的妹妹恭敬地侍奉在別館，隨後又把她獻給了楚王。時隔不久，李園的妹妹生了個兒子。楚王欣喜若狂，立他為太子，封李園的妹妹當了王后。李園因此受到楚王的重用。

　　李園害怕春申君泄露其中的祕密，同時也害怕春申君變得驕橫，暗中蓄養了一些亡命之徒，想在必要的時刻殺春申君滅口。住在楚都的人當中，有許多人都知道這件事。

春申君任宰相的第二十五年，楚考烈王病重。門客朱英對春申君說：「世間有沒有指望又忽然到來的幸福，也有意想不到突然降臨的災禍。現在您處在不望而來的時代，侍奉不望而來的國君，怎麼可以沒有不望而來的助手呢？」

春申君說：「甚麼叫沒有指望又忽然到來的幸福？」

朱英說：「您在楚國擔任二十多年的宰相，雖然名為宰相，實為楚王。現在楚王病重，危在旦夕。您輔佐幼主，代替他掌握國家政權。就像輔佐朝政的伊尹、周公，等到幼主長大後再把政權交還給他，這不等於南面稱王並佔有楚國嗎？這就是沒有指望又忽然到來的幸福。」

春申君又問：「甚麼叫意想不到突然降臨的災禍呢？」

朱英回答道：「李園還沒有執掌國政已是您的仇人，他沒有統領軍隊卻在家中長久地蓄養一批亡命之徒。楚王一旦去世，李園一定會先闖入楚宮，奪取朝政大權殺您滅口。這就是意想不到突然降臨的災禍。」

春申君又問：「甚麼是不望而來的助手呢？」

朱英自我推薦道：「您派我擔任郎中，楚王一旦去世，我憑藉在宮中的有利條件，替您殺掉李園。這就是不望而來的助手。」

執迷不悟的春申君說：「您還是放棄這個計劃吧，李園膽小怕事，我又和他很好，怎麼會發生這樣的事？」

朱英見勸說無用，害怕禍患殃及自身，逃走了。

十七天後，楚考烈王去世。李園果然搶先入宮，埋伏亡命之徒在城門口殺死了春申君。李園妹妹生的孩子順理成章地繼承王位，這就是後來的楚幽王。

（見《史記‧春申君列傳》）

縱橫家蘇秦和張儀

蘇秦，東周洛陽人，曾東行到齊國拜師，向鬼谷先生求學。

遊學幾年後，蘇秦貧窮潦倒地回來了。他的哥哥、弟弟、嫂子、妹妹、妻子、侍妾都譏笑他，對他說：「周人的生活習俗是治理產業，從事工商，把追逐十分之二的盈利作為謀生手段。現在您放棄本業，去賣弄口舌，落到這種地步，不是很自然的嗎？」他們希望蘇秦知迷而返，趕快回歸本行，不要再學那些沒有用的東西。

蘇秦聽了這話後既感到慚愧，又暗自傷心。慚愧的是，耗費了家財，一事無成；傷心的是，親人不理解自己的行為。從此，蘇秦閉門不出，要做出一番成績。蘇秦拿出他全部的書又讀了一遍，心有所悟地說：「讀書人已埋頭接受書中的道理，然而，不能從中取得尊貴和榮華，像這樣的書讀得再多有甚麼用呢？」

這時，他得到了一本周書《陰符》，開始認真地研讀。每當犯睏時，蘇秦拿出錐子刺向大腿，然後再集中精力讀書。一年後，蘇秦找出了揣測國君心思的竅門，信心十足地說：「這下我可以去遊說國君了。」他先去遊說周顯王，顯王身邊的人一向熟悉和了解蘇秦，都輕視他，不相信他的說辭。

蘇秦只好西行到秦國。到了秦國後，喜歡重用客卿的秦孝公已經去世，秦惠王剛剛即位。他對秦惠王說：「秦國是四面都有要塞的國家，以華山為被，黃河為帶，東邊有函谷關，南邊有巴郡和蜀郡，北邊有代郡和馬邑，這是天然的府庫。憑着秦國有眾多的百姓和長期實行的富國強兵之策的基礎，完全可以吞併天下，成就帝業。」

秦惠王說：「鳥的羽毛沒有長成，不能高飛；國家政治沒有走上正軌，不能談論兼併天下的事。」秦惠王拒絕了蘇秦。原來，蘇秦到秦國時，正是秦國殺客卿商鞅，掀起驅趕客卿浪潮的時候，在這種形

勢下，秦國有一種本能的警惕和仇視客卿的心理，因此蘇秦沒能說動
秦惠王。

萬般無奈，蘇秦又遠涉千山萬水，向東遊說趙國。此時，趙肅侯
的弟弟公子成即奉陽君擔任趙國的丞相，奉陽君討厭蘇秦一類的遊說
之士。

蘇秦碰了釘子，又去遊說燕國。苦苦地等待了一年多，蘇秦才有
了被召見的機會。他對燕文侯說：「燕國東邊有朝鮮、遼東，北邊有
林胡和樓煩，西邊有雲中、九原，南邊有滹沱河、易水，土地方圓
兩千多里，兵士幾十萬，戰車六百輛，戰馬六千匹，糧食可以支用幾
年。南面有碣石、雁門的富饒，北邊有棗子、栗子的收益，百姓即
使不耕種田地，棗、栗的收入也夠用了。這真是天然的府庫啊！」隨
後，蘇秦分析了燕國免遭千里之外秦國侵略的原因，認為趙國是燕國
南面的屏障，是趙國阻擋了秦國的入侵。他告誡燕文侯說：「趙國攻
打燕國，是在百里之內作戰。如果不關注百里之內可能發生的禍患，
反而去關注幾千里之外的禍患，那麼，沒有比這樣的錯誤更嚴重的
了。我以為，大王要想從根本上杜絕秦國入侵，應先與趙國結盟，消
除近在百里的禍患，然後再與天下諸侯結為一體，那樣，燕國肯定會
沒有外患。」

蘇秦的話打動了燕文侯。燕文侯說：「先生的話雖然正確，但
是燕國太小了，燕國的西邊靠近趙國，南邊靠近齊國，趙齊兩國十
分強大，如果您用聯合關東各國的方法來安定燕國，我願意以燕國
相從。」

燕文侯為蘇秦提供了必要的交通工具，又為他準備了遊說諸侯的
黃金、絲帛等禮品，催促蘇秦起程。

蘇秦再次到趙國，正趕上丞相奉陽君去世的好時機。本來，奉陽
君執掌朝政時，蘇秦根本沒有見趙王的機會。

蘇秦先把趙王恭維了一通：「大王您知道嗎？天下的卿相大臣以及平民，早就願意為您效忠了。由於奉陽君妒忌賢能，又不認真做事，因此沒有賓客和遊說之士敢到您這裏盡心效力。現在，奉陽君過世了，大王您又與士民親近了，我這才敢獻上愚昧的見解。」蘇秦看了看趙王的反應，接着說：「我私下為您考慮，國家最大的事是安定百姓，不去勞累他們。安定百姓的根本在於選擇邦交，邦交辦好了百姓就安定了；邦交辦不好，百姓一輩子不能安寧。」

這話讓趙王心動了，蘇秦分析趙國面臨的形勢說：「現在趙國要面對秦國和齊國兩大強敵，您無論是投靠秦國幫它攻打齊國，還是幫齊國攻打秦國，百姓都不能安定。請允許我剖析一下趙國擇交而安的利害關係。」隨後，蘇秦滔滔不絕地從現實的角度敍述了趙國如何近交和振興國力的途徑，又詳細地分析了秦國和關東六國相互牽制的戰略形勢。最後說：「秦國不敢發兵攻打趙國，為甚麼呢？是怕韓國和魏國在後面暗算它。韓國和魏國是趙國南面的屏障。秦國進攻韓魏兩國，逐步蠶食它，韓魏兩國不能抵擋秦國，一定會向秦國屈服，到那時，災禍就會落到趙國的頭上，這是我為您擔憂的地方。」

趙王點頭稱是。

蘇秦指着地圖對趙王說：「關東諸侯國的土地是秦國的五倍，兵力大約是秦國的十倍，如果六國聯合起來，合力攻打秦國，一定可以打敗秦國。可是，現在各國紛紛對秦國稱臣。打敗別人和被別人打敗，讓別人做臣子和做別人的臣子，難道是一樣的嗎？」蘇秦一邊說一邊看趙王的反應，他又接着說：「我私下為您考慮，不如將韓、魏、齊、楚、燕聯合為一體，彼此親近，去對抗秦國。」

趙王越聽越認為有道理，對蘇秦說：「我年輕，即位的日子很短，到現在為止，還沒有聽到治國的長遠之計。現在，有您這樣尊貴的客人為我保全天下和安定諸侯，我願意誠懇地帶領趙國聽從您的安排。」經過一番遊說，蘇秦當上了趙國的丞相。

　　正當蘇秦充當趙國的使臣，準備遊說其他五國結成抗秦的統一戰線時，秦惠王已派兵攻打魏國，並活捉了魏將龍賈，還攻佔了鵰陰。蘇秦擔心秦軍攻打到趙國，採取了激怒老同學張儀的策略，讓張儀投奔秦國。

　　張儀，魏國人，與蘇秦是同學，兩人拜鬼谷先生為師，學遊說之術，蘇秦認為張儀的才能超過了自己。兩人約定，誰先發達了，一定要幫助自己的朋友。

　　張儀學成後去遊說諸侯，一次，他和楚國的丞相喝酒。楚相丟了塊玉璧，他的門客懷疑張儀，一起對楚相說：「張儀貧窮沒有德行，肯定是他偷了丞相的玉璧。」他們把張儀抓起來，用竹板拷打了幾百下，張儀堅決不承認，楚相只好放了他。

　　妻子看到張儀皮開肉綻的慘相，心痛地說：「唉，你要是不去讀書遊說，怎麼會受到這樣的侮辱呢？」

　　張儀張開嘴伸出舌頭對妻子說：「你給我看看，舌頭還在嗎？」

　　妻子又好氣又好笑地說：「舌頭還在。」

　　張儀舒了口氣，說：「舌頭還在，就放心了。」

　　再說蘇秦勸說趙王與各國結成聯盟，共同抗擊秦國。他擔心合縱聯盟還沒形成，已被秦國各個擊破。考慮到沒有適合的人選出使秦國，派人暗中啟發張儀說：「您以前與蘇秦相好，現在他已在趙國當權，您為甚麼不去投靠他，實現您的理想呢？」

　　經歷了玉璧事件，張儀知道無法再留在楚國了，正當不知如何辦的時候，有人提醒他投靠蘇秦。想到與蘇秦之間的友誼，張儀動身到趙國去了。

　　到了蘇秦的府上，張儀遞上名片請求蘇秦的接見。張儀本以為，蘇秦會親自迎接，誰知卻吃了閉門羹，根本沒有人替他通報。張儀想離開，蘇秦手下人又不讓離開。

　　過了幾天，蘇秦接見他，讓張儀坐在遠離自己的堂下。吃飯時，又故意讓張儀吃奴僕吃的飯菜。然後，還一個勁地責備張儀說：「以您的才能，完全可以風光八面。可是，您卻把自己弄到這般狼狽的境地。本來，我完全可以為您說句話，讓您得到榮華富貴，可是，您不值得錄用啊！」說完，起身離開，下達逐客令。

　　張儀本以為他和蘇秦是故交，完全可以得到一大堆的好處。沒想到，受到這麼大的侮辱，氣得半天說不出一句話。為了報復蘇秦，報復趙國，他決定到秦國碰一碰運氣，打算借秦國的力量出一出胸中的惡氣。

　　張儀走後，蘇秦交代門客說：「張儀是天下的賢士，恐怕我比不上他。現在，我僥倖在他的前面得到任用，有了權力。不過，能掌握秦國權力的只有張儀。現在，他雖然貧困，暫時沒有得到重用，今後他肯定會飛黃騰達的。我擔心他滿足於小利淹沒了才華，才故意羞辱他，目的是激發他的鬥志，您替我暗中服侍他吧。」蘇秦把這件事告訴給趙王，隨後給張儀準備了黃金、禮物和車馬，讓門客暗中跟隨張儀。

　　西去秦國的路上，門客裝作偶然相遇的模樣，有意地接近張儀，並送給他車馬和他想用的財物。

　　到了秦國後，秦惠王任命張儀當客卿。蘇秦的門客見張儀受到重用，遂向他告辭。張儀說：「我依靠您的財力才得到顯貴，正要報答您，為甚麼要離開呢？」

　　門客說：「我不認識您、不了解您，了解您的是蘇秦先生啊！蘇先生擔心秦國立即出兵，破壞了他聯合六國抗秦的計劃，認為除了您沒人能掌握秦國的權力，所以激怒先生，派我暗中供給先生費用，這都是蘇先生的計謀。現在先生得到重用，讓我回去向蘇先生彙報。」

　　張儀恍然大悟，說：「唉呀，這些都在我學過的權術之中，我怎麼沒有察覺到呢？我比不上蘇先生是無疑的了。我剛剛被任用，怎麼

有能力謀算趙國呢？替我拜謝蘇先生，蘇先生當權時，我張儀堅決不做對不起他的事。況且有蘇先生在位，張儀哪有破壞蘇先生大計的能力呢！」

張儀對當年無故蒙冤，遭受毒打的事記憶猶新，給楚相寫了一封暗藏殺機的信：「當初，我跟你喝酒，我明明沒有偷你的玉璧，你卻狠心地毒打我。現在，請你好好地守住你的國家，當心我偷你的城池！」

正當張儀侍奉秦王時，蘇秦出使韓國、魏國、齊國、楚國，遊說韓宣王、魏襄王、齊宣王、楚懷王，經過努力，終於建立了關東六國合縱的同盟。在蘇秦的領導下，六國決心同心協力抗擊秦國。受六國君主的委託蘇秦擔任了合縱國的盟長，同時擔任六國的丞相。

蘇秦取得豐碩成果後，帶領出使人員北上報告趙王。途經洛陽，隨行的車輛裝滿了各國君主送給他的財物，除此之外，各國的君主又分別派使者護送蘇秦到趙國。蘇秦的隊伍浩浩蕩蕩，氣派可與出巡的天子相比。周顯王聽到這事後十分吃驚，為了迎接蘇秦，先是派人清掃道路，隨後又派人到郊外迎接慰勞。

蘇秦衣錦還鄉，兄弟妻嫂低頭不敢看蘇秦，個個俯伏着服侍他用飯。蘇秦笑對嫂子說：「從前您十分傲慢，現在為甚麼恭順？」

嫂子彎腰匍匐向前，說：「還不是因為小叔的地位高，錢多嘛。」

蘇秦長歎一口氣說：「同樣是我，富貴了親人就害怕，貧賤了親人就輕視，真是世態炎涼啊！假如我當初在洛陽近郊有二頃耕地，我怎能佩上六國相印呢？」

感慨之餘，蘇秦散發千金來賞賜宗族朋友。

當初，蘇秦到燕國時，曾借了一百錢作路費，等到富貴了，他拿出百金報答那位借錢給他的人。隨後，他取出錢財逐一報答了那些有恩於他的人。可是，有個人沒有得到報償，他自己走到蘇秦的面前說明情況。蘇秦說：「我沒有忘記您，您和我一起到燕國。在易水邊上

一再地要求離開我，那時，我正在窮困之中，亟需要別人的幫助，因為這樣的緣故，我十分怨恨您，所以把您放在最後，您現在也可以得到報償了。」

蘇秦促成六國同盟後回到趙國，趙王封蘇秦為武安君，蘇秦又將六國合縱的盟約給秦國送了過去，從此，秦國有十五年的時間不敢出函谷關，不敢征伐六國。

秦國和關東六國相持了一段時間後，為了打破六國合縱的局面，秦國充分利用六國間的矛盾，派犀首出使齊國和魏國，與他們一道攻打趙國。自六國結成同盟後，趙王以為天下無憂了，見齊、魏兩國軍隊來攻打趙國，把蘇秦找來訓斥了一通。蘇秦害怕了，請求出使燕國，並表示一定為燕國報復齊國。蘇秦離開趙國後，合縱盟約隨之瓦解。

秦惠王把自己的女兒嫁給燕國太子為妻。蘇秦到燕國時，燕文侯已去世，太子繼位登上王位，成為燕易王。趁燕國大喪，齊宣王攻打燕國，一下子奪取了燕國的十座城池。燕易王對蘇秦說：「從前先生到燕國時，先王資助先生去見趙王，訂立了六國同盟。因為先生的原因，燕國放鬆了對齊國的警惕。現在齊國先打趙國，又打燕國，先生能替燕國討回被侵佔的土地嗎？」

蘇秦很慚愧地說：「請讓我替大王討回失地！」

蘇秦見到齊宣王後，拜了兩拜，先低頭表示慶賀，後仰頭哀悼。齊王說：「為甚麼慶賀和哀悼跟得這麼緊呢？」

蘇秦說：「我聽說過飢餓的人在餓肚子時不吃烏頭的原因，是因為越是用烏頭充飢就越餓。現在，燕國雖然弱小，但它是秦國的女婿，大王貪圖燕國的十座城池，將要與強秦結仇。要不了多長的時間，燕國將會打頭陣，秦國將會提供後勤保障，那樣，齊國將會招致大禍，這跟吃烏頭是一回事。」

齊王的臉色變了，說：「那怎麼辦？」

蘇秦說：「我聽說古代善於控制事態發展的人，能將災禍化為幸福，藉失敗取得成功。大王真能採納我的計策，就趕快向燕國歸還城池。燕國憑空收回十座城池，一定會高興；秦國得知因自己的緣故，齊國將城池歸還了燕國，也一定會高興。這就是所說的拋棄仇恨，得到金石之交。燕國和秦國都侍奉齊國，那麼，大王對天下發號施令，沒有敢不聽從的。用十座城池取得天下，這是霸王事業的開始。」

齊王說：「好。」於是把十座城池還給燕國。

有人在燕王面前詆毀蘇秦，說：「蘇秦是個左右搖擺出賣燕國，反覆無常的臣子，會作亂的。」蘇秦擔心獲罪，趕緊回到燕國。回來後，燕王不再讓他當官。

蘇秦求見燕王說：「我，是一個東周的鄉下人，沒有任何功勞，大王卻在宗廟親自封我為官，在朝廷上禮遇我。現在，我為大王退了齊兵，收回十座城池，應該得到更多的信任才對。我回來了，大王卻不讓我繼續當官，肯定是有人在大王面前用沒有信義之類的話來攻擊我。我聽說，忠信是對自己提出的要求。進取，是為別人。從大的方面講，我遊說齊王，根本沒有欺騙他。我把老母拋在東周，是放棄了自家的事做進取的事。如果有人像曾參一樣孝順，像伯夷一樣廉潔，像尾生一樣守信，讓他們來侍奉大王，您覺得怎樣？」

燕王有些不耐煩了，不讓蘇秦再說下去。蘇秦不予理會，接著又說：「如果像曾參那樣孝順，將不會離開父母一步和在外面住上一夜，那您怎能使他步行千里來為弱小的燕國辦事？如果像伯夷那樣廉潔，不做孤竹君的繼承人，不肯當周武王的臣子，不接受封侯的賞賜，最後餓死在首陽山下，您能讓他步行千里到齊國，為處在危險境地的大王您效勞嗎？如果像尾生那樣守信，跟心儀的女子在橋下約會，女子沒來，水淹過來也不走，抱着橋柱去死，像他那樣，大王能讓他步行千里退卻齊國的強兵嗎？我是因忠信得罪了有地位的人啊。」

燕王說：「您本來就不講忠誠，哪能因忠誠獲罪呢？」

蘇秦說：「不是這樣的。我聽說有個客人到遠方做官，他的妻子與人私通，丈夫快回來了，與妻子私通的人擔心暴露。妻子說：『不要擔心，我已經準備好藥酒等他了。』過了三天，她的丈夫果然回家，妻子讓侍妾捧着藥酒送給丈夫。侍妾想說酒中有毒，又擔心被主母驅逐。想不說，又擔心毒死了主父，於是假裝跌倒打翻了酒。主父很生氣，打了她五十竹板。侍妾假裝跌跟頭潑灑了毒酒，對上保護了主父，對下保護了主母，然而免不了挨打，怎能說忠信就不會獲罪呢？我犯下的過錯，不幸與這件事很相似啊。」

燕王被打動了，說：「先生還是當原來的官吧。」從此，越發厚待蘇秦。

燕易王的母親是燕文侯的夫人，跟蘇秦私通。燕易王知道了這件事後，給蘇秦更加優厚的待遇。蘇秦擔心被殺，對燕易王說：「我留在燕國不能提高燕國的地位，到齊國一定會提高燕國的地位。」

燕易王說：「先生怎麼辦都行。」

於是，蘇秦假裝得罪燕國逃到齊國，齊宣王讓他當了客卿。

齊宣王死後，齊湣王即位。蘇秦勸齊湣王厚葬齊宣王表明自己的孝心，又勸齊湣王大建苑囿來表示自己的得志，這樣做的目的只有一個，就是耗費齊國的國力，有利於燕國。

齊湣王即位後，齊國有許多大夫和蘇秦爭寵，並派人暗殺蘇秦。蘇秦身受重傷逃走了。齊王派人捉拿兇手，沒有抓到。臨死前，蘇秦對齊王說：「我就要死了，死後請把我五馬分屍，放到街市上示眾，說：『蘇秦為了燕國在齊國作亂。』這樣行刺我的兇手一定能抓住。」齊王按照蘇秦的話去辦，行刺的人果然站了出來，齊王因而殺了他。

燕國聽到這一消息後，說：「太過分了，齊國竟用這樣的方法給蘇先生報仇！」

　　後來，蘇秦傷害齊國的事一件件地泄露出來，齊王知道後，很怨恨燕國。

　　蘇秦在關東搞合縱聯合抗擊秦國時，秦國遇到了是先攻打蜀國，還是先攻打韓國的難題。當時，苴國和蜀國發生戰爭，雙方都向秦國求援，秦惠王很想趁機伐蜀，一舉消滅蜀國。可是，入蜀的道路險要，正在舉棋不定的時候，又發生了韓國侵擾秦國的事件。這樣一來，是先打韓國，還是先打蜀國，便成了十分棘手的問題。秦惠王想先打韓國，後攻蜀國，又害怕戰局不利；想先打蜀國，又怕韓國趁秦國疲憊不堪時襲擊秦國。與此同時，張儀和司馬錯也發生了爭執，司馬錯主張先打蜀國，張儀主張先打韓國。秦惠王說：「請讓我聽聽你們的看法。」

　　張儀以為這是千載難逢的好機會，主張聯合魏國和楚國，迅速出兵三川，藉此機會滅掉名存實亡的周天子，然後號令天下。

　　司馬錯反對張儀的做法，說：「我聽說，想使國家富足，一定要擴大領土；想使軍隊強大，一定要使百姓富裕；要想稱王，一定要廣施恩德。這三大資本備齊了，王業也跟着成功了。現在大王的領土小，百姓窮，我希望先幹容易的事。蜀國是西方偏僻的國家，戎狄的首領，國政像夏桀、殷紂那樣混亂，如果秦國攻打它，將會像用豺狼追趕羣羊那樣容易。佔領蜀國可以擴大自己的領土，奪取它的財富可以使百姓富足，充實軍隊。更重要的是，佔領蜀國，天下不會認為這是件殘暴的事；得到蜀國的財富，天下也不會認為這是貪婪的事。這樣，我們可以名實兩得，同時又有制止暴亂的好名聲。現在攻打韓國，劫持周天子，將會擔當惡名。攻打天下不希望攻打的國家，是很危險的。韓國和齊國是盟國，韓國知道自己將失去三川，將會與齊國通力合作。憑藉齊國和韓國的力量，再謀求與楚國和魏國的和解，那樣的話，秦國將處於十分危險的境地。因此，攻打韓國遠不如攻打蜀國保險和容易。」

經過辯論，秦惠王採納了司馬錯的建議，起兵攻打蜀國。平定蜀國後，秦國更加強大和富足了。

秦惠王十年（公元前315年），秦派公子華和張儀圍攻蒲陽，攻下蒲陽後，張儀趁機勸秦王把蒲陽還給魏國，並派公子繇到魏國當人質，以加強兩國同盟。張儀趁機勸魏王說：「秦王對魏國很優厚，魏國不能失禮。」魏國因此把上郡、少梁獻給了秦國，報答秦惠王。秦惠王用張儀為丞相，改少梁為夏陽。

六年後，秦王派張儀代表秦國與齊國和楚國在齧桑會盟。回來後，秦王免去張儀的丞相職務，派他到魏國，擔任魏國的丞相，試圖通過這樣的方法控制魏國，然後把這一方法推廣到關東各國。不料，魏王根本不聽張儀的。秦王生氣了，派兵攻取了魏國的曲沃、平周，並給張儀更加優厚的待遇。張儀萬分慚愧，可是找不到報答秦國的辦法。

張儀留在魏國四年後，魏襄王去世了，魏哀王繼位。張儀勸魏哀王事秦，哀王也沒有聽張儀的謊言。張儀決定暗中給魏國一點顏色看看，讓秦軍攻打魏國，魏國戰敗了。

第二年，齊國趁火打劫，在觀津打敗了魏國。秦國趁機進攻魏國，打敗了韓申差率領的魏軍，斬首八萬，諸侯震驚。張儀以武力要挾，勸魏王侍奉秦國，說：「魏國的土地方圓不到一千里，士兵不超過三十萬，土地四面平坦，無險可守，諸侯從四面都可以長驅直入。」隨後，張儀詳細地分析了魏國的形勢，又勸說道：「我是替大王着想，如果您侍奉秦國的話，楚國和韓國不敢輕舉妄動，到那時，大王就可以高枕無憂了，國家就不會有憂患了。再說秦國最想削弱的國家是楚國，能削弱楚國的莫過於魏國。楚國雖有富裕強大的名聲實際上很空虛，楚國的士兵雖多，容易敗逃，不能堅持作戰。用魏國的全部軍隊南下攻打楚國，戰勝它是必然的。割裂楚國既可以增強魏國的國力，討好秦國，又可以轉嫁災禍安定國家，這是件好事啊。大王

如果不聽我的，秦國出精兵向東進攻，那時再想交好秦國，將不可能辦到了。」

魏哀王聽了張儀的勸告，背棄了原來的盟約，通過張儀請求與秦國和好。張儀回到秦國又重新擔任丞相一職。三年後，魏國再次背棄秦國參加合縱聯盟。秦國進攻魏國，奪取曲沃。第二年，魏國又歸順秦國。

秦國想征伐齊國，可是，齊國和楚國是聯盟國，秦國沒有力量一次同時與兩個大國對抗，決定派張儀出使楚國。

張儀到楚國後，楚懷王安排他住到最好的賓館，並親自接待。楚懷王說：「楚國是個偏僻落後的國家，您有甚麼指教嗎？」

張儀對楚王說：「大王如果真能聽我的，請斷絕與齊國的同盟關係。那樣的話，秦王願意把商於的六百里土地獻給楚國，讓秦國的女子做服侍大王的姬妾，秦、楚兩國娶婦嫁女，將成為永遠的兄弟國家。」

楚懷王答應張儀。羣臣都表示祝賀，只有陳軫哀悼。楚懷王生氣地說：「寡人不用一兵一卒得六百里土地，羣臣都來祝賀，只有您哀悼，為甚麼？」陳軫回答說：「依我看，六百里地是得不到的。楚國與齊國斷交，秦國和齊國聯合，那時，災禍降臨。」任憑陳軫怎麼說，楚懷王堅決不聽。不但不聽，還把楚國的相印交給了張儀，並優厚地饋贈張儀。

在張儀的蠱惑下，楚懷王撕毀了與齊國的盟約。

張儀回到秦國，假裝上車時沒有抓住轡繩墜地摔傷，隨後，一連三個月沒有上朝。楚懷王聽到這一消息後，說：「這是張儀認為寡人跟齊國絕交不徹底吧？」於是派勇士借宋國的符節去斥罵齊王。齊王大怒，折斷符節，為了齊國的利益，無可奈何地與秦國結盟。

齊國和秦國訂立友好條約後，張儀上朝對楚國的使臣說：「我有六里封地，願意獻給你們的大王。」

楚國使臣說：「我受楚王之命，來接受商於的六百里土地，沒有聽說是六里啊！」使臣把這一情況回報給楚懷王，楚王大怒，要發兵攻打秦國。

陳軫說：「攻打秦國，不如反過來割地送給秦國，跟秦國合兵攻打齊國，我們送地給秦國，除了可以從齊國那裏得到補償外，大王的國家還可以得到保全。」

楚王不聽，派將軍屈匄攻打秦國，秦、齊兩國聯軍共同攻楚，殺了以屈匄為首的楚國將士八萬，奪取了丹陽、漢中的土地。楚國又增兵襲擊秦國，兩軍大戰，楚軍在藍田被秦軍殺得大敗，只得割讓兩座城池跟秦國講和。

秦國要挾楚國，想得到黔中的土地，想用武關外的地方交換。早已氣昏了頭的楚王說：「只要能得到張儀，我願意獻出黔中。」

秦王想派張儀入楚，但不忍心開口，不料，張儀自己請求入楚。秦惠王說：「楚王恨您背棄了給商於之地的諾言，這是要殺掉您才甘心啊。」

張儀說：「秦強楚弱，我和靳尚關係又好，他正侍奉楚王夫人鄭袖。鄭袖說的話，楚王是要聽的。況且我是拿着大王的符節出使，楚國怎敢殺我？假如殺了我，我替秦國得到黔中，是我最大的願望。」

張儀到楚國後，楚懷王立即囚禁他，準備把他殺掉。

靳尚對鄭袖說：「您知道您也會被楚王拋棄嗎？」

鄭袖問：「為甚麼？」

靳尚說：「秦王寵愛張儀，本不想讓他出使。現在把上庸的六個縣送給楚國，把美女嫁到楚國，用宮中能歌善舞的宮女作為陪嫁。楚王看重土地尊敬秦國，秦國的女子一定會顯貴起來，您就要被拋棄了。不如替他說句話放他走。」

鄭袖信以為真，不分白天和黑夜地纏着楚懷王說：「作為人臣各為其主，現在土地還沒獻給秦國，秦國就派來張儀，很尊重大王。大

王沒有回禮卻要殺張儀，秦王一定很生氣地進攻楚國。我請求母子都搬到江南去，不要成為秦國口中的魚肉。」

楚懷王後悔了，赦免了張儀，像原來一樣優待他。

張儀被釋放出來，聽說蘇秦已死，於是又勸說楚王事秦，徹底撕毀六國聯合抗秦的盟約。屈原說：「前一次，大王已被張儀欺騙，張儀來了，我認為大王應該烹殺他。不忍心殺他，倒也罷了，現在又聽信他胡言亂語，萬萬不可。」

楚懷王說：「答應了張儀，現在又背棄他，不好。」遂與秦國親善。

張儀離開楚國又來到韓國，經過一番花言巧語，又說動了韓王侍奉秦國。張儀回到秦國，秦惠王賞賜給他五座城邑，封號武信君。隨後又派張儀去勸說齊湣王，遊說趙王和燕昭王，張儀處處表現出為各國君主着想的模樣，蘇秦苦心經營的關東六國同盟，轉眼間土崩瓦解。

就在這時，秦惠王去世，秦武王即位。秦武王當太子時就不喜歡張儀，即位後許多人趁機攻擊張儀說：「張儀沒有信義，反覆無常地出賣國家取得國君的信任，秦國再任用他，恐怕要被天下譏笑。」

諸侯聽說張儀與秦武王不合，都背叛了連橫。又聯合抗秦了。

秦國大臣合力攻擊張儀，齊國也派使臣責備秦國任用張儀。原來，齊國知道張儀破壞齊楚聯盟的情況後，非常痛恨張儀。

張儀害怕被殺，找準了機會對秦武王說：「我有一條不太高明的計策，希望把它獻給大王。」

秦武王說：「是甚麼樣的計策？」

張儀回答說：「為秦國的利益考慮，東方各國只有發生大的變故，大王才有機會奪取更多的土地。現在齊王很憎恨我張儀，我張儀到哪裏，齊王一定會出兵攻打到哪裏。我希望大王讓我這不成才的人到魏國去，齊國一定會出兵攻打魏國。魏、齊兩國軍隊打得難解難分

時，大王趁這一空隙攻打韓國，進入三川，從函谷關出兵逼進周都，周天子一定會獻出祭器。挾持一輩子，掌握地圖和戶籍，這就是帝王的事業。」

秦武王贊成這一想法，準備了三十乘兵車，送張儀到魏國。齊國果然攻打魏國。梁哀王害怕了，張儀說：「大王不要擔心，請讓我退掉齊兵。」張儀派門客馮喜前往楚國，假借為楚國的使者到齊國，對齊王說：「大王憎恨張儀，雖然如此，卻使秦國更加信任張儀。」

齊王說：「寡人憎恨張儀，張儀到哪裏，一定要出兵攻打哪裏，怎能說使秦國更加信任張儀呢？」

馮喜回答道：「這正是使張儀更受信任的做法啊！張儀從秦國出來時，本來就與秦王約定，要藉大王您削弱關東各國，替秦王奪得更多的土地。現在張儀到了魏國，大王果然攻打那裏，這就是大王對內使用國力疲憊對外攻打盟國，增加臨近的敵國來包圍自己，使張儀更加得到秦王的信任。」

齊王聽明白了，說：「好。」派人撤回軍隊。

張儀在魏國任丞相一年後，去世了。

蘇秦和張儀都是戰國時期赫赫有名的辯士，他們同為鬼谷子的徒弟，早年，兩人約定要相互扶持。後來，蘇秦佩六國相印，力主合縱，聯合關東六國共同抗擊秦國。稍後，張儀西入秦國，向秦王進獻連橫之策，試圖打破關東六國聯盟，為秦東下統一六國制定戰略發展目標，兩人一主合縱，一主連橫，一個在關東，一個在關中，看似針鋒相對，卻給天下帶來長時間的太平。

（見《史記·蘇秦列傳》《史記·張儀列傳》）

廉頗與藺相如

　　廉頗是趙國優秀的將領。他率領趙軍討伐齊國，奪取了晉陽，官拜上卿，憑藉勇猛，在諸侯中顯露聲名。

　　藺相如，趙國人，是趙國宦者令繆賢的門客。

　　一天，趙惠文王得到了楚國的和氏璧。和氏璧有一段傳奇的故事。

　　秦昭王聽說後，派人送信給趙王，表示願意用十五座城池交換。趙王同大將軍廉頗及大臣們商量，如果給秦國，怕得不到秦國的城池，白白地受騙；不給，又怕秦軍找藉口攻打趙國。想找個人出使秦國，又不知讓誰去為好，真是左右為難。

　　宦者令繆賢說：「我的門客藺相如可以出使。」

　　趙王問：「憑甚麼知道他可以呢？」

　　繆賢回答說：「臣曾經犯罪，想逃到燕國，藺相如阻攔我說：『您憑甚麼了解燕王呢？』我說：『我曾跟隨大王和燕王在國境上見面，燕王私下握住我的手說，願意和我交個朋友。因此我了解他，想去投靠他。』相如說：『趙國強大，燕國弱小，您受趙王的寵信，所以燕王想和您結交。現在您離開趙國逃往燕國，燕國害怕趙國，燕王不但不會收留您，還會把您綁起來送回趙國。我看您不如脫掉上衣露出肩背，伏在刀斧之下向趙王請罪，或許能僥倖免罪。』臣聽從了他的建議，大王開恩赦免了為臣。為臣私下認為，這人是個勇士，有智慧，應該能承擔起出使的責任。」

　　趙王召見藺相如，問：「秦王想用十五座城池換我的和氏璧，可不可以給他？」

　　藺相如說：「秦國強大，趙國弱小，恐怕不能不給。」

　　趙王說：「秦國拿了和氏璧，不給城池怎麼辦？」

藺相如說：「秦國請求用城交換玉璧，不答應，是趙國理虧。趙國給了玉璧，秦國不給城池，是他們理虧。衡量這兩種情況，寧可讓秦國承擔理虧的責任。」

趙王問：「你認為，可以派誰出使秦國呢？」

藺相如回答：「如果大王沒有甚麼合適的人選，臣願捧璧出使。如果城池歸趙，臣就把和氏璧留在秦國；如果趙國沒有得到城池，我保證把和氏璧完好地帶回趙國。」

趙王很滿意，派藺相如出使。

秦王在章台宮召見了藺相如，相如捧璧獻給秦王。秦王接過和氏璧後非常高興，傳給嬪妃和左右大臣看，左右都高呼萬歲，向秦王祝賀。

相如看出秦王沒有交換城池的意思，上前一步說：「大王可能沒注意到，和氏璧上有個斑點，我請求指示給大王。」

秦王把玉璧交給藺相如，相如持璧向後退了幾步，身體靠在柱子上，憤怒得頭髮衝動了帽子，對秦王說：「大王想得到玉璧，派人送信到趙國。趙王召集大臣商量，大家都說：『秦國貪得無厭，倚仗強大的國力，不會遵守諾言，只想用空頭支票騙取玉璧，不會把城池給趙國。』商議的結果是不想把玉璧給秦國。我認為，平民百姓之間的交往尚且不互相欺騙，何況是像秦國這樣的大國呢！這才自告奮勇把玉璧給您送來。趙王為了表示慎重，專門沐浴齋戒了五天，派我捧着玉璧，在朝堂上遞交國書。為甚麼要這樣呢？是為了尊重大國，表示敬意。如今我來了，大王卻在偏殿接見我，毫無禮節。得到玉璧後，又傳給姬妾，這是故意戲弄我。我看大王沒有補償趙王十五座城池的誠意，所以我要回了玉璧。大王如果一定要逼我，我的頭今天就和玉璧一起撞碎在柱子上。」說着，相如盯着柱子，就要向庭柱上撞。

秦王怕相如真要摔玉璧，便向他道歉並再三請他息怒。隨後召來相關部門的官員查看地圖，指明交割十五座城池的地理位置。

藺相如明白，秦王是在耍奸，通過拖延時間尋找奪取玉璧的機會。他當即對秦王說：「和氏璧是天下公認的寶物，趙王懼怕貴國，不敢不奉獻出來。趙王送璧時，齋戒了五天，如今大王也應齋戒五天，然後在殿堂上安排迎接大典，我才敢奉獻寶璧。」

秦王知道不可用強，只好答應相如的要求。

相如估計秦王肯定違約，讓隨從化裝，藏好和氏璧，抄小路逃出，把玉璧送回趙國。

五天後，秦王舉行了隆重的迎接大禮。相如到了大殿上，對秦王說：「秦國自從繆公以來，前後經歷了二十多位君主，從沒有堅守盟約。我實在是怕被您欺騙，對不起趙王，已經派人把和氏璧送回趙國了。秦國強大，趙王弱小，如果大王真想得到和氏璧，您先把十五座城池割讓給趙國，趙國怎敢留下玉璧，得罪大王呢？我知道，欺騙應受到誅殺的處罰，我現在請求受湯鑊之刑。不過，我的話請大王和各位大臣認真考慮一下。」

秦王和眾大臣互相苦笑地看着。左右的人想拉藺相如去受刑，秦王阻攔道：「如今殺死相如，終歸得不到和氏璧，反而破壞了秦、趙兩國的友好關係。不如趁機好好款待他，放他回趙國，趙王難道會為了一塊玉璧傷了兩國的和氣嗎？」秦王按照禮節接見了相如，完成大禮後讓他回國。相如回國後，趙王認為他是位賢能的大夫，出使不辱使命，授相如上大夫一職。

和氏璧事件後，秦國兩次攻打趙國，先是奪取了石城，後又殺死趙國兩萬人。秦王派使者通告趙王，想和趙王在澠池和平友好相會。趙王害怕秦王，不想去。廉頗和藺相如進言道：「大王如果不去，就顯得趙國既軟弱又膽小。」趙王前去赴約，相如同行。

廉頗送他們到邊境時對趙王說：「大王此去，估計全部的行程不會超過三十天。如果三十天還沒有回來的話，請允許我們立太子為王，以斷絕秦國用您做人質的妄想。」

趙王同意了廉頗的請求。

趙王與秦王在澠池相會。秦王酒興正濃，喝到酣暢處，對趙王說：「寡人聽說趙王愛好音樂，請您彈一彈瑟吧。」

趙王演奏了一曲。秦國的史官御史上前記錄道：「某年某月某日，秦王與趙王相會飲酒，令趙王彈瑟。」

藺相如見趙王受辱，上前說：「趙王私下聽說秦王擅長演奏秦國的器樂，請允許我為您獻上瓦缶，互相娛樂吧。」

秦王非常生氣，不答應。

藺相如又向前一步遞上瓦缶，跪下請秦王演奏。

秦王依舊不肯。

藺相如說：「大王，您與我相距不過五步，如果您不肯擊缶，我藺相如要把脖頸上的血濺到大王的身上了。」此時此刻，藺相如的眼睛裏露出了兇光。

秦王左右的人想殺死藺相如，相如怒眼圓睜，大喝一聲，嚇得左右的侍衛一連倒退了幾步。

秦王更不高興了，掂量了一下形勢，只好敲了一下缶。

藺相如回頭招呼趙國的史官御史，讓他寫上：「某年某月某日，秦王為趙王擊缶。」

秦國大臣見到秦王受辱，大聲喊道：「請你們用趙國的十五座城池向秦王祝壽。」

藺相如毫不示弱地喊道：「請你們用秦都咸陽向趙王祝壽。」

直到宴會結束，秦王始終沒能佔到趙國的便宜。秦王雖然憋了一肚子氣，但懾於廉頗在邊境上部署了重兵，不敢輕舉妄動。

澠池會結束了，因為藺相如的功勞最大，趙王拜藺相如為上卿，地位在廉頗之上。

廉頗不服氣地說：「我作為趙國的將軍，立下了攻城野戰的大功。藺相如只是個靠耍嘴皮子立功的人，官位卻排在我的上面。更

重要的是，他本來是個卑賤的人，我真感到恥辱，真不甘心在他的下面。」

這話傳到了藺相如那裏，藺相如處處躲讓廉頗，上朝時常常推說有病，不願和廉頗爭奪位次的先後。外出時，遠遠地看到廉頗，總是掉轉車頭迴避。

門客一起對藺相如說：「我們離開親人來侍奉您，是仰慕您高尚的節義。如今您與廉頗的官位相當，廉將軍口出惡言，您卻害怕地躲避他，太過分了！平庸的人尚且感到恥辱，更何況是身為將相的人呢！我們這些人不才，請允許我們離開吧。」

藺相如堅決阻止他們，問：「諸位認為廉將軍和秦王哪個厲害？」

「廉將軍不如秦王厲害。」

藺相如說：「我既然連秦王都不怕，敢在朝廷上呵斥他，羞辱他的大臣，難道還會怕廉將軍嗎？我只是考慮到，強秦之所以不敢侵犯趙國，是因為有我們兩個人在呀。兩虎相鬥必有一傷，我之所以忍讓，是為了把國家的急難擺在首位，把個人的恩怨放到後面。」

藺相如的話傳到了廉頗的耳朵裏，廉頗越想越覺得慚愧，就袒露着肩膀，背着荊條到藺相如的府上請罪。廉頗對藺相如說：「我是個粗野卑賤的人，想不到將軍寬厚到如此的地步。」

於是，兩人和好，成為生死與共的好朋友。

（見《史記·廉頗藺相如列傳》）

刺客豫讓和荊軻

豫讓，晉國人，曾侍奉晉國的范氏和中行氏，沒有受到重視。後來，他投到智伯的門下，智伯十分敬重他。

等到智伯討伐晉國貴族趙襄子時，趙襄子與韓、魏兩大家族合謀，消滅了智伯。隨後，趙、韓、魏三家瓜分了智伯的領地。趙、韓、魏三家一合計，於公元前453年分掉晉國，建立了三個國家，史稱「三家分晉」。

三家當中，趙襄子對智伯的仇恨最深，把他的頭顱塗上油漆當作酒器。豫讓逃到山中，說：「士為知己者死，女為悅己者容。智伯了解我的才能，我一定要為他報仇。那樣，我死後，靈魂就會安寧了。」豫讓改名換姓，開始了他漫長而艱辛的復仇之路。

他先是化裝成服刑的犯人，到趙襄子的家中修廁所，身上暗藏匕首，想在廁所刺殺趙襄子。趙襄子上廁所，突然心驚，令衛士抓住粉刷廁所的犯人。衛士從豫讓的身上搜出兵器，豫讓說：「我打算為智伯報仇。」

趙襄子身邊的人想殺了豫讓。趙襄子說：「他是個有節義的人，我小心避開就是了。智伯死後，連個後代都沒有留下，臣子想為他報仇，這是天下難得的賢人。」隨後把豫讓放了。

過了一陣子，為了不讓趙襄子及手下認識自己，豫讓將油漆塗在身上，讓身體過敏長滿癩瘡，同時又吞下火碳，燙啞嗓子。豫讓沿街討飯，妻子從他的身邊走過，也沒有認出他。一天，豫讓在街上遇到一位朋友，經過仔細辨認，朋友說：「你不是豫讓嗎？」

豫讓說：「不錯，是我。」

朋友清楚他的遭遇，流着淚對他說：「憑你的才能，委身去侍奉趙襄子，他一定會重用你。等他重用你以後，再接近他，幹你想幹的

事，不是容易的事嗎？為甚麼一定要殘害自己的身體，毀壞自己的形象呢？用這種方法尋求刺殺趙襄子的機會，不是很難嗎？」

豫讓反駁道：「用你的方法，當然容易接近趙襄子。可是，既然已經委身於人，又想殺人家，這是懷着二心去侍奉君主。我很清楚，用這種方法去刺殺趙襄子非常困難，之所以要這樣幹，主要是想讓後世那些懷有二心來侍奉他們君主的臣子感到羞愧。」

沒有多久，趙襄子外出，豫讓藏在趙襄子將要經過的橋下，準備採取刺殺行動。趙襄子來到橋上，馬受驚，長鳴不肯前進。趙襄子說：「肯定是豫讓藏在橋下。」立即派人搜查，果然發現了豫讓。

趙襄子責問豫讓：「你不是曾侍奉過范氏、中行氏嗎？智伯滅了他們，你不為他們報仇，反而投靠了智伯。為甚麼要不惜餘力地為智伯報仇呢？」

豫讓說：「我侍奉范氏、中行氏時，他們把我當作普通人看待，所以我只能像普通人那樣報答他們。智伯不同，他把我當成國士看待，因此我要像國士那樣報答他。」

趙襄子歎息道：「豫讓啊，你為智伯報仇，已經成名了。我不計較，赦免你，也已經足夠了。你應該知道，我不會再放過你了。」說着說着，趙襄子流下了眼淚。

豫讓說：「我聽說，賢明的君主從不掩蓋別人的美名，忠心耿耿的臣子有為名節犧牲的道義！先前，您已經放了我，天下人都稱頌您的賢明。今天，我理應伏罪受誅，但我希望能砍幾下您的衣服，表明我已為智伯報仇了，那樣，就是死也沒有遺恨了。當然，這不是我敢奢求的，只不過是想表露一下我的心願。」

趙襄子讚賞豫讓的俠義精神，脫下衣服，讓人送給豫讓。豫讓拔劍跳躍三次刺擊趙襄子的衣服，說：「我可以報答在地下的智伯了。」說完，揮劍自殺了。

趙國的志士聽說豫讓死了，都傷心地流下了眼淚。

荊軻，衛國人，他的祖先是齊國人，後來遷徙到衛國。

一天，荊軻遊歷榆次（今山西榆次），與蓋聶談論劍術。談着談着，蓋聶朝荊軻狠狠地瞪了一眼。見此情形，荊軻走出門外。劍客正聽到興頭上，勸蓋聶把荊軻喊回來。蓋聶說：「剛才我和荊軻談論劍術，話不投機，我瞪了他一眼。估計現在他已離開榆次，不然的話，你們可以找找看。」

大家都不相信，連忙派人去問荊軻的房東，果然不假，荊軻已乘車離開榆次了。蓋聶說：「我剛才用兇狠的眼光盯着他，把他嚇壞了。」

荊軻遊歷邯鄲，與魯勾踐下棋，兩人爭執起來，魯勾踐發火罵了他幾句，荊軻又一聲不吭地逃走了，從此不再與魯勾踐相會。

荊軻到了燕國，跟燕國殺狗的屠夫和擅長擊筑的高漸離交好。荊軻好酒，每天與殺狗的屠夫和高漸離在燕國的街市上喝酒，喝到半醉時，高漸離擊筑，荊軻和着節拍唱歌。過了一會兒，兩人又相對痛哭，好像旁邊沒有人似的。

荊軻雖然與酒徒交遊，但為人穩重深沉，喜歡讀書。他遊歷各國時，與當地的豪傑和德高望重的人結下了友誼。他到燕國，處士田光知道他不是一個平庸的人，十分器重他。

荊軻認識田光不久，在秦國做人質的燕太子丹逃回燕國。早年，太子丹曾在趙國當人質，那時，秦王嬴政出生在趙國。小時候，太子丹和嬴政十分要好。

嬴政繼位當上秦王時，太子丹又到秦國當人質。按理說，兩人應重敍舊好才對，不過，此時的秦王已有包吞宇宙之心，哪裏把諸侯在秦國的人質放在眼裏呢，因此總是變着法子欺侮太子丹。趁秦國不注意，太子丹悄悄地逃回了燕國。

太子丹回國後，滿心想找一個能為他報復秦王的人，可是，國家太小，一直找不到適合的人選。

此時此刻，秦國憑藉強大的國力不斷出兵，攻伐齊國、楚國、趙國、韓國和魏國，像蠶兒吃桑葉那樣不斷地侵蝕諸侯，災難眼看要降臨到遠在北方的燕國。

燕太子丹憂心忡忡地向太傅鞠武討教應對的方法，鞠武歎了口氣說：「秦國的土地越來越大了，直接威脅着韓國、魏國和趙國。秦國的北面有甘泉、谷口那樣堅固的要塞，南面有涇河、渭河澆灌的肥沃原野，又有富饒的巴郡、漢中郡，西面隴、蜀有連綿不斷的崇山峻嶺，東面有函谷關、殽山為天險，秦國的老百姓眾多，士卒勇猛，武器充足。如果有意向外擴張的話，長城以南，易水以北，將不會再有安定的地方。您為甚麼要因為被欺凌和心懷怨恨，一定要去觸犯秦王脖子下的逆鱗呢？」

太子丹說：「那我該怎麼辦？」

鞠武說：「讓我想一想再說吧。」

過了一些日子，秦國將軍樊於期因得罪秦王逃到燕國，太子丹接納並安排他住下。鞠武勸諫：「千萬不要接納。秦王暴虐，與燕國素有積怨，這些已足以讓人膽顫心驚了。更何況，把樊將軍留在燕國，秦王將會找到攻伐燕國的藉口。這就是通常所說的『把肉扔在老虎出沒的路口』，那樣的話，燕國將面臨無法解救的災難。即使有管仲、晏嬰那樣的智慧，也不可能想出好的應對辦法和計謀。希望太子趕快遣送樊將軍到匈奴去，先杜絕秦國侵燕的藉口。然後，再向西結交韓、趙、魏三國，向南聯合齊國和楚國，向北與匈奴講和，只有這樣才能想出辦法對付強大的秦國。」

太子有些不耐煩了，說：「老師的計策執行起來需要很長的時間，我現在心情憂悶煩躁，恐怕一刻也不能等。況且樊將軍是在無法容身的情況下來投奔我的，我總不能因為受強秦的威逼，拋棄我同情

的又有危難的朋友，把他送往匈奴，然後保全我的性命吧。希望老師考慮一個新的方案。」

鞠武搖了搖頭說：「明明知道這種行為危險卻想求得安全，明明是製造災禍卻想得到幸福，這種淺薄的計劃將會與秦國結下很深的怨恨啊。為結交一個新的朋友，不顧國家將面臨的大禍害，這就是所說的『增加怨恨而助長禍患』了，這就是把鴻毛放到爐火上燒，會一下子完蛋。況且秦國像鵰鷙一樣兇猛，聽到樊於期在燕國的消息後，一定會發泄他仇怨暴戾的怒氣，這還要明說嗎？」鞠武見太子丹不聽勸告，有些激動了，毫不客氣地指責太子丹的行為。可是，想一想還必須為太子丹出謀劃策，於是接着又說：「燕國有位田光先生，為人智慮深遠並勇敢沉着，您可以和他謀劃。」

太子丹說：「希望藉助老師的聲望與田先生交往，可以嗎？」

鞠武說：「遵命。」

鞠武見田光，說：「太子希望跟先生商討國家大事。」

田光說：「臣願意前往領教。」

田光登門拜訪，太子丹親自到大門迎接。兩人見面後，太子丹在前面倒走為田光指引道路。到客廳後，太子丹跪地把坐席打掃乾淨。田光坐定，太子丹屏退左右，離開座位，恭敬地站在田光的面前說：「燕、秦兩國勢不兩立，希望先生關心這件事，找出應對的辦法。」

田光說：「我聽說良馬強壯時，日行千里；等到衰老時，劣馬都能跑到它的前面。如今太子只知道我強壯時的情況，不知道我現在已精力耗盡。儘管我不敢圖謀國家大事，但我交好的荊軻可以一用。」

太子丹說：「希望通過先生與荊卿結交，可以嗎？」

田光隨即起身，快步走出。太子丹送他到府第的大門時，告誡他說：「我們所談論的是國家大事，希望先生不要泄漏。」

田光俯身笑着說：「好。」

彎腰駝背的田光去見荊軻，說：「我和您交好，燕國沒有人不知

道，如今太子只知道我強壯時的情況，不知道我已年老體衰，趕不上從前了。有幸他教導我說：『燕、秦兩國勢不兩立，希望先生放在心上。』我私下認為，您不是外人，故向太子介紹了您。希望您能到宮中拜見太子。」

荊軻說：「我願意聽從您的教誨。」

田光說：「我聽說，年長的行事，不會讓人懷疑。如今太子告訴我說：『我們所說的是國家大事，希望先生不要泄漏。』這是太子在懷疑我。辦事讓人懷疑，不是有節操的俠士。」

田光看了荊軻一眼，接着又說：「希望您趕快去見太子，對他說田光已死。」說完，田光割頸自殺。

荊軻去見太子丹，說田光已死，又轉達了田光臨死前的話。太子朝田光死去的方向拜了兩拜，隨後跪下用雙膝行走，悲傷地流下眼淚。過了一會兒，太子丹對荊軻說：「我之所以告誡田先生不要泄露，是想完成刺殺秦王的大事。如今田先生用死來證明不泄露，這不是我的本意啊！」

荊軻坐定，太子離開坐席叩頭說：「田先生推薦您到我的面前，我完全可以大膽地向您表達意願了，這真是上天憐憫燕國，不拋棄他的後人啊！如今秦國有貪利之心，慾望很難得到滿足。也就是說，如果秦王不吞併天下，使海內諸侯稱臣，他的野心是不能滿足的。如今秦王已生俘韓王，吞併了韓國全部的土地。又舉兵向南攻伐楚國，向北迫近趙國。秦將王翦率領幾十萬兵士到達漳河、鄴城，李信出兵太原、雲中。趙國根本擋不住秦國，一定會投降稱臣的。趙國稱臣，禍患將輪到燕國。燕國弱小，多次被戰爭困擾，估計動員全國的力量也擋不住秦國的進攻。現在，諸侯畏懼秦國都不敢合縱反抗。我私下認為，如果能找到天下的勇士，派他到秦國，用重利引誘秦王。如果能像曹沫劫持齊桓公那樣，讓他歸還侵佔諸侯的全部土地，就好了。如果不行的話，可以趁機刺殺秦王。秦國的大將領兵在外，國內一旦有

亂，勢必會出現君臣互相猜疑的局面，利用這一機會，各國可以聯合起來反抗，那樣，肯定可以打敗秦國。打敗秦國，是我最大的願望，不過，我不知道把這個使命委託給誰，希望您能把這事放在心上！」

過了好一會兒，荊軻才說：「這是國家大事，我才智低下，恐怕不能勝任。」

太子丹上前叩頭，經過一番勸說，荊軻答應了太子丹的請求。太子丹大喜，拜荊軻為上卿，讓他住進上等賓館。

從那以後，太子丹每天到荊軻的門前問候，不但給荊軻奉上牛、羊、豬三牲，備辦珍奇的禮品，還不時進獻車馬和美女來滿足荊軻的慾望，迎合他的心意。

過了一段時間，秦國消滅了趙國，俘虜了趙王，吞併了趙國的全部土地。隨後，秦軍乘勢向燕國南面的邊境推進。

荊軻一直沒有上路入秦的意思。太子丹有些着急了，對荊軻說：「秦軍早晚要渡過燕國南境的易水，如果秦軍滅燕的話，我雖然想長期侍奉您，到那時怎麼可能呢！」太子丹希望荊軻抓緊時間入秦，去挾持秦王。

荊軻明白太子丹的意思，說：「即使太子不說這話，我也要去拜訪您。我到秦國沒有相關的憑信，不可能接近秦王。秦王用千金、萬戶封邑來懸賞樊於期，如果能得到樊將軍的頭和燕國督亢一帶的地圖，由我奉獻給秦王，秦王肯定會高興地接見我，那樣，我就有機會接近秦王，可以報效太子您了。」

太子丹說：「樊於期在窮困的時候投靠我，我不忍心為私事傷他的心，希望您能重新考慮這件事。」

荊軻知道燕太子不忍心，私下去見樊於期，說：「秦國對待將軍真是太殘酷了，您的父母和宗族都被殺死或沒為奴婢。聽說秦王用千金和萬戶食邑來買將軍的頭顱，您打算怎麼辦呢？」

樊於期抬起頭看着天說：「我一想到這些悲慘的往事，常常痛入骨髓，只是想不出報仇雪恨的辦法啊！」

荊軻說：「我既可解除燕國禍患，又可報仇，您想聽一聽嗎？」

樊於期忙問：「甚麼樣的計策？」

荊軻說：「我希望得到將軍的頭顱到秦國去。秦王聽說這件事情後，必定高興地接見我，那時，我用左手抓住他的衣袖，右手用匕首刺穿他的胸膛，那樣的話，將軍的深仇可以報了，燕國被欺凌的恥辱也可以洗刷了。不知將軍是否願意這樣做？」

樊於期脫下一邊的衣袖，用一隻手抓住另一隻手腕說：「這正是我日夜咬牙切齒、心碎欲裂十分想做的事，得到您的指教，我知道該怎麼做了。」

說完，樊於期拔劍自殺。

太子丹聽到消息後，飛快地駕車趕到現場，伏在樊於期屍體上痛哭了一場，隨後，他把樊於期的頭顱盛在木盒中封存起來。

為了完成入秦刺秦王的大事，太子丹為荊軻訪求天下最鋒利的匕首。太子丹聽說趙國徐夫人的匕首是天下最鋒利的匕首，花五百金把它買下，隨後，讓工匠用毒藥浸泡。並試驗了效果，發現用這柄匕首殺人，只要劃傷滲出一絲血痕，人會立即死去，沒有一個人能夠倖免。因害怕荊軻勢單力薄，太子丹又派勇士秦舞陽給荊軻當助手，督促荊軻上路。

為了成功，荊軻約了一位朋友一道入秦。不料，這位朋友住在路途遙遠的地方，一直沒有趕到。

太子丹以為荊軻是故意拖延時間，擔心他變卦，便對他說：「日子已到盡頭了，你還有甚麼可想的？這樣吧，我派秦舞陽先去。」

這一激果然有效，荊軻生氣了，大聲叱責太子丹說：「太子您為甚麼要這樣做？去而不返回，是無能的傢伙，更何況是手拿一把匕首要進入無法預測的強暴的秦國呢？我之所以逗留在這裏，是為了等

待我的友人。如果太子認為我是在故意拖延時間，那我現在就與您告別！」說完上路入秦。

知道這件事的人，都穿着白色的衣帽為荊軻送行。易水邊上，眾人祭祀了路神後，荊軻上路。高漸離趕來送行了，看着荊軻遠去的身影，高漸離擊筑為荊軻壯行，荊軻聽了和筑高歌，發出慷慨悲涼的聲音，送行的人聽了都感動地流下了眼淚。荊軻邊走邊唱：「風蕭蕭兮易水寒，壯士一去兮不復還。」頃刻間，悲壯激越的歌吟傳向久遠的天空和大地。送行的人睜大了眼睛，頭髮直豎衝開了帽子，荊軻上路了，不再回頭。

到了秦國，荊軻用金銀珠寶買通了秦王的寵臣中庶子蒙嘉。蒙嘉向秦王報告說：「燕王害怕大王的威嚴，不敢出兵抗拒秦國，願意成為秦國的臣子，像秦國的郡縣那樣交納貢物和賦稅。因為害怕秦國，燕王不敢親自來陳說，特意帶來樊於期的頭和督亢的圖冊，奉獻給大王。現在，燕國的使臣已到秦國，等待大王您的接見。」

秦王聽了十分高興，穿上朝服，在咸陽宮接見燕國使者。

荊軻捧着裝樊於期人頭的盒子在前，秦舞陽捧着裝督亢地圖的匣子在後。走到宮殿台階時，秦舞陽的臉色變了，渾身發抖。秦國的大臣感到奇怪，荊軻回頭看了秦舞陽一眼，上前謝罪說：「北方屬國蠻夷地區的粗野人，沒有見過天子，所以驚恐萬分。希望大王不要往心裏去，讓他在大王面前完成使命吧。」

秦王對荊軻說：「把秦舞陽手中的地圖送上來。」

荊軻拿過地圖送上去，秦王打開地圖，露出了匕首。

說時遲，那時快，荊軻用左手抓住秦王的衣袖，右手拿起匕首刺向秦王。反應敏捷的秦王大驚，抽身逃脫，扯斷了衣袖。秦王躲過荊軻一擊，連忙拔劍，誰知劍長，一時拔不出來，只抓住了劍鞘。荊軻奮力追趕秦王，秦王繞着大殿上的柱子四處奔跑。朝廷上的大臣全驚呆了。

　　原來，按照秦國的法律，大臣上殿是不准攜帶兵器的，負責宮廷警衛的衛兵在沒有詔令的情況下，也是不准上殿的。形勢十分緊急，羣臣只得徒手上前與荊軻拼命。這時，御醫夏無且用手中的藥囊投擊荊軻。秦王趁機拔出了佩劍，砍傷了荊軻的左腿，荊軻腿上受傷無法追趕，舉起匕首瞄準秦王，狠狠地投擲出去。飛出的匕首擊中了大殿的銅柱，發出震耳的聲音。秦王躲過一擊，轉過身來向荊軻一連猛砍了八下。

　　荊軻見大勢已去，靠着銅柱，撐住受傷的雙腿對秦王說：「我沒有成功，是因為想活捉你，是想得到你不再攻打燕國的承諾，好回去向燕太子覆命。」這時，回過神的衛兵衝上大殿，殺死了荊軻。

　　經歷了荊軻刺殺事件後，怒氣難消的秦王派大將王翦攻打燕國。因無法抵擋，燕王喜和太子丹逃到了遼東。這時，有人告訴燕王，如果殺了太子丹，秦軍將放棄追擊。燕王為了保住國家，決定殺掉太子丹。此舉雖暫時解除了燕國立即亡國的危機，但卧榻之側，豈容他人酣睡？僅過了五年，秦王便出兵滅掉了燕國。

（見《史記・刺客列傳》）

滑稽者的人生智慧

　　為小人物做傳，是《史記》的一大特色，司馬遷善於從那些不起眼的，或者是那些被貴族瞧不起的小人物身上尋找人性中的閃光點，他寫過忠心耿耿的田叔，寫過才華過人的毛遂，又寫下了沒有社會地位、供人們打趣的優伶等小人物。這些小人物或生活在社會的底層，似乎沒有尊嚴，甚至連平民百姓都看不起他們。不過，他們的智慧、操行、見解和勇氣是許多大人物趕不上的。司馬遷別具一格地立傳，記錄了他們鮮為人知的事跡。

　　淳于髡是齊國人招贅的上門女婿，身材矮小，說話詼諧，口才很好，他多次出使諸侯國，沒有給國家丟臉。

　　齊威王在位時喜歡隱語和淫樂，長夜飲酒不眠，沉迷於酒色，不治理國家，把國政大事統統委託給卿大夫。上行下效，文武官員也荒淫無度，諸侯都來侵犯齊國，國家危在旦夕。可是，沒有一個人敢於勸諫。

　　淳于髡見到齊威王後，用隱語勸說道：「有一隻大鳥落在大王的庭院中，三年了，不飛也不叫，大王您可知這是一隻甚麼樣的鳥？」

　　齊威王明白淳于髡想說甚麼了，饒有興趣地答道：「這隻鳥不飛就罷了，一飛定要衝上雲天，不鳴也就罷了，一鳴定會驚人。」

　　齊威王召見全國的七十二個縣令。他對即墨大夫說：「自從到即墨任職以來，時常有人說您的壞話。我派人到即墨視察，看到了大片開墾的土地，百姓豐衣足食，政事沒有積壓，即墨一帶十分安寧。可見您不是奉承我的左右，求取榮譽的人。」說完，齊威王賞賜給即墨大夫一萬戶食邑。

　　隨後，齊威王又對阿城大夫說：「自從您守阿城以來，我身邊的人每天都讚揚您。我派人到阿城視察，只看到田野一片荒蕪，百姓生

活困苦，過去，趙國攻打甄城時，您不能救援；衞國取薛陵時，您不知道。可見您只會賄賂我身邊的人，以求讚揚。」說完，齊威王下令烹殺阿城大夫，又把那些為他說好話的人統統處死。

齊威王賞賜一人，處死不理政務的人後，指揮大軍出征，嚇得那些諸侯把侵佔的土地歸還給齊國。

楚國攻打齊國，齊王派淳于髡向趙國求助。為了成功，齊威王讓淳于髡帶了上百斤的黃金，四匹馬拉的大車十輛。淳于髡看了以後，仰天大笑，笑得繫帽子的絲帶都斷了。

齊威王問：「先生嫌少嗎？」

淳于髡連忙回答：「哪裏敢呢！」

齊威王說：「那您為甚麼大笑，難道有甚麼說法？」

淳于髡說：「今天我在來的路上看到有人向土地神祈禱。他一手拿豬蹄，一手拿一杯酒，禱告『保佑我在高坡上的收成裝滿籮筐，在低澇地的收成裝滿車輛，茂盛的五穀成熟飄香，飽滿的糧食堆滿糧倉。』這個人十分有趣，付出不多，想得到的可真多，所以笑他。」

喜愛隱語的齊威王聽明白了，原來淳于髡是轉着彎子說送給趙國的禮品太少，於是馬上把黃金增加到一千鎰，把車輛增加到一百輛，又外加白璧十對。

淳于髡帶着豐厚的禮物到趙國救援，趙王派出十萬精兵，戰車千輛。楚國聽到消息後，連夜撤兵離開了齊國。

成功解圍後，齊威王十分高興，在後宮設宴款待淳于髡。喝到高興時，齊王問：「您喝多少酒才醉呢？」

淳于髡答道：「我喝一斗就醉了，也可能喝一石才醉。」

齊威王說：「先生喝一斗就醉了，怎麼還能喝一石呢？是甚麼原因呢，可以說出來讓我聽聽嗎？」

淳于髡說：「我在大王您面前喝酒，有執法官在旁邊，又有御史在後面，我淳于髡害怕，趴在地上喝酒，喝不到一斗我就醉了。如果

父母親有貴賓，我就捲起袖子，彎腰跪着，侍候陪酒，不停地舉杯敬酒祝福，數次起身應酬，喝不到二斗就直接醉了。如果是朋友一起交往遊玩，久不相見，突然重逢，高興地談論以前的事，互相訴說情誼，大概喝五六斗就醉了。如果是鄉里聚會，男男女女混坐在一起，輪流喝酒，玩六博遊戲，進行投壺比賽，互相介紹朋友，男女在一起無拘無束，眼睛直盯着對方也不犯禁，前有落地的耳環，後有落地的髮簪，我私下喜歡這樣的情景，雖有兩三分醉意，大概能喝八斗。天黑酒殘，把剩酒倒到一起，促膝而坐，男女同席，鞋屐錯雜，杯子盤子亂七八糟，屋子裏蠟燭已滅，主人留下我，起身送其他的客人，薄羅短衣開解衣襟，能聞見淡淡的香氣。這個時候，我心裏最為高興，能喝一石酒。所以說，酒喝得太多了會出亂子，高興到極點會引起悲哀，一切的事情都是這樣的。」

原來，淳于髡是想用喝酒來勸誡齊威王。齊威王說：「說得好！」從那以後，齊威王停止了徹夜狂飲，任命淳于髡為接待賓客的官員。王室宗室擺酒宴，常讓淳于髡到場。

———————— • ⬤ • ————————

淳于髡死後一百多年，楚國出了個優孟。優孟是位樂工，身材魁梧，能言善辯，經常用談笑的方式勸諫。

楚莊王在位時，有一匹心愛的寶馬。他給這匹馬穿上刺繡的衣服，安置在華麗的房屋中，用沒有圍帳的牀做卧席，用乾棗做飼料。後來，這匹馬因過度肥胖病死了。楚莊王悲痛欲絕，準備用棺槨裝屍，讓大臣為它弔喪，並按照埋葬大夫的規格厚葬這匹馬。

許多大臣提出反對意見，楚莊王火了，下令說：「有敢勸諫葬馬的，罪可至死。」

優孟聽說後，走進宮殿大門便仰天大哭。

　　楚王忙問是甚麼原因，優孟說：「馬是大王您的心愛之物，以堂堂大楚的國力，想要甚麼能得不到呢？用埋葬大夫的禮儀葬馬，禮太薄了，請用安葬國君的禮儀安葬它。」

　　「該怎麼辦呢？」楚王認為有道理，連忙問道。

　　優孟說：「我請大王用鷗刻花紋的玉石做棺材，用紋理好的梓木做外槨，用貴重的梗木、豫木、樟木等做護棺，發動士兵挖墳穴，年老體弱的人負土堆陵。讓齊國、趙國陪祭在前，韓國、魏國護衛在後，給它修建廟宇，用最高的禮儀祭祀它，讓具有萬戶人家的大邑供奉它。諸侯聽了，都知道大王輕視人重視馬。」

　　楚莊王聽明白了，問優孟：「我的過失竟然到了這樣的地步，該如何補救呢？」

　　優孟說：「請大王用埋葬六畜的方式來埋葬它，用土竈做棺槨，用銅鍋做棺材，調上姜棗，加上香料，以糧稻當祭品，用大火當衣服，埋葬在人的肚子和腸子中。」

　　於是，楚莊王把死馬交給掌管膳食的太官，不讓天下人再提這件事。

　　楚國宰相孫叔敖知道優孟是個賢人，待他十分友善。孫叔敖臨死前對兒子說：「我死了，你必然貧困。你可以去找優孟，對他說你是孫叔敖的兒子。」

　　幾年後，孫叔敖的兒子越來越窮困，靠賣柴為生。他遇到了優孟，對優孟說：「我是孫叔敖的兒子，父親臨終前，囑咐我窮困時去見您。」

　　優孟說：「你不要走得太遠，一定要在附近生活。」

　　優孟做了一套孫叔敖生前穿過的衣帽，每天模仿孫叔敖的言談舉止。一年後，已模仿得維妙維肖。一天，楚莊王舉行酒宴，優孟向前敬酒祝福，楚莊王大吃一驚，以為孫叔敖又活了，要讓他做宰相。

優孟說：「請讓我回去和媳婦商量一下，三天後再做宰相。」楚莊王答應了。

三天後，優孟又來了。楚莊王問：「媳婦說了些甚麼？」

優孟對楚王說：「媳婦要我慎重，不要做宰相，說楚國的宰相不值得做。譬如孫叔敖竭盡忠心地治理楚國，輔佐楚王稱霸。現在死了，他的兒子連立錐之地都沒有，每天靠砍柴賣柴為生。與其做像孫叔敖那樣的宰相，還不如自殺的好。」說完，又唱了一首傷感的歌：「居山耕田苦啊，難得吃和穿。出山當了官啊，貪贓有餘錢。不顧廉恥啊，死後家財萬貫。恐受法刑啊，作奸罪滔天；身安家不安啊，滿門抄斬。貪官不可為啊，只想當清官。奉公守法啊，至死不貪錢。兒孫少吃穿啊，清官豈可為？楚相孫叔敖啊，至死守清廉。」唱完此歌，優孟又說：「孫叔敖的妻室兒孫都窮困不堪，靠砍柴賣柴謀生，這樣的宰相不值得當！」

楚莊王忙向優孟認錯，召見孫叔敖的兒子，把寢丘四百戶人家封給他，來供奉孫叔敖。經此，優孟解決了孫叔敖後代的衣食問題。

———————————— ● ● ● ————————————

優孟死後二百多年，秦國出了個優旃。優旃身材矮小，是秦國宮廷裏的歌伎，善於說笑話，不過，說話很符合大道理。

有一次，秦始皇在宮裏舉行酒宴，突然下起了大雨，站在宮殿外台階下的衛士凍得發抖。優旃看到了，十分同情，對他們說：「你們想避雨去休息嗎？」

「想！」

優旃對他們說：「我如果喊你們，你們要立即回答我。」

過了一會兒，大臣們向秦始皇敬酒祝壽，高喊「萬歲」。優旃趁機站在欄杆上大喊一聲：「衛士們！」

風雨中的衞士聽到優旃的叫聲，都鼓足了勇氣大喊一聲：「哎！」

優旃故意說：「你們雖然個子高大，有甚麼用處？還不是只能站立在雨中！我雖然個頭矮小，倒是有幸在屋子裏待着。」

秦始皇恍然大悟，連忙傳旨，讓衞士一半值班，另一半休息。

好大喜功的秦始皇成片擴大遊樂場地上林苑，東邊擴大到函谷關，西邊到雍地、陳倉。優旃說：「太好了，在苑子裏再多放養一些禽獸，敵人從東邊打來，我們派麋鹿用角去抵抗他們就夠了。」秦王停止了擴苑計劃。

秦二世即位後，想油漆咸陽城的城牆。優旃說：「太好了，皇上即使不說，我也打算向您提請這件事。漆城牆雖然增加了百姓的負擔，可是那多好看呀！塗過漆的城牆宏偉光亮，敵寇來了肯定爬不上城牆。」

秦二世笑了笑，因為優旃的緣故，停止了這一工程。

過了不久，秦二世被殺，優旃歸屬漢王朝，過了幾年，去世了。

（見《史記·滑稽列傳》《史記·田敬仲完世家》）

一代神醫扁鵲

　　扁鵲，勃海郡鄭人，姓秦，名越人。年輕時，做過賓館的主管。客人當中，有一位叫長桑君的人，扁鵲認為他奇特不凡，對他十分恭敬。十多年後的一天，長桑君把扁鵲叫到自己的房間，悄悄地對他說：「我有治病的祕方，現在想傳授給你，請不要洩露出去。」

　　「我一定按照您說的辦。」扁鵲恭恭敬敬地說。

　　長桑君從懷中取出一種藥物，對扁鵲說：「喝這種藥要用未落地的雨露調製，一連喝上三十天，就可以洞察事物啦。」隨後，長桑君拿出全部的祕方交給了扁鵲。正當扁鵲驚異時，長桑君忽然不見了。

　　按照長桑君的話，扁鵲服了三十天的藥，三十天後，他的眼睛已能夠隔牆看人。憑這種本領看病，扁鵲能看到隱藏在五臟內部的病根。對他來說，把脈只是走走形式罷了。

　　晉昭公時，趙簡子獨攬國家朝政。一次，趙簡子生病，五天都不省人事，於是找來了扁鵲。診斷病情後扁鵲從趙簡子的臥室中出來，董安于問病情，扁鵲說：「血脈正常，沒甚麼可驚怪的。從前秦穆公也有類似的情況，七天後才醒。清醒時他對公孫支和子輿說『我到天帝那裏很快樂。我在那裏住那麼久，是在接受天帝的教誨。天帝告訴我：晉國將發生大亂，五代國君都不得安寧。五代以後的國君將稱霸，稱霸不久將會死去。霸主的兒子會給國家帶來淫亂。』公孫支記錄這段話並收藏起來，現在秦國史書上記載的在晉國應驗。如晉獻公時晉國內亂，後來，晉文公稱霸。晉襄公在崤山殲滅秦軍後，以為天下無憂，回朝放縱，這些都是您知道的。現在趙襄子的病與秦穆公的相同，不超過三天，他一定會醒，醒後一定有話說。」

　　過了兩天半，趙簡子醒了，說：「我到天帝的住所後很快樂，和眾多天神在天中央遊覽，有許多樂器合奏和各種舞蹈表演，不像遠古

三代時的樂舞，它的聲音使人動心。有一隻熊要拉我，天帝命令我射牠，射中後熊死了。有隻羆來了，我又射牠，射中後羆死了。天帝很高興，賜給我兩個竹笥，都有副品。我看見一個小孩在天帝的身旁，天帝交給我一隻翟犬說：到你的兒子壯年時賜給他。又告訴我說：晉國將一代一代地衰落下去，七代滅亡。嬴姓國的人將在范魁的西邊大敗周人，但不能佔有這個地方。」董安于聽了這話，記錄並收藏起來。他把扁鵲的原話告訴趙簡子，趙簡子將四萬畝地賞賜給扁鵲。

後來，扁鵲行醫到了虢國。虢國的太子死了，扁鵲來到虢國宮室的門外，問粗通醫術的太子屬官中庶子：「太子得了甚麼病？為甚麼城裏舉辦的祈禱活動超過了其他所有的事情？」

中庶子說：「太子的病是血氣不按時運行，交錯阻礙，不能通泄，突然發作，雖然表現在體外，主要是內臟受傷所致。體內的正氣不能抵抗邪氣，邪氣聚積在體內不能散發到體外，因此陽脈弛緩，陰脈拘急，所以突然昏厥而死。」

扁鵲問：「太子甚麼時候死的？」

中庶子回答：「雞叫的時候。」

扁鵲又問：「收殮了嗎？」

「沒有，太子死了還不到半天。」

扁鵲對中庶子說：「請向虢國君主稟報，我是齊國勃海的秦越人，我能讓太子活過來。」

中庶子不敢相信自己的耳朵，說：「先生該不是哄我吧？憑甚麼說太子還能活過來呀！我聽說上古的時候，有位叫俞跗的醫生，治病時不用湯藥、酒劑、針砭、膏藥，只要診斷一下就知道疾病所在的部位，然後再順着人體五臟的腧穴，切割皮膚，剖開肌肉，疏通經脈，結紮筋腱，按治髓腦，觸動膏肓，疏理橫膈膜，清洗腸胃，洗滌五臟，修煉精氣改換形體。如果先生有那樣的醫術，太子就可以起死復生了。如果不能，要想讓太子活過來，簡直是哄騙不懂事的小孩。」

扁鵲仰天長歎道：「您所說的醫術只是從管子裏看天，從縫隙中觀察斑紋，充其量只能是看到部分，看不到全部。我的醫術在給病人切脈、觀察氣色、聽病人聲音、察看病人體態之前，完全可以診斷出疾病的所在部位。我只要診視病人的陽脈，就能推知病人的陰症；只要診視病人的陰脈，就可以知道病人的陽症。體內的病症反映在人體的外表，根據外部的病情完全可以診斷千里之外的病人。診斷有許多不同的方法。如果您認為我說得不對，您可以診看一下太子，將會發現他的耳朵有鳴聲，鼻孔在輕輕地動。您再順着太子的兩條腿一直摸，應該還有體溫。」

中庶子聽呆了，驚訝得眼睛不再眨動，舌頭翹起來不知放下。等到回過神時，連忙跑到宮中向國君虢公報告情況。虢公也大為驚訝，立即出宮迎接扁鵲。

虢公說：「我聽說您崇高的道德行為已經很久了，不曾有機會拜見先生。我希望先生能救助我。有了先生，我的兒子就能復活；沒有先生，我的兒子只能被拋棄填埋在溝壑中，將永遠不能返回世間。」虢公的話還沒說完，已經淚流滿面，只見他神志恍惚，悲傷得不能自持。

扁鵲說：「太子的病症是因陽氣下陷入陰造成的，太子現在還沒有死，只有醫術精良的人能治癒此病。」說完，扁鵲讓弟子子陽在磨石上磨針，用它刺太子的百會穴。

一會兒，太子甦醒了。扁鵲又讓弟子子豹準備五分劑量的熨藥，用八減之方的藥物混合煎煮，弟子將調治好的藥物拿來後，扁鵲交替熨貼在太子兩肋的下部。很快，太子坐了起來。稍後，又調理陰陽氣血，服用了二十天的湯藥後，太子奇跡般地康復了。

消息很快傳開了，天下人都認為扁鵲能使死人復生。扁鵲說：「我根本沒有死而復生的本領，是他的自身有復活的生機，我只不過是讓他恢復起來罷了。」

扁鵲行醫經過齊國，齊桓侯用貴賓的禮節接待他。扁鵲入朝拜見齊桓侯時說：「大王您有病在皮膚和肌肉之間，如不及時治療的話將會加重。」

齊桓侯不信。扁鵲離開後，齊桓侯對左右的人說：「醫生愛好功利，想在沒病的人身上顯示自己的醫術。」

五天後，扁鵲又去拜見齊桓侯，對他說：「大王您的病已深入到了血脈，如不治療恐怕會加重。」齊桓侯還是不信。扁鵲走後，齊桓侯非常不高興。

又過了五天，扁鵲再次拜見齊桓侯，說：「您的病已經到了腸胃之間，不治療將會進一步地加重。」齊桓侯根本不予理睬，更加不高興了。

又過了五天，扁鵲又去拜訪，遠遠地看到齊桓侯後，立即跑開了。齊桓侯派人去問原因，扁鵲說：「病在肌膚時，用湯藥和熨藥就可以治療；病到了血脈時，用針刺和砭石就可以治療；病到了腸胃時，用酒藥就可以治療；病到了骨髓時，即使是管人生死的神靈也無可奈何了。現在，齊桓侯的病已深入到骨髓，我不再請求給他治病了。」

又過了五天，齊桓侯患了重病，忙派人去請扁鵲，不料，扁鵲已逃離齊國了。沒過多久，齊桓侯病死了。

扁鵲名聲傳遍了天下，時常根據各地不同的情況改變醫術。他到趙國邯鄲時，聽說當地重視婦女，於是當婦科醫生；他到洛陽時，聽說當地敬愛老人，於是當治療耳目和痺病的醫生；他到咸陽，聽說秦國人喜愛小孩，於是當兒科醫生。秦國的太醫令李醯自知醫術趕不上扁鵲，暗中派人刺殺了扁鵲。

（見《史記・扁鵲倉公列傳》）

愛國詩人屈原

屈原，名平，與楚王同宗，楚懷王時任左徒。屈原見聞廣博，記憶力強，深明國家存亡興衰的道理。

在楚懷王的支持下，屈原意氣風發地推行改革，楚國逐步展示出欣欣向榮的景象。屈原銳意改革，入朝和楚王商議國家大事，制定國家政令；出朝負責接待各國使節，處理與諸侯國的外交事務。

沒想到，一心為公的屈原遭到小人的嫉妒。上官大夫與屈原職位相同，不甘寂寞。楚懷王讓屈原制訂國家法令，屈原剛剛寫完草稿，還沒來得及修訂，上官大夫想奪過來佔為己有。屈原沒給他，惹惱了上官。他跑到楚懷王那裏，挑撥說：「大王您讓屈原制訂法令，每頒佈一條，屈原總是說『除了我，沒有人能制訂出來』。現在天下人都知道，楚國的法令是屈原制訂的。」

懷王很生氣，開始疏遠屈原，調他去當三閭大夫，負責教育楚國的王室子弟。

屈原難辯是非，憂心忡忡，眼看着剛剛才有起色的改革，在奸佞小人的詆毀下夭折了。他痛恨邪惡傷害公道，正直的人不被朝廷所容，懷着一腔的憂憤寫下了《離騷》。在這篇長詩中，屈原上述古代聖王的事跡，下稱齊桓公的偉業，中間敍述商湯、周武王的德政，希望楚國能迅速地走向強盛。面對倍受打擊的困境，屈原又剖白了忠於國家的堅定決心，表示就是死也絕不離開自己的國家。

屈原的高尚情懷，可以與日月爭輝。

這時，秦國想攻打齊國，可是齊國和楚國有合縱聯合抗秦的盟約。秦惠王害怕攻打齊國時，楚國出兵協助齊國。為了破壞齊楚之間的聯盟，秦惠王備了豐厚的禮物，讓張儀遊說楚王。張儀對楚懷王

說：「秦國非常痛恨齊國，如果楚國能和齊國斷交的話，秦國願意獻出商於一帶的六百里地。」

天真的楚懷王相信了張儀的鬼話，決定與齊國斷交。隨後派使臣和張儀一道入秦，準備接受土地。張儀見破壞楚齊聯盟的目的已達到，翻臉不認帳，對楚國的使臣說：「我和楚王約定的是六里，從沒說過甚麼六百里地呀！」

使臣兩手空空回到楚國，楚懷王聽了勃然大怒，決定派大軍攻打秦國，出一出心中惡氣。秦國早有準備，在丹陽一帶大破楚軍，斬殺八萬楚兵，俘虜了楚將屈匄，乘勝奪取楚國漢中地區。

不甘心的楚懷王調集全國的兵力深入秦國腹地，在藍田展開大戰。正當楚秦大戰，魏國見有機可乘，派兵進襲楚國，進軍到鄧（今河南鄧縣），直接威脅到楚國後方。楚軍驚恐，慌忙撤兵。

再說楚國遇難時，齊國本該出手救援，可是，齊國痛恨楚國無端地絕交，乾脆來個坐山觀虎鬥，楚國陷入了空前的困境。

楚國是大國，連打幾個敗仗後雖大傷元氣，但還有一定的實力。出於戰略上的考慮，第二年，秦國放出要同楚國講和的信息，打算把漢中地區歸還給楚國。

被氣昏頭的楚懷王說：「我可以不要土地，只要把張儀送來就甘心了。」

楚懷王決心殺掉張儀，想用這樣的方法一雪前恥。張儀對秦王說：「用我張儀來換取漢中，對秦國來說太合算了，我請求到楚國去。」張儀到了楚國，給當權大臣靳尚送了豐厚的禮物，隨後又讓楚懷王的寵姬鄭袖為他求情。懷王聽信鄭袖的話，放走了張儀。

這時，屈原雖被疏遠，但因有外交能力，被派去出使齊國，重修楚國與齊國的聯盟關係。屈原聽說放走張儀的事情後，對楚懷王說：「為甚麼不殺掉張儀？」

懷王後悔了，連忙派人追殺張儀，還是讓張儀跑掉了。

　　經過三番五次的折騰，楚國的實力大大地下降。諸侯見有機可乘，合兵一起攻打楚國，楚軍大敗，形勢十分危急。

　　看準了這一形勢，秦國決心進一步重創楚國。此時，秦惠王已死，秦昭王即位。秦昭王假意要與楚國結姻親，邀請楚懷王入秦。

　　楚懷王打算前往，屈原說：「秦國是虎狼一般的兇殘國家，不能相信秦昭王的鬼話，千萬不要去。」

　　懷王的小兒子子蘭勸懷王入秦，說：「為甚麼要拒絕秦國的歡心呢？」

　　懷王決定入秦。

　　懷王進武關後，秦國的伏兵切斷了懷王的歸路，圍困並拘留了懷王，以此要求割地。懷王大怒，堅決不答應。後來，楚懷王逃到趙國，與楚國有仇的趙國拒絕接納，萬般無奈，懷王只好又回到秦國，最後客死在秦國。這是後話。

　　再說屈原被流放後，仍然心繫國家，時刻不忘重返朝廷，十分希望懷王能以國家大局為重，醒悟過來，能發憤圖強，改變不良的習俗，復興國家，扭轉衰敗的局勢。

　　楚懷王客死異鄉後，楚頃襄王即位。楚頃襄王是楚懷王的大兒子，他任命弟弟子蘭為楚國的令尹（宰相）。楚國人都不喜歡子蘭，認為是他勸懷王入秦，害死了懷王。得知懷王去世的消息後，憂憤的屈原又寫下詩篇，痛心地表達了對懷王忠奸不分的幽怨。

　　子蘭聽說後，非常憤怒，讓上官大夫在頃襄王面前說屈原的壞話，把屈原流放到更遠的地方。

　　被流放的屈原披頭散髮，沿着湘水和沅水四處行走，臉色憔悴，早已失去了往日的風采。

　　一位在江邊打魚的老人看到他，忙問：「您不是三閭大夫嗎？為甚麼到這裏來？」

屈原悲憤地說：「世人混濁，我獨自清白；眾人皆醉，只有我清醒。沒有人能容下我啊，我被流放到這裏。」

漁翁安慰他說：「道德修養達到最高境界的人，能隨着世情的變化改變。既然社會都是混濁的，您為甚麼不能隨波逐流呢？既然世人都昏醉，您為甚麼不能跟着他們一起醉生夢死呢？為甚麼一定要保持美玉般的品德，自討被流放的結局呢？」

漁翁的話再明白不過了，他是勸屈原離開楚國。

屈原生活的時代是一個朝秦暮楚的時代，那時，人們沒有國家意識，為了實現人生價值，一些有才華的人包括大聖人孔子都在遊走各國。漁翁希望屈原能離開楚國，到其他國家實現自己的抱負。屈原當然聽明白了，不過，屈原有強烈的祖國意識，他決心要與祖國共存亡。與同時代人相比，屈原是第一個有國家意識的人。

屈原說：「我聽說過，剛洗過頭的人一定要彈彈帽子，剛洗過澡的人一定要抖抖衣服，有誰願意以清白的自身，去接受外物的污垢玷污呢？我寧願投入長流的江水，葬身於魚腹，怎能讓清白的品德蒙受世俗的玷污呢！」

屈原絕望了，他看到楚國的國都被攻破，百姓在四處逃亡，他心急如焚，可是，大廈將倒，無力回天啊！屈原深情地寫下《懷沙》，表達了致死不離開祖國的決心。他望着奔流不息的江水，淚流滿面，抱着一塊石頭，跳進了波濤洶湧的汨羅江中。

（見《史記・屈原賈生列傳》）

寫這本書不容易，首先要忠於《史記》。《史記》是中國第一部通史，是司馬遷的嘔心瀝血之作。他採用了大量的史料，有的史料至今流傳。兩相對比，當知司馬遷對許多史料是有選擇和剪裁的。

這裏出現了一個問題，應如何看待大量存在的異文？我個人的認識是，既然以「史記」命名，自然是應該忠實於《史記》，應以司馬遷的敍述為準。

本以為，像這樣的普及讀物很容易編寫。其實不然，司馬遷生活的時代是一個由質到文的時代，春秋戰國以來又是質文並存的時代。從大的方面講，秦國尚質，關東六國尚文，當然也不是絕對的。一個國家有不同的歷史，不同的歷史階段有不同的價值取向。這種紛繁直接影響到人與人之間的話語表達。具體地講，春秋戰國時期，人們相互交往時，特別是國與國之間的士大夫交往，需要有說話的藝術，這種含而不露的話語系統，不符合今天的表達習慣。考慮到這些因素，本書在編寫時儘量照顧到今人的閱讀習慣，在忠實於原文的基礎上作一些必要的改動。本來，希望這本書由我和學生共同完成。遺憾的是，學生季孟瑤對我的意圖理解出現一些偏差，最後只好由我一人完成。儘管如此，還是要感謝季孟瑤前期作出的努力。

最後，衷心地希望讀者能從這裏了解《史記》，關心我們優秀燦爛的文化。

張強

2013 年 5 月 27 日

責任編輯　謝燿壕
封面設計　鄧佩儀
版式設計　龐雅美
排　版　時　潔
印　務　劉漢舉

中國經典系列叢書

張　強 / 編著

出版 / 中華教育

香港北角英皇道499號北角工業大廈1樓B室

電話：（852）2137 2338　　傳真：（852）2713 8202

電子郵件：info@chunghwabook.com.hk

網址：https://www.chunghwabook.com.hk

發行 / 香港聯合書刊物流有限公司

香港新界荃灣德士古道220-248號荃灣工業中心16樓

電話：（852）2150 2100　　傳真：（852）2407 3062

電子郵件：info@suplogistics.com.hk

印刷 / 美雅印刷製本有限公司

香港觀塘榮業街6號海濱工業大廈4樓A室

版次 / 2022年10月第1版第1次印刷
©2022 中華教育

規格 / 16開（240mm x 170mm）
ISBN / 978-988-8808-69-4